名家讲经典

# 张国风讲三国

张国风 ——————— 著

东方出版中心有限公司

**图书在版编目（CIP）数据**

张国风讲三国 / 张国风著. — 上海：东方出版中
心, 2021.7
ISBN 978-7-5473-1835-5

Ⅰ.①张… Ⅱ.①张… Ⅲ.①《三国演义》评论
Ⅳ.①I207.413

中国版本图书馆CIP数据核字（2021）第119192号

**张国风讲三国**

著　　者　张国风
策　　划　梁　惠
责任编辑　裴宏江
封面设计　青研工作室

出版发行　东方出版中心
地　　址　上海市仙霞路345号
邮政编码　200336
电　　话　021-62417400
印　刷　者　上海颛辉印刷厂有限公司

开　　本　700mm×1000mm　1/32
印　　张　18.75
字　　数　231千字
版　　次　2021年7月第1版
印　　次　2021年7月第1次印刷
定　　价　65.00元

# 目 录

在中国小说史上，《三国演义》是第一部长篇小说，也是第一部历史长篇小说。后来的历史演义，层出不穷，每个朝代都有与其相对应的历史演义；可是，没有一部历史演义的成就和影响能够超过《三国演义》。《三国演义》是一部前不见古人、后不见来者的历史长篇小说。它是第一部，可一出来就成为顶峰，这不是很奇怪吗？人都说长江后浪推前浪，比如赵翼说"江山代有才人出，各领风骚数百年"，可是，这些规律用到《三国演义》这儿就不灵了。是因为罗贯中的天赋异禀，后人难以超越吗？显然不是。我想，我们要充分地肯定罗贯中的天赋才华，但是，要成就一部顶峰式的文学作品，仅仅依靠作家的天赋才华是远远不够的。正如屈原的《离骚》（楚辞的顶峰之作）、司马迁的《史记》（纪传体史学的顶峰之作）、施耐庵的《水浒传》（英雄传奇的顶峰之作）。这些一出来就成为顶峰的作品，除了屈原、司马迁和施耐庵的天才因素之外，必有时代条件的配合。而且，那个时代条件必定是后世不可重复的，这才使后世只能望其项背而无法超越。这是问题的关键。那么，《三国演义》遇到了什么特殊的、后世无法重复的历史条件呢？一言难尽，让笔者徐徐道来。原来，《三国演义》不仅是一部作家独创的作品，它更是自成稿以后世代累积而成的一部巨著。在古代，小说不入大雅之堂，没有著作权的概念，由此而造成了"天下小说一大抄"的奇观。这个"抄"字，在宋元的说话艺术中体现得最为充分。《三国演义》因此堂而皇之地吸收了难以计数的无名氏的创作灵感，荟萃了来自四面八方的奇思妙想。是宋元的说话艺术和戏曲艺术，尤其是说话艺术，孕育了这朵旷世奇葩。伴随着瓦舍勾栏的欢声笑语，饱蘸着街头巷陌的喜怒哀乐，浸泡着书会才人的酸甜苦辣，三国的故事越来越丰富，人物的思想性格越来越生动，最后成就了这部小说经典。在宋元的瓦舍勾栏里，历史和虚构经历了充分的磨合和相互渗透，达到了比较理想的平衡状态。说话艺术也在宋元时期展现了它的风光无限。这是后世难以重复的历史条件。依靠这样的条件，《三国演义》成为历史演义的顶峰，《水浒传》成为江湖传奇的顶峰，《西游记》成为神魔小说的顶峰。

中国的长篇历史小说选择三国时期作为自己的突破口，并非偶然。鲁迅在其《中国小说史略》里指出："说《三国志》者，在宋已甚盛，盖当时多英雄，武勇智术，瑰伟动人，而事状无楚汉之简，又无春秋列国之繁，故尤宜于讲说。"《三国演义》"演"《三国志》之"义"，尚有一个特殊的优势，就是其主要的取材对象《三国志》，附有一个特别的"裴注"。裴松之憾《三国志》之简略，旁征博引，为其作注。就小说创作的角度而言，裴注所引的大量野史笔记，对于《三国演义》来说，无疑又是一座取材的宝库。

简单地解释了一下《三国演义》之所以成为经典的一些原因，以此作为本书的缘起。

　　长篇小说的开头，该怎么写，涉及很多的因素。特别是与小说的题材、主题和整体结构的设计有关。我们不妨将《三国演义》与《水浒传》的开头比较一下。这两部大书的可比之处颇多。它们都得益于宋元时期的瓦舍勾栏和书会才人，这就给两部大书带来了太多的相似之处。而题材和思想的不同又给它们带来了同中之异。《水浒传》写的是江湖英雄的传奇故事，一百单八个英雄，三教九流，来自四面八方，他们带着各自的故事，先后上了梁山，线索缠夹，头绪纷纭。作者苦于散钱无串，借了一个洪太尉，把他们串了起来。小说第一回，借洪太尉的任性和莽撞，伏魔之殿"遇洪而开"，潘多拉盒子突然开启，放出一百单八个妖魔，暗示未来的三十六个天罡、七十二个地煞将一一登台亮相。作者以此设下一个总括式的楔子，来加强小说结构的张力和凝聚力。《水浒传》的第二回，从云山雾罩的魔幻一下子回到现实，及时地将高俅推了出来，作者饶有耐心地介绍了这位泼皮无赖发迹的历史。如金圣叹所说，小说这么写，包含着"乱自上作"的意思。与此同时，也就给一百单八个人生故事提供了一个整体的背景。《三国演义》作为历史小说，写的是历史上的英雄，更确切地说，是乱世英雄。写三国时期的历史大浪，如何淘洗出了"千古风流人物"。《三国演义》尊重基本的历史事实，艺术想象受到历史的巨大牵制。作者明白，小说的结局必定是读者最不愿意看到的，所以小说一开始就给读者打好预防针，做好心理疏导和精神抚慰。一是那首从明人杨慎那里借来的卷头词《临江仙·滚滚长江东逝水》。让读者与历史拉开距离，超脱一些。二是告诉读者，乱和治的循环是一个不以人的意志为转移的铁律："话说天下大势，分久必合，合久必分。"稍许知道一点历史的人都会认可这句话。但是，很少有人去深究其中的原因。每一个王朝都想当然地以为，自己那个"父传子继"的家天下是一个例外，能够千秋万代地传承下去。在编年体史书的启发下，《三国演义》大处落墨，在第一回就简要地介绍了汉末的政治黑暗，明确指出，造成"人心思乱、盗贼蜂起"的原因："推其致乱之由，殆始于桓、灵二帝。桓帝禁锢善类，崇信宦官。及桓帝崩，灵帝即位……中涓自此愈横。"接着便是一系列的不祥之兆：蛇盘龙椅，狂风暴雨，洛阳地震，雌鸡化雄，黑气进宫，虹见玉堂，山岸崩塌等。将天灾与人祸挂钩，今人看是迷信，古人则认为，自然界的灾异正是上天对统治者的警示。中国的皇帝对谁都不磕头，但在祭天、祭祖、祭孔时必须磕头，上天和"至圣先师"是必须敬畏的。作者对黄巾军并无同情，这一点与《水浒传》大相径庭，《水浒传》同情造反者，如金圣叹所说："无恶不归朝廷，无美不归绿林。"《水浒传》被禁而《三国演义》没有被禁，其原因就在这里。当然，宋江等人是江湖英雄，与黄巾军有所区别。黄巾军类似于方腊起义军。《三国演义》里所描写的黄巾起义军，尽是唯知劫掠的无知愚民、一触即溃的乌合之众；在小说里没有一个近镜头的描写，粗线条的叙述使黄巾军成为一个模糊的存在。但是，读者不难得出"官逼民反"的结论。政治极度腐败，社会的黑暗达到了极点，敲骨吸髓的剥削造成了数量巨大的饥民，黄巾军正由饥民所组成，为浅显的宗教和迷信所动员。"苍天已死，黄天当立。岁在甲子，天下大吉"，简练有力的口号，指陈汉朝气数已尽的现实，成功地鼓动起千百万饥民，激发起他们改朝换代的无限勇气。可是，"唯以钞略为资"，只见破坏，不见建设，难成气候。饥民易于发动，却难以成功。容易燃烧起来，也容易熄灭下去。最后，轰轰烈烈、此起彼伏的黄巾军起义，千百万人的鲜血，成为改朝换代的祭旗染料。在当时的历史条件下，这也是黄巾军必然的归宿。曹操的发家，与镇压黄巾军起义直接有关。他以讨伐颍川黄巾军的功劳，封为济南相。曹操击败黑山义军，被袁绍任为东郡太守。兖州刺史刘岱被黄巾军杀死，曹操顺势成为兖州牧。曹操追击黄巾军至济北，收编了兖州的三十万黄巾军降卒，"收其精锐者"，即所谓"青州兵"。曹操势力的一路提升，力量壮大，都是因为镇压黄巾军。《三国演义》第十回说曹操"不过百余日，招安到降兵三十余万、男女百余万口。操择精锐者，号为'青州兵'，其余尽令归农"。青州兵在曹军中有特殊地位，是曹操起家最大的一笔资本。《三国志·魏书·于禁传》写道：曹操与张绣战，曹军溃败，青州兵有抢劫的，于禁大怒："青州兵同属曹公，而还为贼乎！"于禁"乃讨之，数之以罪"。他们便向曹操告状，就是仗着自己的特殊身份。曹操一死，曹丕嗣位，但曹丕的威望远不如其父，"会太祖崩，（臧）霸所部及青州兵以为天下将乱，皆鸣鼓擅去"（《三国志·魏书·臧霸传》注引《魏略》）。由此看来，青州兵似乎只听命于曹操本人。

汉末的形势极其混乱，头绪纷繁，不利于小说主线的展开，而《三国演义》的作者，他的总体构思，是以蜀汉与曹魏的对立作为全书的主线，而以孙吴作为其间的陪衬。所以他借着黄巾起义尽早地将三家端出来。黄巾军是刘备、孙坚、曹操共同的敌人，同时也是他们主要的兵源。张角的进犯幽州，引出刘焉的招兵，就势引出刘备，作了简单的介绍。由刘焉发榜招兵，刘备看榜时的叹息，带出张飞，再引出关羽，延伸出"桃园三结义"的著名故事。"桃园三结义"的故事，"不求同年同月同日生，只愿同年同月同日死"的铿锵誓言，给刘、关、张的关系染上了贯串全书的江湖色彩，而与正史大异其趣，隐隐地显示出《三国演义》成书过程的复杂。由黄巾军头领张梁、张宝的溃逃，引出截击黄巾军的曹操，作了简单的介绍。小说第二回，借黄巾军余党赵弘带出孙坚，对东吴这一位筚路蓝缕的创业者作了简单的介绍。至此，三国的创业领袖都已经

议温明董卓叱丁原

登台亮相，但三方暂时还没有什么真正的交集。作者所安排的刘备与曹操、与董卓的"不期而遇"，没有历史的依据，但借此为后面将要展开的情节做了铺垫。

当然，从艺术上看，《三国演义》中人物的出场都不太讲究，唯有诸葛亮是一个例外。一般人物的出场都参考纪传体的写法，先对人物的家世作一介绍，甚至直接从人物本传的开头改编而来（《三国志》《后汉书》）。我们只要将刘备、曹操和孙坚的出场与他们的本传（或本纪）对比一下，就不难发现其中的奥秘。《三国演义》中糜竺、孔融、刘表、张鲁、甘宁、管辂等人的出场，亦作如此处理（或是同时吸取本传所附裴注的材料）。其中第六十九回许芝向曹操介绍管辂的来历，大段地抄袭其本传文字。《三国演义》对史传文学的借鉴由此可见一斑。《三国演义》是中国古代第一部长篇小说，它在人物出场的处理方面不免出现青涩和幼稚的色彩，这是可以谅解的。

小说的倾向是拥刘反曹，小说要表现的主角是刘备一方，要突出的主线是蜀汉与曹魏的对立，但赤壁之战以前，刘备集团还没有成为一支独立的力量。三国之中，蜀汉的建立最为艰难曲折，南阳得孔明，赤壁破曹操，是刘备集团崛起的转折点。在此以前，刘备东奔西走，寄人篱下，没有根据地，没有形成自己的战略方针。他当时的精神状态："屈身守分，以待天时，不可与命争也。"（《三国演义》第十五回）非常消极。就小说而言，前三十六回最具戏剧性的是王允的连环计，与刘备一点关系都没有。刘备出场时是灵帝中平五年（188），而三顾茅庐，卧龙出山，已经是十九年以后的建安十二年（207）。诸葛亮的出山已经到了《三国演义》的第三十七回，小说已经写了近三分之一的篇幅。在这漫长的十九年里，刘备不在舞台的中心。刘备任平原相时，有郡民刘平者，看不起他，居然"耻为之下，使客刺之"（《三国志·蜀书·先主传》）。孔融被黄巾军将领管亥所围，情势紧急。于是派太史慈向平原国相刘备求救。刘备惊奇而又不无感动地说："孔北海竟知道天下还有个刘备啊！"与此同时，袁术说："术生年已来，不闻天下有刘备。"（《三国志·魏书·吕布传》注引《英雄记》）当时刘备的实力如何呢？《三国志·蜀书·先主传》说他当时有兵千余人，"又略得饥民数千人"，如此而已。刘备感动之余，立即发兵去给孔融解围。"三顾"以前，更没有诸葛亮的什么事，他还在隆中高卧，草堂春睡。表面上"或驾小舟游于江湖之中，或访僧道于山岭之上，或寻朋友于村落之间，或乐琴棋于洞府之内"（《三国演义》第三十七回诸葛均语），俨然一位心如止水的隐士，其实他静观其变，全局在胸，所以他能够"未出茅庐，而知三分天下"。作者想突出刘备，刘备是作者要歌颂的一方，而刘备却不在历史舞台的中心，这就是一个矛盾。作者的办法是尽量把刘备的活动穿插进去。虽然没有太多的事功可以叙述描写，但也通过刘备与陶谦、袁绍、刘表、吕布、曹操的交往写出了刘备的胸襟识度、人格魅力，尤其是写出了刘备的坚韧和仁义，同时也对关羽、张飞的性格有了初步的刻画。小说利用野史和民间的传说，借鉴艺人的说唱和表演资料，虚构出许多的故事，来弥补这个不足。于是，桃园三结义、张飞鞭打督邮、温酒斩华雄、三英战吕布、三让徐州、关云长千里走单骑、过五关斩六将、刘备跃马过檀溪等一系列故事被虚构出来。尽量地将刘备的活动和时代的主线链接起来，刷出他的存在感。有关刘备的虚构故事，大量地集中在三顾茅庐之前，并非偶然。诸葛亮出场以后，聚光灯便打在诸葛亮的身上。小说家的添油加醋就开始更多地向诸葛亮身上转移。

刘皇叔北海救孔融

　　小说结构的这一困难，在作者，本有其难言之苦衷，而清初毛宗岗则认为是小说的高明之处，曲为之辩："曹氏之定许都在第十一回，孙氏之定江东在第十二回，而刘氏之取西川则在第六十回后。假令今人作稗官，欲平空拟一三国之事，势必劈头便叙三人，三人便各据一国，有能如是之绕乎其前，出乎其后，多方以盘旋乎其左右者哉？古事所传，天然有此等波澜，天然有此等层折，以成绝世妙文，然则读《三国》一书，诚胜读稗官万万耳。"（《读三国志法》）历史事实的巨大牵制被说成是小说家有意为之的匠心独运。这或许是点评家和小说家之间的一种隔膜吧。

　　道德讲的是善恶，千言万语，教人怎样修身、如何做人，说的是仁者无敌，得民心者得天下；政治（包括战争）讲的是输赢，看的是机遇，想的是计谋，不得不从权、变通、用权术；历史讲的是兴亡成败，说的是"殷鉴不远，在夏后之世""前事不忘，后事之师"。角度不同，自然要产生矛盾。三者的关系，错综复杂，互相支持，又互相拆台，剪不断，理还乱。道德和政治、道德与历史常常会打架。道德是儒家思想笼罩下的道德，而儒家思想本身又充满着悖论；历史虽然标榜实录，但必定为尊者讳，又必定为胜利者所涂抹。乾隆读了《宋史》以后甚至说："千秋纪载半真伪，尽信宁无义至精。"（《读史》）由此可见，孟子所谓"尽信书，则不如无书"，其中也包括了史书；政治则时而东，时而西，因形势的变化而变化，是三者中间最大的变数。因此三者的矛盾非常的复杂。想要兼顾三者，却常常会顾此失彼。

　　就古代的小说名著而言，《水浒传》的罪名是"诲盗"，这是从道德和政治的双重角度作出的定性；《金瓶梅》的罪名是"诲淫"，被定格为坏人心术的邪书。这是从道德角度作出的判断；《三国演义》没有被蒙以严重的罪名，明清各级政府的禁书目录中也未见《三国演义》的名目。有人说"少不看《西厢》，老不看《三国》"，是说老人看了更加机杼满腹，更加老奸巨猾。可见，鼓吹权术是《三国演义》的罪名之一。这是从有益于世道人心的角度着眼的。儒家主张"诚"，道家主张"真"，法家鼓吹"权术"，而儒家道德观是主流的意识形态。权术是可以用而不用说的。有人指责《三国演义》三分是虚，七分是实。可见，《三国演义》的又一罪名是虚构。这是从捍卫史学的角度着眼的。其实，这种指责的背后反映出一种理念：历史只有真实，才能具有借鉴的价值。"虚构"的罪名与"诲盗""诲淫"相比，实在是不算什么的。《三国演义》没有自命为史，它是小说，是借史娱人的"闲书"，可以真真假假、虚虚实实。至于许多人"看三国掉泪，替古人担忧"，那是读者自己的事情。

史学是儒学熏陶下的史学，而儒家看待一切事物都以一种道德眼光。一个社会没有道德固然不行，但道德并非万能：当我们用道德眼光去回瞰历史的时候，便会看到许多解释不了的问题；当我们用道德眼光打量社会的时候，便会发现道德说教和道德制裁的力量是多么有限。孟子生于"当今争于气力"（《韩非子·五蠹》）的时代，坚信"仁者无敌"，结果各国诸侯谁都不用他。并非各国诸侯的智商有问题，而是孟子那一套在乱世确实行不通。孟子讲"舍生取义"，但真正能够舍生取义的人毕竟少之又少。作为一种道德的提倡没有问题，也很有必要；但你若是以为一提倡就能够转化成大多数人的思想和行为准则，那当然是天真的幻想。有人以为"榜样的力量是无穷的"，其实未必。榜样的力量很有限。一两个清官，改变不了满世界的腐败。人们相信正义必胜，邪不压正，天不藏奸，相信得民心者得天下，诸如此类，等等，不一而足。其实，历史并非按照善恶来决定胜负。好人与坏人斗，失败的常常是好人。如王夫之在《读通鉴论·卷八·顺帝》中说："忠奸互角，视权之轻重为凭藉，而奸者常胜。"奸则没有底线，没有信仰，不择手段，利之所在，无所不为，所以常胜；忠则坚守底线，牢记原则，有所为有所不为，投鼠忌器，行必受拘，所以常败。因为有人接受不了恶而胜善、奸而胜忠的结局，于是，就有好事者来改编历史，满足他们的心理需求："尝读《昙花记》，见冥王坐勘曹操，拷之问之，打之骂之。或曰：此后人欲泄其愤，无聊之极思耳。予曰：不然，理应如是，不可谓之戏也。古来缺陷不平之事，有欲反其事以补之者：一曰邓伯道父子团圆；一曰荀奉倩夫妻偕老；一曰屈大夫重兴楚国；一曰燕太子克复秦仇；一曰王明妃再入汉关；一曰侯夫人生逢炀帝；一曰岳武穆寸磔秦桧；一曰南霁云立灭贺兰。斯皆以天数俯从人心，以人心挽回天数。然则董承剑起，曹操头落，忠魂所结，竟当作如是观。"（《三国演义》第二十三回点评）明建文帝的为人，完全符合儒家仁君的标准，燕王却用武力将他推翻。方孝孺这样标准的大儒，却被永乐（即燕王）灭了十族。永乐以后的明代皇帝，都是永乐的后代。如果从道德上看，历史不应该是这样。可是，历史就这样走过来，致使后来的史学家痛苦无比。这些史学家书生气十足，所以他们当不了政治家。《三国演义》里出现了一些坚守儒家原则的儒生和一些为汉朝殉葬的忠臣，身处乱世，他们都没有多大作为。乱世自有乱世的道德准则。乱世讲的是识时务者为俊杰，奉行的是"良禽择枝而栖，贤臣择君而从"，是各为其主。如果我们愿意正视历史，那么，我们就会看到道德与历史的矛盾。当然，要弄清历史的真相相当困难，因为历史是由胜利者来写的。胜利的就是正确的，如果你失败了，那就证明你是错误的，这叫作"历史的选择"——古人说是"成王败寇"，一个意思。黑格尔讲，"恶"也能成为历史发展的动力，中国人却从来没有这种见解，因为中国人骨子里是一种道德化的历史观。《三国演义》把刘备塑造成一位仁义之君，而将曹操刻画成一个"宁教我负天下人，不教天下人负我"的奸雄。拥刘反曹，尊刘贬曹，似乎是牢牢地站在儒家的立场上。可是，通观全书，从这部历史小说的整体描写来看，从它给人的艺术感受来看，《三国演义》颠覆了儒家道德化的历史观。

　　《三国演义》的结局直接否定了"得人心者得天下"的"公理"：三国之中，仁义之君刘备的蜀汉最先灭亡；枭雄孙权的吴国坚持到了最后，苟延到西晋立国；窃国大盗曹操统一了中国的北方，继起的司马氏统一了全国。司马懿的奸诈较之曹操，更是有过之而无不及。如果不是蜀汉地理的易守难攻，如果不是司马氏集团忙着收拾曹魏的残余势力，蜀汉的灭亡还得提前。魏明帝太和四年（230），曹真、司马懿、张郃三路来攻汉中，一场大雨，就偃旗息鼓："大雨道绝，（曹）真等皆还。"（《三国志·蜀书·后主传》）可见蜀道之难。《三国演义》虽然有很多虚构，但它尚尊重基本的历史事实，没有将结局写成蜀汉统一中国。于是，作者将这种读者最不愿意看到的结局归结于天命。无可奈何谓之"命"，其实也是无可解释归之命。曹操的胜利也被糊里糊涂地归于天命。整个《三国演义》因此而蒙上了悲剧的色彩。我们读《三国演义》，从"关羽大意失荆州"以后，就感到一种无力回天的悲哀。恰恰是全书中将人的主观能动性发挥到极致的人物诸葛亮，在时时哀叹天命的不可抗拒。诸葛亮《后出师表》的结尾，充满了"人谋难胜天数"的喟叹："臣鞠躬尽瘁，死而后已；至于成败利钝，非臣之明所能料睹也。"只是"尽人事，听天命"而已，没有必胜的信心。诸葛亮祈禳的时候，恰好就有该死的魏延来闯帐，把灯踏灭，诸葛亮哀叹道："死生有命，不可得而禳也！"司马懿中计困在上方谷里，眼看要被烧死，诸葛亮就要大功告成，谁知骤雨倾盆，司马懿居然有惊无险、死里逃生。由此可见，得人心者未必得天下，最后还要看天命如何。既然如此，那么，"得人心者得天下"的教条还有什么意义？毛宗岗特意引了一段明人杨慎的弹词来作卷头词，其中说："是非成败转头空，青山依旧在，几度夕阳红。"（《历代史略十段锦词话》）既然是非成败最后都归于虚无，刘备、孙权和曹操都一起化成了黄土，读者还激动什么、惋惜什么呢？千万不要为古人浪费感情。毛宗岗还怕读者心情过于压抑，对兴亡成败作了循环论的解释："天下大势，分久必合，合久必分。"既然没有永久的王朝，也没有永久的乱世，既然治久了就走向乱，乱久了又走向治，那就不必为治乱兴衰过分地悲喜。

　　毛泽东对普鲁士军事理论家克劳塞维茨所著《战争论》所提出的"战争是政治的继续"观点作进一步的阐发时说"战争是流血的政治，政治是不流血的战争"（毛泽东《论持久战》）。中国古人好像早就悟出了这个道理，只是没有把这种思想提炼成那样简洁的表达而已。现在的人喜欢讲"商场如战场"，这是深深体会到了商场的诡诈、残酷和风险以后才有的觉悟，难怪我们的市场上充斥着假冒伪劣的商品。有人因此而大叹人心不古，有人说是原始积累，有人说是无商不奸。有人解释说是发展商品经济必须付出的代价，是所谓社会转型阶段不可避免的阵痛。有人说是开了窗户，难免会飞进几只苍蝇。但是，很少有人想到，政治既然是不流血的战争，政治就必然要遵循"兵不厌诈"的规律，政治同样充满了诡诈、风险和残酷。而《三国演义》告诉我们：政治斗争同样充满了欺诈。政治是什么？政治讲的是需要。为了政治目标的实现，可以不择手段。当然，手段的外面需要道德的粉饰。包装、化妆、伪装。一事当先，政治家首先想到的是对谁有利。政治就像一个烂泥塘，谁也莫想洁身而退。但政治需要道德的外衣，譬如像"得人心者得天下""仁者无敌"之类，但你如果把外衣当作了身体，那你就根本不懂政治。读着《三国演义》，只觉得满脑子的权术机杼，心中充满利害得失的考虑，只觉得仁义道德都是假的。书中除了刘备集团以外，人和人的关系，都是利害关系。孙权和曹操之善待部下，不过是为了笼络人才、为己之用。各路诸侯、各个集团都在算计着别人，都在提防着别人的算计。战争是流血的阴谋诡计，政治是不流血的阴谋诡计，如此而已。你来我往，没有一点真；时和时战，处处都是假。今天是亲密战友，明天或许变成不共戴天的仇敌；今天的敌人，明天可能会站在同一个战壕里。恰好符合了西方名言："没有永久的朋友，只有永久的利益。"这句话很难听，但就是事实。真理是赤裸裸的，一点没错。尼克松到中国来，他下飞机，和周恩来总理紧紧握手，他所讲的第一句话："我是为美国的国家利益而来的。"我们不能不承认西方人的坦率。在《三国演义》里，我们看到数不清的尔虞我诈，说不尽的背信弃义。最重要的事情就是，想出欺骗别人的主意和识破别人的诡计，也就是看清对方的真相而把自己的真相隐蔽起来。不但曹操如此，孙权、吕布、袁绍、袁术，无一例外。《三国演义》在这方面所提供的认识价值，远远超过了陈寿的《三国志》和后来司马光的《资治通鉴》。

曹操被定格为奸雄，他被作者描写成权术的化身。曹操和许攸，故友相逢于戎马倥偬之际，热烈而又亲密，可是，曹操一而再，再而三地欺骗老友，说军中的粮食还很多，没有问题。政治家的本能告诉他，不能透露曹军粮食已尽的秘密。他会用欺骗的手法，用仓官的头"解决"他的军粮问题，他会用"望梅止渴"的心理学原理来"解决"饮水的问题。

在《三国演义》里，只要动机高尚，手段可以不必用道德眼光去苛求。王允要算计董卓，用的是美人计。一个美女顶得几十万大军，真所谓"倾国倾城"。貂蝉实际上起到一个色情间谍的作用，虽然她没有经过专业的训练，但无师自通，卧底的任务完成得非常出色。一个弱女子，将两个政治强人弄得神魂颠倒。貂蝉是个正面的形象，却失去了女性的尊严。本来中国的男人特别在意女人的贞节，但在崇高的政治需要面前，贞节问题化为乌有，变得一文不值。结果，借助一位美人的拨乱反正，堡垒从内部攻破。由此可见，传统的道德是多么富有弹性。周瑜使"离间计"，让蒋干带了一封假信回去，结果曹操上当，白白损失了两员水军将领，使联军火攻的条件更趋成熟。蒋干被他的"同窗契友"耍得好苦！按道理说，周瑜要使离间计，耍谁不好，偏偏要捉弄一个"同窗契友"！从政治军事斗争的利益来衡量，群英会是一着绝妙的好棋；而从朋友之道来说，这位周郎却显失厚道。幸好曹操大度，没有把蒋干当作替罪的羔羊。而在元代讲史话本《三国志平话》里，蒋干的运气就没有那么好了：

> 却说武侯过江到夏口，曹操舡上高叫："吾死矣！"众军曰："皆是蒋干！"众官乱刀锉蒋干为万段。

孙权要调理刘备，就用美丽的妹妹去作诱饵。谁知出来一个吴国太。吴国太不懂政治，所以她当不了政治家。她老人家只知道替女儿的幸福考虑，坚决反对让女儿作政治斗争的牺牲品。她大骂周瑜:"汝做六郡八十一州大都督,直恁无条计策去取荆州,却将我女儿为名,使美人计!杀了刘备,我女便是望门寡,明日再怎的说亲?须误了我女儿一世!你们好做作!"(《三国演义》第五十四回)吴国太的添乱,使一场你死我活的政治斗争充满了戏剧色彩。当然,我们也可以把它看成两种观念的对立和斗争。吴国太心疼女儿,但干扰和损害了政治家的方针大计,结果使亲者痛、仇者快。

《三国演义》"拥刘贬曹"的道德眼光,无形中成为人物褒贬的导向。譬如,张松和法正,于刘备是恩人,是刘备夺川的有功之臣,替刘备省下无数军马钱粮。但如果用道德去衡量,二人则是卖主求荣之徒。当然,你也可以说,刘璋非可事之主。但是,在刘备与刘璋会面时,法正和张松就建议刘备乘机袭杀刘璋,这就过于残忍了。祢衡之狂,无人能够与其相处,而小说将他写成痛斥曹操的刚烈之士。明人徐渭的杂剧《狂鼓吏渔阳三弄》,写祢衡应判官之请,在阴司重现"击鼓骂曹"的情景,历数曹操一生劣迹,影射明代权奸佞臣的误国害民。名为骂曹操,实为骂严嵩。此剧离开史实而进行大胆的虚构,慷慨悲壮,充满了愤世嫉俗的激情。历史上的刘表,虽然没有四方之志,但也并非如小说所描写的那么平庸。献帝下诏任命北军中侯刘表为荆州刺史,当时遍地都是盗贼,阻断了道路。刘表单人匹马进入宜城,请来南郡的名士蒯良、蒯越,与他们商议说:"如今江南宗党势力十分强大,各自拥兵独立,假如袁术借助他们的力量乘机来攻,必然会大祸临头。我想征兵,但恐怕征集不起来,你们有什么高见!"蒯良说:"民众不归附,是宽仁不够;归附而不能治理,是恩义不足。只要施行仁义之道,百姓就会归附,像水向下流一样,为什么担心征集不到呢?"蒯越说:"袁术骄傲而缺乏谋略。宗党首领多贪残凶暴,部下离心离德,若让人显示好处,这些首领必然会率众前来。您把横行无道者处死,招抚收编他们的部下,州内百姓都想安居乐业,听说了您的威望和恩德,一定会扶老携幼,前来投奔。聚集兵众后,据守江陵和襄阳这南、北两处,荆州境内的八郡,发布公文就可平定。即使那时袁术来攻,也无计可施。"刘表说:"很好!"就派蒯越去引诱各宗党首领,有五十五个首领来到，刘表把他们全部处斩，吞并他们的部队。于是把州府移到襄阳，镇压安抚郡县，荆州属下的长江以南地区全部平定。他"南收零、桂，北据汉川，地方数千里，带甲十余万"（《三国志·魏书·刘表传》），可见并非等闲之辈，当年也曾经叱咤风云。废长立幼，固然是刘表的失策，但刘琦、刘琮的矛盾没有闹到如袁谭、袁尚那样势不两立、互相残杀的程度。刘表去世不久，刘琦就因病而死，若是选择刘琦接班，恐怕也并非好的主意。

某些人物非常出色，但因为是曹魏方面的，所以就不被读者留心欣赏，譬如张辽。曹操派张辽驻守长社，临出发时，军中有人造反，夜里，营中惊慌混乱，起火，全军惊恐。张辽对左右说："不要乱动！这不是全营的人都想造反，一定是少数叛乱分子制造混乱，想扰乱军心。"下令说："凡没有参与叛乱的，都坐着不动。"张辽率领数十名亲兵在军营的中央站定，过了一会，全军都安定下来，随即捉到主谋的人，将他们处死。泰山崩于前而不惊，张辽有这样的大将风度。建安二十年（215）八月，孙权率军队十万人围攻合肥。此时，魏公曹操正在征讨张鲁，无暇顾及合肥。张辽、李典、乐进率七千人在合肥驻守。三将平时的关系并不和谐，张辽顾全大局的态度和有我无敌的气概感动了李典、乐进。张辽当夜募集敢于出战的兵士八百人，杀牛设宴犒赏他们。第二天早晨，张辽身穿铠甲，手持长戟，身先士卒，冲锋陷阵，杀死数十人，斩敌两员大将，高喊"我是张辽！"冲破敌兵营垒，直到孙权的大旗下。孙权大惊，不知所措，退上一座高丘，用长戟抵御。张辽大声叫喊着，要孙权下来交战，孙权不敢动，看到张辽所带的人马并不多，乃下令将张辽重重包围。张辽急忙打开重围，带领部下数十人冲出来。其余的人高喊："将军要抛弃我们吗？"张辽又返身杀回，再度突围，救出其余的战士。孙权的人马都散开退让，没人敢于抵挡。从清晨一直战到中午，吴军丧气。张辽这才命令回城，整修城防，军心于是安定。"这一阵杀得江南人人害怕，闻张辽大名，小儿也不敢夜啼"（《三国演义》第六十七回）。张辽的武艺胆略，当不在关羽之下；他的阵前杀进杀出，并不比赵云之大战长坂坡有何逊色；况且赵云的大战长坂坡是艺术的夸张，而张辽的血战合肥却是史实。但是，读者对他的兴趣，远在关羽、赵云之下，张辽在中国百姓中的影响无法与关羽相比。

再如陆逊，智勇双全，堪称东吴的中流砥柱。吕蒙对关羽有所顾忌，陆逊鼓励他："羽矜其骁气，陵轹于人。始有大功，意骄志逸，但务北进，未嫌于我，有相闻病，必益无备。今出其不意，自可禽制。"结果夺回荆州，俘获关羽父子。夷陵之战，火烧连营七百里，刘备狼狈，仅以身免。石亭之役，大破曹休，"追亡逐北，径至夹石，斩获万余，牛马骡驴车乘万两，军资器械略尽。休还，疽发背死"（《三国志·吴书·陆逊传》）。陆逊不但具有出色的军事才能，而且为人正直仁义，没有任何不良嗜好。孙权晚年昏聩，果于杀戮，陆逊犯颜直谏："夫峻法严刑，非帝王之隆业；有罚无恕，非怀远之弘规也。"孙权废长立幼，陆逊多次反对，终于激怒孙权而失宠。陆逊顾全大局，胸怀磊落，堪称完人。可是，因为他是东吴方面的名将，蜀汉的衰落与他直接相关，读者在感情上不容易接受他。

曹丕以禅让的形式篡汉，我们看《三国志》，身为晋人的作者陈寿有许多的顾虑，不敢写出事实的真相，因为司马氏集团也是采用同样的方式篡夺了曹魏的政权。王夫之在《读通鉴论》里说《三国志》是"司马氏之书"，并不过分。魏晋南北朝时期，篡夺相继，如《三国演义》第八十回所说："黄初欲学唐虞事，司马将来作样看。"《三国演义》对于那早已成为历史的曹魏代汉，已经没有必要替它粉饰。《三国志·魏书·文帝纪》把禅让的过程写得非常平静，完全是和平过渡，风平浪静："汉帝以众望在魏，乃召群公卿士，告祠高庙。使兼御史大夫张音持节奉玺绶禅位。"下面有一大堆群臣冠冕堂皇的劝进表。那么，《三国演义》又是怎么写的呢？小说中大写特写曹操逼宫的残暴凶狠，连怀孕五月的董妃也不肯放过。搜寻伏皇后的场面写尽曹操的狰狞，而把献帝写得非常可怜。贵为皇帝，却保护不了自己的皇后。史载："公遣华歆勒兵入宫收后，后闭户匿壁中。歆坏户发壁，牵后出。帝时与御史大夫郗虑坐，后被发徒跣过，执帝手曰：'不能复相活邪？'帝曰：'我亦不自知命在何时也。'帝谓虑曰：'郗公，天下宁有是邪！'遂将后杀之，完及宗族死者数百人。"（《三国志·魏书·武帝纪》注引《曹瞒传》）禅让的时候，曹丕派华歆去逼献帝，"帝闻言，大惊，半晌无言"。在群臣的围攻之下，"帝大哭，入后殿去了。百官哂笑而退"。献帝无奈，只好"自愿"让位。小说特意添出这样的细节："曹丕听毕，便欲受诏。司马懿谏曰：'不可。虽然诏玺已至，殿下宜且上表谦辞，以绝天下之谤。'丕从之，令王朗作表，自称德薄，请别求大贤以嗣天位。"（《三国演义》第八十回）也就是说，演戏就认认真真地演，不是没有用的，为的是"绝天下之谤"。此时此刻，司马懿大半是想到了诸如"得人心者得天下"之类的道理，所以会有那样的建议。在这里，《三国演义》写尽"禅让"的虚伪。在这种地方，文学显得比史学更诚实。曹操之由丞相而魏公、由魏公而魏王，屡升而屡让。建安十六年（211），三十一岁的曹丕为五官中郎将，副丞相。建安二十一年（216）夏五月，天子进公爵为魏王。二十二年（217）夏四月，天子命王设天子旌旗，出入称警跸。冬十月，天子命王冕十有二旒，乘金根车，驾六马，设五时副车，以五官中郎将丕为魏太子。从容不迫，终于水到渠成。

曹丕的禅让闹剧，胜似西汉的王莽，为后世的权臣篡位提供了更加成功的模式。曹操禁止宦官参政，曹丕明令禁止外戚干政，明显是从东汉的衰亡中汲取了深刻的教训；又压制兄弟，是从西汉的七国之乱中获得了教训。但曹丕没有想到，司马氏竟故伎重演，名为禅让，实为篡夺，再次搬用权臣篡位的模式并取得成功。清人赵翼在其《廿二史札记·禅让》中总结说："古来只有禅让、征诛二局，其权臣夺国，则名为篡弑，常相戒而不敢犯。王莽不得已，托于周公辅成王，以摄政践阼，然周公未尝有天下也。至曹魏则欲移汉之天下，又不肯居篡弑之名，于是假禅让为攘夺。自此例一开，而晋、宋、齐、梁、北齐、后周以及陈、隋皆效之。此外尚有司马伦、桓玄之徒，亦援以为例。甚至唐高祖本以征诛起，而亦假代王之禅。朱温更以盗贼起，而亦假哀帝之禅。至曹魏创此一局，而奉为成式者且十数代，历七八百年，真所谓奸人之雄，能建非常之原者也。……司马氏三世相魏，懿已拜丞相，加九锡，不敢受；师更加黄钺，剑履上殿，亦不敢受；昭进位相国，加九锡，封十郡，爵晋公，亦辞至十余次，晚始受晋王之命，建天子旌旗，如操故事，然及身亦未称帝，至其子炎始行禅代。及刘裕则身为晋辅而即移晋祚，自后齐、梁以下诸君，莫不皆然，此又一变局也。"禅让，为权臣篡夺政权提供了一种和平的形式。但是，在禅让以前，必然有一系列翦除异己、扫除障碍的血雨腥风，因为政权的转移意味着权力和财产的重新洗牌，必然会损害一大批权贵的利益。

我们可以看一下南朝时刘宋禅让给萧齐的情景，以作参考：辛卯（二十日），宋顺帝颁诏将帝位传让给齐王。壬辰（二十一日），顺帝应当到大殿去会见百官，但他不肯出面，却逃到佛像的宝盖下面。王敬则率领军队来到宫殿的庭院中，抬着一顶木板轿子入宫，去迎接顺帝。太后害怕，便亲自率领宦官找到顺帝，王敬则劝诱顺帝，让他从宝盖下面出来，领着他上了轿子。顺帝止住眼泪，对王敬则说："要杀我吗?"王敬则说："只是让你到另外的宫殿中居住罢了。您家先前取代司马氏一家也是这样做的。"顺帝掉着眼泪弹着手指说："但愿我今后世世代代不再生在帝王家中!"（见《南史·王敬则传》）宫中的人们都哭泣起来。此时的顺帝不过是一个十三岁的孩子。宋顺帝出宫以后，第二年就遇害，相对来说，汉献帝的命运比他略强，废作山阳王以后，又活了十四年。

死至临头，方才后悔生在帝王之家，不亦晚乎! 魏篡汉，晋篡魏，宋篡晋，齐篡宋，恰如《红楼梦》所云："乱烘烘你方唱罢我登场，反认他乡是故乡。甚荒唐，到头来都是为他人作嫁衣裳!"

# 民族偶像多半借小说戏曲而形成

中国民众的历史知识，一般地说，多来自小说、戏曲以及各种各样的艺术。时至今日，虽然已经普及九年制义务教育，有了电视，有了手机，百度、谷歌，上网电邮，博客、微信，快手、抖音，这种情况也并没有根本性的改变。在大部分人那里，艺术的真实亦想当然地被认为是历史的真实。各种"戏说"大行于世，层出不穷，如火如荼。一些历史剧里的人物，好像是今人穿上了古装。他们的语言、表情和气质、行为举止，是那么缺乏历史感。一些学者，也将《三国演义》《水浒传》当史料来看待，更不必说一般民众。有位环保专家谈动物保护问题，就根据《水浒传》而得出宋代的时候山东有老虎的结论。貂蝉这个人物以及王允的连环计本是《三国演义》的虚构，而"百度百科"居然在"党锢之祸"的条目中将其当作真实的历史："董卓掌权后，大肆淫乱后宫，施行暴政，弄得民怨沸腾，百姓怨声载道，各地诸侯纷纷讨伐，直到王允利用貂蝉和吕布以美人计和反间计才将其杀死。"

正史的受众面非常狭小，在古代，有多少人能够读懂正史呢？即便是在文化普及的今天，能够去阅读《三国志》的人又有多少？在全国十四亿人口中能够占有多大的比例？而恰恰是通俗的文学艺术，利用大众喜闻乐见的形式，日复一日，将真真假假的历史知识普及到了大众的脑海里。在大众那里，小说家战胜了史学家，说书人战胜了学者。艺术的真实、艺术的虚构，战胜了历史的真实，使"历史"变得更加扑朔迷离。百姓从《封神演义》知道了商纣王、姜太公；从《将相和》知道了廉颇、蔺相如；从《三国演义》得知了曹操、孙权、周瑜、刘备、诸葛亮，知道了关羽、张飞、赵云；从小说《三侠五义》和《铡美案》之类的"包公戏"得知了包拯；从《隋唐演义》知道了隋炀帝、李世民、秦琼、程咬金；从《长生殿》等一系列的"李杨戏"知道了唐明皇和杨贵妃。现在的中国人，更多地通过电视节目和百度获得了各种历史知识。中国人最熟悉的历史人物和历史故事，无不与小说、戏曲有关。中国人对于历史人物的爱憎褒贬，也往往取决于小说、戏曲所塑造的形象、所持的立场。难怪清末小说理论家黄摩西在《小说小话》里发出这样的感慨："书中人物最幸者，莫如关壮缪；最不幸者，莫如魏武帝。历稽史册，壮缪仅以勇称，亦不过贲、育、英、彭流亚耳。至于死敌手，通书史，古今名将，能此者正不乏人，非真可据以为超群绝伦也。魏武雄才大略，奄有众长，草创英雄中，亦当占上座。虽好用权谋，然从古英雄，岂有全不用权谋而成事者？况其对待屡王，始终守臣节，较之萧道成、高欢之徒，尚不失其为忠厚，无论莽、卓矣。乃自此书一行，而壮缪之人格，互相推崇，极于无上，祀典方诸郊禘，荣名媲于尼山，虽由吾国崇拜英雄之积习……而演义亦一大主动力也。若魏武之名，则几于穷奇、梼杌、桀、纣、幽、厉，同为恶德之代表。……今试比人以古帝王，虽傲者谦不敢居；若称以曹操，则屠沽厮养，必怫然不受。即语以魏主之尊贵，且多才，子具文武才，亦不能动之也。文人学士，虽心知其故，而亦徇世俗之曲说，不敢稍加辨正。"

惟其如此，考察中国历史上几乎所有民族偶像的形成，实有赖于小说和戏曲的传播或渲染。《三国演义》《水浒传》等小说名著的思想和艺术，它们早已超越了小说的层面、文学的层面，扩展到饮食、旅游、绘画、音乐、工艺等领域，成为传统文化的组成部分。现在更是延伸到影视、动漫、网络游戏等新的领域。潜移默化，润物无声，渗透到社会的方方面面，影响着人们的语言和思维，融化到人们的血液里。文化是历史的沉淀，偶像一旦融入文化的大河，就具有比政治、经济更大的稳定性。文化无处不在，别无选择。文化的精神是无形的，但是，它却可以指挥一切。尽管很多历史学家大声疾呼，指出《三国演义》所描写的，与三国的历史有很多的不同，但是，这丝毫也影响不了绝大多数人对三国人物的爱憎褒贬立场。"多数"是可爱的，又是可怕的，千百万人的习惯是难以想象的强大。当然，时代毕竟在前进，教育逐渐地普及，越来越多的人学会了把历史的真实与艺术的真实区分开来。

姜太公、诸葛亮、关羽、黄忠、花木兰、包拯、武松、岳飞、文天祥及杨家将的英雄群体，这些人物，大多在正史中或多或少的有一点根据，然后在小说和戏曲，乃至于各种艺术形式中，在世世代代滚雪球一样的流传过程中，添枝加叶，虚实相辅，"事迹"越来越丰富，形象越来越高大，人格越来越完美，从部分人的崇拜变成全民族的崇拜，从局部地区的崇拜变成全国性的崇拜，从一朝一代的崇拜变成代代相传的崇拜。有些偶像，譬如诸葛亮和关羽，其影响甚至跨越了民族的界线，辐射到周边国家和地区。有些民族偶像还能够与时俱进，作出调整。譬如包公的破案，就会加进一些科技的成分，逻辑性的推理也会加强。尽管这些偶像的演变过程各有不同，但他们都是对时代召唤的一种响应，是社会的需要将他们召唤出来。在这些偶像的身上，浸润着百姓的爱憎，寄托着民族的向往和希望，寄托着民族的审美理想。这些偶像的浑身上下，乃至于骨子里都渗透着传统文化的浓郁气息。当我们用现代目光去审视这些民族偶像的时候，也就看到了传统文化的深厚与复杂。

三国纷争，蜀汉是失败者，东吴也是失败者，可是，世人并不以成败论英雄。从历史上看，三国之中，治理得最好的是蜀汉。蜀汉的衰落发生在诸葛亮的身后。陈寿在《上〈诸葛亮集〉表》中这样描写诸葛亮时期蜀汉的吏治："科教严明，赏罚必信，无恶不惩，无善不显，至于吏不容奸，人怀自厉，道不拾遗，强不侵弱，风化肃然也。"诸葛亮在蜀汉所推行的这种清明的政治，顺应了民众的社会理想。"拥刘反曹"的倾向正是建立在顺应民众的这种社会理想的基础之上。民众才不管什么正统不正统！他们虽然没有成套的理论，没有系统的历史知识，但他们知道，一切正统的高调与他们的切身利益没有丝毫的关系。诸葛亮的威信不仅在于他的才能，而且在于他的无私和忠贞，是所谓"鞠躬尽瘁，死而后已"。我们读他的《出师表》，千载之下，仍不能不为之动容。如毛宗岗所析："曹操、司马懿之为相，与诸葛武侯之为相，其总揽朝政相似也，其独握兵权相似也，其神机妙算为众推服，又相似也。而或则篡，而或则忠者，一则有私，一则无私；一则为子孙计，一则不为子孙计故也。操之临终，必嘱曹丕；懿之临终，必嘱师、昭。而武侯不然。其行丞相事，则托之蒋琬、费祎矣；其行大将军事，则付之姜维矣。而诸葛瞻、诸葛尚，曾不与焉。自有桑八百株、田十五顷而外，更无一事以增家虑。则出将入相之孔明，依然一弹琴抱膝之孔明耳。原其初心，本欲俟功成之后，为泛湖之范蠡，辟谷之张良，而无如事之未终，乃卒于五丈原之役。呜呼！有人如此，尚得于功名富贵中求之哉！"（一百四回点评）如此，诸葛亮人品的高尚，成为官民的共识。那些被诸葛亮降职、罢官甚至论刑的官员，如马谡、廖立、杨仪、李严、彭羕等，即便有些想不通，但对诸葛亮都没有怨恨之心。黄权不得已而降魏，在司马懿面前常常称赞诸葛亮不已。（见《三国志·蜀书·黄权传》）《三国志》的作者陈寿，他的父亲是马谡帐下的参军，街亭之役受到牵连，被诸葛亮责

诸葛亮

罚，但陈寿的《三国志》依然热情洋溢地赞美诸葛亮。"初，蜀长水校尉廖立，自谓才名宜为孔明之副，尝以职位闲散，快快不平，怨谤不已。于是孔明废之为庶人，徙之汶山。及闻孔明亡，乃垂泣曰:'吾终为左衽矣!'李严闻之，亦大哭病死。盖严尝望孔明复收己，得自补前过，度孔明死后，人不能用之故也"（《三国演义》第一百四回）。诸葛亮的人格魅力，由此可见。

三国之中，蜀汉的国力最弱，而内部最为团结。曹魏最强，而内部矛盾最大，内部关系最紧张。蜀汉高举"兴复汉室"的旗帜，凭借清明的政治，采取兼容并包的方针，将刘备旧部、刘璋旧部和益州土著联合在一起，造成一种同心同德的政治局面。这种局面当然不是在短时期内形成的。它需要时间，需要一个过程。刘备刚刚攻克成都的时候，"蜀中一日数十惊，守将虽斩之而不能安也"（《资治通鉴》卷六十七）。司马懿建议曹操趁刘备立足未稳，进军益州，曹操讥笑其得陇望蜀。机会转瞬即逝，曹操不无后悔。孙权是一会儿与曹操大战，一会儿又表示归顺，甚至劝曹操直接当皇帝，进退失据，毫无章法。而刘备、诸葛亮则一直指曹操为汉贼，始终高举"兴复汉室"的大旗。

曹魏内部，谯沛集团和汝颍集团的矛盾，拥汉派和拥曹派的矛盾，错综复杂，明争暗斗，常常是一波未平，一波又起。惟有曹操这样雄才大略的领袖才能驾驭这些错综复杂的矛盾，或以铁腕的手段镇压反对派，或以怀柔的策略平衡各派的利益，维持内部的稳定。曹操每一次出征，其后方常常会发生动乱。曹操征陶谦，陈宫、张邈联合吕布在曹操的后方造反。曹操追击袁术，"张绣依托刘表，复肆猖獗，南阳、江陵诸县复反"（《三国演义》第十七回）。官渡大战时，"汝南降贼刘辟等叛应绍，略许下"。曹魏集团里的许多人暗中与袁绍通讯联系。建安五年（200），车骑将军董承等曾经联合刘备等，欲谋杀曹操。事泄被杀，夷三族。董承的女儿董妃，此时正怀着身孕，也同时遇害。董承等被杀以后，史书上再也没有献帝自己作主封拜重要官员的记录。建安十三年（208），曹操杀孔融，夷其族。"汉皇后伏氏坐昔与父故屯骑校尉伏完书，云帝以董承被诛怨恨公，辞甚丑恶，发闻，后废黜死，兄弟皆伏法"，灭其族与二皇子。建安二十三年（218），"汉太医吉本与少府耿纪、司直韦晃等反，攻许，烧丞相长史王必营，必与颍川典农中郎严匡讨斩之"。建安二十四年（219），西曹掾魏讽谋反袭击邺城，事泄被杀，连坐死者数十人。同年，陆浑民孙狼起兵应关羽，许昌以南人心震恐。崔琰、杨修等名士也因为锋芒太露而遭杀戮。毛玠为人正直，"与崔琰等并典选举。其所举用者，皆清正之士。虽于时有盛名而行不由本者，终莫得进"（《三国志·魏书·毛玠传》）。毛玠只是因为同情崔琰，差一点被曹操处死。陈寿叹惜："崔琰高格最优，鲍勋秉正无亏，而皆不免其身，惜哉！"

曹操虽然是胜利者，但并非民众歌颂、同情的对象。民众同情蜀汉，尤其是同情诸葛亮。东晋史学家、文学家习凿齿在《襄阳耆旧记》中说："亮初亡，所在各求为立庙，朝议以礼秩不听，百姓遂因时节私祭之于道陌上。"后来朝廷迫于民众的一再要求，不得不在沔阳为之立庙。由此可见，诸葛亮去世以后，立即引起了蜀人自发的深切思念。蜀国灭亡以后，蜀国旧地的民众或大姓起兵反抗西晋的统治时，也常常打着诸葛亮的旗帜。从现有的材料来看，蜀人对刘备倒是并不怎么怀念。司马氏集团一方面有意地贬低诸葛亮，一方面为了安抚蜀人，也不得不做出一点姿态，来表彰诸葛亮。钟会伐蜀时，特意去祭奠诸葛亮的祠庙。西晋的统治者还让陈寿编辑诸葛亮的文集。

晋人张辅写了一篇《名士优劣论》，其中特意比较了曹操和刘备的优劣长短："世人见魏武皇帝处有中土，莫不谓胜刘玄德也。余以玄德为胜。夫拨乱之主，先以收相获将为本。一身之善战，不足恃也。……（曹操）良将不能任，行兵三十余年，无不亲征。功臣谋士，曾无列土之封；仁爱不加亲戚，惠泽不流百姓。岂若刘玄德威而有恩，勇而有义，宽宏而大略乎！诸葛孔明达治知变，殆王佐之才，玄德无强盛之势，而令委质。张飞、关羽，皆人杰也，服而使之。"像张辅这样赞誉刘备的文章非常少见。即便是张辅，他在赞誉刘备的时候，也把刘备能够重用诸葛亮作为其最可称道的优点。

我们看唐人的诗赋中，有很多称赏诸葛亮的作品。其中尤以杜甫的诗篇影响最大。与此同时，称颂刘备的作品却不多见。凡是称誉刘备者，也都是欣赏他的三顾茅庐，欣赏刘备和诸葛亮之间的君臣鱼水之情。李白的《君道曲》写道："小白鸿翼于夷吾，刘葛鱼水本无二。"岑参的《先主武侯庙》写道："先主与武侯，相逢云雷际。感通君臣分，义激鱼水契。"杜甫的《谒先主庙》写道："复汉留长策，中原仗老臣。"汪遵的《咏南阳》有云："若非先主垂三顾，谁识茅庐一卧龙？"李山甫更是代孔明而哭刘备："忆昔南阳顾草庐，便乘雷电捧乘舆。"（《代孔明哭先主》）又有周昙《蜀先主》云："豫州军败信途穷，徐庶推能荐卧龙。不是卑词三访谒，谁令玄德主巴邛。"在历代咏叹三国故事、三国人物的诗文中，除了赞誉诸葛亮以外，赞誉孙权和周瑜的作品也不少。在民间传说中，刘备的形象并不高大，可敬而不可亲，还不如《三国志·蜀书·先主传》中的刘备。三国的时候，访贤用能的问题关系到各个集团的生死存亡。刘备的三顾茅庐，成为礼贤下士的佳话。

东晋、南北朝时期，国家分裂，民族矛盾上升，人们更加怀念一心北伐、统一中原、兴复汉室的诸葛亮。自此以后，凡是中华民族遇到外患、神州陆沉、风雨飘摇的时候，诸葛亮就十分自然地成为人们怀念、追慕的对象。抗金名将宗泽弥留之际，长吟杜甫名句："出师未捷身先死，长使英雄泪满襟"，三呼"过河"而卒。岳飞敬谒南阳武侯祠，"更深秉烛，细观壁间昔贤所赞先生文词、诗赋及祠前石刻二表，不觉泪下如雨。是夜，竟不成眠，坐以待旦。道士献茶毕，出纸索字，挥涕走笔，不计工拙，稍舒胸中抑郁耳"。明人杨慎有词《六州歌头·吊诸葛》：

伏龙高卧，三顾起隆中。割宇宙，分星宿，借江东。祝东风。

端坐舌战徂公。激公瑾，连子敬，呼翼德，挥白羽，楚江红。

乌韵惊飞，虎踞蚕丛地，炎焰重融。吞吴遗恨在，受诏永安宫。

尽悴苍穹。鉴孤忠。念行营草出师表，心匪石，气凌虹。

岁去志，年驰意，早成翁。目断咸潼。出五丈，屯千井，旗正正，鼓冬冬。

天亡汉，将星陨，卯金终。巾帼食槽司马，生魄走、死垒遗弓。

遣行人到此，千古气填胸。多少英雄。

此词概述诸葛一生功勋，充满崇敬之情。三国故事的发展，使诸葛亮的形象越来越高大，也越来越完美。从《三国演义》对诸葛亮的描写来看，对诸葛亮的美化已嫌过分，变成对诸葛亮的神化了。诸葛亮的料事如神，更是描写得淋漓尽致。周瑜每次用计，从苦肉计、离间计、火攻计、连环计到借刀杀人，都被诸葛亮冷眼识破。刘备去东吴成亲，凶多吉少。诸葛亮派赵云去保护刘备，居然给赵云三个锦囊，吩咐赵云："汝保主公入吴，当领此三个锦囊。囊中有三条妙计，依次而行。"（《三国演义》第五十四回）形势瞬息万变，而居然都在诸葛亮预料之中。此时的诸葛亮已经不是人，而是神仙。学者们常常以此来责备《三国演义》。但是，如果我们能够考虑到历代民众对诸葛亮那种近乎狂热的崇拜之情，考虑到历代士大夫对诸葛亮的钦佩和推崇，这种料事如神，"一身系天下之安危"的神化就可以理解了。诸葛亮从擅长治国的贤相逐渐变成神机妙算的三军统帅，刘备则从临阵指挥的三军统帅变成知人善任、从善如流的英主。诸葛亮逐渐成为三国故事中最受人欢迎的人物，刘备则逐渐成为诸葛亮的陪衬。"拥刘反曹"的倾向就是这样从民众对诸葛亮的敬爱之心、怀念之心，一点一点地发展、积累起来的。当然，为了更好地塑造诸葛亮的形象，有必要提升和充实刘备的形象。很显然，《三国演义》里凡有利于刘备的材料，主要来自《三国志》及裴注，或是野史笔记之类，而不是来自民间的传说。刘备的形象缺乏民间传说的支撑，所以显得比较单薄。相比之下，关于张飞、关羽、赵云的民间传说却比较丰富。

除了诸葛亮以外，《三国演义》又树立出另一位民族偶像，那就是关羽。统治者欣赏他的"忠"，民间欣赏他的"义"。上下各取所需，加上小说所渲染的关羽超群绝伦的武艺，关羽就被定格为忠义的武圣，成为一位保护神。历史上的关羽，本来没有多少事迹，但《三国演义》为他构思出"桃园三结义""温酒斩华雄""连斩颜良和文丑""千里走单骑""三英战吕布""秉烛达旦""过五关斩六将""单刀赴会""水淹七军"等一系列可歌可泣的英雄事迹。其中，唯有斩杀颜良和"水淹七军"有史可据，其余都是虚构。如果说《三国演义》中的诸葛亮已经被神化，而关羽超群绝伦、"义薄云天"的高大形象则带有很重的水分。

美髯公千里走单骑

一部长篇小说，居然树立起两位民族偶像，这也算是中国文化史上的一个奇迹了。

　　文人学子自小攻读经史,《三国演义》既然是一部历史小说,他们首先就会注意,它与《三国志》《后汉书》和《资治通鉴》中的相关记载是否吻合。文人学子对史学有一种本能的敬畏,史学是中国文化的核心资产,是保持中华民族凝聚力的核心因素。钱穆在其《国史大纲》的《引论》中说:"若一民族对其已往历史无所了知,此必为无文化之民族。此民族中之分子,对其民族,必无甚深之爱,必不能为其民族真奋斗而牺牲,此民族终将无争存于并世之力量。"就历史小说而言,人们要明白,不能用是否符合历史去衡量历史小说的价值。虚构是艺术的生命和权利。归根到底,历史演义的价值在于它的审美价值,而不是在于它是否忠实于历史。完全拘泥于历史的记载,亦步亦趋,将失去小说的魅力;一味地信马由缰、不顾基本的历史事实,将会被认为是胡编乱造,成为今日所谓之"戏说"。过犹不及,分寸的拿捏是关键。真、善、美相辅相成,又互相制约。小说家必须很好地在历史的真实与艺术的真实之间取得一种平衡。在这方面,《三国演义》提供了丰富的经验和教训,是一份珍贵的财富。其中的得失成败,至今未能得到系统、深入的总结。

　　文学的自觉是非常艰难漫长的过程,《三国演义》的虚实问题,一直到清代还在争论不休。数百年来,《三国演义》没有被当作纯粹的小说来评判。是金圣叹、张竹坡、毛纶、毛宗岗等点评派的出现，启发人们注意到了小说的审美特性。这是一次思想的解放，意义重大。毛纶、毛宗岗父子更是《三国演义》的有功之臣。鲁迅说魏晋时期是文学自觉的时代，带有演讲时即兴的玩笑的性质。试看曹丕的《典论·论文》、陆机的《文赋》、刘勰的《文心雕龙》，都把文学的文章与应用文混在一起论述，哪有文学的自觉？

有关《三国演义》的评论一直受到虚实之争带来的压力。"演义"，是演历史之义，名称本身就坦白承认了自身对于历史的依附关系。《三国演义》只是现在一般人对这部小说的习惯性叫法，其本来的书名是《三国志通俗演义》。本书称其为《三国演义》，也只是为了行文简练而已。历史演义和史学都是叙事，二者之间形成天然的对比。中国历来讲以史为鉴，把历史当作现实的镜子，史学，特别是《史记》《汉书》《后汉书》《三国志》《资治通鉴》，更是文人学子的必修读物。相比之下，历史演义是供人们娱乐的闲书，其社会地位之低下、趣味之凡俗，无法与史学著作相比。历史演义之所以自惭形秽、难登大雅之堂，历史演义之所以要千方百计地披上历史的外衣，或是因为要向历史靠拢，或是因为要自命为史学的辅助和补充，以获得上流社会的容忍和承认，非如此不足以扩展自己的生存空间，其根本原因就在这里。所谓"小说家言"，明显带有一种轻蔑的意味。轻蔑的原因之一，就是"不实"；原因之二是趣味"低俗"。

在古人那里，或用"不实"来指责小说，如纪昀之责难《聊斋志异》："今燕昵之词，媟狎之态，细微曲折，摹绘如生。使出自言，似无此理；使出作者代言，则何从而闻见之？"（《姑妄听之》盛时彦跋引纪昀语）；或说"事太实则近腐""须是虚实相半，方为游戏三昧之笔，亦要情景造极而止，不必问其有无也"（谢肇淛《五杂组》卷一五"事部"）。分歧一直存在，几乎与小说的全部发展相终始。显然，指其不实的一方更加强大，因为他们得到了统治阶级意识形态的支持。一些作品因为离开历史的真实而遭人诟病，一些作品因为拘泥于历史事实而失去魅力。平心而论，在古典小说的创作中，严重的问题不是离开生活的胡编乱造，而是缺乏艺术想象力而造成的平庸。历史演义汗牛充栋，每一个朝代都有历史演义与其对应，唯有《三国演义》脱颖而出，前不见古人，后不见来者，成为无法超越的存在，并非偶然。小说家在提炼情节和人物的时候，在设计小说结构的时候，离不开艺术的想象。想象力是小说家必备的天赋。《三国演义》成功的根本原因，就是最充分最巧妙地吸收和改造了民间文学、民间艺术的种种奇思妙想。不仅历史小说如此，其他的小说也是一样。是小说家和戏曲家的虚构帮助历史造成了诸如诸葛亮、关羽、包拯、岳飞这样家喻户晓、妇孺皆知的民族偶像。纪实的作品可以感人肺腑、催人泪下，却不能登峰造极。

同一部《三国演义》，清代史学家章学诚在《丙辰札记》中指责其"七分实事，三分虚构"，"虚实错杂"以淆人。他认为，要么像《列国志》《东西汉》《说唐》《南北宋》"多纪实事"，要么像《西游》《金瓶》"全凭虚构"。晚清官员、文史学家李慈铭对小说的"以假乱真"非常痛恨："余素恶《三国志演义》，以其事多近似而乱真也。"（《荀学斋日记》）胡适则指责《三国演义》虚构不够。他的《三国志演义序》说，《三国演义》"拘守历史的故事太严，而想象力太少，创造力太薄弱"，所以"不能算是一部有文学价值的书"。以今人的眼光去看，章氏、李氏和胡氏的评价都失之偏颇。

《三国演义》作为一部历史小说，尊重基本的历史事实，书中重要人物的主要活动，和历史相去不远，如清人刘廷玑所言："演义者，本有其事，而添设敷衍，非无中生有者比也。"（《在园杂志》）但也并非如清溪居士所说"悉本陈志裴注，绝不架空杜撰"（《重刊三国演义序》）。如果我们仔细将《三国演义》与历史相比，自然有很多的出入。特别值得指出的是：小说中的精彩部分，几乎都是虚构。正如《包公案》里包公破的那些案子，百分之九十九都是出于虚构，都是"贪他人之功，据为己有"。按照《宋史·包拯传》的记载，包拯一生只破了一个"牛舌案"。就连这个唯一的案子，也还有掠人之美的嫌疑。蔡襄《端明集》卷三八《尚书都官员外郎致仕叶府君墓志铭》中，就记载了一个类似的牛舌案。后来的穆衍也破过同样的案子，见于《宋史·穆衍传》。精彩之处多出于虚构，读者读得津津有味的地方，正是子虚乌有的地方啊！《三国演义》的情况也与此类似。

小说的虚构服从主题的需要，在我看来，《三国演义》的主题，从政治上来看，是要表达民众对仁政的向往；从历史方面来看，它要表达一种"天下惟有德者居之"的观念；从道德方面来看，它赞扬一种生死相托、患难与共的人际关系。这三方面的内涵，通过全书"拥刘贬曹"的总体倾向得到了充分的体现。

越是精彩的地方，就越是离不开虚构，作品能否成功，艺术想象力的强弱是最关键的因素。官渡之战的虚构比较少，与史书所载大致吻合；赤壁之战的虚构比较多，显然赤壁之战的描写比官渡之战精彩多了。非凡之作，必有大量的虚构。虚构不是胡编乱造，是根据艺术的规律与要求对素材进行加工。笔者由此而联想到人们佩服得五体投地的《红楼梦》，必定充满了作者的虚构。那些处处要将贾府和曹家对号入座的人，一定是所求愈深，所得愈寡。索隐派的走火入魔，都是因为不明白、不相信这个简单的道理。

《三国演义》中写得最精彩的人物，往往就是虚构成分比较大的人物。历史上的曹操，固然有酷虐变诈的一面，但他的雄才大略也不可否认。对于小说把他塑造成一个奸雄，历来有许多人为曹操喊冤叫屈。近代法制史学者程树德便说："说阿瞒之奸，亦逾其分量。孟德一代英雄，何至如演义所说之不堪？"（《国故谈苑》）诸葛亮本是萧何一类的人物，"先主外出，亮常镇守成都，足食足兵"。如陈寿的《三国志·蜀书·诸葛亮传》所说，"应变将略，非其所长"，可小说把他写成一个神机妙算、临阵指挥的三军统帅。唐人王勃即非常赞同陈寿对诸葛亮军事才能的微词："初，备之南也，樊、邓之士，其从如云，比到当阳，众十万余，操以五千之卒，及长坂，纵兵大击，廓然雾散，脱身奔走，方欲远窜。用鲁肃之谋，然投身夏口，于时诸葛适在军中，向令帷幄有谋，军容宿练，包左车之计，运田单之奇，操悬军数千，夜行三百，辎重不相继，声援不相闻，可不一战而擒也？坐十万之众，而无一矢之备，何异驱犬羊之群，饵豺虎之口？固知应变将略，非武侯所长。斯言近矣。"（《王子安集》卷十《三国论》）当然，诸葛亮比萧何的功劳大多了，如南宋永嘉学派代表人物叶适所说："汉高犹是大势已成，何与之为易；备漂流二十年，未尝得尺寸，亮凿空斡取，以无为有，比于萧何，其事倍难。"（《习学记言》卷二十八）

章学诚不明白，虚构是艺术的生命，不让虚构，那就是要了艺术的命。当然，有一个办法可以满足他们的要求，那就是在小说的前面列出十二个大字："作品纯属虚构，请勿对号入座。"可是，小说家也不想给人子虚乌有的印象。妙就妙在真真假假，虚虚实实，虚中有实，实中有虚。当然，章学诚的批评自有其合理的成分：大众将小说的描写完全当作历史来接受，也会产生许多弊病。当代无数的"戏说"乃至于恶搞充斥舞台，唐突经典，更是引起了史学界理所当然的忧虑。

## 虚构之一：抹黑曹操

首先我们来看一下，《三国演义》是如何来抹黑曹操的。

历史上的曹操本来就是一个思想性格十分复杂的人物。我们不能将历史上一切不利于曹操的负面材料都判定为诬蔑不实之词。我们读曹操的诗文，会觉得曹操是一个胸怀磊落、忧国忧民的大政治家。可是，曹操还有酷虐变诈、残忍嗜杀的一面。那个横槊赋诗、对酒当歌的诗人，与那个嗜杀成性、奸诈狠毒的枭雄，竟是同一个人！唐人李冗的《独异志》卷中有云："曹操无道，置发丘中郎、谋（摸）金校尉数十员，天下人家墓，无问新旧，发掘时骸骨横暴草野，人皆悲伤。"此事早见于陈琳为袁绍所撰写的讨曹檄文。《三国志·魏书·武帝纪》注引《傅子》有云："然持法峻刻，诸将有计画胜出己者，随以法诛之，及故人旧怨，亦皆无余。其所刑杀，辄对之垂涕嗟痛之，终无所活。初，袁忠为沛相，尝欲以法治太祖，沛国桓邵亦轻之，及在兖州，陈留边让言议颇侵太祖，太祖杀让，族其家。忠、邵俱避难交州，太祖遣使就太守士燮尽族之。桓邵得出首，拜谢于庭中，太祖谓曰：'跪可解死邪！'遂杀之。"莫要说文如其人，莫要说风格即人，人性的复杂，超乎你的想象。《三国演义》将曹操设计为乱世之奸雄，使其成为刘备的对立面，自然要充分地利用一切有关曹操的负面记录，充分地利用文学的虚构，千方百计地抹黑曹操。

首先，作品借用许劭的品评，将曹操定格为"治世之能臣，乱世之奸雄"。这十个字成为全书描写曹操的总纲。赤壁之战以前，曹操与刘备之间的冲突并非主线，表现曹操"能臣"的一面多一些；曹操与董卓斗，与吕布斗，与袁绍、袁术斗，与袁谭、袁尚斗，与张绣斗，与刘表斗，他的正面形象在这些人之上。赤壁之战以后，曹操与刘备的冲突跃升为小说的主线，表现曹操"奸雄"的一面更多一些。前面的描述依赖正史多，虚构少；后面的描述虚构多，依赖野史和民间传说多。但统观全书，作者始终是按照这十个字来把握曹操的思想性格特征。

《三国演义》第四回中曹操痛下杀手，杀害吕伯奢全家的故事，是曹操最为人诟病的劣迹丑闻。《三国志》注引《魏书》说，曹操带数骑到朋友吕伯奢家，不巧吕伯奢不在家，吕的儿子和宾客见财起意，打曹操的主意，要抢他的马匹行李。曹操"手刃击杀数人"。裴注引《世说》则说，吕伯奢不在家，他的五个儿子殷勤招待曹操等人，曹操却怀疑他们是想谋害自己，"手剑夜杀八人而去"。而孙盛《杂记》上则又说，曹操"闻其食器声，以为图己，遂夜杀之。既而凄怆曰：'宁我负人，毋人负我。'遂去。"这三个版本，哪一个符合事情的真相呢？现在已经无法判断，但《三国演义》选择了对曹操最不利的那个版本，而且加以发挥，索性让曹操连出去买酒回来的吕伯奢也一并杀了。前面杀吕伯奢的家人可能出于误会，很快就知道是错杀。接着为了灭口，索性又把吕伯奢一并杀害，除了残忍毒辣、极端自私，则无法解释。"宁教我负天下人，休教天下人负我"，则比"宁我负人，毋人负我"更进了一步，从一时一事的处理上升到人生观的高度，写出曹操内心深处的阴暗。这一故事也为后来陈宫背叛曹操、投靠吕布作了铺垫。我们由此可以明白，小说作者最关心的，不是史料的真实性，而是如何利用史料作为由头，刻画人物的思想性格。在这里，虚构服务于人物思想性格的塑造。从历史上看，陈宫曾经很看好曹操，据《三国志·魏书·武帝纪》裴注所引《世语》，兖州牧刘岱死后，陈宫力劝曹操取兖州，建立"霸王之业"。劝兖州的别驾、治中拥戴曹操，说曹操是"命世之才"。后来陈宫为什么一百八十度大转弯，背叛曹操，去辅佐反复无常、见利忘义的吕布，《三国志》没有作出令人信服的解释，小说虚构的"捉放曹"却堵上了这个漏洞。

"捉放曹"不是陈宫。曹操潜逃在汉灵帝中平六年（189），当时陈宫还没遇到曹操。放曹者另有其人。据《武帝纪》裴注所引《世语》说，"中牟疑是亡人，见拘于县。时掾亦已被卓书。唯功曹心知是太祖，以世方乱，不宜拘天下雄俊，因白令释之"。这位无名的功曹救曹操于危难之中。他和曹操没有私交，放曹完全是为国为民。萍水相逢，巨眼识得英雄；乱世邂逅，侠义胜过知己。《三国志·魏书·吕布传》的裴注引《英雄纪》说，吕布的部下郝萌暗中勾结袁术，陈宫亦参与此事。吕布得知以后，置之不问。果真如此，则陈宫是一个没有信义之人。当然，《英雄纪》说的，也未必是事实。

赤壁之战以前的故事，作者并不回避曹操

吕布

的正面描写。《三国演义》第四回，写曹操刺杀董卓未遂。如果曹操刺杀被识破，当场被捕身死，读者真不知如何去评价这位英雄。可惜，历史上曹操并没有这一壮举。

《三国志·蜀书·诸葛亮传》里说："俄而表卒，琮闻曹公来征，遣使请降。先生在樊闻之，率其众南行，亮与徐庶并从，为曹公所追破，获庶母。庶辞先主而指心曰：'本欲与将军共图王霸之业者，以此方寸之地也。今已失老母，方寸乱矣，无益于事，请从此别。'遂诣曹公。"《三国演义》第三十六回又添出曹操命人伪造徐母笔迹，将徐庶骗去，而徐母见儿子上当遂自杀的故事。这一违背史实的虚构，在逻辑上是具有可能性的。汉末的时候，产生过徐母这样的人物。譬如，党锢之祸中的重要人物范滂，以天下为己任，愤世嫉俗，怀着澄清天下的志向。范滂的弹劾权贵，确有一种舍生取义、视死如归的勇气。在忠孝不能两全的悖论中，范滂选择了忠，而范母毅然地支持了儿子的选择。范滂为了不牵连他人，自行到官府报到。范母到监狱去看儿子，对他说："你今天得以和李膺、杜密齐名，死亦何憾！既已享有美名，又要盼望长寿，岂能兼而有之？"范滂跪下，聆听母亲的教诲，听完以后，再拜而别。《三国志·魏书·程昱传》裴注引徐众评曰："昔王陵母为项羽所拘，母以高祖必得天下，因自杀以固陵志。"又有《三国志·魏书·王经传》注引《汉晋春秋》有云："经被收，辞母。母颜色不变，笑而应曰：'人谁不死？往所以不止汝者，恐不得其所也。以此并命，何恨之有哉？'"可是，就曹操的性格而言，他似乎不会干这样的事情。孝的旗帜，是曹操不能放弃的。张邈与吕布叛曹，张邈的别驾毕谌的老母和妻子均变成人质。曹操说："你的老妈在那边，你就去吧。"毕谌果然去了张邈那边。后来吕布失败，毕谌被活捉，大家都替他担忧。没想到曹操非常谅解他，说是："夫人孝于其亲者，岂不亦忠于君乎？吾所求也。……遂为鲁相。"（《三国志·魏书·武帝纪》）按《三国演义》所说，徐庶母亲因儿子受骗而自缢，此时徐庶已经没有牵挂，为何还留恋不去。第四十一回，曹操派徐庶去樊城，劝刘备投降。徐庶本可趁机留下，辅佐刘备，可是，徐庶居然宁可回到仇人曹操那里，只是答应"身虽在彼，誓不为设一谋"而已。徐庶的选择，让人难以理解。《三国演义》第四十七回，以徐庶的智商，居然需要庞统为他考虑脱身之计。这是虚构徐母之死带来的一系列叙述情节上的后遗症。

历史上刘琮确实投降了曹操，荆州落入曹操之手。曹操封刘琮为青州刺史，并封蒯越等二十多人为侯。韩嵩曾经因为替曹操说好话被刘表关进大牢，此刻也被曹操放了出来，任为大鸿胪，这是一个赞襄礼仪的官。文聘为江夏太守，统兵如故。通过这一系列的措施，荆州地区得以安定。《三国演义》第四十一回，为了给曹操抹黑，又给添上这么一段故事："操唤于禁嘱付曰：'你可引轻骑追刘琮母子杀之，以绝后患。'于禁得令，领众赶上，大喝曰：'我奉丞相令，教来杀母子！可早纳下首级！'蔡夫人抱刘琮而大哭。于禁喝令军士下手。王威忿怒，奋力相斗，竟被众军所杀。军士杀死刘琮及蔡夫人。于禁回报曹操，操重赏于禁。"当然，元代的《三国志平话》里已经是如此设计。

扬州刺史刘馥，据其本传，系正常死亡，而《三国演义》第四十八回，却说曹操横槊赋诗，刘馥说"月明星稀，乌鹊南飞；绕树三匝，无枝可依"是不吉之言。曹操大怒："汝安敢败吾兴！"手起一槊，刺死刘馥。此类虚构，显然是表现曹操的喜怒无常、残暴寡恩。至于作者为什么选中了刘馥来做这个倒霉鬼呢？大概是因为刘馥恰好死于建安十三年（208），正是赤壁之战那一年。

崔琰之死，本无激烈的表现，但《三国演义》第六十八回却设计成崔琰大骂曹操而死："琰虎目虬髯，只是大骂曹操欺君奸贼。廷尉白操，操令杖杀崔琰在狱中。"

据《后汉书·华佗传》："太祖闻而召佗，佗常在左右。太祖苦头风，每发，心乱目眩，佗针鬲，随手而差。"由此可见，华佗确实常常为曹操治病。华佗亦确实死在曹操手里。华佗请假回家，及期不归，辞以妻病。曹操恨其托故不回，又怀疑"佗能愈此。小人养吾病，欲以自重，然吾不杀此子，亦终当不为我断此根原耳"（《后汉书·华佗传》），竟将一代名医杀害。《三国演义》第七十八回则说，曹操头疼，华佗说："某有一法：先饮麻肺汤，然后用利斧砍开脑袋，取出风涎，方可除根。""曹操大怒曰：'汝要杀孤耶！'佗曰：'大王曾闻关公中毒箭，伤其右臂，某刮骨疗毒，关公略无惧色，今大王小可之疾，何多疑焉？'操曰：'臂痛可刮，脑袋安可砍开？汝必与关公情熟，乘此机会，欲报仇耳！'呼左右拿下狱中，拷问其情"。华佗竟死于狱中。此种改写，虽然意在突出曹操的多疑残暴，但效果似乎还不如本传直陈其实来得更为深刻。曹操怀疑华佗养患者之病而自重，更能突出曹操的疑心之重。历史上没有华佗为人做脑外科手术的记载，据《后汉书·华佗传》，外科是华佗的强项，他曾经用"麻沸散"使患者麻醉以后施行剖腹手术。这是世界医学史上应用全身麻醉进行手术治疗的最早记载。

《三国演义》第七十八回说曹操临死时又遗命："于彰德府讲武城外，设立疑冢七十二：'勿令后人知吾葬处，恐为人所发掘故也。'"疑冢七十二，是传说，没有历史根据。曹操的遗嘱只是嘱咐丧事从简而已："敛以时服，无藏金玉珠宝。"（《三国志·魏书·武帝纪》）作者是要把曹操奸诈性格的刻画进行到底。

《三国演义》第八十回，写华歆等逼汉献帝退位："曹后大怒曰：'吾兄奈何为此乱逆之事耶！'言未已，只见曹洪、曹休带剑而入，请帝出殿。曹后大骂曰：'俱是汝等乱贼，希图富贵，共造逆谋！吾父功盖寰区，威震天下，然且不敢篡窃神器。今吾兄嗣位未几，辄思篡汉，皇天必不祚尔！'言罢，痛哭入宫。"曹后是曹操的女儿，曹丕的妹妹，连她都反对曹丕篡位，可见曹丕是多么不得人心。而曹丕的代汉当然是曹操打下的基础。然而，曹后的大怒、大骂完全是小说的虚构。

毛宗岗说："古史甚多，而人独贪看《三国志》者，以古今人才之聚未有盛于三国者也。观才与不才敌，不奇；观才与才敌，则奇。观才与才敌，而一才又遇众才之匹，不奇；观才与才敌，而众才尤让一才之胜，则更奇。"（《读三国志法》）尽管《三国演义》时时地在抹黑曹操，但曹操之军事政治才能终不可掩。没有这样的劲敌，也衬托不出诸葛亮的神机妙算。所以，民间有"曹操活着恨曹操，曹操死了想曹操"的俗话。从阅读的感受来说，曹操死后，小说的魅力已经减去三分之一。诸葛亮死后，小说的魅力几乎丧失殆尽。

## 虚构之二：美化刘备

在《三国演义》中，张飞的第一次精彩亮相是鞭打督邮。他的嫉恶如仇、快人快语，粗豪而不免鲁莽，从此定型。可是，从历史上看，鞭打督邮的是刘备，而不是张飞。督邮是太守的属官之一，负责督查各县，权力不小。《三国志·蜀书·先主传》于此事有简单的记载："督邮以公事到县，先主求谒，不通，直入缚督邮，杖二百，解绶系其颈着马柳，弃官亡命。"督邮不接见他，他就大怒，把人家鞭打二百，似乎有点说不过去。据裴注所引《典略》，刘备怀疑自己在朝廷沙汰之列，督邮是奉命来县里具体执行。刘备求见督邮，督邮称病不见。"备恨之，因还治，将吏卒更诣传舍。突入门，言'我被府君密教收督邮'。遂就床缚之，将出到界，自解其绶以系督邮颈，缚之著树，鞭杖百余下，欲杀之。督邮哀求，乃释去之"。看来，历史上的刘备，也不是那么温良恭俭让。督邮不过是奉命而来，又拒绝接见刘备，刘备就鞭打他一百多下，还要杀了他。这个故事与满宠的事迹颇有相似之处："县人张苞为郡督邮，贪秽受取，干乱吏政，宠因其来在传舍，率吏卒出收之，诘责所犯，即日考竟，遂弃官归。"（《三国志·魏书·满宠传》）小说家可能是捏合了刘备和满宠两人的故事而设计出张飞鞭打督邮的情节。这种张冠李戴、移花接木的处理，更大的可能是来自元代讲史话本《三国志平话》的启发。《三国志平话》里说："傍有关、张大怒，各带刀走上厅来，唬众官各皆奔走，将使命拿住，剥了衣服。被张飞扶刘备交椅上坐，于厅前系马桩上将使命绑缚。张飞鞭督邮边胸，打了一百大棒，身死，分尸六段，将头吊在北门，将脚吊在四隅角上。有刘备、关、张众将军兵，都往太山落草。"《三国演义》属于世代累积型的作品，这类作品里主要的英雄人物，在长期的流传过程中，自觉不自觉地受到儒家思想的整合，如《三国演义》中的刘备、诸葛亮和关羽，《水浒传》里的宋江，《说岳全传》中的岳飞，《隋唐演义》中的秦琼。作者为了维持刘备仁义的总体思想性格特征，就把"鞭打督邮"的故事转移到了张飞的身上。

刘备参与"衣带诏事件"是有历史根据的。《三国志·蜀书·先主传》中记载此事。又有蜀汉群臣劝进刘备为汉中王的奏表，表中曾经提到："（先主）与车骑将军董承同谋诛操，将安国家，克宁旧都。会承机事不密，令操游魂得遂长恶，残泯海内。"刘备给汉献帝的奏表中又提及此事，并归还朝廷给的左将军和宜城侯的印绶。

《三国演义》里"三顾茅庐"的故事历来被传为礼贤下士的佳话，刘备本来是想让徐庶将诸葛亮请来。后来听徐庶介绍"此人不可屈致也"之后，才决定亲自出马，登门拜访。小说把诸葛亮的出山写得百步九折，以此来突出刘备礼贤下士的诚意，渲染诸葛亮的名士风采。隆中一带并没有什么卧龙岗，正像雒城附近没有落凤坡一样。一顾、二顾的那些插曲花絮，都是为了衬托刘备求贤的诚意。毛宗岗称赞小说围绕诸葛亮出山的描写："隐隐跃跃，如帘内美

定三分隆中决策

人，不露全身，只露半面，令人心神恍惚，猜测不定。至于'诸葛亮'三字，通篇更不一露，又如隔墙闻环佩声，并半面亦不得见，纯用虚笔。"（第三十五回点评）确是的评。感受一通，一通百通，古代小说点评家的强项正是艺术感受。

鲁肃主张联合刘备抵抗曹军，而此时的孙权对新败的刘备并不看好："老贼欲废汉自立久矣，所惧二袁、吕布、刘表与孤耳。今数雄已灭，惟孤尚存。孤与老贼，誓不两立！"（《三国志·吴书·周瑜传》）《三国志·蜀书·诸葛亮传》里，孙权说："吾不能举全吴之地，十万之众，受制于人。吾计决矣！非刘豫州莫与当曹操者，然豫州新败之后，安能抗此难乎？"《三国演义》第四十四回孙权对周瑜如此说，与《三国志·吴书·周瑜传》同，没有提到刘备。在这里，我们可以发现《三国志》的《吴书》与《蜀书》的不同，这又是一种"各为其主"。《三国演义》为了提高刘备的身价，采取《诸葛亮传》的文字，在第四十三回如此设计孙权的态度："曹操平生所恶者，吕布、刘表、袁绍、袁术、豫州与孤耳。今数雄已灭，独豫州与孤尚存。孤不能以全吴之地受制于人。吾计决矣。非刘豫州莫与当曹操者；然豫州新败之后，安能抗此难乎？"在曹操的对手名单中添上刘备（豫州），且加上关键的一句："非刘豫州莫与当曹操者"，为刘备加分不少。其实，平心而论，那时刘备刚被曹操打得溃不成军，说这样的话非常勉强。

在历史上，刘备没有跃马过檀溪，孙权却有一个类似的故事。孙权征合肥，未成，被曹将张辽所追。据裴注所引《江表传》曰："权乘骏马上津桥，桥南已见彻，丈余无版。谷利在马后，使权持鞍缓控，利于后著鞭，以助马势，遂得超度。"《三国演义》第六十七回写有此事。小说又将此脱险之事再用于刘备，目的自然是为了说明刘备系天命所保佑的真主。他先前并没有将此妨主之马转让给他人，展现出他的善良厚道。

历史上的刘备并没有去东吴入赘，而是孙夫人来荆州与刘备成亲。围绕刘备去东吴成亲的一大堆花絮都是虚构。《三国志》中有关孙夫人的记载极少。陈寿甚至没有单独给她列传。

《三国演义》第八十一回写刘备伐吴，完全是为关羽复仇，以此强调刘备虽然已经身为人主，却没有忘记当年桃园结义"誓同生死"的誓言。所以，非得去复仇不行。可是，若真的感情用事，应该是在关羽刚刚遇害之时。关羽死于建安二十四年（219），一年半以后，才有伐吴之役。

　　孙夫人本是刘备忌惮之妻，刘备攻取益州以后，孙权将其接回东吴。《三国演义》第八十四回却说她后来误闻刘备死讯，竟投江殉情而死："时孙夫人在吴，闻猇亭兵败，讹传先主死于军中，遂驱车至江边，望西遥哭，投江而死。后人立庙江滨，号曰枭姬祠。"枭姬祠，今名蛟矶庙，位于今安徽省芜湖市鸠江区二坝镇长江岸边的蛟矶山上，为纪念孙夫人投江殉情而建，是芜湖市著名八景之一。殉情之事本是虚构，后人建庙将其坐实。类似的"古迹"，在各地比比皆是。

## 虚构之三：爱屋及乌

　　蜀汉是作者歌颂的一方，除了刘备和诸葛亮以外，关羽、张飞、赵云等心腹将领，也是作者要竭力美化的对象。《三国演义》第五回写到关羽温酒斩华雄一节，是关羽崭露头角的第一次精彩亮相。可是，历史上斩华雄的是孙坚，不是关羽。《三国演义》第五回，将孙坚的辉煌转送给了关羽：

　　　　坚军乱窜。众将各自混战，止有祖茂跟定孙坚，突围而走。背后雄追来。坚取箭，连放两箭，皆被华雄躲过。再放第三箭时，因用力太猛，拽折了鹊画弓，只得弃弓纵马而奔。祖茂曰："主公头上赤帻射目，为贼所识认，可脱帻与某戴之。"坚就脱帻换茂盔，分两路而走。雄军只望赤帻者追赶，坚乃从小路得脱。

　　《三国志·吴书·孙破虏讨逆传》有云："坚移屯梁东，大为卓军所攻，坚与数十骑溃围而出。坚常著赤罽帻，乃脱帻令亲近将祖茂著之。卓骑争逐茂，故坚从间道得免。茂困迫，下马，以帻冠冢间烧柱，因伏草中。卓骑望见，围绕数重，定近觉是柱，乃去。坚复相收兵，合战于阳人，大破卓军，枭其都督华雄等。"经过小说对史料巧妙的改编，孙坚成了关羽的陪衬。这一情节与《三国演义》第五十八回"曹阿瞒割须弃袍"非常相似。孙坚若是地下有知，恐怕会被气活了。颜良倒是被关羽斩了，文丑却并非死在关羽的刀下。博学如宋人洪迈，竟为传说所误，在《容斋随笔》中说："关公手杀袁绍二将颜良、文丑于万众之中。"他若是仔细读读《三国志》，恐怕就不会犯这种错误了。可是，我们由此也可以知道，至迟在宋朝，就已经有文丑死于关羽刀下的传说了。《三国志》没有说文丑死在谁的手里。文丑之死跟关羽没有关系，否则这么辉煌的战绩，《三国志·蜀书·关羽传》不会不提。既然这份功劳无人认领，小说的作者就把这份功劳给了关羽："战不二合，文丑心怯，拨马绕河而走。关公马快，赶上文丑，脑后一刀，将文丑斩下马来。"（《三国演义》第二十六回）同样的道理，袁绍手下的大将纪灵，《三国志》里没有提及他是如何死的，于是，《三国演义》第二十一回便说纪灵是被张飞刺死的："玄德知袁术将至，乃引关、张、朱灵、路昭五万军出，正迎着先锋纪灵至。张飞更不打话，直取纪灵，斗无十合，张飞大喝一声，刺纪灵于马下，败军奔走。"史学中类似的空白和漏洞非常之多，常常被小说家顺手牵羊地加以利用。可惜《三国演义》第十四回却写关羽与纪灵大战，"纪灵大怒，拍马舞刀，直取玄德。关公大喝曰：'匹夫休得逞强！'出马与纪灵大战。一连三十合，不分胜负。"于是，细心的读者据此怀疑关羽的武艺还不如张飞。《三国演义》第十六回，又说到："纪灵下马入寨，却见玄德在帐上坐，大惊，抽身便回，左右留之不住。吕布向前一把扯回，如提童稚。"则吕布又比张飞更厉害了。

《三国演义》第二十回许田打围，关羽要杀曹操，被刘备止住。想来熟读《左传》的关羽不至于如此鲁莽。这纯粹是小说家根据晋代王隐《蜀记》而作的虚构，不过是为了表现关羽的忠君。为了说明刘备卷进衣带诏密谋的原因，小说说关羽试图斩杀曹操被刘备阻止，竟被马腾觑破。曹操心腹将校前呼后拥的时候，关羽要刺杀曹操；后来在曹操营里，关羽接触曹操的机会非常多，反而没有伺机杀曹，在情理上似乎难以理解。

宋元以后的小说、杂剧，说曹将蔡阳为关羽所斩，《三国演义》第二十八回"斩蔡阳兄弟释疑，会古城主臣聚义"亦采用这种说法，关羽以此向张飞明志，而《三国志·蜀书·先主传》说蔡阳奉曹操之命进军汝南，蔡阳"为先主所杀"。关羽寄身曹营不过半年，小说却编撰出"土山三约""秉烛达旦""斩颜良""杀文丑""封金辞印""灞桥挑袍""过五关斩六将""土城聚会"等一系列的故事。

史书上说，关羽擒获于禁，凭空增添了数万军马，粮食不够，军队断粮，便擅自取用孙权湘关的粮米，这就更加激怒了孙权，下定决心袭击关羽。《三国演义》为了维护关羽的高大形象，对此类无理之事就避而不谈。

为关羽刮骨疗毒的不是华佗。《三国演义》第七十五回写"刮骨疗毒"一节在关羽擒拿于禁之后，于禁被俘在建安二十四年（219），而此时华佗已经死去十一年。小说家把名将与名医连到一起，彼此出名，堪称双赢。

《三国志》里没有周仓这个人。据《三国志》有关记载，关羽有关平、关兴两个儿子（《关羽传》《吴主传》《潘璋传》）；而在《三国演义》里，关平却成了关羽的义子："关定领二子拜于草堂之前。玄德问其姓名。关公曰：'此人与弟同姓，有二子：长子关宁，学文；次子关平，学武。'关定曰：'今愚意欲遣次子跟随关将军，未识肯容纳否？'玄德曰：'年几何矣？'定曰：'十八岁矣。'玄德曰：'既蒙长者厚意，吾弟尚未有子，今即以贤郎为子，若何？'关定大喜，便命关平拜关公为父，呼玄德为伯父。"（《三国演义》第二十八回）亲儿子变成了干儿子。关兴至小说第七十四回方才突然出现："关公自擒魏将于禁等，威震天下，无不惊骇。忽次子关兴来寨内省亲。公就令兴赍诸官立功文书去成都见汉中王，各求升迁。兴拜辞父亲，径投成都去讫。"

小说第八十七回，刘、关、张相继去世以后，诸葛亮远征南蛮之前，关羽的第三个儿子关索从天而降："忽有关公第三子关索，入军来见孔明曰：'自荆州失陷，逃难在鲍家庄养病。每要赴川见先帝报仇，疮痕未合，不能起行。近已安痊，打探得东吴仇人已皆诛戮，径来西川见帝，恰在途中遇见征南之兵，特投见。'""七擒孟获"以后，关羽的这个三公子又神秘地消失了。真是来也匆匆，去也匆匆。当然，这里是仅就毛评本而言的，在《三国演义》的其他版本里，涉及关索的情况极为复杂。刘世德先生的《夜话三国》于此有翔实的考证。在《新编全相说唱足本花关索传》（四种）里，有关索的详细故事，讲到关羽和关索的悲欢离合。俞樾说："按世俗以关索为汉前将军之子，实无其人。乃宋时贼盗中即有小关索之名，则其流传亦远矣。"所谓关羽的"水淹七军"，并非关羽的计谋，不过是恰好汉水暴涨，天助关羽，俘获于禁、庞德。我们由此可以得知，有关三国的民间传说极为丰富，今人所知的故事，恐怕只是冰山一角。

　　关羽是不是用刀，也有人提出质疑。清代俞樾的《小浮梅闲话》对此提出疑问："关公本传无一刀字。传云：'绍遣大将军颜良攻东郡太守刘延于白马，曹公使张辽及羽为先锋击之。羽望见良麾盖，策马刺良于万众之中。'……古人用字精审，《关公传》既用刺字，则其杀颜良，疑亦用矛。若用刀，必不云刺也。《鲁肃传》：'肃住益阳，与羽相拒。肃邀羽相见，各驻兵马百步上，但诸将军单刀俱会。'此却有刀字，然恐是佩刀耳。"《三国演义》则谓："颜良措手不及，被关羽手起一刀，刺于马下。"即不说"砍"，也不说"斩""劈"，而要说"刺"。或许是注意到了《三国志·蜀书·关羽传》的这个用字。果真如此，则小说的作者还是非常仔细的。其实，金代的《董解元西厢记诸宫调》卷二有"毛驼冈刺良美髯公"的唱词，毛驼冈是开封城外的一个地名。它不说"斩"，而说"刺"，亦引人注目。王学泰说："据历史考证，汉代还没有长柄刀，所谓'青龙偃月刀'是不存在的。"（《〈水浒传〉与〈三国演义〉批判》）

吕蒙

吕蒙并非如《三国演义》第七十七回所说，因关羽显灵附体，"倒于地上，七窍流血而死"。在历史上，擒获关羽的潘璋、朱然都是一般的病死老死。《三国志·吴书·吕蒙传》写道："会蒙疾发，权时在公安，迎置内殿。所以治护者万方，募封内有能愈蒙疾者，赐千金。时有针加，权为之惨戚，欲数见其颜色，又恐劳动，常穿壁瞻之，见小能下食则喜，顾左右言笑，不然则咄唶，夜不能寐。病中瘥，为下赦令，群臣毕贺。后更增笃，权自临视，命道士于星辰下为之请命。年四十二，遂卒于内殿。"写出孙权对吕蒙的器重。

《三国演义》第八十三回说："（潘）璋回身便出。忽门外一人，面如重枣，丹凤眼，卧蚕眉，飘三缕美髯，绿袍金铠，按剑而入。璋见是关公显圣，大叫一声，神魂惊散；欲待转身，早被关兴手起剑落，斩于地上，取心沥血，就关公神像前祭祀。"据《三国志·吴书·潘璋传》，潘璋死于嘉禾三年（234），小说为了安慰读者，将潘璋的死提前了十二年。朱然则在《三国演义》第八十四回被赵云一枪刺死。历史上的朱然在此三十年以后才寿终正寝。小说为了解恨，将他的寿命缩短了三十年。据《三国志·吴书·吴主传》，直接俘获关羽的是潘璋的部下马忠："（建安二十四年）十二月，璋司马马忠获羽及其子平。"《三国演义》第七十七回亦据此描写："关公不胜悲惶，遂令关平断后，公自在前开路，随行止剩十余人。行至决石，两下是山，山边皆芦苇败草，树木丛杂，时已五更将尽，正走之间，一声喊起，两下伏兵尽出，长钩套索，一齐并举，先把关公坐下马绊倒。关公翻身落马，被潘璋部将马忠所获。关平知父被擒，火速来救；背后潘璋、朱然率兵齐至，把关平四下围住。平孤身独战，力尽亦被执。"《三国演义》第八十三回说，糜芳和傅士仁"三更时分，入帐刺杀马忠，将首级割了"。历史上没有对马忠的死有何交代。若是为糜芳和傅士仁所杀，想必会有所记载。小说如此设计吕蒙、潘璋、朱然、马忠的死于非命，自然是为关羽复仇，以平复读者的悲伤。曹操的死，更是与关羽无关。曹操是病死，《三国演义》第七十七、七十八回说，曹操被关羽的首级吓病："操惊倒……良久方醒。""自葬关公后，每夜合眼便见关公。"曹操没有做对不起关羽的事情。孙权要偷袭关羽，曹操还在获得来自东吴的情报以后向关羽通风报信，怪只怪关羽此时犹豫，没有重视曹操这份极其重要的情报，没有采取应急的措施。曹操的通风报信自然不是为关羽着想，他不过是想让关羽与孙权互相残杀，以便从中取利。

历史上的关羽，也没有小说里写的那样"高、大、全"。《三国志·魏书·明帝纪》裴注所引的《献帝传》上说：

> （秦）郎父名宜禄，为吕布使诣袁术，术妻以汉宗室女。其前妻杜氏留下邳。布之被围，关羽屡请于太祖，求以杜氏为妻。太祖疑其有色。及城陷，太祖见之，乃自纳之。

看来，关羽对女色还是十分重视的。关羽也是人。在得知杜氏有色以后，特意与曹操打招呼。不是一次，而是屡次地请求。因为是"屡请"，这才引起曹操的注意和关切，结果反而把事情搞糟，让曹操先下手为强，把杜氏夺了去。美女是稀缺资源，杜氏正寡居，关羽想得到杜氏，也是人之常情。这是多么煞风景的考证啊！至于杜氏本人愿意嫁给谁，这并不重要。那是现代人才会想到的问题。

《三国演义》第七回中说，赵云在文丑的枪下救出了公孙瓒。

此事纯属子虚乌有，却被小说设计为赵云的英武亮相。赵云在《三国志》里，排在关羽、张飞、马超、黄忠之后，并没有显赫的军功。《三国演义》中那些精彩的篇章，大多出自民间的传说。

据《三国志·吴书·吴主传》裴注所引《魏略》，草船借箭的是孙权，不是诸葛亮。时间在赤壁之战以后，地点在濡须（今安徽无为）。孙权的借箭也不是有什么预谋，只是随机应变罢了。当然也没有在船的两边扎什么草人。曹军射他的船，船的一边吃了箭，船身倾斜，孙权怕翻船，就让船转过身来。把草船借箭的故事安在诸葛亮的身上，当然是为了突出诸葛亮的智慧。《三国演义》第七回里另有孙坚的借箭，情节类似："黄祖伏弓弩手于江边，见船傍岸，乱箭俱发。坚令诸军不可轻动，只伏于船中来往诱之；一连三日，船数十次傍岸。黄祖军只顾放箭，箭已放尽。坚却拔船上所得之箭，约十数万。"只是孙坚用了三天，没有诸葛亮厉害，一个早晨就轻轻松松搞到十万支箭。但孙坚的借箭，是即兴之作，没有预谋。

历史记载赤壁之战，此时恰好"东南风急"，没有诸葛亮七星坛装神弄鬼的"祭风"。庞统没有参加赤壁之战，当然也未曾献过连环计。

历史上的马腾，因为儿子马超起兵反曹而在朝中被曹操杀害。《三国演义》第五十八回则说，马超因父亲马腾被曹操杀害，所以起兵复仇雪恨，杀奔长安。如此倒置因果，显然是为了拔高马超的形象，毕竟儿子连累父亲送了性命不是什么好事。袁绍伐董，董卓将在京的太傅袁隗、太仆袁基及其家五十余人全杀了。公孙瓒在讨伐袁绍的檄文中痛斥袁绍："当攻董卓，不告父兄，至使太傅门户，太仆母子，一旦而毙，不仁不孝，绍罪三也。"（《三国志·魏书·公孙瓒传》注引《典略》）马超的问题与此类似。他要反曹，预先不告诉父亲马腾，致使父亲遇害，夷灭三族。

周瑜死后，刘备并没有派诸葛亮去吊丧，当然更没有诸葛亮吊唁周瑜的文采飞扬、声情并茂的祭文。小说却借此写出诸葛亮与周瑜的惺惺相惜。

《三国演义》第七十三回，刘备自立为汉中王，封关羽、张飞、赵云、马超、黄忠为五虎大将。历史上并无此事。但《三国志》确实是把五人合于一传，而赵云则居于末位。

诸葛亮伐魏，只有五次，其中第一次和第四次至祁山。第一次是蜀汉建兴六年（228），诸葛亮率军攻祁山，马谡为张郃所破，诸葛亮拔西县民千余家，还于汉中。建兴九年（231），第四次伐魏，诸葛亮复出祁山，粮尽退军。所谓"六出祁山"，并非事实。

细读《三国演义》，可以发现，凡是与刘备集团关系比较好的人物，譬如陶谦、孔融、陈宫、陈登、刘表、董承，他们都得到美化，凡有损他们形象的材料，大多被小说的作者弃而不用。刘表的不好处，都推给了蔡夫人一党，是因为小人拨乱。刘表甚至要托孤刘备，可惜被蔡夫人等破坏。蔡瑁等人设下鸿门宴，要杀刘备，刘表得知此事，大怒，要杀蔡瑁，此类情节在历史上并无根据。历史上说孔融在北海"政散人流"，小说却说他"在北海六年，甚得民心"（《三国演义》第十一回）。

张辽和关羽私交很好，于是，张辽也被小说连带着美化。曹操灭吕布时，张辽率军投降曹操，而《三国演义》第十九回、二十回却说张辽宁死不屈："操指辽曰：'这人好生面善。'辽曰：'濮阳城中曾相遇，如何忘却？'操笑曰：'你原来也记得！'辽曰：'只是可惜！'操曰：'可惜甚的？'辽曰：'可惜当日火不大，不曾烧死你这国贼！'操大怒曰：'败将安敢辱吾！'拔剑在手，亲自来杀张辽。辽全无惧色，引颈待杀。"最后，经关羽、刘备劝说，张辽才投降了曹操。

据《三国志》，董承确实得到汉献帝的衣带密诏，他曾与刘备等人密谋，企图算计曹操。《三国演义》拥刘反曹，所以连带着把董承写成忠义之士。董承本是牛辅的部下，而牛辅是董卓的女婿。董承本非公忠体国之人。他建议曹操进京，不过是想利用曹操排除异己罢了。小说围绕衣带诏，生发想象，虚构出无数情节，说得有声有色。

## 虚构之四：花絮种种

某些虚构，是出于小说结构的需要。《三国演义》第一回，写刘、关、张从黄巾军张角手里救了董卓："张角正杀败董卓，乘势赶来，忽遇三人冲杀，角军大乱，败走五十余里。三人救了董卓回寨。"史书中并无此事，小说这么写，是因为后面的故事中心人物就是董卓，有必要先作一点铺垫。

曹操矫诏讨伐董卓，据《三国演义》说，有十七路诸侯起来响应。其实，其中的孔融、陶谦、马腾、公孙瓒、张扬等人，并没有起兵响应。起兵的各路人马也没有会师洛阳，来听袁绍的号令。《三国志·魏书·武帝纪》："是时（渤海太守袁）绍屯河内，（陈留太守张）邈、（兖州刺史刘）岱、（东郡太守桥）瑁、（山阳太守袁）遗屯酸枣，（袁）术屯南阳，（豫州刺史孔）伷屯颍川，（冀州牧韩）馥在邺。"曹操建议："诸君听吾计，使勃海引河内之众临孟津，酸枣诸将守成皋，据敖仓，塞镮辕、太谷，全制其险；使袁将军率南阳之军军丹、析，入武关，以震三辅：皆高垒深壁，勿与战，益为疑兵，示天下形势，以顺诛逆，可立定也。今兵以义动，持疑而不进，失天下之望，窃为诸君耻之！"据《三国志·蜀书·刘焉传》注引《英雄记》："刘焉起兵，不与天下讨董卓，保州自守。"没有什么"各自安营下寨，连接二百余里"的壮观景象。作者这么写，大概是为了使场面更加集中。

刘备参与了衣带诏的密谋，此事非常凶险，犹如一颗随时可能起爆的炸弹。刘备谨慎，为什么要走出这样一步险棋？从刘备的角度去考虑，此前他一直未能获得朝廷正式的任命，是曹操"表先主为左将军"。可是，他却因此被董承看中，身不由己地成为衣带诏密谋的成员。如何从曹操那里脱身，这是读者十分关心的问题。《三国演义》第十六回说，荀彧劝曹操杀了刘备："刘备，英雄也。今不早图，后必为患。"而郭嘉却表达了相反的意见："不可。主公兴义兵，为百姓除暴，惟仗信义以招俊杰，犹惧其不来也；今玄德素有英雄之名，以困穷而来投，若杀之，是害贤也。天下智谋之士，闻而自疑，将裹足不前，主公谁与定天下乎？夫除一人之患，以阻四海之望，安危之机，不可不察。"《三国志·魏书·武帝纪》里，程昱说刘备"有雄心而甚得众心，终不为人下"，劝曹操杀了刘备。曹操说："方今收英雄时也，杀一人而失天下之心，不可。"不杀刘备，本是曹操自己的主意。《三国演义》里如此改编历史，显然是要突出荀彧的预见，但又并不损害郭嘉的形象。《三国演义》第二十一回写道，官渡之战前夕，曹操派刘备去截击袁术，刘备趁机逃脱。程昱曰："昔刘备为豫州牧时，某等请杀之，丞相不听；今日又与之兵，此放龙入海，纵虎归山也。后欲治之，其可得乎？"郭嘉曰："丞相纵不杀备，亦不当使之去。古人云：'一日纵敌，万世之患。'望丞相察之。"由此可见，程昱的意见，一以贯之，郭嘉的意见前后矛盾。建安五年（200），众将劝曹操先打袁绍，曹操说："夫刘备，人杰也，今不击，必为后患。"（《三国志·魏书·武帝纪》）曹操对刘备的态度也没有持续性，有反复，可见他内心很纠结。然而，曹操及其智囊们对于刘备的重视由此可见一斑。

据《三国志》记载，建安五年（200），曹操杀董贵人，伏皇后给其父伏完写信，诉说曹操的残忍。但伏完隐忍未发，把这个灭九族的秘密烂在肚里，带入坟墓。建安十四年（209），伏完病逝。建安十九年（214），伏后当年写信的事情暴露，曹操大怒，将伏皇后一家诛杀。但《三国演义》第二十二回把伏完的死拖到伏后东窗事发。如此，使场面更加集中震撼。

董承东窗事发，在建安五年（200）；吉本、金祎、耿纪、韦晃等造反并旋即被曹操镇压，是在建安二十三年（218）。《三国演义》

天生郭奉孝
冠群英
腹内藏经史
胸中隐甲兵
运谋如范蠡
决策似陈平
可惜身先丧
中原梁栋倾
胶林题

郭嘉

将吉本改为"吉平"，把吉平定为董承一伙，并且虚构出吉平企图毒死曹操的惊心动魄的故事。这样，吉本（小说中的"吉平"）之死，由建安二十三年提前到建安五年。如此合并，同样是为了使场面更加集中，情节更加紧凑。董承的密谋是如何暴露的呢？史书上并未记载。小说却虚构出曲折的故事："承心中暗喜，步入后堂，忽见家奴秦庆童同侍妾云英在暗处私语。承大怒，唤左右捉下，欲杀之。夫人劝免其死，各人杖脊四十，将庆童锁于冷房。庆童怀恨，黄夜将铁锁扭断，跳墙而出，径入曹操府中，告有机密事。操唤入密室问之。庆童云：'王子服、吴子兰、种辑、吴硕、马腾五人在家主府中商议机密，必然是谋丞相。家主将出白绢一段，不知写道甚的。近日吉平咬指为誓，我也曾见。'"（《三国演义》第二十三回）马腾奉衣带诏密谋曹操的计划，亦因为相似的原因而泄露。马腾的中军黄奎无意中对小妾泄露了衣带诏的秘密，而其妾李春香与奎妻弟苗泽私通，"苗泽欲得春香，正无计可施"（《三国演义》第五十七回）。于是，苗泽就去向曹操举报。我们在明清小说中，经常看到类似的泄密故事：奴仆与人偷情，被主人无意中发现。主人责罚奴仆，奴仆举报主人罪愆，以图报复。或是婢妾有私情，举报主人以遂情欲。或是女主人与仆人有私情，遂举报丈夫与贼人联结，想借此得遂所欲。如此，一个家庭矛盾便升级为一件骇人听闻的政治案件。《水浒传》中卢俊义的妻子与管家李固私通，遂举报卢俊义勾结梁山贼人。《儒林外史》写宦成与双红在差役的唆使下，以枕箱去讹诈主人蘧公孙，也是类似的套路。

　　《三国演义》第四十四回说曹操八十三万大军，"诈称一百万"，直奔江东而来。其实，如周瑜所分析，曹军有十五六万，加上新近从刘表那里收编来的七八万，一共也就是二十三四万。

　　历史上黄盖没有献什么"苦肉计"，也没有被周瑜打得皮开肉绽。黄盖只是事先给曹操写了封信，说要投降。决战的时候，黄盖的船满载引火之物，直冲曹军大船。曹军麻痹，以为真来投降，士兵们指指点点，互相说着："你看，东吴的黄盖投降来了！"很放松。结果来者不善，曹军的船被烧得一塌糊涂。曹操是犯了轻敌的大忌。这也是事出有因。骄兵必败，连曹操也是一样。一次胜利，有了自信；两次胜利，尚能保持谨慎；一连串的胜利以后，幸福来得太突然，人都难免会膨胀，甚至忘乎所以。俘吕布，灭袁术，败袁绍，连歼袁谭、袁尚、袁熙，大破乌桓，刘琮不战而降，曹操以最小的代价将荆州收入囊中，所向披靡，势如破竹，曹操志得意满，踌躇满志，他以为孙权还没有树立威信，刘备则屡战屡败，他甚至以为孙权会杀了刘备。他事先也想过北兵不惯水战的问题，特意在邺城挖了个玄武湖，让他的旱鸭子们练了半年水战。可是，风平浪静、波澜不惊的玄武湖哪能与波涛汹涌的长江相比。曹操给孙权去了一封恐吓信，想不战而屈人之兵。"孙权得书以示群臣，莫不向震失色"（《三国志·吴书·吴主权传》）。没承想，最后的结果是孙、刘联手，竟以少胜多，大败曹操。赤壁之战，竟成为曹操一生最大的败笔。他这才明白，这一次是遇到了真正的对手。曾经的手下败将刘备，有了诸葛亮做军师，已是今非昔比。那位雄姿英发的周郎，更是牛刀小试，就把曹操打得稀里哗啦。

《三国演义》第六十五回，写马超大战葭萌关，他奉张鲁之命，夸口要"生擒刘备，务要刘璋割二十州奉还主公"。于是，魏延与马岱战，魏延左臂中箭。张飞与马超战，从白天厮杀到挑灯夜战，不分胜负。诸葛亮设下离间计，使马超进退维谷，只好投靠刘备。但这些都是小说虚构的曲折。历史的真实是：马超见"（张）鲁不足以计事，内怀于邑，闻先主围刘璋于成都，密书请降"（《三国志·蜀书·马超传》）。"马超大战葭萌关"完全是小说加进来的虚构，无非是为了提高马超的身份，使情节更加曲折。

## 虚构之五：其他人物

《三国演义》第八回、九回，王允的连环计能否取得成功，关键在于貂蝉这位色情间谍的演技。貂蝉没有让王允失望，她搞得董卓和吕布神魂颠倒，而貂蝉在其间左右逢源、如鱼得水，策反了吕布，使得不可一世的董卓死于非命，脑袋掉了还不知怎么掉的。可

一诛董相国，再持吕汉没。评非毁随后，奈何齐古流

貌蝉

是，历史上并无貌蝉其人，如徐渭所说："布妻，诸史及与布相关者诸人之传并无姓，又安得有貌蝉之名?"(《徐文长逸稿》卷四《吕布宅》)罗贯中绝想不到，六七百年以后，这一位小说虚构的美人，居然成为古代的"四大美女"之一。

《三国演义》第九回说，董卓死后，蔡邕"伏其尸而大哭"。《后汉书·蔡邕传》不过是说："及卓被诛，邕在司徒王允坐，不意言之而叹，有动于色。允勃然叱之……即收付廷尉治罪。"蔡邕罪不至死，而蔡邕感激董卓之提携，亦糊涂至极。

《三国演义》第十回，曹操兴兵讨伐陶谦，为父曹嵩复仇。陶谦准备"自缚往曹营，任其剖割，以救徐州一郡百姓之命"。小说以此提高陶谦亲民的形象。

《三国演义》第十三回，写杨彪设离间计，挑拨董卓余党李傕、郭汜的关系，使其互斗。这完全是小说的虚构，在历史上没有根据。杨彪生性谨慎，不会做此类引火烧身的事情。

许褚的归顺曹操，在《三国志·魏书·许褚传》里有简单的介绍："太祖徇淮、汝，褚以众归太祖。太祖见而壮之曰：'此吾樊哙也。'即日拜都尉，引入宿卫。"分明是许褚主动归顺了曹操。文似看山不喜平，小说最怕看头知尾，《三国演义》第十二回为了制造波澜，则虚构出一串故事，说许褚与典韦大战，不分胜负，然后，豁达大度的曹操将许褚收为己用。民间艺人没有实战的经验，他们能够想到的就是挖坑之类的战术："典韦略战数合，便回马走。壮士只顾望前赶来，不提防连人带马，都落于陷坑之内，被钩手缚来见曹操。操忙下帐叱退军士，亲解其缚，急取衣衣之，命坐，问其乡贯姓名。"至于"叱退军士，亲解其缚，急取衣衣之"，那更是明清小说中收服降将的套路，如张飞之收严颜，孙策之收太史慈，花荣之招降秦明，宋江之招降彭玘、凌振、韩滔、呼延灼、项充、李衮、关胜、宣赞、郝思文、索超、董平、张清，屡试不爽。感动之余，心悦诚服。不管那件衣服是不是合身，披上去就管用。

《三国志·魏书·徐晃传》曰："韩暹、董承日争斗，晃说奉（杨奉）令归太祖；奉欲从之，后悔。太祖讨奉于梁，晃遂归太祖。"可见徐晃早就想归顺曹操，而《三国演义》第十四回却虚构出徐晃本无归顺曹操之意，是在曹操派出的说客满宠的劝说之下，才连夜弃杨奉投曹操的。这显然是为了给徐晃增添身份。

《三国演义》第十八回官渡之战时，关于郭嘉所谓"郭奉孝十胜十败"之说，其实是根据荀彧的"度胜""谋胜""武胜""德胜"之说扩充而来。中国人喜欢凑成"十"这个数字，补药是十全大补，危急是十万火急，完美是十全十美，有把握是十拿九稳，关系密切是十指连心，罪恶是十大罪状、十恶不赦，等等。

《三国演义》第二十一回，刘备"闻公孙瓒已死，追念昔日荐己之恩，不胜伤感"。公孙瓒曾经推荐刘备为别部司马。公孙瓒其人本不足道，但因为他曾经有恩于刘备，所以得到一定的美化。陶谦曾经推荐刘备任豫州刺史，所以在《三国演义》里亦获得相当的肯定。

据《三国志·魏书·张郃传》，是张郃而不是沮授向袁绍进言，必须火速派兵支援乌巢，"若（淳于）琼等见禽，吾属尽为虏矣"。张郃的意见遭到郭图的反对。乌巢兵败，郭图羞惭，进一步陷害张郃，结果为渊驱鱼，为丛驱雀，促使张郃投降了曹操。淳于琼并非兵败逃回被袁绍处死，而是在乌巢之战中被乐进斩杀。或说被曹操割鼻放了回去。

《三国演义》第三十三回说，袁尚、袁熙投奔公孙康，部下劝曹操立即出兵击灭，但曹操看了郭嘉的遗书，按兵不动，等公孙康将二袁的首级送来。而《三国志·魏书·武帝纪》却说，这是曹操自己的主意，与郭嘉没有关系。曹操说："吾方使康斩送尚、熙首，不烦兵也。"并分析说："彼（公孙康）素畏尚等，吾急之则并力，缓之则自相图，其势然也。"这种改写显然是为了突出郭嘉的智谋过人。与此同时，又写出曹操的从善如流和他对郭嘉的极度欣赏和信任。

　　《三国演义》第四十回，写刘表临终，托孤于刘备："我病已入膏肓，不久便死矣，特托孤于贤弟。我子无才，恐不能承父业。我死之后，贤弟可自领荆州。"历史上并无此事。刘表早就打定主意，要将荆州交给少子刘琮。刘表虽然礼敬刘备，但只是表面文章。刘备的不甘人下，早被刘表看在眼里。刘表对刘备抱有戒心，所以始终不肯委以重任。若刘备受刘表之托而接掌荆州军政，则有乘人之危的嫌疑。在刘琮降曹以后，再取荆州，虽名正言顺，但力所不能。曹操大兵压境，以刘备区区三万人的兵力，要与其对抗，无异于以卵击石。

　　鲁肃远见卓识，精明干练，并非如《三国演义》里所写的那样平庸。读者只是觉得鲁肃忠厚老实，憨态可掬。《三国志·吴书·鲁肃传》注引《吴书》如此介绍年轻时的鲁肃："肃体貌瑰奇，少有壮节，好为奇计。天下将乱，乃学击剑骑射，招聚少年，给其衣食，往来南山中射猎。阴相部勒，讲武习兵。父老咸曰：'鲁氏世衰，乃生此狂儿！'"充满英锐之气。人说他是"狂儿"，可见鲁肃从小就是一个有棱角的人。如果只是一味的老实，周瑜临终之际绝不会向孙权推荐鲁肃。鲁肃向关羽讨要所借之地，义正词严，驳得关羽哑口无言："始与豫州观于长阪，豫州之众不当一校，计穷虑极，志势摧弱，图欲远窜，望不及此。主上矜愍豫州之身，无有处所，不爱土地士人之力，使有所庇荫而以济其患，而豫州私独饰情，愆德隳好，今已藉手于西州矣，又欲翦并荆州之土，斯盖凡夫所不忍行，而况整领人物之主乎！肃闻贪而弃义，必为祸阶。""羽无以答"

（《鲁肃传》注引《吴书》）。《三国演义》第六十六回有鲁肃责问关羽的这一段话，为了顾全关羽的面子，小说将"羽无以答"改作："云长曰：'此皆吾兄之事，非某所宜与也。'"刘备和关羽，演了一出双簧戏，可怜鲁肃奔走其间，被踢过来，踢过去，两头受气。鲁肃是东吴集团里的鸽派。他之主张联合刘备，与诸葛亮之主张联合孙权，出于同样的战略考虑。蜀汉与东吴的所有争斗，客观上均有利于曹魏，正所谓"螳螂捕蝉，黄雀在后"。

鲁肃

当代历史学家万绳楠认为：赤壁之战的决战地点不在赤壁，而是在乌林。这是有道理的。《三国志·吴书》中有所透露："故能摧曹操于乌林"（《周瑜传》），"西破曹操于乌林"（《鲁肃传》），"与周瑜为左右督，破曹公于乌林"（《程普传》），"后随周瑜拒破曹公于乌林"（《甘宁传》）。陆逊："破操乌林。"（《陆逊传》）鲁肃来讨荆州，关羽对鲁肃说："乌林之役，左将军身在行间，戮力破敌，岂得徒劳无尺土相资，而足下复来欲收地邪！"《三国演义》第六十六回，把这一段话基本抄下来，特别是"乌林之役"四个字，一字不差。唐人孙元晏有诗《鲁肃》曰："若无子敬心相似，争得乌林破魏师？"

从历史上看，诸葛亮未曾以二乔来激怒周瑜，曹操也没有用铜雀台锁二乔之意。赤壁之战的时候，二乔均已三十开外。我们读《三国志平话》，才知道诸葛亮借二乔以激怒周瑜，是出自说话艺人的创造。平话中说："孔明振威而喝曰：'今曹操动军，远收江吴，非为皇叔之过也。尔须知曹操，长安建铜雀台，拘刷天下美色妇人。今曹相取江吴，虏乔公二女，岂不辱元帅清名？'"《三国演义》第四十八回，曹操说："吾今年五十四岁矣，如得江南，窃有所喜。——昔日乔公与吾至契，吾知其二女皆有国色。后不料为孙策、周瑜所娶。吾今新构铜雀台于漳水之上，如得江南，当娶二乔，置之台上，以娱暮年，吾愿足矣！"以此呼应诸葛亮的激将法。曹操所谓"乔公"，当指桥玄。小说第一回提及"时人有桥玄者"，许曹操为"命世之才"。此处又说"乔公"，当是一人。据《三国志·吴书·周瑜传》："时得桥公两女，皆国色也，策自纳大桥，瑜纳小桥。"则小说第四十八回所谓"乔公"，似系"桥公"之误，"二乔"当为"二桥"之误。可是，清人卢弼的《三国志集解》反驳此说，认为从桥玄的年龄推断，不太可能。"二乔"与桥玄风马牛不相及。

历史上的周瑜是一个豁达大度之人，可是小说把他写成一个心胸狭隘之人。周瑜临终之时并没有"既生瑜，何生亮"的"仰天长叹"。周瑜是在伐川途中病死，并非被诸葛亮气死。赤壁之战中，孙、刘精诚合作，并没有互相算计。现在有所谓"瑜亮情结"之说，其实是小说家言，历史上的周瑜没有那么狭隘。

说客蒋干，亦非等闲之辈，"干以才辨独步于江、淮之间"（《资治通鉴》卷六十六），曹操不会派一个草包去当说客。但他的出现，恰恰成为周瑜的陪衬。《三国演义》第四十五回和三国戏里的蒋干，成为一个受戏弄的丑角。长期的流传，加工，演变出"群英会蒋干中计"的绝妙好戏。历史上的蒋干充当说客，是在建安十四年（209），即赤壁之战以后，"布衣葛巾"，打扮成一个书生，而小说家将这段故事移到赤壁之战的决战前夕，成为这次著名战役中妙不可言的花絮。

张松被曹操冷落，是历史事实；但《三国演义》第六十回又添出张松奚落曹操的一段话："丞相驱兵到处，战必胜，攻必取，松亦素知。昔日濮阳攻吕布之时，宛城战张绣之日；赤壁遇周郎，华容逢关羽；割须弃袍于潼关，夺船避箭于渭水：此皆无敌于天下也！"写曹操大怒，差一点杀了张松，经杨修、荀彧劝解，免其一死，"令乱棒打出"。经过小说家的生花妙笔，张松一变而成祢衡一样的毒舌。

荀攸在曹魏伐吴的途中病死，而《三国演义》第六十六回却说荀攸反对曹操进封魏王，引起曹操不满，荀攸郁闷而死：

> 于是侍中王粲、杜袭、卫凯、和洽四人，议欲尊曹操为"魏王"。中书令荀攸曰："不可，丞相官至魏公，荣加九锡，位已极矣。今又进升王位，于理不可。"曹操闻之，怒曰："此人欲效荀彧耶！"荀攸知之，忧愤成疾，卧病十数日而卒，亡年五十八岁。

作者以此将荀彧、荀攸叔侄的态度统一起来，加强读者对曹操的反感。其实，荀攸与其叔荀彧的政治态度有所区别，他还是曹操晋升魏王时劝进群臣中的重要代表。至于荀攸的真实思想，是否为了"全躯保妻子"而作此违心之举，不可得而知之。

张辽后寨起火，一片叫反声。张辽处变不惊，镇定自若。张辽的武艺胆略，当不在关羽之下；但是，《三国演义》拥刘反曹，小说家对他的兴趣，远在关羽之下，所以张辽在中国百姓中的影响也就无法与关羽相比了。《三国演义》虚构出戈定一人，指其为太史慈乡人，欲作内应。

王朗是正常死亡，并非《三国演义》第九十三回所说被诸葛亮骂死。王朗之死，已经在曹丕称帝以后。许昌市西南十七公里处的繁城镇汉献帝庙内有《受禅表碑》，内容为魏文武大臣奏请曹丕代汉称帝事。奏章称道"汉帝奉天命以固禅，群臣敬天命以固请"。汉献帝让位，曹丕代汉乃天命所归。奏章前后列出公侯臣等四十六人职名。是王朗文、梁鹄书、钟繇镌字，谓之"三绝"，即文表绝、书法绝、镌刻绝。王朗亦并非诸葛亮所谓"厚颜无耻之人"。在邺城为文昭皇后设立陵园，王朗前往陵园巡视，见那里的百姓很贫困，而魏明帝当时正在大兴土木，修建宫室，王朗上书劝谏。王朗是文官，以经学和治狱闻名，而《三国演义》第十五回却写出王朗与孙吴大将太史慈交战的场面："孙策大怒，正待交战，太史慈早出。王朗拍马舞刀，与慈战不数合，朗将周昕杀出助战。"

《三国志·魏书·徐晃传》说徐晃是病死，可《三国演义》第九十四回却说他是被孟达一箭射中头额，"当晚身死"。

《三国演义》第九十六回，诸葛亮挥泪斩马谡。马谡确实是丢了街亭，《三国志·蜀书·诸葛亮传》上说：诸葛亮"戮谡以谢众"，《三国志·蜀书·王平传》亦说诸葛亮斩了马谡；但是，据《三国志·蜀书·马良传》上的记载，马谡是"下狱物故""年三十九"。而《三国志·蜀书·向朗传》则说："朗素与马谡善，谡逃亡，朗知情不举，亮恨之。免官。"同一部《三国志》，同一个陈寿，对于马谡的结局，却给出了互相矛盾的三种说法。由此可见，陈寿也有疏漏。马谡究竟是被诸葛亮挥泪斩了，还是畏罪潜逃，或是病死狱中，恐怕永远说不清楚了。习凿齿的《襄阳耆旧记》里，记载了马谡临终时给诸葛亮的一封信，信中说："明公视谡犹子，谡视明公犹父。愿深惟殛鲧兴禹之义，使平生之交不亏于此，谡虽死，无恨于黄壤也。"这段话的口气很恳切，也符合诸葛亮与马谡的关系和性格，

孔明挥泪斩马谡

有一定的可信度。

攻克街亭的魏将是张郃，并非司马懿。司马懿当时在宛城，离街亭千里之遥，如何能遇到诸葛亮？《三国志·魏书·张郃传》有云："诸葛亮出祁山。加郃位特进，遣督诸军，拒亮将马谡于街亭。谡依阻南山，不下据城。郃绝其汲道，击，大破之。"

《三国演义》第一百一回说张郃不听司马懿的劝告，自恃其勇，中了埋伏而被乱箭射死。但裴注所引《魏略》之说，却正好相反："亮军退，司马宣王使郃追之。郃曰：'军法，围城必开出路，归军勿追。'宣王不听，郃不得已，遂进。蜀军乘高布伏，弓弩乱发，矢中郃髀。"小说的写法维护了司马懿老谋深算的形象，却损害了张郃智勇双全的名将风采。据《张郃传》注引《魏略》说："（夏侯）渊虽为都督，刘备惮郃而易渊。及杀渊，备曰：'当得其魁，用此何为邪！'"张郃本传称："郃识变数，善处营陈，料战势地形，无不如计，自诸葛亮皆惮之。"由此可见，张郃的才略是高于夏侯渊的。可是，夏侯渊是曹家的人，而张郃毕竟是从袁绍那里投诚过来的，他在军中的地位自然不如夏侯渊。

　　袁术穷途末路，归帝号与袁绍，送去一个空头人情，去信说："禄去汉室久矣，天下提挈，政在家门。豪雄角逐，分割疆宇。此与周末七国无异，唯强者兼之耳。袁氏受命当王，符瑞炳然。今君拥有四州，人户百万，以强则莫与争大，以位则无所比高。曹操虽欲扶衰奖微，安能续绝运，起已灭乎！谨归大命，君其兴之。"（《后汉书·袁术传》）如果我们不因人废言的话，应该承认，袁术对形势的分析，有一半说对了：汉朝气数已尽，政归私门，群雄割据，"唯强者兼之耳"。总的说来，"此与周末七国无异"。至于说大命归谁，袁术的判断则大错特错：不是"袁氏受命当王"，而是曹魏受命当王。他做梦也没有想到，后面还有个官渡之战。袁术的预见，自说自话，只是暴露出他没落贵族的平庸与自负。

　　"此与周末七国无异"，历史确实是惊人的相似。袁术所谓的"周末七国"，指战国时代。他所谓的"此"，指汉末。袁术死得早，他是自作孽，不可活。我们不妨将他所谓的"汉末"延伸至整个三国时期，将他所谓的"周末"延伸至整个东周时期。三国和东周都是中国历史上的分裂时期。东周分为春秋和战国两个时期。春秋时期共二百九十四年，战国时期共二百五十五年。接着是秦朝十五年的短暂统一。秦汉之间有四年多的楚汉相争。继起的两汉，一共四百二十六年。从东周到秦汉，是《三国演义》所谓的"分久必合"。三国时期，如果从黄巾起义爆发（中平元年，即184年）算起，至三家归晋（咸宁六年，即280年），则有九十六年。三国可以借赤壁之战为界，分为"群雄逐鹿"和"三国鼎立"两个阶段。如果忽略西晋的短暂统一，则三国开启了魏晋南北朝长达三百六十多年的分裂时期。从秦汉到魏晋南北朝，是《三国演义》所谓的"合久必分"。三国和东周，作为两个乱世，确有一些相似之处，又有一些不同之处。

春秋战国时期，王室已经徒有其名，沦为中小诸侯的地位，失去了"天下共主"的号召力。东汉的桓灵之世，桓帝、灵帝沦为外戚和宦官的傀儡，虽然国家没有分裂，但已经是乱象丛生，暗流汹涌，人心思乱，到了分裂的边缘。外戚与宦官两大集团同归于尽以后，汉献帝先后沦为董卓、曹操手里的傀儡。三国和东周的社会危机都表现为王室的衰微，中央无力驾驭地方，王命无法贯彻，于是演变成一种分裂割据的局面。分裂不能持续，割据不能相安，发展成兼并战争。

春秋时期的兼并战争，大国兼并小国，强国吞并弱国。与此同时，列国内部战乱频发，田氏代齐、三家分晋是代表性的事件。从见于《左传》的一百七十国，兼并成秦、楚、齐、魏、燕、赵、韩七个强国。汉末黄巾起义的烈火，席卷青、徐、幽、冀、荆、扬、兖、豫八州，大大动摇了东汉的统治。州郡崛起，逐鹿中原，在剑与火的兼并战争中，公孙瓒、袁术、吕布、袁绍、刘表、刘璋先后灭亡。大浪淘沙，逐渐变成曹魏、孙吴、蜀汉的三国鼎立。

齐桓公、晋文公，打着"尊王攘夷"的旗号，发号施令。霸政代替了王政。凡某个国家发生篡弑之事，同盟诸国不予承认，并出兵平乱。曹孟德"挟天子以令诸侯"，取得了政治上的优势。他时不时地打着汉献帝的旗号，施展其拉一派、打一派的伎俩。

周灭商以后，大封王室子弟和功臣。诸侯在其封国内有世袭的统治权，对天子有服从命令、每年朝贡的义务。至战国时期，各大国以食邑分封贵族子弟和功臣。君侯在其食邑有征收田税和工商赋税之权，但没有世袭的统治权。春秋战国时期，逐渐产生郡县的设置。至秦统一中国，分全国为三十六郡，正式实行郡县制。郡县的长官均由中央任命。周天子对诸侯的控制无法与秦汉皇帝对郡县的控制相比。

战国的周天子与汉末的汉献帝同为弱主，但同中有异。东周的君主废立，常常取决于卿和大夫之共议。孟子说（贵戚之卿）"君有大过则谏，反覆之而不听，则易位"（《孟子·万章下》）。三国的君主废立，一是董卓的废少帝而立献帝，遭到天下的反对；二是曹丕的代汉而立；三是司马氏的代魏而立。权臣借用禅让的形式篡位，皆获得成功。董卓凭借武力而擅自废立，很快就归于失败。曹丕和司马氏的受禅让都是经过多年的积累和等待，曹魏将拥汉派逐次镇压，司马氏逐步将亲曹魏派消灭。

三国与东周一样，天子失去了"天下共主"的号召力。忠于天子变成忠于诸侯，变成含糊其辞的各为其主。各为其主与招降纳叛存在着一定的矛盾，如何把握，需要灵活地处理。频繁地跳槽，会使每一个新主人都怀疑他的忠诚；单纯地强调忠于故主，又不利于挖敌人的墙脚。曹操在这方面处理得最为成功。他的人才很多是从敌人那里挖过来，但他自己的人才，却很少被对手挖走。他的放走关羽，是最漂亮的一笔。他欣赏关羽的不忘故主，要大家向关羽学习，要像关羽忠于刘备一样忠于他曹操。他觉得，放走关羽固然可惜，但树立一个光辉的榜样更加重要。

秦汉以后，随着郡县制的推行、中央集权制的建立，特别是汉武帝"罢黜百家，独尊儒术"以后，形成一个全民族的共识：凡太平盛世，都是国家统一的时期。分裂被认为是不正常的时期，是乱世。中国的历史，分裂的时间短，统一的时间长。

战国时期，思想自由，百家争鸣。孟子说："民为贵，社稷次之，君为轻。"（《孟子·尽心下》）他直言不讳地痛斥暴君："贼仁者谓之贼，贼义者谓之残，残贼之人谓之一夫。闻诛一夫纣矣，未闻弑君也。"（《孟子·梁惠王下》）"为汤、武驱民者，桀与纣也。"（《孟子·离娄上》）"君之视臣如手足，则臣视君如腹心；君之视臣如犬马，则臣视君如国人；君之视臣如土芥，则臣视君如寇雠。"
（《孟子·离娄下》）没有愚忠的思想，只有各为其主。

秦汉以后，思想不再自由。大一统的思想深入人心。两汉的经学，潜移默化，"三纲五常"观念融入臣民的血液。一个人怎么看，只是他个人的思想，如果大家都那么看，就会变成一种物质的力量。权臣篡位非常的谨慎，只有愚蠢如董卓，才会擅自废立，一下子把自己变成全民公敌。其次如袁术，妄自称帝，骤起骤灭，成为天下的笑话。有鉴于此，曹操和司马懿对于废立之事都非常谨慎。

东周和三国都是乱世，战争杀伐、诡谲欺骗，成为常态。人才问题的重要性急剧上升，能否争取人才、为己所用，成为各国生死存亡的关键。最需要的人才是武将和谋士。其他如教育、经学、文学、艺术方面的人才，都被边缘化。春秋战国时期，军事人才以外，厉行变法和外交人才也很需要。三国时期，运筹帷幄的文臣，比搏杀疆场的武将更为重要。诸葛亮在蜀汉，周瑜、吕蒙、陆逊在东吴，荀彧、郭嘉、程昱在曹魏，都比武将的作用更为重要。刘表、刘虞、刘璋，虽然都比较仁厚，但不懂军事，没有四方之志，所以都成不了事。

东周和三国都是乱世，群雄逐鹿，人身的依附关系趋于松懈，良禽择枝而栖，贤臣择君而从。人才的频繁流动，成为一大景观。春秋战国时期，国有国界，而游说之士没有国界。游士多出身平民，不执念于一国。屈原是贵族，忠于一国，宁可失意，亦不肯游仕。贵族文化最为薄弱的秦国，厉行改革，人才选拔世卿世禄变成选贤任能，秦国迅速崛起。秦国的高级官员大多来自游士。从张仪到李斯，秦国的相至少百分之七十不是秦人。难怪宋人罗大经的《鹤林玉露·齐秦客》中说："秦国以客兴。""楚才晋用"成为普遍的现象。吴起是卫人，却一生历仕鲁、魏、楚三国。他的大放光彩是在楚国。商鞅是卫人，著名的商鞅变法却发生在秦国。张仪是魏人，在秦国为相，以连横破六国之合纵。苏秦是东周洛阳人，佩六国相印而反秦。范雎是魏人，任秦相，为秦国制定远交近攻的战略。荆轲是卫人，奉燕太子命，去刺杀秦王。甘茂是楚国下蔡人，为秦定蜀，升为秦国上卿。

拒绝外国人才是愚蠢的政策，等于自杀。对各国来说，能否获得人才、吸引人才、用好人才，是生死存亡的关键，具有战略意义。李斯的《谏逐客书》，把人才问题提高到战略的高度来认识，表现出一位政治家的远见卓识。战国时期，各国争相养士，招揽人才。英雄不问出身，产生了很多白衣卿相。他们具有很强的进取心，都想轰轰烈烈干一番事业，都想着扬名千古。贤士的向背成为一国兴衰的关键和标志。贤士游说四方，见多识广。如公孙衍、张仪之流，"一怒而诸侯惧，安居而天下熄"（《孟子·滕文公下》），其威风可想而知。游士逐渐得势，贵族养贤成风。平原、孟尝、信陵、春申四君争相养士，其中平原君门下有赵奢、虞卿、公孙龙等人才，信陵君门下有侯赢、朱亥，孟尝君门下唯有冯谖值得一提，其他则如王安石所讥，皆鸡鸣狗盗之徒，至于春申君，唯称"珠玑三千"而已。四位公子，名为养贤，不过是求名罢了。他们的门下，真正的人才屈指可数。

三国时期，各路诸侯、州郡实力派争相罗致人才。与东周时期一样，人才的迅速流动，成为当时的一大景观。刘备方面：糜竺本是陶谦的别驾从事。伊籍本是刘表的人。赵云本从公孙瓒。王平本是魏将。黄忠先从刘表为中郎将，后随曹操为裨将军，最后归刘备。夏侯霸本自曹魏，因为害怕司马氏集团的清算，投奔蜀汉。许靖是刘璋的蜀郡太守，后来归顺刘备。许靖起初因叛主不为刘备所用，后经法正推荐，任左将军长史。以清俭著名的董和是刘璋的成都令，后来成为刘备的掌军中郎将。向朗，刘表以为临沮长。刘表卒，归先主。曹操征荆州，刘巴不随群士依附刘备，却北投曹操。后来出使交州，又去益州。刘巴曾经反对刘璋邀请刘备去抵御张鲁。但刘备既往不咎，仍任用他。法正卒，刘巴代其为尚书令。《三国志·蜀书·刘巴传》注引《零陵先贤传》载，备攻成都，令军中曰："其有害巴者，诛及三族。"及得巴，甚喜。"而诸葛孔明数称荐之，先主辟为左将军西曹掾"。他为刘备解决了初进益州时的财政困难："数月之间，府库充实。"（《零陵先贤传》）费诗，刘璋时为绵竹令。投降刘备后，受拜督军从事，转任牂牁郡（今滇黔桂交界一带）太守，再为州前部司马。谯周，刘璋时隐逸，后被诸葛亮任为劝学从事。李严本传载，先从刘表，"历诸郡县"，继随刘璋，为成都令、护军。率部投降刘备，刘备任命他为裨将军。平定成都后，李严被任命为犍为太守、兴业将军。黄权本是刘璋部下，反对刘璋借力刘备抵御张鲁。后投降刘备，刘备封其为偏将军。黄权主张夺回汉中。伐吴之役，黄权劝阻，刘备不听。刘备兵败，黄权不得已而投降曹魏。属下建议抓捕黄权的家属，刘备说："是我对不起黄权，不是黄权对不起我。"不仅不抓捕家属，还给黄权儿子黄崇升了官。用人不拘一格可见一斑。

曹操方面：荀彧、荀攸、郭嘉、许攸本是袁绍那边的人。王粲、裴潜从刘表那里来。张郃先从韩馥，继附袁绍，后降曹操。陈群曾为刘备别驾，后归曹操。刘巴，本是刘璋的人，后来归了刘备。庞德本是马超部下，继投张鲁，最后归了曹操。樊城之役，庞德为关羽所擒，拒降而死。张辽，本是丁原的从事，何进派他去募兵。何进败，跟董卓。董卓败，跟吕布。吕布败，跟曹操。于禁先从鲍信，后随王朗，终归曹操。关羽水淹七军，擒于禁，于禁降。关羽兵败被杀，于禁被东吴送回曹魏，因被魏文帝设计羞辱而自杀。这些将领，在投奔曹操以前都没有出色的表现。由此可以看出曹操的雄才大略，不能不承认他知人善任、驾驭人才的能力。

孙吴方面：太史慈本是刘繇的部下，后来归了孙策。士燮是交州太守，后来投靠孙权。甘宁先依刘表，"不见进用。后转托黄祖，祖又以凡人畜之。于是归吴"（《三国志·吴书·甘宁传》）。《三国演义》第三十八回中说："却说孙权自孙策死后，据住江东，承父兄基业，广纳贤士，开宾馆于吴会，命顾雍、张纮延接四方宾客。连年以来，你我相荐。时有会稽阚泽字德润，彭城严畯字曼才，沛县薛综字敬文，汝阳程秉字德枢，吴郡朱桓字休穆，陆绩字公纪，吴人张温字惠恕，乌伤骆统字公绪，乌程吾粲字孔休，此数人皆至江东，孙权敬礼甚厚。又得良将数人：乃汝南吕蒙字子明，吴郡陆逊字伯言，琅琊徐盛字文向，东郡潘璋字文珪，庐江丁奉字承渊。文武诸人，共相辅佐，由此江东称得人之盛。"蒋钦、周泰本是"扬子江上劫掠为生"的强盗，前来相投。孙策亦"用为车前校尉"。甘宁之出身与蒋钦、周泰相同，亦为孙权重用。东吴方面，基本上没有从曹魏和蜀汉那边过来的人。他的人才，一是来自江南的大族著姓，如吴郡的顾、陆、朱、张，会稽的虞、贺；一是来自南渡的北方大族子弟，如张昭、诸葛瑾、周瑜、鲁肃；一是征战中脱颖而出的武将，如韩当、蒋钦、甘宁、凌统等。

《容斋随笔》卷十三"孙吴四英将"条如此概括孙权之知人善任："孙权初掌事，肃欲北还，瑜止之，而荐之于权曰：'肃才宜佐时，当广求其比，以成功业。'后瑜临终与权笺曰：'鲁肃忠烈，临事不苟，若以代瑜，死不朽矣！'肃遂代瑜典兵。吕蒙为寻阳令，肃见之曰：'卿今者才略非复吴下阿蒙。'遂拜蒙母，结友而别。蒙遂亦代肃。蒙在陆口，称疾还，权问：'谁可代者？'蒙曰：'陆逊意思深长，才堪负重，观其规虑，终可大任，无复是过也。'逊遂代蒙。四人相继，居西边三四十年，为威名将，曹操、刘备、关羽皆为所挫，虽更相汲引，而孙权委心听之，吴之所以为吴，非偶然也。"

很明显，《三国演义》将蜀汉作为歌颂的对象，对曹魏和东吴的得人之盛，均采用简略的概括的笔法。

吴大帝像

孙权

中国的传统重资历、讲资格，许多平庸者占据高位，堵塞了人才的晋升之路。战火硝烟是迅速淘汰庸才的催化剂，那些仅仅靠关系、靠门第、靠背景的庸才，那些徒有虚名的名士，很快就被残酷的战争淘汰出局。军政以外的各种人才，也被战争挤到边缘。不会用人的各路诸侯，相继破灭。群雄的竞争，首先是人才政策的优劣之争。曹操、刘备和孙权的用人都是不拘一格。乱世的时候，实用主义上升，不按常规用人，更多地考虑才干。治世的时候，要求德才兼备。乱世的时候，军事问题最为急迫；太平时期，政治问题更为重要。当然，政治、经济、军事三者，谁更重要，不是绝对的。具体情况要具体对待，一切都会按照时间、地点、条件来转变。军事政治方面的人才最为急需，其他如经学、文学、教育等方面的事情，都降为不急之务。经济方面，粮食问题最为重要，所以曹操、刘备、孙权都在搞屯田。刘表没有军事才能，缺乏政治远见，他在荆州立学校、兴礼乐，提倡经学之类，从事的尽是不急之务，迂腐之极。

战国时期，以游说人主而获官成为风气。苏秦获六国相印，张仪主宰秦国的朝政，成为天下游士说客成功的榜样。《战国策》记录了大量策士与君主的对答。这是布衣驰骋之时，策士求官之秋。

汉末，外戚和宦官任用子弟亲信破坏了选举制度。既不看"能"，也不看"德"。葛洪《抱朴子》："语曰：'举秀才，不知书；察孝廉，父别居。寒素清白浊如泥，高第良将怯如鸡。'"针对选举腐败的反弹是以名取人，形成一个势力雄厚的名士集团，强调独立人格，社会声望。

战国时期，人才择主的中心观念是"士为知己者死"，特重恩怨。三国时期也是如此。《三国演义》第七十四回，曹操对庞德说："卿不负孤，孤亦必不负卿也。"完全是一种恩怨关系，你对我的忠，换来我对你的好。如毛宗岗所说："人情未有不爱财与色者也。不爱财与色，未有不重爵与禄者也。不重爵与禄，未有不重人之推心置腹、折节敬礼者也。曹操所以驾驭人才、笼络英俊者，恃此数者已耳。是以张辽旧事吕布，徐晃旧事杨奉，贾诩旧事张绣，文聘旧事刘表；张郃乃袁绍之旧臣，庞德乃马超之旧将，无不弃故从新，乐为之死。"曹操之于关羽，财色不灵，愈见关羽之不可企及："独至关公，而心恋故主，坚如铁石。金银美女之赐，不足以移之；偏将军、汉寿亭侯之封，不足以动之；分庭抗礼、杯酒交欢之异数，不足以夺之。夫而后奸雄之术穷矣。奸雄之术既穷，始骇天壤间，不受驾驭、不受笼络者，乃有如此之一人，即欲不吁嗟景仰，安可得乎！"（《三国演义》第二十六回点评）曹操、刘备的用人，常常能够摆脱个人的恩怨，更多地从大局考虑。

史学与文学泾渭分明，史学推崇实录，有一分材料说一分话；文学可以虚构，可以妙笔生花。可是，先秦时期，文史哲不分，史学与文学还是混沌一体，正处于缓慢的分化过程之中。这种情况在世界各国都是相似的，中国的情况也不例外。就先秦的情况来看，小说这种文体当时还远未成熟，各种文体都没有形成规范，早期小说还孕育于史学之中，形成一种"你中有我、我中有你"的混沌状态。钱锺书先生对《左传》中的虚构和想象作了精彩的分析：

> 吾国史籍工于记言者，莫先乎《左传》，公言私语，盖无不有。虽云左史记言，右史记事，大事书策，小事书简，亦只谓君廷公府尔。初未闻私家置左右官，燕居退食，有珥笔者鬼瞰狐听于傍也。上古既无录音之具，又乏速记之方，驷不及舌，而何其口角亲切，如聆謦咳欬？或为密勿之谈，或乃心口相语，属垣烛隐，何所据依？如僖公二十四年介之推与母偕逃前之问答，宣公二年钼麑自杀前之慨叹，皆生无傍证，死无对证者。注家虽曲意弥缝，而读者终不餍心息喙。纪昀《阅微草堂笔记》卷一一曰："钼麑槐下之词，浑良夫梦中之噪，谁闻之欤？"……盖非记言也，乃代言也，如后世小说、剧本中之对话独白也。

左氏设身处地，依傍性格身分，假之喉舌，想当然耳。《文心雕龙·史传》篇仅知"追述远代"而欲"伟其事"、"详其迹"之"伪"，不知言语之无征难稽，更逾于事迹也。《史通·言语》篇仅知"今语依仿旧词"之失实，不知旧词之或亦出于虚托也。……史家追叙真人实事，每须遥体人情，悬想事势，设身局中，潜心腔内，忖之度之，以揣以摩，庶几入情合理。盖与小说、院本之臆造人物、虚构境地，不尽同而可相通；记言特其一端。《韩非子·解老》曰："人希见生象也，而得死象之骨，案其图以想其生也；故诸人之所以意想者，皆谓之象也。"斯言虽未尽想象之灵奇酣放，然以喻作史者据往迹、按旧编而补阙申隐，如肉死象之白骨，俾首尾完足，则至当不可易矣。《左传》记言而实乃拟言、代言，谓是后世小说、院本中对话、宾白之椎轮草创，未遽过也。（《管锥编·左传正义》）

马振方先生的力作《中国早期小说考辨》，以其坚实的文献功底、犀利的理论目光、敏锐的艺术感受，紧紧抓住先秦两汉子史著作中的虚构和想象，发掘其中的"小说家言"，最后得出一个结论："中国小说发轫于先秦。"这一结论似乎并不新鲜，可是，有个案研究作基础的结论和泛泛的印象之论，不能同日而语。马先生通过翔实的考证和严谨的推理指出：《穆天子传》不是神话，而是"作者个人虚构的叙事长文""它其实是我国小说的开山之祖""绝不是穆王巡游的实录，而是在传说基础上大力生发、想象、虚构的产物""内容虽多虚拟，样态却近实录"；《晏子春秋》"融入悬想、仿拟、夸大、移花接木等种种虚拟""人们把有关贤相现实的和想象的言行业绩以传说和小说的形式集中于晏子一人之身"，晏子"是我国文学箭垛式人物之祖"。另如《国语》中的长篇大论、《左传》中的好作预言，都是虚构的痕迹。其余如《庄子》的"寓言十九"，《战国策》之"虚拟纵横家游说之作"，《尚书》中的拟史小说，马振方先生都一一作了辨析。与钱锺书先生的观点殊途同归，但涉及的面更广，分析更细腻，考证更深入。

吕思勉《三国史话》中说：《三国志》上所说的兵谋，大都是靠不住的。这大约因军机秘密，局外人不得而知，事后揣测，多系附会之谈，而做历史的人所听见的，也不过是这一类的话之故。"是学者所见略同。

《左传》以后，司马迁的《史记》正处在史学与文学将分未分的转折点上。扬雄责备司马迁"好奇"（《法言·问神》），是察觉到了《史记》中隐蔽的小说家的冲动。我们在垓下之战、鸿门宴之类的情节里，不难体会到司马迁的好奇之心。在司马迁来说，虽然他力求实录，态度极为严谨；可是，他自有其难言的苦衷。秦始皇焚书，六国史记，化为灰烬。史料不足，常有缺口。大的缺口，只能回避。从《竹书记年》看，《史记》亦有失载的情况。小的缺口，司马迁不得不依靠传说，发挥自己的想象力来弥补史料的不足，把缺口补全。其次，史学家亦难免有好奇之心，难免会因为技痒而发挥一点文学家的天赋。至于那些野史，更是兴之所至，信笔挥洒，放纵着他们的好奇之心和文学家的锦心绣口。王芬等谋划废灵帝而立合肥侯，于是，"会北方有赤气，东西竟天"，太史便觉得有问题："当有阴谋，不宜北行。"（司马彪《九州春秋》）《英雄记》说："（刘）虞为博平令，治正推平，高尚纯朴，境内无盗贼，灾害不生。时邻县接壤，蝗虫为害，至博平界，飞过不入。"蝗虫也能分别善恶，知道哪里该进，哪里不该进。《三国志·魏书·张杨传》注引《典略》云："（眭）固字白兔，既杀杨丑，军屯射犬。时有巫诫固曰：'将军字兔而此邑名犬，兔见犬，其势必惊，宜急移去。'固不从，遂战死。"不由得使人想起庞统之死于落凤坡。

《史记》《汉书》以后，史学和文学的分化大致完成，学界对史学著作里的小说家言也逐渐提高了警惕。野史的不实乃至荒谬，更是时时地遭到史家的痛斥和嘲笑。这当然是大致来说的，其实，后世的正史中并没有完全排斥小说家言，譬如《晋书》《资治通鉴》里也时不时地从小说里取材，就是一个证据。《晋书》因此而被后人诟病："然史官多是文咏之士，好采诡谬碎事，以广异闻；又所评论，竟为绮艳，不求笃实。由是颇为学者所讥。"（《旧唐书·房玄龄传》）好奇是人的天性，天性是难以磨灭的，尤其是"文咏之士"。

裴松之为《三国志》作注，不由得感叹道："臣松之以为史之记言，既多润色，故前载所述有非实者矣。后之作者又生意改之，于失实也，不亦弥远乎！"这"润色"二字，就包含了史家的好奇之心，好奇之心催生出来的文字，就有变成小说家言的可能。裴注里充满了史料的考辨。

杜甫有诗云："语不惊人死不休。"史家也喜欢记载出人意料的故事。《三国志·魏书·武帝纪》写官渡之战时说，"时（曹）公兵不满万，伤者十二三"。裴注对此痛加反驳："魏武初起兵，已有众五千，自后百战百胜，败者十二三而已矣。但一破黄巾，受降卒三十余万，余所吞并，不可悉纪；虽征战损伤，未应如此之少也。夫结营相守，异于摧锋决战。本纪云：'绍军十余万，屯营东西数十里。'魏太祖虽机变无方，略不世出，安有以数千之兵，而得逾时相抗者哉？以理而言，窃谓不然。绍为屯数十里，公能分营与相当，此兵不得甚少，一也；绍若有十倍之众，理应当悉力围守，使出入断绝，而公使徐晃等击其运车，公又自出击淳于琼等，扬旌往还，曾无抵阂，明绍力不能制，是不得甚少，二也；诸书皆云公坑绍众八万，或云七万。夫八万人奔散，非八千人所能缚，而绍之大众皆拱手就戮，何缘力能制之？是不得甚少，三也。将记述者欲以少见奇，非其实录也。"当然，曹军的兵力没有高度的集中。针对对方的态势，曹操作了如下的部署：令臧霸进军青州，以消除东方之忧。令于禁驻军延津（今河南延津北），刘延驻军白马（今河南滑县东）。命夏侯惇驻军敖仓（今河南荥阳东北），在西面策应。以徐晃、张辽进军官渡（今河南中牟东北），作正面防御。曹洪驻军南阳，以防刘表。以李通、满宠驻军汝南，以防孙策。以荀彧负责留守许昌。由此看来，虽然曹操对付袁绍的兵力不可能"兵不满万"，但群狼环伺，曹操不能集中全力于官渡，自有其难言的苦衷。

据《三国志·魏书·公孙渊传》写割据辽东长达五十年的公孙渊家族灭亡的凶兆："初，渊家数有怪：犬冠帻绛衣上屋。炊有小儿蒸死甑中。襄平北市生肉，长围各数尺，有头目口喙，无手足而动摇。占曰：'有形不成，有体无声，其国灭亡。'"明显是小说家言。

裴松之痛斥以讹传讹的乐资《山阳公载记》、袁晔《献帝春秋》："实史籍之罪人，达学之所不取者也。"（《三国志·魏书·审配传》注，驳斥其述审配逃井中被俘之事）"秽杂虚谬，若此之类，殆不可胜言也"（《三国志·蜀书·马超传》注，驳斥其中马超呼刘备之字而关羽、张飞欲杀马超之事）。

野史、杂史中多虚构之词，但也因为它们比正史更自由，写得更放松，所以就更有小说的味道。裴注中多野史和杂史，唐人刘知幾讥其繁芜，宋人叶适甚至说："注之所载，皆寿书之弃余。"但裴注引书二百多种，绝大多数已经亡佚，就保存史料这点而言，裴注的价值不容抹煞。裴注中多野史，多"小说家言"，成为《三国演义》取材的宝库。

《三国志》继承了《左传》"好作预言"的传统，裴注所引之书中更是充满预言。

官渡之战时，郭嘉就预料孙策将死于刺客之手。《三国志·魏书·郭嘉传》："若刺客伏起，一人之敌耳。以吾观之，必死于匹夫之手。"

早在汉桓帝时，就有人预言了曹操的崛起和官渡之战及其结局："桓帝时有黄星见于楚、宋之分，辽东殷馗善天文，言后五十岁当有真人起于梁、沛之间，其锋不可当。至是凡五十年，而公破绍，天下莫敌矣。"（《三国志·魏书·武帝纪》）

《武帝纪》注引张璠《汉纪》有云："立（侍中太史令王立）后数言于帝曰：'天命有去就，五行不常盛。代火者土也，承汉者魏也。能安天下者，曹姓也，唯委任曹氏而已。'公闻之，使人语立曰：'知公忠于朝廷，然天道深远，幸勿多言。'"当时在献帝欲迁许昌，曹操的事业尚在草创的阶段，群雄蜂起，袁绍、吕布都在，王立就能有如此高瞻远瞩的英明预见？可信度实在太低，不过是史家将马后炮改编成了马前炮。

史书自《汉书》以后，常列有《五行志》，其中多记凶兆，连篇累牍。此类记载非常符合小说家的需要。于是小说里凡遇凶险之事，无不具有预兆。

小说第六十三回庞统遇难，其前的预兆特别多：1. 紫虚上人为刘璋题曰："左龙右凤，飞入西川。雏凤坠地，卧龙升天。一得一失，天数当然。见机而作，勿丧九泉。" 2. 彭羕提醒刘备："罡星在西方，太白临于此地，当有不吉之事，切宜慎之。" 3. "荆州诸葛亮军师特遣马良奉书至此。玄德召入问之。马良礼毕曰：'荆州平安，不劳主公忧念。'遂呈上军师书信。玄德拆书观之，略云：'亮夜算太乙数，今年岁次癸巳，罡星在西方；又观乾象，太白临于雒城之分：主将帅身上多凶少吉。切宜谨慎。'" 4. 庞统"亦占天文，见太白临于雒城"，以为蜀将冷苞已斩，已应凶兆。5. 玄德曰："军师不可。吾夜梦一神人，手执铁棒击吾右臂，觉来犹自臂疼。此行莫非不佳？" 6. "玄德再与庞统约会，忽坐下马眼生前失，把庞统掀将下来。" 7. 数内有新降军士，指道："此处地名落凤坡。"庞统惊曰："吾道号凤雏，此处名落凤坡，不利于吾。""令后军疾退。只见山坡前一声炮响，箭如飞蝗，只望骑白马者射来。可怜庞统竟死于乱箭之下。时年止三十六岁"。8. 先是东南有童谣云："一凤并一龙，

诸葛亮痛哭庞统

相将到蜀中。才到半路里，凤死落坡东。风送雨，雨随风。隆汉兴时蜀道通，蜀道通时只有龙。"9."却说孔明在荆州，时当七夕佳节，大会众官夜宴，共说收川之事。只见正西上一星，其大如斗，从天坠下，流光四散。孔明失惊，掷杯于地，掩面哭曰：'哀哉！痛哉！'众官慌问其故。孔明曰：'吾前者算今年罡星在西方，不利于军师；天狗犯于吾军，太白临于雒城。已拜书主公，教谨防之。谁想今夕西方星坠，庞士元命必休矣！'言罢，大哭曰：'今吾主丧一臂矣！'众官皆惊，未信其言。孔明曰：'数日之内，必有消息。'是夕酒不尽欢而散。"

关羽一生英勇，却败在吕蒙手里。其前凶兆迭出：1."孔明擎着印曰：'这干系都在将军身上。'云长曰：'大丈夫既领重任，除死方休。'孔明见云长说个'死'字，心中不悦，欲待不与，其言已出。"2."且说关公是日祭了'帅'字大旗，假寐于帐中。忽见一猪，其大如牛，浑身黑色，奔入帐中，径咬云长之足。云长大怒，急拔剑斩之，声如裂帛。霎然惊觉，乃是一梦。便觉左足阴阴疼痛，心中大疑。"3."却说王甫在麦城中，骨颤肉惊，乃问周仓曰：'昨夜梦见主公浑身血污，立于前；急问之，忽然惊觉。不知主何吉凶？'正说间，忽报吴兵在城下，将关公父子首级招安。王甫、周仓大惊，急登城视之，果关公父子首级也。王甫大叫一声，堕城而死。周仓自刎而亡。于是麦城亦属东吴。"4."忽有人自荆州来，言东吴求婚于关公，关公力拒之。孔明曰：'荆州危矣！可使人替关公回。'"5."忽一日，玄德自觉浑身肉颤，行坐不安。至夜，不能宁睡，起坐内室，秉烛看书，觉神思昏迷，伏几而卧，就室中起一阵冷风，灯灭复明，抬头见一人立于灯下。玄德问曰：'汝何人，黉夜至吾内室？'其人不答。玄德疑怪，自起视之，乃是关公，于灯影下往来躲避。玄德曰：'贤弟别来无恙！夜深至此，必有大故。吾与汝情同骨肉，因何回避？'关公泣告曰：'愿兄起兵，以雪弟恨！'言讫，冷风骤起，关公不见。玄德忽然惊觉，乃是一梦。"6."孔明曰：'吾夜观天象，见将星落于荆楚之地，已知云长必然被祸，但恐王上忧虑，故未敢言。'"关羽是作者胸中属意之人，所以小说极力渲染形容英雄末路之悲剧氛围。

黄初七年（226）正月，魏文帝"将幸许昌，许昌城南门无故自崩"（《三国志·魏书·文帝纪》）。至当年五月，文帝薨。

王朗之孙女、王肃之女王元姬，幼时便通《诗经》《论语》，王朗断言："兴吾家者，必此女也，惜不为男矣！"（《晋书·后妃传》）王元姬长大后嫁给司马昭，果然竭尽妇道，谦虚谨慎。

《三国演义》中每有大事，必有人预先说中，无一例外，出色地继承了《左传》"好作预言"的传统。夏侯渊连胜，曹操便提醒他，为将者，不能光凭匹夫之勇。不出所料，不久他就在定军山被黄忠斩杀。刘备早就提醒张飞，不要随便打骂士兵下属，后来张飞果然因此结怨部下，被杀。关羽围攻襄樊，曹仁孤军深入，东吴方面的扬州刺史温恢就预见到曹仁要有变故。沛国人魏讽有迷惑众人的才干，荥阳人任览是魏讽的好朋友，他的同郡人郑袤是郑泰的儿子，常对任览说：魏讽是个奸雄，最终会作乱。后来，果然被郑袤不幸而言中。孟达投降曹魏，也有人预言其后之事。孟达仪表堂堂，气质不凡，深受曹丕器重和钟爱。曹丕与他同乘一辆车子，任命他为散骑常侍、建武将军，封平阳亭侯。又合并房陵、上庸、西城三郡为新城郡，由孟达兼任太守，负责西南的军政事务。行军长史刘晔对曹丕说："孟达有侥幸取利之心，而且依恃才智，喜欢权术，肯定不会对您感恩报答。新城郡与孙权、刘备的地盘相接，一旦发生变故恐怕会对国家产生危害。"后来孟达反叛，刘晔不幸而言中。魏文帝听蜀军树立木栅扎营，相连七百余里，便对他的大臣们说："刘备不懂军事，哪有连营七百里能够和敌人对峙的！'在杂草丛生、地势平坦、潮湿低洼、艰险阻塞等处安营的军队，一定会被敌人打败'，这是兵家大忌。孙权报捷的上奏，很快就到。"仅过七天，吴军攻破蜀军的捷报果然就送来了。刘备与陆逊相持七个多月，曹丕在夷陵之战爆发快结束时才得知此事，立即得出刘备必败的结论。且七天以后就得知陆逊大败刘备的消息。陵霄阙刚刚起架时，有喜鹊在上面筑巢，魏明帝以此事询问高堂隆，高堂隆回答说：《诗经》说：'鹊筑巢，鸠居之'。如今大兴宫殿，又新起陵霄阙，并且有喜鹊在上面筑巢，这是宫殿没建成不能在里面居住的象征。上天的旨意好像是说：'宫殿未成，就会有外姓人统治支配它。'这就是上天的告诫。天道没有亲疏，只赐福于善良的人。太戊、武丁看见灾异征兆后惶悚恐惧，所以上天改降福分。现今如果能够停止各种劳役，增施德政，那么三王可以增为四王，五帝可以增为六帝，难道只是商代的帝王可以转祸为福吗？"魏明帝为之动容。

曹爽兄弟几个经常一起出去游玩，沛国人司农桓范对他说："您总理万机，掌管城内禁兵，弟兄们不宜同时出城，如果有人关闭城门，又有谁在城内接应呢？"曹爽说："谁敢这样做！"然而事态的发展恰如桓范的预言。

何晏听说平原郡的管辂精通占卜之术，就请求与他相见。何晏问管辂："请为我试卜一卦，看我的地位能否达到三公？"又问道："连日来我总梦见数十只青蝇落在鼻子上，赶都赶不走，这是怎么回事呢？"管辂说："古代八元、八凯辅佐虞舜，周公辅佐成王，都因其温和仁厚谦虚恭敬而多福多寿，这不是卜筮所能决定的。如今您地位尊贵，权势很大，但人们怀念您恩德的少，而畏惧您威势的多，这恐怕不是小心求福之道。另外，鼻子是天中之山，《易经》说：'居高位而不危倾，就可以长久地守住尊贵之位。'如今梦见青蝇这种污秽的东西集聚在您的鼻子上，这就是说地位高者将要倾覆，轻佻奢侈者将要灭亡，您不能不深思了！希望您削减多的，补充不足，不合礼的事不要去干，这样三公的地位就可以达到，青蝇也可以被赶走了。"邓飏说："你这是老生常谈。"管辂说："但老生者却见到不生，常谈者却见到不谈。"管辂回到家中，其舅责怪他说话太直切露骨。管辂说："和死人说话，还有什么可怕的！"其舅勃然大怒，认为管辂太狂傲。其后，何晏、邓飏都在政变中被杀灭门。管辂的舅舅问管辂说："你以前是如何知道何晏、邓飏必败的？"管辂说："邓飏在行路时，脉不能控制肌肉，站立起来歪歪斜斜，好像没有手脚的样子，这就叫鬼躁；何晏看上去魂不守舍，面无血色，精神像飘浮的烟一样绵软不振，面容像枯槁的木头，这就叫鬼幽；这二人都不是福相。"

《三国志·吴书·吴主传》说，孙权十五岁时，就有人预言他会长寿，而其他兄弟都活不长："琬语人曰：'吾观孙氏兄弟虽各才秀明达，然皆禄祚不终。惟中弟孝廉，形貌奇伟，骨体不恒，有大贵之表，年又最寿。尔试识之。'"果然，建安五年（200）孙权之兄孙策卒，享年二十六岁。建安九年（204）孙权之弟丹杨太守孙翊为左右所害，二十一岁。另一弟乌程侯孙匡卒时，"时年二十余"。

夏侯霸对姜维说："钟会将来是蜀国的忧患。"据《三国志·魏书·夏侯玄传》注引《魏略》，令狐愚还是普通百姓时，常常胸怀高远之志，众人都说令狐愚必能兴盛令狐氏家族。只有同族的父辈弘农太守令狐邵却认为："令狐愚性情豪爽不受拘束，不修养道德而志愿极大，必定会灭我宗族。"令狐愚听了，心中忿忿不平。等到令狐邵担任虎贲中郎将时，令狐愚官职已经多次提升，很有名望。这时令狐愚从容地对令狐邵说："以前曾听您说我不能承继光大宗族，今天您还说什么呢？"令狐邵只是久久地看着他而不回答，然后却私下里对妻子说："令狐愚的性情器量仍跟以前一样。以我来看，他终究会败灭家族，但不知我能否活到受牵连的那一天，不过你们将会赶上的。"果然令狐邵死后十余年，令狐愚家族被诛灭。

据《三国志·魏书·文帝纪》："汉熹平五年（176），黄龙见谯，光禄大夫桥玄问太史令单飏：'此何祥也？'飏曰：'其国后当有王者兴。不及五十年，亦当复见。天事恒象，此其应也。'内黄殷登默而记之。至四十五年，登尚在。三月，黄龙见谯。登闻之曰：'单飏之言，验在兹乎？'"其冬，魏受禅代汉。

据《三国志·魏书·董卓传》注引《英雄记》：（董卓）时有谣言："千里草，何青青；十日卜，犹不生。""又有道士书布为'吕'字以示卓，卓不知其为吕布也。"董卓入朝，"马踬不前，卓心怪欲止"。《三国演义》第九回在此基础上，写董卓遇刺之前，凶兆不断：车轮折断，坐骑掣断辔头，狂风昏雾，童谣悲切，道人执竿，上缚布一丈，各书一"口"字。《后汉书·董卓传》把董卓死前的凶兆统统纳入正文。《后汉书》常常把《三国志》裴注里的材料纳入正文，一些小说家言便趁机进入人物的传记。《三国演义》第十回，更是极写董卓之天人共弃："又下令追寻董卓尸首，获得些零碎皮骨，以香木雕成形体，安凑停当，大设祭祀，用王者衣冠棺椁，选择吉日，迁葬郿坞。临葬之期，天降大雷雨，平地水深数尺，霹雳震开其棺，尸首提出棺外。李傕候晴再葬，是夜又复如是。三次改葬，皆不能葬，零皮碎骨悉为雷火消灭。天之怒卓，可谓甚矣！"

《三国志·吴书·诸葛恪传》里，写诸葛恪遇难前的凶兆之多，为《三国志》之最，显然都是小说家言："恪将见之夜，精爽扰动，通夕不寐。明将盥漱，闻水腥臭，侍者授衣，衣服亦臭。恪怪其故，易衣易水，其臭如初，意惆怅不悦。严毕趋出，犬衔引其衣，恪曰：'犬不欲我行乎？'还坐，顷刻乃复起，犬又衔其衣，恪令从者逐犬，遂升车。初，恪将征淮南，有孝子著缞衣入其阁中，从者白之，令外诘问，孝子曰：'不自觉入。'时中外守备，亦悉不见，众皆异之。出行之后，所坐厅事屋栋中折。自新城出住东兴，有白虹见其船，还拜蒋陵，白虹复绕其车。及将见，驻车宫门，峻已伏兵于帷中，恐恪不时入，事泄，自出见恪曰：'使君若尊体不安，自可须后，峻当具白主上。'""先是，童谣曰：'诸葛恪，芦苇单衣篾钩落，于何相求成子阁。'成子阁者，反语石子冈也。建业南有长陵，名曰石子冈，葬者依焉。钩落者，校饰革带，世谓之钩络带。"裴注所引《搜神记》里也有一些类似的凶兆传说。

# 三国人物的年龄

　　如果我们注意一下三国人物的年龄，会有一些有趣的发现，会纠正一些我们从影视剧和电影里得来的错误印象。

　　汉献帝是董卓立的，当时他只是一个九岁的孩子。汉献帝给我们的印象，哭哭啼啼，很可怜，天生是一个傀儡的命。如果我们往上追溯，就会看到，东汉的皇权衰落与皇帝的年龄有关。丞相百官不能世袭，但皇帝必须世袭。然而，皇帝要世袭，必须保证自己有健康的后代，且不说其智商如何。可是，东汉后期的一百多年里，就没有一个成年的皇帝。桓帝即位时年龄算是最大的了，也不过十五岁。殇帝只是一个抱在手里的婴儿，刚过百日。和帝登基时只有十岁。其他皇帝登基时的年龄呢？安帝十三岁，顺帝十一岁，冲帝两岁，质帝八岁，灵帝十二岁，少帝十四岁。皇帝登基时只是一个孩子，甚至是一个婴儿，后来有的还夭折了。小皇帝上台，权力落到外戚的手里。皇帝长大以后，不甘心皇权旁落，依靠宦官夺回权力，所以外戚和宦官两大集团轮流地把持朝政，皇帝成为随人摆弄的傀儡。帝位世袭的弊病在东汉一代暴露得最为明显。灵帝薨，少帝刘辩即位。不到五个月，即被董卓废为弘农王。第二年，在董卓的威胁下自杀，年仅十五岁。

　　曹操和孙坚，作为曹魏集团和东吴集团的创业者，他们都是汉桓帝永寿元年（155）出生。曹操活了六十六岁，死于建安二十五年（220）。曹操一生戎马倥偬，九死一生，但最后总算寿终正寝。而他的同龄人孙坚却在汉献帝初平二年（191）被黄祖的军士射死，只活了三十七岁。孙坚一死，把接力棒递给了长子孙策。自古英雄出少年，孙策接班时，年仅十七岁。可惜，孙策只活了二十六岁，比他的父亲又少活了十一年。尽管孙策英年早逝，但东吴的江山主要是孙策打下的基础，用了数年的时间："是岁（193），孙策受袁术使渡江，数年间遂有江东。"（《三国志·魏书·武帝纪》）孙策抓住了难得的机遇，在各派势力未达的薄弱地区迅速打开一片天地。孙策和挚友周瑜又是同龄人，据《三国志·吴书·周瑜传》注引《江表传》，周瑜比孙策小一个月。周瑜比孙策多活了十年，死时也不过三十六岁。孙策和周瑜还是连襟：孙策娶了大乔，周瑜娶了小乔，"皆国色也"，婚姻堪称英雄配美人。苏轼名篇《念奴娇·赤壁怀古》有云："遥想公瑾当年，小乔初嫁了，雄姿英发。"说的就是周瑜。东吴的权力交接是一场青年的接力。孙坚、孙策青年创业，靠的是一股英锐之气。孙权继位，亦不过十九岁。此时曹操已经四十六岁，刘备亦已四十岁。孙权与曹、刘相比，不是一代人。曹、刘与孙权的父亲孙坚是一代人。

刘备的二号智囊庞统与曹魏方面的司马懿是同龄人，他们均生于汉灵帝光和二年（179）。建安十九年（214），庞统在伐蜀的途中不幸阵亡，当时他才三十六岁，正当年富力强之年。庞统的死对于人才并不充盈的刘备集团来说，是一大损失。庞统一死，刘备不得不将诸葛亮、张飞、赵云调到身边，荆州就交给了关羽。关羽身边没有了智囊，独木难支，终于酿成"大意失荆州"的一系列严重事变。

司马懿比曹操小二十五岁。曹操死后，司马懿又活了三十一年。他活到七十三岁，过了古稀之年，这就使他有足够的时间来等待曹魏集团人才的凋零：黄初元年（220），大将军夏侯惇薨。黄初四年（223），任城王曹彰、大司马曹仁、太尉贾诩薨。黄初七年（226）魏文帝崩。魏明帝太和二年（228），司徒王朗、大司马曹休薨。太和五年（231），大司马曹真、太尉华歆薨。青龙四年十二月（237），司徒董昭、司空陈群薨。景初元年（237），司徒陈矫薨。齐王芳正始三年（242），太尉满宠薨。曹爽是曹真的儿子，以如此庸才而任大将军，这是曹魏集团人才凋零的标志性事件。正始元年（240），司马懿六十二岁，面对弱主庸才，他那颗野心不能不怦怦跳动。

非常凑巧的是，一心兴复汉室的诸葛亮和汉室的最后一个皇帝汉献帝是同年生，同年死，均生于汉灵帝光和四年（181），卒于魏明帝青龙二年（234）。诸葛亮和汉献帝均享年五十四岁。汉献帝先后成为董卓、曹操的傀儡，窝窝囊囊地当了三十年皇帝。建安二十五年（220），曹丕代汉，献帝被贬作山阳公。献帝对曹丕没有威胁，以山阳公得以善终。诸葛亮于危急存亡之秋，试图挽狂澜于既倒，最后"秋风五丈原"，"出师未捷身先死"，实践了他生前"鞠躬尽瘁，死而后已"的诺言。

刘备的另一位智囊法正和大将马超也是同龄人，他们都生于汉灵帝熹平五年（176）。法正、黄忠与曹操是同年（220）去世。而马超则两年后去世，即汉昭烈帝（刘备）章武二年（222）。时年四十七岁。法正的去世，是刘备集团的又一个重大损失。章武二年（222），刘备大败于东吴的陆逊，诸葛亮曾经说："法孝直若在，则能制主上，令不东行；就复东行，必不倾危矣。"（《三国志·蜀书·法正传》）其推崇如此。

魏文帝黄初二年（221），东吴将于禁送给曹丕，于禁遭曹丕设计，羞辱而死。同年，张飞被部下张达、范强杀害。

后主建兴十二年（234），诸葛亮去世不久，大将魏延在内乱中被杀。

蜀汉的人才在公元二世纪的二三十年代里，急剧地凋零。短短十五年间，蜀汉集团的一流人物，庞统（214）、关羽（219）、法正（220）、黄忠（220）、张飞（221）、马超（222）、刘备（223）、赵云（229）相继逝世。赵云逝世五年以后（234），蜀汉的中流砥柱诸葛亮病逝五丈原，年仅五十四岁。不久，大将魏延在内乱中被杀

（234）。从庞统征川途中中箭身亡，到诸葛亮病重归天，不过二十年。此时此刻，蜀汉集团赖以支持危局的只有姜维和蒋琬、费祎、王平。蜀汉之先于东吴灭亡，与其人才队伍的迅速凋零有直接的关系。

张昭长寿，活了八十一岁。他比孙权大二十六岁，应该算是两代人。据《三国志·吴书》载，张昭性格倔强，常常顶撞孙权，搞得孙权下不来台。孙权认为张昭是倚老卖老，而张昭则认为孙权是年轻幼稚。张昭之轻视年轻人也是事实，他瞧不起鲁肃，说"肃年少粗疏，未可用"，认为鲁肃是年少轻狂。（《鲁肃传》）其实，鲁肃联合刘备、北拒曹操的战略眼光胜过张昭。"曹公闻权以土地业备，方作书，落笔于地"（《鲁肃传》）。孙权向陆逊评论周瑜、鲁肃和吕蒙，认为鲁肃"劝吾借玄德地，是其一短"（《吕蒙传》）。其实是错怪了鲁肃。孙策能够宽容张昭，而孙权却难以容忍他，说明孙权的度量不如他的兄长。而孙权恩威并施的权术在孙策之上，孙策之选择孙权来接班，应该是认识到了权术的重要。

周瑜二十四岁时，已经被孙策任命为建威中郎将。以后又"为中护军，领江夏太守"。孙权讨江夏时，周瑜为"前部大督"。据《三国志·吴书·周瑜传》注引《江表传》说，程普自以为年龄比周瑜大，资格比周瑜老，当年跟随孙坚、孙策征战，屡建功勋，战场上救过孙策的命，所以他多次凌辱周瑜，如廉颇之轻蔑蔺相如。周瑜却降低自己的身份来善待程普，始终不与他计较。后来，程普佩服周瑜，对周瑜亲近敬重，对别人说："与周公瑾交往，好像喝下醇厚的美酒，不知不觉就已沉醉。"

刘备出场时，已经二十八岁，时在汉灵帝中平六年（188）。说句笑话，已经输在起跑线上。可是，人生并非百米短跑，而是一场马拉松。烧香早，成佛未必就早。刘备三顾茅庐时，已经四十九岁。但是，当时的诸葛亮才二十七岁。刘备和诸葛亮其实亦是两代人。难怪关羽和张飞对刘备的"三顾"有点不以为然。所以《三国演义》第三十九回，博望一役，诸葛亮初次用兵，关羽、张飞冷笑，"玄德亦疑惑不定"。卧龙出山，遇到了与周瑜类似的尴尬。

宴桃园豪杰三结义

刘、关、张的年龄，按《三国演义》的说法："拜玄德为兄，关羽次之，张飞为弟。"据钱静方《小说丛考》所引《关侯祖墓碑记》，则关羽生于桓帝延熹三年（160），如此，则关羽比刘备大一岁。《三国志·蜀书·张飞传》有云："少与关羽俱事先主，羽年长数岁，飞兄事之。"则三人之中，张飞最小。

关羽的武艺超群绝伦，这位百万军中取敌上将首级如探囊的名将，为什么会被名不见经传的马忠俘虏呢？我们不妨注意一下关羽的年龄。关羽斩杀颜良是在汉献帝建安五年（200），关羽走麦城在建安二十五年（220）。时隔整整二十年，关羽已是时近暮年，他的武艺和体能已经无法与壮年时相比。廉颇老矣，今非昔比。

陆逊被任命为大都督时，部下的将领，或是孙策的老部下，或是孙权的同族或亲戚，他们骄傲自大，不听指挥，没有把缺乏实战经验、书卷气十足的主帅陆逊放在眼里。陆逊手按宝剑说："刘备天下闻名，曹操都忌惮他，如今率军进入我国境内，是我们的强敌。诸位都受过国家大恩，应该和睦相处，齐心协力消灭强敌，以报恩德；但是，你们却不服从我的指挥，究竟为什么？我虽为一介书生，却是受了主公的委任。主公之所以委屈各位听我的指挥，是认为我还有一点点可以称道的地方。我能忍辱负重。大家各有职责，岂能推辞！军有常法，不可违犯！"等到大败刘备，论功计谋多出自陆逊，各位将领才表示佩服。刘备一生戎马，此时年过花甲，自以为"朕用兵老矣,岂反不如一黄口孺子耶!"(《三国演义》第八十三回)没有想到,一世英名,却毁在一个初出茅庐的四十岁的书生手里:"吾乃为逊所折辱,岂非天邪!"(《三国志·吴书·陆逊传》)正所谓后生可畏!陆家人才辈出,陆绩、陆逊、陆抗、陆凯,使东吴的寿命得以延长。陆抗是陆逊的儿子,父子年龄相差四十三岁,陆逊当是中年得子。

据《三国志·魏书·后妃传》注引《魏书》,魏文帝的甄后诞生于汉灵帝光和五年(183)十二月,而魏文帝曹丕诞生于汉灵帝中平四年(187),标准的姐弟恋。当然,他们不是恋上的,准确地说,甄氏是曹操攻克邺城时的战利品,是抢来的。她本是袁绍次子袁熙的妻子。甄氏开始还深得曹丕宠爱,曹丕称帝以后,甄后逐渐失宠,时发怨声。黄初二年(221),甄后竟被曹丕赐死。甄氏虽然惨死,但她的儿子曹叡却成为后来的魏明帝。甄氏的遭遇颇得后人同情,于是又敷衍出曹植暗恋甄氏,并作《洛神赋》为寄托的故事。这当然是纯粹的小说家言。

刘禅生于汉献帝建安十二年(207)。建安十三年(208),刘备败于长坂,弃妻子。赵云救得刘禅,刘禅当时应该是一个婴儿。刘禅登基时十七岁。

荀彧、荀攸虽为叔侄,但荀攸比荀彧大六岁。荀彧暴卒于建安十七年(212),享年五十岁。而荀攸卒于建安十九年(214)。享年五十八岁。

# 弥留之际

有生必有死。死亡是无可逃避的宿命。"人生忽如寄，寿无金石固""纵有千年铁门槛，终须一个土馒头"。秦始皇、汉武帝想长生不老，求方士、觅仙药，结果成为后世的笑话。人人惧怕死亡。能够参透生死，平静地面对死亡者，只有圣人和哲人。譬如魏晋时的夏侯玄，面对死亡时竟是那么从容："玄格量弘济，临斩东市，颜色不变，举动自若，时年四十六。"（《三国志·魏书·夏侯玄传》）再如正始年间的嵇康："康顾视日影，索琴弹之，曰：'昔袁孝尼尝从吾学《广陵散》，吾每靳固之，《广陵散》于今绝矣！'时年四十。海内之士，莫不痛之。"（《晋书·嵇康传》）不但是镇静，而且非常优雅。夏侯玄和嵇康面对死亡时的从容，不是装出来的，而是积年的人格修炼所造成的。他们深受《庄子》的熏染，不但超脱了荣辱得失、是非善恶，而且超脱了生死。在夏侯玄和嵇康看来，生和死都是造物主的安排，完全出于自然。生，不必喜；死，不必悲。

曹丕"初在东宫"时，与王朗书，文曰："生有七尺之形，死惟一棺之土。唯立德扬名，可以不朽，其次莫如著篇籍。"三不朽：谓立德、立功、立言。三者经久不废，故曰"不朽"。语本《左传·襄公二十四年》："大上有立德，其次有立功，其次有立言，虽久不废，此之谓不朽。"

惟其如此，曹丕非常重视文学，与文人交往颇为密切。提出文学为"经国之大业，不朽之盛事"（《典论·论文》）。当然，曹丕之所谓"文学"，还包括应用文，不全是今人所理解的文学。

《论语·泰伯》中引曾子的话："鸟之将死，其鸣也哀。人之将死，其言也善。"其实，我们可以加上两句："人之将死，其言也真。"人对生死的态度，他最牵挂的人和事，在弥留之际会有真实的表现。对小说而言，对人物弥留之际的设计，自然要结合史料，并使其符合主题的需要、塑造人物思想性格的需要。《三国演义》写的是军国大事，着重写到三国领袖人物弥留之际的表现。

《三国演义》第二十九回写孙策之死：

> （孙策）随召张昭等诸人及弟孙权至卧榻前，嘱付曰："天下方乱，以吴越之众，三江之固，大可有为。子布等幸善相吾弟。"乃取印绶与孙权曰："若举江东之众，决机于两阵之间，与天下争衡，卿不如我；举贤任能，使各尽力以保江东，我不如卿。卿宜念父兄创业之艰难，善自图之！"权大哭，拜受印绶。策告母曰："儿天年已尽，不能奉慈母。今将印绶付弟，望母朝夕训之。父兄旧人，慎勿轻怠。"母哭曰："恐汝弟年幼，不能任大事，当复如何？"策曰："弟才胜儿十倍，足当大任。倘内事不决，可问张昭；外事不决，可问周瑜。恨周瑜不在此，不得面嘱之也！"又唤诸弟嘱曰："吾死之后，汝等并辅仲谋。宗族中敢有生异心者，众共诛之；骨肉为逆，不得入祖坟安葬。"诸弟泣受命。又唤妻乔夫人谓曰："吾与汝不幸中途相分，汝须孝养尊姑。早晚汝妹入见，可嘱其转致周郎，尽力辅佐吾弟，休负我平日相知之雅。"言讫暝目而逝。年止二十六岁。

按《三国志》，唯见孙策将大事交付孙权，嘱咐张昭辅助，未提周瑜："策临亡，以弟权托昭。昭率群僚立而辅之。"（《三国志·吴书·张昭传》）此时的周瑜，尚未建立声望。因为曹操南下，而张昭主降而周瑜主战，《三国演义》拥刘反曹，自然要提高主战派周瑜的地位，所以将孙策的遗嘱添上画龙点睛的八个字："外事不决，可问周瑜。"其实，东吴的崛起过程中，张昭功勋卓著。据《张昭传》注引《吴书》云："孙策莅事日浅，恩泽未洽，一旦倾陨，士民狼狈，颇有同异。及昭辅权，绥抚百姓，诸侯宾旅寄寓之士，得用自安。权每出征，留昭镇守，领幕府事。"赤壁之战以后，张昭依然坚持敌视蜀汉、连和曹魏的立场，小说第七十三回，张昭向孙权进言："魏与吴本无仇，前因听诸葛之说词，致两家连年征战不息，生灵遭其涂炭。今满伯宁来，必有讲和之意，可以礼接之。"恰好此时东吴准备夺取荆襄地区，孙权与曹操企图相互利用，而蜀汉成为牺牲品。与此同时，孙权对于赤壁之战时主张投降曹操的张昭，始终耿耿于怀，无法原谅。读者站在刘备集团的立场上，对主张降曹联曹的张昭自然没有好感。我们由此可以看到，"拥刘反曹"的倾向会在很大程度上影响读者对历史人物的爱憎褒贬。裴松之对张昭的主张降曹作了辩解，可以供今人参考："张昭劝迎曹公，所存岂不远乎？夫其扬休正色，委质孙氏，诚以厄运初遘，涂炭方始，自策及权，才略足辅，是以尽诚匡弼，以成其业，上籓汉室，下保民物；鼎峙之计，本非其志也。曹公仗顺而起，功以义立，冀以清一诸华，拓平荆郢，大定之机，在于此会。若使昭议获从，则六合为一，岂有兵连祸结，遂为战国之弊哉！虽无功于孙氏，有大当于天下矣。昔窦融归汉，与国升降；张鲁降魏，赏延于世。况权举全吴，望风顺服，宠灵之厚，其可测量哉！然则昭为人谋，岂不忠且正乎！"如果平心静气地看待曹魏、蜀汉、东吴三方，那么，我们对张昭的评价会相对的客观一些。曹操南征东吴，孙权集思广益，决定是战是和的关键时刻，周瑜却不在身边，是鲁肃建议立即将周瑜召回，商议大计："时周瑜受使至鄱阳，肃劝追召瑜还。遂任瑜以行事，以肃为赞军校尉，助画方略。"（《三国志·吴书·鲁肃传》）

《三国演义》第五十七回，写周瑜之死。他有遗书给孙权：

瑜以凡才，荷蒙殊遇，委任腹心，统御兵马，敢不竭股肱

之力，以图报效。奈死生不测，修短有命；愚志未展，微躯已
殒：遗恨何极！方今曹操在北，疆场未静。刘备寄寓，有似养
虎：天下之事，尚未可知。此正朝士旰食之秋，至尊垂虑之日
也。鲁肃忠烈，临事不苟，可以代瑜之任。"人之将死，其言
也善"。倘蒙垂鉴，瑜死不朽矣。

周瑜的遗书不见于其本传，而见于《鲁肃传》注引之《江表传》，
文字大致相同。由此遗书可见，周瑜临终时牵挂的是东吴的大业，
担心的是曹操和刘备这两个劲敌。他向孙权推荐鲁肃做自己的接班
人，许以"忠烈，临事不苟"的美誉。尤其值得注意的是，周瑜
对刘备表现出高度的警惕。小说叙说，周瑜临终时："仰天长叹曰：
'既生瑜，何生亮！'连叫数声而亡，寿三十六岁。"这关键的六个
字"既生瑜，何生亮"，完全是小说家的虚构。把周瑜写成一个心
胸狭隘之人，降低了周瑜的胸襟识度。这当然是服务于全书"拥刘
反曹"的政治倾向，而以东吴作陪衬的总体设想的。就对蜀汉的态
度来说，周瑜是鹰派，鲁肃是鸽派，而周瑜却能够推荐鸽派的鲁肃
作为自己的接班人，大概是因为非常看重鲁肃的忠烈和坚定。而策
略上的分歧，在周瑜看来并不重要，都是为了使东吴更加强大。

《三国演义》第八十五回，刘备病危，托孤于诸葛亮。刘备对
诸葛亮说："君才十倍曹丕，必能安邦定国，终定大事。若嗣子可
辅，则辅之；如其不才，君可自为成都之主。"诸葛亮流泪说："臣
安敢不竭股肱之力，尽忠贞之节，继之以死乎！"刘备又下诏给太
子："人五十不称夭，年已六十有余，何所复恨但以卿兄弟为念……
勉之，勉之！勿以恶小而为之，勿以善小而不为……汝父德薄，勿
效之。"大意是，人活五十而死不能称为夭折，我已经活了六十多
岁，还有什么遗憾，只是牵挂你们兄弟。要努力，再努力啊！不要
因坏事很小就去做，也不要因为好事很小就不去做！只有贤明和德
行，才会使人折服。父亲德行浅薄，不值得你们效法。此时，刘禅
十七岁。对于刘备的临终嘱咐，后人多有疑窦。东晋史学家孙盛就
认为："苟所寄忠贤，则不须若斯之诲，如非其人，不宜启篡逆之

涂。是以古之顾命，必贻话言；诡伪之辞，非托孤之谓。幸值刘禅暗弱，无猜险之性，诸葛威略，足以检卫异端，故使异同之心无由自起耳。不然，殆生疑隙不逞之衅。"（《三国志·蜀书·诸葛亮传》裴注所引）刘备的托孤确实与众不同。那句"如其不才，汝可自取"，可以作各种各样的解释：有人说是刘备在考验诸葛亮，但是，这种考验没有什么意义。有人说刘备心里就是这么想的。至少刘备在临终之时，想到了诸葛亮取而代之的可能性。知子莫若父，刘备深知刘禅的才能在中人之下。其实，孙策临终之际，对张昭也说了类似的话："若仲谋不任事者，君便自取之。"（《三国志·吴书·张昭传》注引《吴历》）《诸葛亮集》载有刘备给后主的遗诏。其中说："吾亡之后，汝兄弟父事丞相，令卿与丞相共事而已。"诸葛亮实践了自己对刘备的承诺。诸葛亮给刘禅上表："成都有桑八百株，薄田十五顷，子弟衣食，自有余饶。至于臣在外任，无别调度，随身衣食，悉仰于官，不别治生，以长尺寸。若臣死之日，不使内有余帛，外有赢财，以负陛下。"诸葛亮淡泊以明志，履行了自己的立身原则。诸葛亮不仅是智慧的化身，他的人品的崇高，更使他成为一个贤相的典型，一个集公、忠、能、勤于一身的完人。他对蜀汉的事业忠心耿耿，以一种"士为知己者死"的信念，呕心沥血，至死不渝。如他那流传千古的《出师表》所言："盖追先帝之殊遇，欲报之于陛下也。"道理人人会说，但真正做到就不容易了。刘备遗诏中"勿以恶小而为之，勿以善小而不为"二句，亦耐人寻味。刘备深知刘禅的能力和魄力都不够，大事恐怕做不了。刘禅本性非恶，大恶之事也不会做，所以希望他不要因为善小而不为，不要因为恶小而为之。其实，刘备对诸葛亮的信任还是有限，否则，诸葛亮就能够阻止刘备的伐吴，而不会说："法孝直若在，必能制主上东行。"给人的印象，刘备对关羽的信任超过了诸葛亮。关羽的骄横，与刘备的纵容有关系。

刘备临终特意嘱咐诸葛亮："马谡言过其实，不可大用，君其察之！"可惜诸葛亮"犹谓不然，以谡为参军，每引见讨论，自昼达夜"（《三国志·蜀书·马谡传》）。后来街亭大败，诸葛亮想起刘备的临终遗言，不由得痛哭自责。平心而论，马谡固然缺乏实战经验，铸成大错，但也并非可以等同于纸上谈兵的赵括，诸葛亮征南蛮前，他进言"攻心为上，攻城为下；心战为上，兵战为下"，否则"今日破之，明日复叛"，启发了诸葛亮的"七擒孟获"之举。

小说一百四回，诸葛亮对姜维说："吾本欲竭忠尽力，恢复中原，重兴汉室；奈天意如此，吾旦夕将死。吾平生所学，已著书二十四篇，计十万四千一百一十二字，内有八务、七戒、六恐、五惧之法。吾遍观诸将，无人可授，独汝可传我书。切勿轻忽！"维哭拜而受。孔明又曰："吾有'连弩'之法，不曾用得。其法矢长八寸，一弩可发十矢，皆画成图本。汝可依法造用。"维亦拜受。孔明又曰："蜀中诸道，皆不必多忧；惟阴平之地，切须仔细。此地虽险峻，久必有失。"

再看诸葛亮给儿子的遗书：

> 夫君子之行，静以修身，俭以养德。非澹泊无以明志，非宁静无以致远。夫学须静也，才须学也，非学无以广才，非志无以成学。淫慢则不能励精，险躁则不能治性。年与时驰，意与日去，遂成枯落，多不接世，悲守穷庐，将复何及！

当时，诸葛亮的长子诸葛瞻仅仅八岁。其中"非澹泊无以明志，非宁静无以致远"两句，是诸葛亮一生得力处，也是我们了解诸葛亮为人的要诀。有人据《诸葛亮集》中诸葛亮给李严的一封信，断言诸葛亮有篡位之心。李严劝诸葛亮"宜受九锡，进爵称王"。这是建议诸葛亮走曹氏代汉的道路。诸葛亮回信写道："吾本东方下士，误用于先帝，位极人臣，禄赐百亿，今讨贼未效，知己未答，而方宠齐、晋，坐自贵大，非其义也。若灭魏斩叡，帝还故居，与诸子并升，虽十命可受，况于九邪！"诸葛亮的"虽十命可受，况于九邪"，被作为诸葛亮有野心的证据，显然没有说服力。听其言观其行，诸葛亮弥留之际的行为有力地否定了对他的诬蔑之词。信的意思不过是说，"九锡"算什么，只要能够灭魏兴汉，虽"十锡"又算什么！言外之意是说，我想的是灭魏兴汉，至于九锡之类，都不重要，不在我的考虑范围之内。李严是以小人之心度君子之腹。事实上，聪明如诸葛亮，不会不明白，以当时蜀汉的国力，"灭魏斩叡"已经绝无可能。诸葛亮是知其不可而为之，尽人事听天命罢了。

《三国演义》第一百四回，诸葛亮秋风五丈原，写尽这位一身系天下安危的贤相壮志未遂的遗憾和悲凉：

> 孔明强支病体，令左右扶上小车，出寨遍观各营；自觉秋风吹面，彻骨生寒，乃长叹曰："再不能临阵讨贼矣！悠悠苍天，曷此其极！"叹息良久。回到帐中，病转沉重，乃唤杨仪分付曰："王平、廖化、张嶷、张翼、吴懿等，皆忠义之士，久经战阵，多岁勤劳，堪可委用。我死之后，凡事俱依旧法而行。缓缓退兵，不可急骤。汝深通谋略，不必多嘱。姜伯约智勇足备，可以断后。"杨仪泣拜受命。孔明令取文房四宝，于卧榻上手书遗表，以达后主。表略曰："伏闻生死有常，难逃定数；死之将至，愿尽愚忠：臣亮赋性愚拙，遭时艰难，分符拥

诸葛亮鞠躬尽瘁

节，专掌钧衡，兴师北伐，未获成功；何期病入膏肓，命垂旦夕，不及终事陛下，饮恨无穷！伏愿陛下：清心寡欲，约己爱民；达孝道于先皇，布仁恩于宇下；提拔幽隐，以进贤良；屏斥奸邪，以厚风俗。臣家成都，有桑八百株，薄田十五顷，子弟衣食，自有余饶。至于臣在外任，别无调度，随身衣食，悉仰于官，不别治生，以长尺寸。臣死之日，不使内有余帛，外有赢财，以负陛下也。"

# 挟天子未必能令诸侯

　　人们都说"挟天子以令诸侯"是曹操的一个成功的策略，其实，"挟天子"未必能"令诸侯"，这个策略并非人人会用。董卓就是把天子抓在了手里。但是，他很快成为全民公敌，形成全国共讨之、全民共诛之的局面。董卓进京，打着"清君侧"的旗号，说皇帝被宦官控制，他要来清除君侧的奸佞，"欲诣京师，先诛阉竖，以除民害"（《三国志·魏书·董卓传》）。他指责"张让等侮慢天常，操擅王命，父子兄弟并据州郡，一书出门，便获千金。京畿诸郡数百万膏腴美田皆属让等，至使怨气上蒸，妖贼蜂起"，说得义愤填膺，慷慨激昂。没有想到，他把皇帝抓到手里以后，各路诸侯以袁绍为盟主，都来讨伐他，打的也是"清君侧"的大旗。其实，不是"挟天子以令诸侯"这一招不灵，而是董卓不会玩。"挟天子以令诸侯"是一套游戏，游戏自有游戏的规则，规则就是在表面上必须给皇帝面子，要做出尊重王权的姿态，该走的程序不能省；但董卓不明白游戏规则，擅自废了少帝，立了献帝。所以，他很快就玩砸了。

　　"清君侧"就是"挟天子以令诸侯"的解药。东汉时期，州牧的权力越来越大，军、政、财、民的大权集于一身，在中央势力式微之时，他们有地盘、有粮赋、有军队，可以自辟僚属，招揽人才，形成自己盘根错节的亲信网络，所以一个个蠢蠢欲动、踌躇满志。小说十一回吕布所谓"汉家城池，诸人有分"，曹操《述志令》所谓"设使天下无有孤，不知当几人称帝，几人称王"。本来州郡不能世袭，但他们没人管了，都想搞一个家天下。袁绍派长子袁谭据青州，袁熙据幽州。他心里想着让小儿子袁尚接班。曹操让曹丕接班："若天命在吾，吾为周文王矣。"刘表让刘琮接班。袁术称帝，立子为太子。刘备称帝后，立刘禅为太子。孙权称帝，立孙和为太子。

曹操比董卓聪明多了，他的"挟天子以令诸侯"玩得很溜。他通过献帝来制约、拉拢各路诸侯，他会走这个程序。虽然皇帝已经名存实亡，但还是胜过名实俱亡。献帝下诏给袁绍，责备他："地广兵多，但专门结党营私，没听说有勤王救驾的军队出动，只是擅自互相讨伐。"袁绍上书，深自谴责和辩解。建安元年（196），任命袁绍为太尉，封邺侯。袁绍耻于自己的官位在曹操之下，大发雷霆，说："曹操几次要死了，都是我救了他。现在他竟挟持天子，对我来发号施令！"上书辞让，拒绝接受。（见《三国志·魏书·袁绍传》注引《献帝春秋》）曹操看到袁绍不吃这一套，心里打鼓，请求把自己担任的大将军一职授予袁绍。曹操自己为司空，代行车骑

袁本初损兵折将

将军职务。当然，给的是虚衔，袁绍没有因此而添一个兵，多一分钱。

献帝下诏，派将作大匠孔融持符节到邺城，任命袁绍为大将军，兼管冀州、青州、幽州、并州四州的军务。曹操想离间吕布与袁术的关系，就封吕布为左将军，吕布大喜。于是，袁术与吕布就打起来。这就是"挟天子以令诸侯"的好处。

袁绍没有把皇帝抓在手里，但他照样任命这个当刺史，任命那个当将军。譬如他会任命周昂去当豫州刺史，此时实际上是孙坚在当着豫州的刺史。孙坚的刺史是董卓的那个朝廷给的，而孙坚却又在准备讨伐董卓。当时的中国就是这么混乱。袁绍自命为车骑将军，宣布沮授为奋威将军，派长子袁谭据青州，袁熙据幽州，外甥高干据并州，均非皇帝任命批准。

据《三国志·吴书·孙策传》载："刘繇为扬州刺史，州旧治寿春。寿春，术已据之，繇乃渡江治曲阿。时吴景尚在丹杨，策从兄贲又为丹杨都尉，繇至，皆迫逐之。景、贲退舍历阳。"刘繇的扬州太守是朝廷任命的，吴景、孙贲和孙策都是袁术的人。刘繇派樊能、于糜和张英去抵御袁术，而袁术则"自用故吏琅琊惠衢为扬州刺史"。由此可见，有没有皇帝的任命并不重要，重要的是实力。孙策征江南，"尽更置长吏，策自领会稽太守，复以吴景为丹杨太守，以孙贲为豫章太守，分豫章为庐陵郡，以贲弟辅为庐陵太守，丹杨朱治为吴郡太守"。

袁绍没有采用沮授的建议，把皇帝抓在自己手里，主要是因为他自己想当皇帝。如王夫之《读通鉴论·献帝》所论："袁绍与术，始志锐不可当，而犹然栖迟若此，无他，早怀觊觎之志，内顾卓而外疑群公，且幸汉之亡于卓而己得以逞也。"鲍信早就将袁绍的野心看清："（袁绍）将自生乱，是复有一卓也。"其次，袁绍对"挟天子以令诸侯"的玩法有很多的顾虑。他的部属郭图、淳于琼说："若迎天子以自近，动辄表闻，从之则权轻，违之则拒命，非计之善者也。"（《三国志·魏书·袁绍传》注引《献帝传》）关键还是驾驭不了。不如采用"清君侧"的策略来破曹操的"挟太子以令诸侯"。

绍怒曰："汝托名汉相，实为汉贼！罪恶弥天，甚于莽、卓，乃反诬人造反耶！"（《三国演义》第三十回）陈琳替他撰写的讨曹檄文集中体现了袁绍的政治策略。他想高举"清君侧"的大旗来破曹操的"挟天子以令诸侯"，檄文称："（曹操）专行胁迁，当御省禁；卑侮王室，败法乱纪；坐领三台，专制朝政；爵赏由心，弄戮在口；所爱光五宗，所恶灭三族；群谈者受显诛，腹议者蒙隐戮，百僚钳口，道路以目；尚书记朝会，公卿充员品而已。"曹操说："吾今奉诏讨汝！"袁绍说："吾奉衣带诏讨贼！""清君侧"与"挟天子以令诸侯"采用同一套游戏规则，那就是作出尊重皇权的姿态。而袁绍却也是自乱阵脚。他一会儿想立幽州牧刘虞为皇帝，但刘虞不想被袁绍利用，坚决拒绝；一会儿又想袭击许昌，把汉献帝抢来；一会儿又骂曹操是操纵皇帝的国贼。他又常常假传圣旨。孙权也是动摇不定，投机性十足。一会儿骂曹操是奸贼，一会儿又劝曹操取献帝而代之，一会儿又接受曹操给的官职。只有刘备、诸葛亮，始终认定曹操是汉贼，始终高举兴复汉室的大旗，造就一个同心同德的政治局面。刘备之称帝择时，必在曹丕篡位以后，正是出于政治上的考虑。后世以正统许之，并非无故。

操答曰："汝为臣下，不尊王室。吾奉天子诏，特来讨汝！"孙权笑曰："此言岂不羞乎？天下岂不知你挟天子令诸侯？吾非不尊汉朝，正欲讨汝以正国家耳。"（《三国演义》第六十一回）

操扬鞭大骂曰："刘备忘恩失义、反叛朝廷之贼！"玄德曰："吾乃大汉宗亲，奉诏讨贼。汝上弑母后，自立为王，僭用天子銮舆，非反而何？"（《三国演义》第七十二回）

这便是"挟太子以令诸侯"与"清君侧"两套策略的对决。最后是实力决定胜负。

据《三国志·蜀书·诸葛亮传》注引张俨《默记》，诸葛亮上表，请求北伐，表中提到"曹操智计殊绝于人，其用兵也，仿佛孙、吴，然困于南阳，险于乌巢，危于祁连，逼于黎阳，几败北山，殆死潼关"。前文已及，《三国演义》第六十回，张松当面讥笑曹操："丞相驱兵到处，战必胜，攻必取，松亦素知。昔日濮阳攻吕布之时，宛城战张绣之日；赤壁遇周郎，华容逢关羽；割须弃袍于潼关，夺船避箭于渭水：此皆无敌于天下也！"张松揭短曹操，所举数例，除了"华容逢关羽"属于虚构，其余的都是事实，都说明了曹操九死一生戎马生涯的不易。仔细梳理起来，曹操的遇险，远不止张松所述。

《三国志·魏书·袁绍传》注引《献帝春秋》记载袁绍说："曹操当死数矣，我辄救存之，今乃背恩，挟天子以令我乎！"足见袁绍多次救过曹操的命，具体所指，难以考证。袁绍死后，曹操去他的墓拜祭，痛哭流涕，虽为对手，但又旧情难忘。

"初平中，太祖兴义兵，（曹）邵募徒众，从太祖周旋。时豫州刺史黄琬欲害太祖，太祖避之而邵独遇害"（《三国志·魏书·曹真传》注引《魏书》）。曹邵是曹真的父亲。此条材料，并未被《三国演义》吸收。

《三国演义》第六回，写曹操在荥阳中了埋伏，为董卓部将徐荣追击，曹操肩膀中箭，坐骑中箭而倒，曹操"翻身落马，被二卒擒住"。是曹洪飞奔前来，杀死二卒，并将坐骑给了曹操，说："天下可无洪，不可无公。"使曹操得以死里逃生。此事见于《三国志·魏书·武帝纪》注引《魏书》和《三国志·魏书·曹洪传》。

曹操在家乡募集了数千兵马，准备去讨伐董卓。一路上士兵多逃亡，甚至叛乱，趁夜晚烧了他的营帐，曹操

曹操

"手剑杀数十人"，才出了营盘，"其不叛者五百余人"。此事见于《武帝纪》注引《魏书》。未被小说吸收。

曹操与吕布战，曹操的青州兵溃散，曹营大乱，曹操急忙后撤，从马上掉下来，亏得属下的司马楼异将他扶上了马，曹操才得以脱身。此事见于《武帝纪》。未被小说吸收。

《三国演义》第十二回写道，濮阳城里，"曹操见典韦杀出去了，四下里人马截来，不得出南门；再转北门，火光里正撞见吕布挺戟跃马而来。操以手掩面，加鞭纵马竟过。吕布从后拍马赶来，将戟于操盔上一击，问曰：'曹操何在？'操反指曰：'前面骑黄马者是他。'吕布听说，弃了曹操，纵马向前追赶"。此处是《三国演义》据《武帝纪》注引韦晔《魏晋春秋》敷衍而成。

《三国演义》第十六回，说"曹操赖典韦当住寨门，乃得从寨后上马逃奔，只有曹安民步随。曹操右臂中了一箭，马亦中了三

箭。亏得那马是大宛良马，熬得痛，走得快。刚刚走到滑水河边，贼兵追至，安民被砍为肉泥。操急骤马冲波过河。才上得岸，贼兵一箭射来，正中马眼，那马扑地倒了。操长子曹昂，即以己所乘之马奉操。操上马急奔。曹昂却被乱箭射死。操乃走脱"。曹丕时年仅十一岁，凭机智逃得一命。《三国演义》此事主要取材于《三国志·魏书·典韦传》，辅以《三国志·魏书·武帝纪》（注引《世语》）。

建安四年（199），官渡之战前夕，"常从士徐他等谋杀操"，徐他入帐而神色慌张，被许褚察觉，将其杀死，曹操逃过一劫。此事见于《三国志·魏书·许褚传》。《三国演义》中未见此事。

《三国演义》第五十八回"马孟起兴兵雪恨，曹阿瞒割须弃袍"：

> 马超、庞德、马岱引百余骑，直入中军，来捉曹操。操在乱军中，只听得西凉军大叫："穿红袍的是曹操！"操就马上急脱下红袍。又听得大叫："长髯者是曹操！"操惊慌，掣所佩刀断其髯。军中有人将曹操割髯之事，告知马超，超遂令人叫拿："短髯者是曹操！"操闻知，即扯旗角包颈而逃。……左右将校见超赶来，各自逃命，只撇下曹操。超厉声大叫曰："曹操休走！"操惊得马鞭坠地。看看赶上，马超从后使枪搠来。操绕树而走，超一枪搠在树上；急拔下时，操已走远。超纵马赶来，山坡边转过一将，大叫："勿伤吾主！曹洪在此！"轮刀纵马，拦住马超。操得命走脱。……操口内犹言："贼至何妨？"回头视之，马超已离得百余步。许褚拖操下船时，船已离岸一丈有余，褚负操一跃上船。随行将士尽皆下水，扳住船边，争欲上船逃命。船小将翻，褚掣刀乱砍，船傍手尽折，倒于水中，急将船望下水棹去。许褚立于梢上，忙用木篙撑之。操伏在许褚脚边。马超赶到河岸，见船已流在半河，遂拈弓搭箭，喝令骁将绕河射之，矢如雨急。褚恐伤曹操，以左手举马鞍遮之。马超箭不虚发，船上驾舟之人，应弦落水，船中数十人皆

被射倒。其船反撑不定，于急水中旋转。许褚独奋神威，将两腿夹舵摇撼，一手使篙撑船，一手举鞍遮护曹操。

曹操为马超所逼而几成俘虏，小说设计了曹操一连两次遇险。在《三国志·魏书》中，前面一次曹操之狼狈，见于《武帝纪》注引《曹瞒传》，但说救曹操的是张郃，小说写成曹洪，而《曹洪传》中未见此事，小说或许是借此强调曹洪与曹操的特殊关系；细节的虚构则类似于小说中华雄追孙坚一节。后面一次，见于《许褚传》，小说与史载基本符合。《武帝纪》又提到使曹操脱险的另一位功臣丁斐："校尉丁斐因放牛马以饵贼，贼乱，取牛马，公乃得渡。"此事亦为小说所吸收。以牛马来搅局的方法，在历史上还有更巧妙的使用：唐代"安史之乱"元凶之一的史思明有良马一千多匹，每天都放马出来，在黄河南岸的沙洲上洗浴，往复不停，以显示其马多。唐将李光弼命令把军中的母马都挑选出来，共有五百匹，把马驹都圈在城内。等史思明的马来到水边时，就把这些母马全部放出去，嘶鸣不已，史思明的战马看见后，都纷纷渡过黄河来追赶母马，被李光弼的士卒全部赶入城中。（见《新唐书·李光弼传》）异性相吸的规律，被名将用于战争。一千五百多匹马奔腾的场面，必定非常壮观。

《三国演义》第七十二回，曹操兵退斜谷："操方麾军回战马超，自立马于高阜处，看两军争战。忽一彪军撞至面前，大叫：'魏延在此！'拈弓搭箭，射中曹操。操翻身落马。延弃弓绰刀，骤马上山坡来杀曹操。刺斜里闪出一将，大叫：'休伤吾主！'视之，乃庞德也。德奋力向前，战退魏延，保操前行。"此事未见史书，纯粹是小说家言。

曹操常常亲自冲锋陷阵，因此将士用命，以一当十。就此而言，在开国的帝王中，唐太宗李世民与曹操有得一比："世民尝自帅轻骑觇敌，骑皆四散，世民独与一甲士登丘而寝。俄而贼兵四合，初不之觉，会有蛇逐鼠，触甲士之面，甲士惊寤，遂白世民俱上马，驰百余步，为贼所及，世民以大羽箭射殪其骁将，贼骑乃退。"

又："罗士信将前军围慈涧，世充自将兵三万救之。己丑，秦王将轻骑前覘世充，猝与之遇，众寡不敌，道路险扼，为世充所围。世民左右驰射，获其左建威将军燕琪，世充乃退。世民还营，埃尘覆面，军不复识，欲拒之，世民免胄自言，乃得入。""辛巳，世民以五百骑行战地，登魏宣武陵。王世充帅步骑万余猝至，围之，单雄信引槊直趋世民，敬德跃马大呼，横刺雄信坠马，世充兵稍却，敬德翼世民出围。世民、敬德更帅骑兵还战，出入世充陈，往反无所碍。""辛丑，世民移军青城宫，壁垒未立，王世充帅众二万自方诸门出，凭故马坊垣堑，临谷水以拒唐兵，诸将皆惧。……世民欲知世充陈厚薄，与精骑数十冲之，直出其背，众皆披靡，杀伤甚众。既而限以长堤，与诸骑相失，将军丘行恭独从世民，世充数骑追及之，世民马中流矢而毙。行恭回骑射追者，发无不中，追者不敢前。乃下马以授世民，行恭于马前步执长刀，距跃大呼，斩数人，突陈而出，得入大军。"（《资治通鉴》卷一八八）

李世民与曹操一样，都是出生入死，从战场拼杀出来的帝王。

《孙子兵法·九地》有云："投之亡地而后存，陷之死地然后生。"曹操对《孙子兵法》深有研究，他相信"陷之死地然后生"

宴长江曹操赋诗

的道理，也是他常常履险的一个重要原因。曹操的几次濒临险地都是例子。他借此来动员士兵激发出最大的潜能，只有胜利而建功，否则就死无葬身之地。没有退路，只有拼命，才能死里逃生。两军相遇勇者胜，你的潜能超出你的想象。《三国演义》第三十回，写官渡之战中关键的一步——奇袭乌巢，曹操亲自率兵五千，奋然前往。"眭元进、赵睿运粮方回，见屯上火起，急来救应。曹军飞报曹操，说：'贼兵在后，请分军拒之。'操大喝曰：'诸将只顾奋力向前，待贼至背后，方可回战！'于是众军将无不争先掩杀"。此次奇袭见于《三国志·魏书·武帝纪》，"以江陵有军实"，为了怕刘备获得江陵，曹操亲自率轻骑五千，"一日一夜行三百余里"，在长坂坡追上了刘备的人马。

对于《三国演义》的人物描写，鲁迅有所不满，是所谓"欲显刘备之长厚而似伪，状诸葛之多智而近妖"（《中国小说史略·元明传来之讲史》）。就是说，人物描写时有过火的地方。其实，《三国演义》的人物描写，还有一个问题，那就是人物一出场，性格就定型，少有变化。在现实中，人物的思想性格，会随着时代的变化、环境的刺激、阅历的增加而有所变化。下面，笔者即以历史上的曹操为例，分析他思想性格前后的变化。这种变化在《三国演义》里并不明显，小说作者为"贬曹"的目的所役，强调曹操一以贯之的奸诈，从而冲淡了曹操前后思想性格变化的轨迹。毛宗岗其实也注意到了这一点："百忙中忽如刘、曹二小传，一则自幼便大，一则自幼便奸。"（第一回点评）但毛宗岗没有认为这是一个缺点。

曹操年轻的时候，特别是弱冠前后，大致是跟风的。那么，汉末的风气又是如何的呢？两汉于人才的选拔，推行"荐举"和"征辟"两种制度，尽管这两种制度在实际的操作过程中存在很多的漏洞和弊病，特别是到了东汉末年，但确实为布衣和小吏提供了仕进的可能性。与此同时，对于阶级的固化和贵族的世袭，是一种冲击。品题之风的背后是士人的利益。宦官的专权跋扈，截断了士人的仕进之路，酿成两次惨酷的党锢之祸，使舆论与政权的分离愈趋严重，政府并没有因此而获得舆论的主导权。两汉二千石以上的官吏都有权自辟曹掾，能否获得荐举和征辟，与对象在社会上的名望有直接的关系。士人在政治上、社会上之势力，一种表现就是清议。清议影响到郡国之荐举、朝廷之征辟，无形中影响到士人的仕进。太学生之群聚京师，称为太学清议。桓帝时太学生有三万人之多。他们与朝廷大臣声气相通。东汉的时候，如果希望在政治上有所作为，就得先追求名声，在社会上建立声望。建立声望的途径无非是以下这些行为：一、孝悌敬老；二、廉洁让财；三、拒绝征聘；四、对抗权贵；五、知恩报恩；六、名流品评；七、血亲复仇。韩暨的同县豪族陈茂，曾经诬陷中伤韩暨的父兄，差点令他们被判死刑。韩暨表面上没有反应，但却暗地里储钱及寻找死士，最终杀掉陈茂，以其人头祭祀父亲，韩暨因此出名。（见《三国志·魏书·韩暨传》）

我们对照曹操的早期行为，可以看出，他是顺着风气，在努力地树立名声。

曹操少年时，曾经"飞鹰走狗，游荡无度"（《曹瞒传》），"任侠放荡，不治行业"，"世人未之奇也"（《三国志·魏书·武帝纪》）。可是，曹操很快就意识到，如果要想有所作为，必须改变行为方式，爱惜羽毛，树立名声。

《武帝纪》注引《魏武故事》载魏公曹操建安十五年（210）《十二月己亥令》曰："孤始举孝廉，年少，自以本非岩穴知名之士，恐为海内人之所见凡愚，欲为一郡守，好作政教，以建立名誉，使世士明知之；故在济南，始除残去秽，平心选举，违迕诸常侍。以为强豪所忿，恐致家祸，故以病还。"坦承其早年努力"建立名誉"的初衷。

曹操作《家传》，自称是"曹叔振铎之后"，振铎是周武王的弟弟。曹操挂靠先贤以抬高自己的目的很明显，但昭穆悠远，无可凭据，没有人承认曹操的这种说法。

宗承是汉末的名士。据《世说新语·方正》注引《楚国先贤传》说："宗承字世林……魏武弱冠，屡造其门，值宾客猥积，不能得言，乃伺承起，往要之，捉手请交，承拒而不纳。"曹操之求名心切，宗承之矜持，曹操遭拒之尴尬，均生动如见。

曹操入仕，起作用的主要是他的家庭背景。没有试用期，直接被任命为洛阳北部尉。洛阳城东西南北都有尉，负责治安，曹操当的是北部尉。推荐人是司马懿的父亲司马防。曹操自负其才，想当洛阳令，觉得当一个北部尉有点屈抑。他后来当了魏王以后，便得意地与司马防开玩笑说："你看我现在够做北部尉吗？"司马防回答："当年我推荐你时，你恰好适合做北部尉。"曹操为司马防机智的回答而大笑。（见《三国志·魏书·武帝纪》注引《曹瞒传》）又："太祖初入尉廨，缮治四门。造五色棒，县门左右各十余枚，有犯禁者，不避豪强，皆棒杀之。后数月，灵帝爱幸小黄门蹇硕叔父夜行，即杀之。京师敛迹，莫敢犯者。"（《武帝纪》注引《曹瞒传》）棒杀蹇硕之叔，需要很大的勇气。曹操以此一鸣惊人，轰动京师。他要的就是这个效果，还是求名，给人的印象是"不避豪强"。这是当时名士的一个标志。曹操后来对儿子曹植说："吾昔为顿丘令，年二十三，思此时所行，无悔于今。"出身宦官家庭而能够上书为窦武、陈蕃鸣冤："太祖上书陈武等正直而见陷害，奸邪盈朝，善人壅塞，其言甚切。"后来"复上书切谏"，然而，滔滔者天下皆是也，"知不可匡正，遂不复献言"。曹操明白，宦官已经成为全民痛恨的对象，没有前途，所以曹操竭力地要与他出身的那个集团划清界限，而向名士群靠拢；所以他能够与闻何进、袁绍等准备诛杀宦官的密谋，却又反对尽诛宦官。他被任为济南相，"闻太祖至，咸皆举免，小大震怖，奸宄遁逃，窜入他郡。政教大行，一郡清平"（《武帝纪》注引《魏书》）。可见其直声震天下，能让"依倚贵势"的"奸宄"闻风而逃。征为东郡太守，不就，隐居乡里。你可以说他是"无道则隐"，也可以说他是一如当时名士之所为。曹操实为避祸而退隐，但隐居本身又是成为名士的一个途径。曹操是有家庭背景的，所以不久又要召唤他，回朝当典军校尉。何进内怀夺权之心，外无正人协助。袁绍系何进之谋主，本无辅弼王室之忠诚，企图借大乱以求一逞。曹操静观其变，对何进、袁绍都不看好。董卓进京，请曹操出来当骁骑校尉。曹操见形势不明，继续观望。与宗承不同，桥玄和何颙肯定曹操的才干，巨眼识得英雄，赢得感激涕零。桥玄历任司空、司徒、太尉，是汉末名臣。他评价曹操"天下将乱，安生民者，其在君乎！"承认曹操是名士："吾见天下名士多矣，未有若君者也。"（《三国志·魏书·武帝纪》注引《魏书》）曹操感其知己，终生难忘。每过桥玄之墓，"辄凄怆致祭"。南阳名士何颙对曹操评价亦很高："汉家将亡，安天下者必此人。"同样将曹操视为未来能够拨乱反正的领袖。桥玄特意告诉曹操，如果要想出名，你应该去找许劭。许劭以"月旦评""核论乡党人物"，是名士中的名士。曹操听从桥玄的建议，常常"卑辞厚礼"去拜访许劭。许劭鄙视曹操的为人，可是，他被曹操纠缠得没有办法，就给了他两句评语："子清平之奸贼，乱世之英雄"。在《武帝纪》注引的孙盛《异同杂语》中，这两句话变成了"子治世之能臣，乱世之奸雄"。《三国演义》据此作为描写曹操的总纲。综上所述，可以看出，年轻时的曹操很在乎名声，为此作了很多努力。当然，曹操社会地位的逐步上升，与他的求名关系不大，袁绍的名声比他大多了。曹操依靠的是他的家世背景，特别是其祖父曹腾的提携。"永宁元年，邓太后诏黄门令选中黄门从官年少温谨者配皇太子书，腾应其选。太子特亲爱腾，饮食赏赐与众有异。顺帝即位，为小黄门，迁至中常侍大长秋。在省闼三十余年，历事四帝，未尝有过。好进达贤能，终无所毁伤。其所称荐，若陈留虞放、边韶、南阳延固、张温、弘农张奂、颍川堂溪典等，皆致位公卿，而不伐其善"（《武帝纪》注引司马彪《续汉书》）。曹腾的经历有三点值得注意：一、历事四帝，积累了丰富的宫廷斗争的经验。二、处事谨慎。三、与外戚、与名士均有来往，尽可能保持和谐的关系，使自己在政治风浪之中可进可退。这种家庭积累的政治经验，对曹操的思想性格不能不产生深刻的影响。

俗话说："名下固无虚士。"其实也不能一概而论。据《后汉书》载，南阳郡人樊英，从小品学兼优，名扬天下，隐居在壶山南麓，州郡官府曾先后多次征聘他出来当官，他不应命。朝廷公卿大臣荐举他为贤良、方正、有道，他都不肯动身。安帝赐策书征召，他还是不去。同年，安帝又用策书和黑色的缯帛，非常礼敬地征召樊英，而他以病重为由坚决推辞。诏书严厉谴责州郡官府办事不力，于是州郡官府把樊英抬到车上上路。樊英不得已，来到京都洛阳。到洛阳后，樊英又称病不肯起床，于是，用轿子强行将他抬进宫殿，但他还是不肯屈从。安帝让他出去，到太医处养病，每月送给羊和酒。其后，安帝又特地为樊英设立讲坛，命公车令在前面引路，尚书陪同，赏赐小桌和手杖，用尊敬老师的礼节来对待他，询问朝廷大政的得失，任命他为五官中郎将。数月之后，樊英又声称病重，安帝下诏，将他任命为光禄大夫，准许回家养病，令当地官府送谷米，每年四季送给牛和酒。樊英辞去职位，有诏书晓告皇帝旨意，不予批准。樊英刚接到诏书时，大家都认为，他一定不会贬抑自己的志气，而去应命。南郡人王逸平素和樊英很要好，因而特地写信给他，引用了许多古人的事进行比喻，劝他接受朝廷的征召。于是，樊英听从了王逸的建议，而前往洛阳。可是，后来他在应对皇帝的提问时，并没有什么奇谋远策，大家都很失望。

在逐鹿中原的战争中，通过严酷的政治军事斗争，曹操对汉末求名的风气有了不同的认识。这主要表现在他的人才政策上。

曹操适应乱世的需要，根据战争的需要，借鉴历史的经验教训，逐步改变对品题之风的看法。东汉的品题之风，过分地注重道德而忽视才能，忽视事功。察举制度选拔出来的人才中，多孝子、隐士、贤人、名流，它对人才的理解，偏于道德。东汉的人才清一色，是一种衰落之象。这种人才观，陈旧落后，显然不能适应战争的需要。

"孔公绪（孔伷）清谈高论，嘘枯吹生，并无军旅之才"（《后汉书·郑太传》）。这种名士，曹操不屑一顾。曹操的方针是循名责实，向法家靠拢。所以陈寿评价曹操是"揽申、商之法术，该韩、白之奇策"（《三国志·魏书·武帝纪》）。曹操针对汉末有名无实、朋党吹捧的选举弊病，提出"唯才是举"的政策，反对利用乡党里选的舆论来干扰他的用人。但是，具有讽刺意味的是，他仍然需要从名士中选拔人才，由名士来向他荐举人才。荀彧、崔琰、韩嵩为曹操荐举了很多人才。他的智囊团，主要来自具有真才实学的名士。荀彧年少时，即被何颙许为"王佐才也"。荀攸亦"海内名士"，为何进征辟。"攸到，拜黄门侍郎"。钟繇、华歆、王朗、崔琰、何夔、毛玠都是当时的名士，所谓"一时俊彦"。曹操用人，降低对道德的要求，强调才能。许攸贪婪是事实，小说第三十回写道："在冀州时，尝滥受民间财物，且纵令子侄辈多科税，钱粮入己。"但曹操采纳了他的建议，奇袭乌巢，大获成功。郭嘉是曹操最欣赏的智囊，但郭嘉有"负俗"之讥。具体所指，并不清楚。曹操的求才，说不忠不孝也没关系，关键是有才。曹操手不释卷，勤奋读书，自说："长大而能勤学者，惟吾与袁伯业耳。"（曹丕《典论》）他善于从历史中吸取经验教训。曹操从历史中体会到，乱世用人，与和平时期不同："治平尚德行，有事赏功能。"（裴注引《魏书》载曹操庚申令）又称："夫有行之士，未必能进取，进取之士，未必能有行也。陈平岂笃行，苏秦岂守信邪？而陈平定汉业，苏秦济弱燕。由此言之，士有偏短，庸可废乎？""吴起贪将，杀妻自信，散金求官，母死不归，然在魏，秦人不敢东向；在楚，则三晋不敢南谋。"（《三国志·魏书·武帝纪》注引《魏书》）

曹操之强调"循名责实"，不仅是出于战争的需要，而且是出自政治上进一步加强中央集权的需要。品题之风的要害，不在于盛名之下其实难副，而是在于舆论权、话语权的旁落，用人权的旁落。名士之间互相标榜、结成朋党。这种朋党足以与中央政权分庭抗礼，成为一种离心力。这是曹操不能容忍的。随着军事上的节节胜利，割据称雄的诸侯一个一个地被击败，汉献帝进一步被傀儡化，曹操把权力完全集中到自己手里。此时的曹操，无皇帝之名，却有皇帝之实。秦汉以后，中国的文化传统是大一统，从上到下，大家都认为国家分裂是一种不正常的情况。大一统则意味着中央集权的重新建立。不是应该由谁来统一的问题，而是谁有能力完成统一的问题。这个任务历史地落在曹操的身上。曹操《让县自明本志令》（《述志令》）中说："设使国家无有孤，不知当几人称帝，几人称王！"这确实是事实。

曹操身边的名士中，颇有一些具有独立精神的人。曹操在开始的时候，对那些名重天下的名士不敢下手，有所顾忌。譬如狂傲的毒舌祢衡。曹操恐怕落下不能容人的恶名，所以把这位毒舌转送给了刘表，想借刀杀人。刘表亦不愿意蒙上杀害名士的骂名，又转送黄祖。但祢衡狂傲依旧，结果送了性命。

　　《三国演义》第十回：九江太守边让与陶谦交厚，闻知徐州有难，自引兵五千来救。操闻之大怒，使夏侯惇于路截杀之。《后汉书·边让传》："初平中，王室大乱，（边）让去官还家。恃才气，不屈曹操，多轻侮之言。建安中，其乡人有构于操，操告郡就杀之。"叙述极简。

　　杨彪是名门望族，又有名声。《三国志》注引《魏书》曰："袁绍宿与故太尉杨彪、大长秋梁绍、少府孔融有隙，欲使公以他过诛之。公曰：'当今天下土崩瓦解，雄豪并起，辅相君长，人怀怏怏，各有自为之心，此上下相疑之秋也，虽以无嫌待之，犹惧未信；如有所除，则谁不自危？且夫起布衣，在尘垢之间，为庸人之所陵陷，可胜怨乎！高祖赦雍齿之雠而群情以安，如何忘之？'绍以为公外托公义，内实离异，深怀怨望。"曹操对大名士的态度还是非常谨慎的。此时曹操正在兖州牧任上。

　　曹操创业伊始，没有搞一言堂，他曾经诚恳地希望下面多提反对意见，以作参考。《三国志·魏书·武帝纪》注引《魏书》载建安十一年（206）十月乙亥令曰："夫治世御众，建立辅弼，诚在面从，《诗》称'听用我谋，庶无大悔'，斯实君臣恳恳之求也。吾充重任，每惧失中，频年已来，不闻嘉谋，岂吾开延不勤之咎邪？自今以后，诸掾属治中、别驾，常以月旦各言其失，吾将览焉。"

　　建安十二年（207），曹操远征乌桓（塞外游牧民族），许多人反对。曹操听从郭嘉的建议，击溃乌桓。"既还，科问前谏者，众莫知其故，人人皆惧。公皆厚赏之，曰：'孤前行，乘危以侥幸，虽得之，天所佐也，故不可以为常。诸君之谏，万安之计，是以相赏，后勿难言之。'"（《武帝纪》注引《曹瞒传》）鼓励不同意见，希望属下知无不言，言无不尽。

随着曹操的集权越来越加强，他渐渐地不能容忍那些对他不够恭敬的名士。孔融的死（208），崔琰的死（216），杨修的死（219），是典型的例子。孔融、崔琰和杨修都没有祢衡那么狂，但曹操先前能够容忍祢衡，之后却不能容忍孔融等人，只是说明他在一步步地收紧舆论。孔融曾经为杨彪、祢衡说过情，这些，曹操想必都记在心里。曹操终于在建安十三年（208）和孔融算了总账。至于崔琰，更是冤枉。据《三国志·魏书·崔琰传》，建安二十一年（216），曹操作魏王，杨训上表称赞曹操的功绩，夸述曹操的盛德。当时有人讥笑杨训虚伪地迎合权势，认为崔琰荐人不当。崔琰从杨训那里取来表文的草稿一看，写信给杨训说：读表文，是事情做得好罢了！时间啊时间，随着时间的推移，情况也一定会发生变化的！崔琰的本意是讽刺那些批评者好谴责呵斥而不寻求合于情理。有人却报告说崔琰这封信是傲世不满，怨恨咒骂，曹操发怒说：谚语说"不过生了个女儿耳"。"耳"不是个好词。"会有变的时候"，意思很不恭顺。以此罚崔琰为徒隶，派人去看他，崔琰言谈表情一点也没有屈服的意思。曹操的令文说：崔琰虽然受刑，却与宾客来往，门庭若市，接待宾客时胡须卷曲，双目直视，好像有所怨忿。于是赐令崔琰死。死得莫名其妙。

崔琰的案，又牵连到毛玠。《三国志·魏书·毛玠传》有云：

> 崔琰既死，玠内不悦。后有白玠者："出见黥面反者，其妻子没为官奴婢，玠言曰'使天不雨者盖此也。'"太祖大怒，收玠付狱。

经桓阶、和洽进言解救，遂出狱。毛玠从此再未被起用，死在家里。陈寿有云："鲁国孔融、南阳许攸、娄圭，皆以恃旧不虔见殊。而琰最为世所痛惜，至今冤之。"（《三国志·魏书·崔琰传》）恃旧是要不得的。当年一起打天下的战友，如今有了君臣的名分。可是，他们的思想还没有来得及跟上形势的转变，还沉浸在打天下、坐天下的情分之中。东吴那里，也有类似的问题。据《三国志·吴书·周瑜传》说，孙权接班以后，周瑜首先遵守君臣的规矩礼仪，所以孙权对周瑜特别满意："初瑜见友于策，太妃又使权以兄奉之。是时权位为将军，诸将宾客为礼尚简，而瑜独先尽敬，便执臣节。"刘备与关羽、张飞之间的关系，其实也面临同样的问题，当初是桃园三结义，是兄弟，但是，随着三国鼎足的形成，变成了君臣的关系。《三国演义》带有民间色彩，强调刘、关、张三人君臣而兼兄弟的关系，所以，关羽对张辽说：我与玄德，是朋友而兄弟，兄弟而又君臣也。岂不知帝王无朋友，君臣关系一旦确立，就不能再称兄道弟！

中国的文化是表态文化，说错话，表错态，比做错事，后果更为严重。娄圭的死，是又一个冤案。曹操和儿子们到处游山玩水，娄圭就私下跟别人说："曹氏这家父子，整日就知道享乐。"很快，就有人向曹操告密，于是就将他处死："人有白者，太祖以为有腹诽意，遂收治之"（《崔琰传》注引《魏略》）。

杨修之死，有多种原因。《三国志·魏书·曹植传》注引《典略》："至二十四年秋，公以（杨）修前后漏泄言教，交关诸侯，乃收杀之。""漏泄言教"和"交关诸侯"这两项罪名，没有明确的界定，都是可大可小的罪名。杨修身不由己地卷入了曹丕和曹植争夺储位的斗争，这才是一个重要的原因。曹植欣赏杨修的才华，与其交往密切。杨修明白这是犯忌的事情，但又不敢拒绝曹植的热情。有时又不免为曹植出点主意，结果被曹操得知。论者认为杨修逞才，是致祸的主因。有人甚至认为杨修卖弄聪明，该死。这就过分了。难道卖弄聪明就该死吗？言论定罪，本身就是封建专制的毒瘤。但是，对于生杀予夺的曹操来说，稍有不恭之语，甚至是曹操认为其人有不恭的意思，所谓"腹诽心谤"，即可以处死。

杨彪的儿子为曹操所杀，杨修时年四十五岁，而他的父亲杨彪已是七十八岁风烛残年的老人，暮年失子，白发人送黑发人，杨彪的悲痛可想而知。可是，曹操却要在老人的伤口上撒上一把盐。曹操杀杨修之后，见其父彪，明知故问："公何瘦之甚？"对曰："愧无日磾先见之明，犹怀老牛舐犊之爱。"（《后汉书·杨彪传》）操为之改容。杀了杨修以后，曹操又若无其事地给杨彪写信。信中说："与足下同海内大义，足下不遗，以贤子见辅。比中国虽靖，方外未夷。今军征事大，百姓骚扰。吾制钟鼓之音，主簿宜守。而足下贤子侍豪父之势，每不与吾同怀，即欲直绳，顾颇恨恨；谓其能改，遂转宽舒。复即宥贷，将延足下尊门大累，便令刑之。念卿父息之情，同此悼楚，亦未必非幸也。今赠足下锦裘二领，八节银角桃杖一枚，青毡床褥三具，官绢五百匹，钱六十万，画轮四望通幰七香车一乘，青犉牛二头，八百里骅骝马一匹，赤戎金装鞍辔十副，铃䩭一具，驱使二人；并遗足下贵室错彩罗縠裘一领，织成靴一量，有心青衣二人，长奉左右。所奉虽薄，以表吾意。足下便当慨然承纳，不致往返。"（《古文苑·与太尉杨文先书》）欲加之罪，何患无辞！曹操没有提出杨修该杀的正当理由："每不与吾同怀。"即是说，老有不同意见，这就是杨修该死的理由！信中指责杨彪是"豪父"，语带讥刺。"同此悼楚"，自然是鳄鱼的眼泪。不杀一再宽恕的话，"将延足下尊门大累"，我是怕牵累您才杀了您的爱子。都是为您着想，才痛下杀手啊。这是对杨彪的威胁。您不必伤心，杨修的死，未必不是好事："亦未必非幸也。"曹操如此反话正说，来回地折磨一对暮年失子的老父亲，以获得一种施虐的快乐，这是一种怎样残忍的性格？又是出于怎样的变态心理，才能写出如此恶毒的书信啊？曹操对杨彪的嫉恨由来已久。曹操必定记得，陈琳为袁绍起草的讨曹檄文中，就有一段为杨彪喊冤叫屈的文字："故太尉杨彪，典历二司，享国极位。操因缘眦睚，被以非罪；榜楚参并，五毒备至；触情任式，不顾宪纲。"

关于祢衡、孔融、杨修、嵇康等人的悲剧，洪迈有另一种理解："自古奸雄得志，包藏祸心，窥伺神器，其势必嫉士大夫之胜己者，故常持'宁我负人，无人负我'之说。若蔡伯喈之值董卓，孔文举、祢正平、杨德祖之值曹操，嵇叔夜、阮嗣宗之值司马昭、师，温太真之值王处仲，谢安石、孟嘉之值桓温，皆可谓不幸矣。伯喈仅仅脱卓手，终以之陨命。正平转死于黄祖，文举覆宗，德祖被戮。叔夜罹东市之害。嗣宗沉湎佯狂，至为劝进表以逃大咎。"（《容斋五笔》卷六）

品题之风属于文化的层次。文化层面的事物不能简单地运用政治的、行政的手段加以消灭，品题之风没有因为曹操的杀戮名士而消失，它继续地向前发展。魏武帝曹操和后来的魏明帝曹叡，都在与"浮华之徒"作斗争。区别在于，曹操是将浮华之徒从肉体上加以消灭，而曹叡是将其降职罢官。他们之所以遭到贬斥，一方面是他们提出的一些观点冲击了当时的观念，在学术和行为等方面悖逆传统，招来了许多人的反感；另一方面是他们的交友模式本身差不多就是党锢之祸前东汉"清议"的再现，所谓"四聪""八达"几乎就是"八俊""八厨"的翻版。于公，这样随便议论朝政、互相标榜的行为严重影响朝廷运行；于私，很多曹魏老臣甚至魏明帝曹叡本人也很讨厌其中的许多参与者。所以，这帮人玩完也是迟早的事。

王夫之《读通鉴论》卷十《三国》对品题之风的演变有深刻的分析："东汉之中叶，士以名节相尚，而交游品题，互相持以成乎党论，天下奔走如骛，而莫之能止。桓、灵侧听奄竖，极致其罪罟以摧折之，而天下固慕其风而不以为忌。曹孟德心知摧折者之固为乱政，而标榜者之亦非善俗也，于是进崔琰、毛玠、陈群、钟繇之徒，任法课能，矫之以趋于刑名，而汉末之风暂息者数十年。琰、玠杀，孟德殁，持之之力穷，而前之激者适以扬矣。太和之世，诸葛诞、邓飏浸起而矫孟德综实之习，结纳互相题表，未尝师汉末之为，而若或师之；且刓方向圆，崇虚堕实，尤不能如李、杜、范、张之崇名节以励俗矣。乃遂以终魏之世，迄于晋而不为衰止。然则孟德之综核名实也，适以壅已决之水于须臾，而助其流溢已耳。故曰抑之而愈以流也。"

《晋书·傅玄传》有云："近者魏武好法术，而天下贵刑名；魏文慕通达，而天下贱守节。其后纲维不摄，而虚无放诞之论盈于朝野，使天下无复清议，而亡秦之病复发于今。"曹操近法家而以刑名来纠正品题之风的偏颇，曹丕受品题之风的影响而欣赏魏晋风度，曹叡回到祖父曹操的方针但才能不及。三位君主以行政努力改变风俗的努力都没有取得显著的效果，充分说明了文化现象（风俗）一旦形成，就非常顽强。

刘表、袁绍对品题之风的认识，都没有曹操深刻，他们仍然在延续汉末的认识，所以他们的人才策略都不如曹操高明。都简单地以为"名下固无虚士"，重道德而轻才干。《三国志·蜀书·刘焉传》注引《续汉书》："是时用刘虞为幽州，刘焉（汉鲁恭王之后裔）为益州，刘表为荆州，贾琮为冀州。虞等皆海内清名之士。"董卓进京以后，也努力地想拉拢名士。

裴松之对曹操的前后不一很不理解："臣松之以为杨彪亦曾为魏武所困，几至于死，孔融竟不免于诛灭，岂所谓先行其言而后从之哉！非知之难，其在行之，信矣。"认为是非知之难，而是行之难。其实，舆论的收紧，借杀人以钳众人之口，是曹操加强集权的必然选择。

陈寿在《三国志·魏书》卷二十二说："魏世事统台阁，重内轻外，故八座尚书，即古六卿之任也。"进一步加强内阁的权力，设立校事以加强对大臣的监督，均是加强集权的配套措施。《三国志·魏书·高柔传》提到：校事卢洪、赵达等"数以憎爱擅作威福"。据《魏略》云：赵达、卢洪二人经常诬陷他人，军中因此流传着一首民谣："不畏曹公，但畏卢洪；卢洪尚可，赵达杀我。"可见校事们的炙人淫威。高柔认为：御史台、廷尉、州刺史负责监察群臣，校事的职能与他们重合，且赵达等人仗着校事的职务作威作福。高柔建议曹操清查赵达等人。曹操反驳高柔："难道我对他们的了解还不如你吗？"后来赵达等人劣迹败露，曹操才把他们杀了。校事位卑权重，直接对曹操负责，有举报告密的权力。曹操设立校事，显然是为了加强对臣下的控制。曹操为了监百官，设立校事官制度，监督部属，结果是人人自危。《三国志·魏书·何夔传》中写道："太祖性严，掾属公事，往往加杖。夔常蓄毒药，誓死无辱，是以终不见及。"我们由此可以想见曹魏集团内部是一种什么样的氛围。难怪南朝的笔记小说《世说新语》中，大写曹操的奸诈诡谲。

孙权那里也设了校事一职。《三国志·吴书·吴主传》："权信任校事吕壹，壹性苛惨，用法深刻。太子登数谏，权不纳，大臣由是莫敢言。后壹奸罪发露伏诛，权引咎责躬，乃使中书郎袁礼告谢诸大将，因问时事所当损益。"从西汉的酷吏如张汤、王温舒，到曹魏、东吴的校事，再到武周时的来俊臣、索元礼，明朝的东厂、西厂、锦衣卫，其实质就是朝廷通过酷吏，以法令来加强对功臣、列侯、百官的监督制裁，以加强帝王的权力和威严。如果我们视其为法治，那就是一种误解，其实是以法治之名，实行个人的专制。帝王的话，就是最大的法，帝王凌驾于法律之上，法律最后的解释权在帝王。陈寿评价曹操"揽申、商之法术，该韩、白之奇术"，是看得很准的。法家的学说正是帝王专制的理论。

曹操把祢衡为代表的名重天下、桀骜不驯的名士称为"浮华之徒""浮华交会之徒"。曹魏后期开始，"浮华"成为一个吓人的罪名。曹操在给孔融的信中愤怒地说："孤为人臣，进不能风化海内，退不能建德和人，然抚养战士，杀身为国，破浮华交会之徒，计有余矣。"（《后汉书·孔融传》）这些话虽系对祢衡而发，但同时也是对孔融之流的严重警告。

魏明帝太和六年（232），董昭提出整顿此风。他"上疏陈末流之弊曰：'凡有天下者，莫不贵尚敦朴忠信之士，深疾虚伪不真之人者，以其毁教乱治，败俗伤化也。近魏讽则伏诛建安之末，曹伟则斩戮黄初之始。伏惟前后圣诏，深疾浮伪，欲以破散邪党，常用切齿；而执法之吏皆畏其权势，莫能纠擿，毁坏风俗，侵欲滋甚。窃见当今年少，不复以学问为本，专更以交游为业；国士不以孝悌清修为首，乃以趋势游利为先。合党连群，互相褒叹，以毁訾为罚戮，用党誉为爵赏，附己者则叹之盈言，不附者则为作瑕衅。至乃相谓：'今世何忧不度邪，但求人道不勤，罗之不博耳；又何患其不知己矣，但当吞之以药而柔调耳。'又闻或有使奴客名作在职家人，冒之出入，往来禁奥，交通书疏，有所探问。凡此诸事，皆法之所不取，刑之所不赦，虽讽、伟之罪，无以加也。'帝于是发切诏，斥免诸葛诞、邓飏等"。可以说董昭此次上疏很合曹叡的心意。早在太和四年（230），曹叡就曾下诏反对浮华，以示警诫："兵乱以来，经学废绝，后生进趣，不由典谟。岂训导未洽，将进用者不以德显乎？其郎吏学通一经，才任牧民，博士课试，擢其高第者，亟用；其浮华不务道本者，皆罢退之。"（《三国志·魏书·明帝纪》）

《三国志·魏书·曹爽传》注引《魏略》："（李）胜少游京师，雅有才智，与曹爽善。明帝禁浮华，而人白胜堂有四窗八达，各有主名，用是被收。以其所连引者多，故得原，禁锢数岁。"《三国志·魏书·王昶传》：王昶告诫儿子："人若不笃于至行（孝敬仁义），而背本逐末，以陷浮华焉，以成朋党焉。"齐王芳时，王昶上陈治略五事，第一条就是"欲崇道笃学，抑绝浮华"。《曹爽传》注引《魏略》："初，（邓）飏与李胜等为浮华友，及在中书，浮华事发，被斥出，遂不复用。"《三国志·魏书·诸葛诞传》："言事者以（诸葛）诞、（邓）飏等修浮华，合虚誉，渐不可长。明帝恶之，免（诸葛）诞官。"《三国志·魏书·卢毓传》："前此诸葛诞、邓飏等驰名誉，有四聪八达之诮，帝疾之。时举中书郎，诏曰：'得其人与否，在卢生耳。选举莫取有名，名如画地作饼，不可啖也。'"《三国志·魏书·诸葛诞传》："（诸葛诞）与夏侯玄、邓飏等相善，收名朝廷，京都翕然。言事者以诞、飏等修浮华，合虚誉，渐不可长。明帝恶之，免诞官。"《三国志·魏书·诸葛诞传》注引《世语》："是时，当世俊士散骑常侍夏侯玄、尚书诸葛诞、邓飏之徒，共相题表，以玄、畴四人为四聪，诞、备八人为八达，中书监刘放子熙、孙资子密、吏部尚书卫臻子烈三人，咸不及比，以父居势位，容之为三豫，凡十五人。帝以构长浮华，皆免官废锢。"

杀名士落骂名，是曹操必然要付出的代价。曹操杀名士边让，陈琳为袁绍起草的讨曹檄文中便有了下列文字："故九江太守边让，英才俊伟，天下知名；直言正色，论不阿谄；身首被枭悬之诛，妻孥受灰灭之咎。自是士林愤痛，民怨弥重；一夫奋臂，举州同声。"第一个想杀孔融的是何进。《后汉书·孔融传》里说，孔融有一股傲气，何进曾经想杀孔融："客有言于进曰：'孔文举有重名，将军若造怨此人，则四方之人引领而去矣。不如因而礼之，可以示广于天下。'进然之，既拜而辟融，举高第，为侍御史。"李贤注引《孔融家传》里更说："客言于进曰：'孔文举于时英雄特杰，譬诸物类，犹众星之有北辰，百谷之有黍稷，天下莫不属目也。'"孔融此人，不管其见解是否高明，是不是志大才疏，也不管他是在何进那里，在董卓那里，还是在曹操手下，总是有一种独立的精神。在"名士底教科书"——崇尚魏晋风度的刘义庆《世说新语》中，凡涉及曹操的条目，几乎无一非负面的记载：曹操以祢衡为鼓吏，祢衡击鼓"渊渊有金石声"，经孔融解释，曹操"惭而赦之"。桥玄说曹操是"乱世之英雄，治世之奸贼"。杨修之捷悟，屡次胜过曹操。曹操与袁绍一起，"观人新婚"，曹操"抽刃劫新妇"，两人"失道"，曹操大叫："偷儿在此！"袁绍与曹操狼狈出逃。曹操谎说前方有梅林，"士卒闻之，口皆出水，乘此得及前源"。曹操骗人来行刺，嘱咐他不要说出真相，"无他，当厚相报""执者信焉，不以为惧，遂斩之"。曹操说："我眠中不可妄近，便斫人，亦不自觉。"果然，有人给他盖被，就被假装睡觉的曹操杀了，后来曹操睡觉，没有人再敢靠近。曹操有一个歌姬，唱歌特别好听，但"情性酷恶"。曹操让一百人跟她学，待到有人唱得同她一样好听时，就把那歌姬杀了。

或说孙坚是孙武的后裔，惜年代久远，无法考证；但以孙坚的军事才能而言，确实当得起这一传说。孙坚白手起家。与曹操不同，孙坚在朝中没有背景可以依靠，他必须从基层一步一个脚印地干起。陈寿说他"孤微发迹"，他只是一个地方豪强，并非高门望族。孙坚年轻时当过三县的县丞，"所在有称，吏民亲附"（《三国志·吴书·孙破虏讨逆传》引裴松之注），在民间口碑不错。他多次平定动乱，譬如会稽的"妖贼许昌"、宛城的黄巾、长沙的叛乱首领区星，均被他剿灭。孙坚锐不可当，所向披靡，且都是以少胜多，多次建立功勋，因此有了名声，他的军事才能逐渐地为一些州牧所注意，引起重视。

荆州刺史王叡、南阳太守张咨都因细故被孙坚诛杀，于此我们又看到孙坚嗜杀的一面。王叡不过是有点看不起他，就被他杀了。张咨只是没有给他粮食，孙坚就设下鸿门宴，诱杀了他。张咨是南阳太守，他没有给长沙太守孙坚提供粮食的义务。孙坚不是单纯的嗜杀，他是借杀人以立威。《三国志》本传中他对司空张温说的话可以为证："古之名将仗钺临众，未有不断斩以示威者，是以穰苴斩庄贾，魏绛戮杨干。今明公垂意于（董）卓，不即加诛，亏损威行，于是在矣。"杀了张咨以后，果然有效："郡中震栗，无求不获。"

孙坚很早就认定董卓的豺狼面目，劝张温杀了董卓。张温懦弱，没有采纳孙坚的建议。伐董联军中能够奋勇向前、挑战西凉兵马的军队，只有孙坚与曹操两支人马。而此时孙坚和曹操的兵力并不比袁绍强。孙坚以此"最有忠烈之称"（《三国志·吴书·孙破虏讨逆传》注）。如果说，此时的孙坚和曹操已经有了代汉而立的野心，恐怕没有一点说服力。《三国演义》第六回，有"匿玉玺孙坚背约"的情节，这一孙坚的负面材料亦来自裴注所引《吴书》。另有西晋乐资《山阳公载记》亦呼应此说："袁术将僭号，闻坚得传国玺，乃拘坚夫人而夺之。"孙坚本传中裴松之反驳这一记载："孙坚于兴义之中最有忠烈之称，若得汉神器而潜匿不言，此为阴怀异志，岂所谓忠臣者乎？吴史欲以为国华，而不知损坚之令德。"在《三国演义》来说，匿玉玺一事很具戏剧性，为孙策和袁术后来的反目作了铺垫。况且贬低一下孙坚，也更能衬托刘备的一心兴复汉室，所以小说不顾裴松之的反对而采信《吴书》的说法。各路诸侯都拥兵自重，且内心对于强悍的西凉兵马心存畏惧，对伐董并不真正积极，包括盟主袁绍。孙坚对袁绍非常失望："同举义兵，将救社稷，逆贼垂破而各若此，吾当谁与戮力乎！"（《孙破虏讨逆传》注引《吴录》）曹操虽然敢于进击董卓，但没有胜绩，寡不敌众，被董卓的部将徐荣打得落花流水，仅以身免。唯有孙坚出色，他与董卓虽然互有胜负，但孙坚毕竟几次大败西凉兵，且斩杀了董卓的大将华雄。据《山阳公载记》，董卓目中无人，蔑视群雄，对孙坚却另眼相看，嘱咐部下要重视这个对手："关东军败数矣，皆畏孤，无能为也。惟孙坚小戇，颇能用人，当语诸将，使知忌之。""但杀二袁、刘表、孙坚，天下自服从孤耳。"竟不知天下还有曹操和刘备！《三国演义》为了突出关羽，竟把孙坚斩杀华雄的辉煌拱手送给了关羽。

孙坚曾经依附于袁术，但袁术不会用人，又没有信用，孙坚觉得在他手下难以发展，寄人篱下，没有前途。袁术同样对他也并不放心。据《孙破虏讨逆传》注引《江表传》："或谓术曰：'坚若得洛，不可复制，此为除狼而得虎也。'故术疑之。"孙坚与董卓恶战，此时的各路诸侯却都在抓紧机会抢夺地盘，扩大军队。董卓惧怕孙坚，欲与孙坚和亲联姻并封官许愿来拉拢他。董卓请孙坚列出子弟中可以担任刺史郡守的名单，以便录用。孙坚不为所动，他蔑视而愤怒地说："卓逆天无道，荡覆王室，今不夷汝三族，悬示四海，则吾死不瞑目！岂将与乃和亲邪？"可谓大义凛然。

不久，袁术派孙坚去讨伐刘表。孙坚一路势如破竹。可惜，在追击中孙坚"单马行岘山"的时候，被刘表部将黄祖的军士射杀。时年三十七岁。孙坚常常身先士卒，充当冲锋陷阵的先锋，而忘记了自己是一个主帅。当然，主帅冲锋在前，所带的兵也就无所畏惧。据裴松之引《吴书》记载："坚乘胜深入，于西华失利。坚被创堕马，卧草中。军众分散，不知坚所在。坚所乘骢马驰还营，踣地呼鸣，将士随马于草中得坚。"攻宛城时，"坚身当一面，登城先入，众乃蚁附，遂大破之"。对孙坚来说，出生入死是家常便饭。

小说第七回描述："坚不会诸将，只引三十余骑赶来。吕公已于山林丛杂去处，上下埋伏。坚马快，单骑独来，前军不远。坚大叫：'休走！'吕公勒回马来战孙坚。交马只一合，吕公便走，闪入山路去。坚随后赶入，却不见了吕公。坚方欲上山，忽然一声锣响，山上石子乱下，林中乱箭齐发。坚体中石、箭，脑浆迸流，人马皆死于岘山之内，寿止三十七岁。"

孙坚有四个儿子，依次是孙策、孙权、孙翊、孙匡。孙策继承了父亲的两大优点：勇猛无畏和严肃军纪。据其本传说："（孙策）渡江转斗，所向皆破，莫敢当其锋。而军令整肃，百姓怀之……善于用人，是以士民见者，莫不尽心，乐为致死。"孙策亦依附袁术，在当时的形势下，自有其不得已的苦衷，如刘邦之依附项梁，刘备之依附公孙瓒、曹操、袁绍，李渊之依附李密。袁术很欣赏孙策，他感叹道："使术有子如孙郎，死复何恨！"（《三国演义》第十五回）其推崇如此。这句话使人想起曹操的名言："生子当如孙仲谋。"袁术之欣赏孙策，犹如曹操之欣赏孙权。据裴注引《吴书》记，曹操对孙策也非常欣赏："猘儿难与争锋也！"可是，袁术在欣赏的同时，也很忌惮孙策。袁术答应孙策当九江郡的太守，后来却任命了陈纪。答应孙策打下庐江郡后当庐江郡的太守，后来却委派了刘勋。孙策见袁术屡屡地言而无信，失望至极。袁术不是单纯的失信，他是驾驭不了孙策这只猛虎，时时企图限制孙策的发展。袁术的羁縻策略使孙策坚定了离袁而去的决心。孙策抓住了独立发展的机会，表现出不甘人下的雄心。孙策这种独立性的自觉，超过了他的父亲孙坚，他找理由从袁术那里要回了父亲孙坚的旧部，包括韩当、黄盖等老将。他率军打下历阳、会稽、豫章，势如破竹，名声大噪。袁术不自量力，在寿春称帝，孙策此时已经羽翼丰满，便趁机与袁术断交。孙策虽然年轻，却有张昭、张纮等人做他的谋主，有周瑜为他的辅助。

扬州牧刘繇在豫章郡去世。他部下有万余人，打算推举豫章郡太守华歆为首领。华歆认为，利用时机擅自夺取权力，不是人臣应该做的事情。刘繇的部众坚持了几个月，华歆最终还是表示辞谢，把他们送走。于是这些部众无所归依。据《三国志·吴书·太史慈传》载，孙策命令太史慈前去安抚，他对太史慈说："刘州牧以前责备我为袁术进攻庐江。当时，我父亲遗留下的数千精兵都在袁术那里，我志在建立大业，怎么能不向他屈意低头而索求我父亲的旧部呢！后来袁术不遵守臣节，不听从劝谏，大丈夫以道义相交，但有大的变动时，也不能不分离，我当初投靠袁术及后来与他断交的经过，就是这样。只恨不能在刘州牧活着的时候向他解释清楚。如今，刘州牧的儿子在豫章，你去看望一下，并把我的意思转告给他的部曲，他们乐意来的就随你一同来，不乐意的也加以安抚，并观察一下华歆治理郡务的能力怎样。你需要带多少兵去，可以自作决定。"太史慈说："我曾犯下不可宽恕的重罪，将军有齐桓公、晋文公那样的气量，我应当以死报答将军的恩德。如今双方并没有交战，不宜多带人马，率领数十人足够了。"孙策左右的人都说："太史慈一定会向北逃走，不再回来。"孙策说："太史慈如果舍弃我，还会再追随谁？"孙策在昌门为太史慈饯行，握住太史慈的手腕道别说："什么时候能回来？"太史慈回答说："不过六十天。"太史慈走后，大家议论纷纷，认为派他去是失策，太史慈将一去不复返。

孙策说："你们不要再说，我已考虑周详。太史慈虽然为人勇猛、胆识过人，但不是一个反复之人。他以道义为重，一诺千金，一旦视作知己，生死不会相负。你们不要担忧。"太史慈果然如期返回。孙策的知人善任，由此可见。与有勇无谋的吕布相比，孙策显得有勇有谋，他还知道笼络民心，不让部下抢劫百姓："军士奉令，不敢虏略，鸡犬菜茹，一无所犯，民乃大悦，竞以牛酒诣军。"（裴注引《江表传》）所以孙策能够闯出一片天地，而吕布不行，他没有孙策那种脑袋。

孙策继承了父亲的勇猛，同时也继承了父亲"轻佻果躁"的弱点。孙策喜欢外出打猎，虞翻劝阻他说："您喜欢轻装便服出行，随从官员来不及警戒，兵士们常常感到辛苦。身为长官，如不够稳重，就不容易树立权威。所以传说中的白龙，一旦变为鱼，普通的渔夫豫且就可射它；而白蛇自己放纵，被汉高祖刘邦杀死。请您稍加留心。"孙策说："你说得对。"但他仍不能改掉这个习惯。虞翻不幸而言中，孙策果然因恃勇冒失而遭遇不测。据《江表传》说，孙策杀了吴郡太守许贡，许贡的三个奴客潜伏民间，伺机为主人报仇。一天，孙策出外打猎，追一只鹿。孙策的马跑得快，随从都跟不上。恰好遇到许贡的奴客，猝不及防，遂遇害。

孙策把接力棒传递给了孙权，让张昭辅助他。孙权具有父兄缺乏的权谋，没有孙坚、孙策的勇猛，却同样表现出"轻佻果躁"的弱点。《三国志·吴书·张昭传》上所载可以印证："权每田猎，常乘马射虎，虎常突前攀持马鞍。昭变色而前曰：'将军何有当尔？夫为人君者，谓能驾御英雄，驱使群贤，岂谓驰逐于原野，校勇于猛兽者乎？如有一旦之患，奈天下笑何？'权谢昭曰：'年少虑事不远，以此惭君。'然犹不能已，乃作射虎车，为方目，间不置盖，一人为御，自于中射之。时有逸群之兽，辄复犯车，而权每手击以为乐。昭虽谏争，常笑而不答。"基因力量的强大，超乎人的想象。

　　《三国演义》里的周瑜，展现出两个互相矛盾的侧面：他是"雄姿英发"的前线统帅，又是妒才嫉能、心胸狭隘之人。将历史与小说相对照，不难发现，"雄姿英发"是历史的原貌，妒才嫉能是小说的虚构。这种虚构叠加在原型的"雄姿英发"之上，形成了小说中周瑜的复杂性格。其实，历史上的周瑜，诗文中的周瑜，本是豁达豪迈之人。今人说"瑜亮情结"，其实是被《三国演义》误导，周瑜是被冤枉的。

　　试看唐人眼中的周瑜。李白《赤壁歌送别》中曰："二龙争战决雌雄，赤壁楼船扫地空。烈火张天照云海，周

孔明用智激周瑜

瑜于此破曹公。"胡曾《咏史诗·赤壁》:"烈火西焚魏帝旗,周郎开国虎争时。交兵不假挥长剑,已挫英雄百万师。"李九龄《读三国志》:"有国由来在得贤,莫言兴废是循环。武侯星落周瑜死,平蜀降吴似等闲。"

再看北宋苏轼笔下的周瑜:"人道是,三国周郎赤壁。……遥想公瑾当年,小乔初嫁了,雄姿英发。羽扇纶巾,谈笑间,樯橹灰飞烟灭。"(《念奴娇·赤壁怀古》)苏轼作《赤壁赋》,"西望夏口,东望武昌",就想起"孟德之困于周郎"。

宋人戴复古的赞誉:"想当时,周郎年少,气吞区宇。万骑临江貔虎噪,千艘列炬鱼龙怒。卷长波,一鼓困曹瞒,今如许。"(《满江红·赤壁怀古》)他们都亲切地称呼其为"周郎"。

明人缪尊素《三国志演义序》:"而周瑜之才,实能制曹瞒者也。赤壁一战,胆气已裂。倘使周瑜得尽其才,而武侯阴为之辅,曹瞒即奸雄,未必能骄横至此!'既生瑜,何生亮?'武侯倘闻此言,得无有悔其太骤者耶!"

蒋干评价周瑜"雅量高致",刘备评价周瑜"器量广大"。刘备乘船去见周瑜,说:"现在抵抗曹操,实在是很明智的决定。不知有多少战士?"周瑜说:"三万人。"刘备说:"可惜太少了。"周瑜说:"这已足够用,将军且看我击败曹军。"孙权最欣赏周瑜:"周公瑾有雄心大志,胆略过人,因此能打败曹操,攻取荆州,很少有人能够和他相比。"曹操大兵压境,东吴群臣惊慌,周瑜胸有成竹,说曹操是来送死:"操虽托名汉相,其实汉贼也。将军以神武雄才,兼仗父兄之烈,割据江东,地方数千里,兵精足用,英雄乐业,尚当横行天下,为汉家除残去秽。况操自送死,而可迎之邪?请为将军筹之:今使北土已安,操无内忧,能旷日持久,来争疆场,又能与我校胜负于船楫间乎?今北土既未平安,加马超、韩遂尚在关西,为操后患。且舍鞍马,仗舟楫,与吴越争衡,本非中国所长。又今盛寒,马无藁草,驱中国士众远涉江湖之间,不习水土,必生疾病。此数四者,用兵之患也,而操皆冒行之。将军禽操,宜在今日。瑜请得精兵三万人,进住夏口,保为将军破之。"(《三国志·吴书·周瑜传》虽然鲁肃进言在前，但周瑜的气概更为豪迈，分析更为具体中肯。

孙权收到曹操的最后通牒，投降曹操则心有不甘，抵御曹操又没有胜算。臣服于曹操，孙权将没有政治前途，鲁肃用这一点打动了孙权。鲁肃的进言，从孙权的利益去着想，这才使孙权从"和"与"战"的犹豫中有了抉择。可是，最后促使孙权下定决心的人是周瑜。

张昭、张纮即周瑜向孙策大力推荐的人，说"二人皆有经天纬地之才"（《三国演义》第十五回）。周瑜又向孙权极力推荐鲁肃。程普、黄盖等老将，开始时看不起周瑜，因为他们是跟着孙坚、孙策打天下的"老资格"："普颇以年长，数陵侮瑜，瑜折节容下，终不与校。普后自敬服而亲重之。乃告人曰：'与周公瑾交，如饮醇醪，不觉自醉。'时人以其谦让服人如此。"（《周瑜传》注引《江表传》）这样的人，岂是心胸狭隘之人？

然而，为什么《三国演义》竟将一个豁达豪迈之人，刻画为妒才嫉能的性格？首先，从历史上看，赤壁之战以后，在对刘备集团的态度上，鲁肃是鸽派，周瑜是鹰派，周瑜本传载，周瑜反对将南郡借给刘备："刘备以枭雄之姿，而有关羽、张飞熊虎之将，必非久屈为人用者。愚谓大计宜徙备置吴，盛为筑宫室，多其美女玩好，以娱其耳目，分此二人，各置一方，使如瑜者得挟与攻战，大事可定也。今猥割土地以资业之，聚此三人，俱在疆场，恐蛟龙得云雨，终非池中物也。"但小说把周瑜对刘备的强硬和警惕提前到赤壁之战的全过程。我们从元代至治年间刊行的《三国志平话》中可以看到，民间的三国故事早就如此设计。平话中花了大量文字来写联军内部的矛盾。这一点给了罗贯中很大的启发。《三国演义》的总体框架是以蜀汉与曹魏的对立为主线，而以东吴作陪衬。小说要歌颂的是刘备、诸葛亮一方，谁与其产生矛盾，都会被矮化、丑化。可是，鼎足三分的关键一战——赤壁之战，刘备却是配合孙权，处于陪衬的地位。事实上是刘备新败，有求于孙权，而诸葛亮的出使东吴，本来是去向东吴求援。诸葛亮在《出师表》中如此回忆当时的情况："受任于败军之际，奉命于危难之间。"《三国演义》为了美化刘备一方，虚构出周瑜多次算计诸葛亮的情节，如此，东吴有恩于刘备的印象可被冲淡弱化。假信的哄骗蒋干，周瑜打黄盖的苦肉计，周瑜担忧风向不利而吐血，都被诸葛亮冷眼看破。小说虚构出诸葛亮先让周瑜去取南郡，周瑜与曹仁混战，而诸葛亮乘虚而入的情节。诸葛亮后发制人，你取不了，我来取。周瑜信心满满，豪言："吾若取不得，那时任从公取。"如此，不是诸葛亮对不起周瑜，只怪周瑜自己没有能耐。周瑜的每一次算计陷害，都被诸葛亮料到，并巧妙地予以化解。一波未平，一波又起，密锣紧鼓，步步紧逼，取得了"山外青山楼外楼，强中更有强中手"的艺术效果。斗而不破的策略，表现出诸葛亮大局为重的胸襟识度。小说这样写来，雄姿英发的周瑜、老谋深算的曹操，均成为诸葛亮的陪衬。

# 三岁看小，七岁看老

据说，美国当代著名心理学家本杰明·布鲁姆，曾经对近千名儿童从出生一直到成年进行跟踪研究。结论是：如果把十七岁的智力水平定作100%，那么，在四岁前，孩子就已经获得了50%的智力，其余的30%是在四到七岁间获得的，剩余的20%则在七到十七岁期间获得。这个结论自然可以推敲，神童成为"大家"的概率并不高，老子更是提出"大器晚成"的著名观点。但是，布鲁姆的结论与中国的一句老话不谋而合："三岁看小，七岁看老。"当然没有美国心理学家定得那么死。我们不必拘泥于"三岁"和"七岁"这两个具体的数字，理解其大致意思即可。

观察儿童乃至少年的行为特征，预测他未来的志向和发展，这一认识在中国纪传体史学的鼻祖——《史记》中就有了反映。《史记·李斯列传》开头就有这么一段："李斯者，楚上蔡人也。年少时，为郡小吏，见吏舍厕中鼠食不洁，近人犬，数惊恐之。斯入仓，观仓中鼠，食积粟，居大庑之下，不见人犬之忧。于是李斯乃叹曰：'人之贤不肖譬如鼠矣，在所自处耳！'"观察对比小老鼠在不同环境中的不同处境，年轻的李斯悟出了人生的大道理：人和人的聪明才智没有多大的差别，能否获得富贵，全在所处的环境如何。而这个环境，是要人去争取的。再向前引申一步，就是要抓住机遇。李斯的一生荣衰，命运的起伏，确实体现了这一认识。李斯在被驱逐之际，大胆地向秦王上《谏逐客书》，被秦王（即后来的秦始皇）采纳，抓住了机遇。可是，在秦始皇猝然去世、嗣位虚悬的微妙时刻，面对赵高的威胁利诱，因为恋栈和懦弱，李斯作出了最糟糕的选择——与赵高合作。最后是身败名裂，被腰斩于咸阳，夷灭三族。用现在的话来说，就是死得很惨很难看。

据唐朝李延寿《南史》记载，南朝的时候，刘宋开国功臣王弘与兄弟们在一起聚会，观看儿孙们游戏。王僧达跳下地来，装扮成小老虎。王僧绰端正地坐着，用烛花做成一个凤凰，王僧达把凤凰抢过去打坏了，他也不感到可惜。王僧虔把十二个棋子累在一起，棋子既不倒落，也不用重累两次。王弘叹息说："僧达才华出众，性情豪迈，应当不比别人差。但是恐怕他终究会给我家带来危难。僧绰会凭着自己的名声与品行而受到赞誉。僧虔肯定是一个谨厚长者，会达到三公的位置。"后来，王僧达、王僧绰、王僧虔三人的结局，果然和他预言的完全一样。预言如此精准，恐怕也是史书中的小说家言。据民间流传的《三国外传》说，孙权就用此法试验过子孙们的志向。估计"抓周"的风俗在汉朝就已经比较普遍。

一个人小时候的故事可以成为一种铺垫，成为一种提示，甚至一种悬念。悬念，包括铺垫和提示，是一种可能性，它或是概括了人物的思想性格，或预示着人物的结局。它能够成为读者的阅读期待，或明或暗地构成叙事的张力。小说排斥与悬念无关的叙述和描写，尽可能地压缩一切与结局无关的情节和人物。一切的描写都或明或暗地通向那个结局，说明那个结局。结局常常最集中地说明着作者对人物的爱憎褒贬。对结局的暗示是为了加强悬念的张力，加强情节的凝聚力，以便更好地调动读者的注意力和想象力。小说家熟读史书，自然没有忘记这个"三岁看小，七岁看老"的规律。凭借小说家的本能，他们明白，利用这一规律，可以设置悬念，提高读者的心理预期。

《聊斋志异》里的《小翠》一文，先讲了一个小故事。王太常童年的时候，无意中救了一只狐狸的命。这只狐狸报答他，解决了王家最大的难题——王太常有个痴呆的儿子，没有人愿意嫁给这个呆子。狐狸变成一个聪明美丽的姑娘，嫁给了这个呆子，后来还使其恢复正常。一次无心之善，竟获得了涌泉相报。开头的一个小故事，成为全书故事的一个引子。

《红楼梦》第二回写贾政让贾宝玉"抓周"的故事："那年周岁时，政老爹便要试他将来的志向，便将那世上所有之物摆了无数，与他抓取。谁知他一概不取，伸手只把些脂粉钗环抓来。政老爹便大怒了，说：'将来酒色之徒耳！'因此便大不喜悦。"这就是所谓"抓周"之俗。宝玉的"抓周"，暗示了他"意淫"的思想性格，他后来就在一大堆女孩里长大。北齐颜之推《颜氏家训·风操》中就明确记载："江南风俗，儿生一期（即满一周岁），为制新衣，盥浴装饰，男则用弓、矢、纸、笔，女则用刀、尺、针、缕，并加饮食之物及珍宝服玩，置之儿前，观其发意所取，以验贪廉愚智，名之为试儿。"

在《三国演义》第一回中，刘备幼年时所谓"我为天子，当乘此车盖"，暗示了刘备不甘人下、欲轰轰烈烈干一番事业的雄心，与其先祖刘邦的"大丈夫当如此也"确有暗契，有异曲同工之妙。同样体现了"三岁看小，七岁看老"的灵验。

《三国演义》第一回告诉读者，曹操幼年时就很会骗人：

操幼时，好游猎，喜歌舞，有权谋，有机变。操有叔父，见操游荡无度，尝怒之，言于曹嵩。嵩责操。操忽心生一计，见叔父来，诈倒于地，作中风之状。叔父惊告嵩，嵩急视之。操故无恙。嵩曰："叔言汝中风，今已愈乎？"操曰："儿自来无此病；因失爱于叔父，故见罔耳。"

嵩信其言。后叔父但言操过，嵩并不听。因此，操得恣意放荡。由此可见，曹操从小就被定格为一个奸雄，小小年纪，竟然把他的父亲骗了。曹操的这个"三岁看小，七岁看老"的故事，来自吴人所作的《曹瞒传》，吴人对曹操没有好感，写下这个故事也就不奇怪了。

　　孙坚的出场，同样是先叙述其年轻时的一个故事："年十七岁时，与父至钱塘，见海贼十余人劫取商人财物，于岸上分赃。坚谓父曰：'此贼可擒也。'遂奋力提刀上岸，扬声大叫，东西指挥，如唤人状。贼以为官兵至，尽弃财物奔走。坚赶上，杀一贼。由是郡县知名，荐为校尉。"（见《三国志》孙坚本传）使读者对孙坚的有勇有谋，奋不顾身有了印象。刘备、曹操和孙坚年轻时的故事，完全出自历史的记载，恰好符合小说的需要，所以被《三国演义》看中。

陈寿在《三国志·蜀书·先主传》中评价刘备说："先主之弘毅宽厚，知人待士，盖有高祖之风，英雄之器焉。"陈寿的意思，刘备从善如流、知人善任、豁达大度，他的优点很像刘邦。其实，刘备的枭雄气质也很有"高祖之风"。

苏辙的《三国论》认为曹操、孙权和刘备三人中，刘备近似于汉高祖而有所不足。苏辙说："嗟夫！方其奔走于二袁之间，困于吕布而狼狈于荆州，百败而其志不折，不可谓无高祖之风矣，而终不知所以自用之方。夫古之英雄，惟汉高帝为不可及也夫！"苏辙以成败论英雄，不免势利，所以他认为刘邦比刘备强多了。刘备之所以事业不如刘邦，其实是因为他的对手曹操太强。

刘邦是中国历史上第一个平民出身的皇帝。他的起点不过是一个亭长，亭是县下面的基层组织，亭长负责治安和驿传。如果说县令是芝麻官，那么亭长则连芝麻都不如。可是，人生是马拉松，起跑慢了并不能说就输了。刘备亦起身寒微，他"贩屦织席为业"，连亭长都不是，所以在小说中曹操骂他"织席小儿"，袁术讥其"贩屦织席为业""织席编屦小辈"，陆绩指其"眼见只是织席贩屦之夫耳"。

《三国志·蜀书·先主传》中说："先主不甚乐读

书，喜狗马、音乐、美衣服。身长七尺五寸，垂手下膝，顾自见其耳。少语言，善下人，喜怒不形于色。好交结豪侠，年少争附之。"《三国演义》生怕有损刘备的形象，将本传中"喜狗马、音乐、美衣服"八字删去，却保留了不喜欢读书这一条。大概是想起了唐人章碣的怀古诗《焚书坑》："竹帛烟销帝业虚，关河空锁祖龙居。坑灰未冷山东乱，刘项原来不读书。"《三国志·蜀书·先主传》中介绍说："舍东南角篱上有桑树生高五丈余，遥望见童童如小车盖，往来者皆怪此树非凡，或谓当出贵人。先主少时，与宗中诸小儿于树下戏，言：'吾必当乘此羽葆盖车。'叔父子敬谓曰：'汝勿妄语，灭吾门也！'"《史记·高祖本纪》叙刘邦少时有云："常有大度，不事家人生产作业。及壮，试为吏，为泗水亭长，廷中吏无所不狎侮，好酒及色。……高祖常繇咸阳，纵观，观秦皇帝，喟然太息曰：'嗟乎，大丈夫当如此也！'"刘备的"喜狗马、音乐、美衣服"，与乃祖的"好酒及色"相距不远。刘备的"吾必当乘此羽葆盖车"，与乃祖的"大丈夫当如此也"似前呼而后应。"汝勿妄语，灭吾门也"之语，可能是从《史记》的《项羽本纪》里学来："秦始皇帝游会稽，渡浙江，梁与籍俱观。籍曰：'彼可取而代也。'梁掩其口，曰：'毋妄言，族矣！'"《三国演义》第三十七回，有一段刘备与崔州平的对话，从中可以看出刘备不甘人下的雄心，看出他决心与命运抗争、知其不可为而为之的坚韧。崔州平劝解刘备："将军欲使孔明斡旋天地，补缀乾坤，恐不易为，徒费心力耳。岂不闻'顺天者逸，逆天者劳''数之所在，理不得而夺之；命之所定，人不得而强之'乎？""玄德曰：'先生所言，诚为高见。但备身为汉胄，合当匡扶汉室，何敢委之数与命？'"

刘邦向西进入咸阳，众将领都争先恐后地奔往秦朝贮藏金帛财物的府库，瓜分财宝，唯独萧何率先入宫收取秦朝丞相府的地理图册、文书、户籍簿等档案，收藏起来。这就是有文化和没文化的区别。刘邦借此档案全面了解了天下的要塞、户口的多少及财力物力的分布。刘邦进关以后，从上至下，准备安享胜利的成果。打江山者坐江山，这是农民起义者必然的思想逻辑。刘邦自己，作为一个农民起义的领袖，进入秦国的宫殿，看到宫殿里无数的贵重宝器和数以千计的宫女，大开眼界，便想留下来在皇宫中居住。这位昔日的亭长，禁不住声色犬马的诱惑，暴露出他器小易盈的小民本色。他忘记了起义尚未成功，忘记了他的劲敌项羽正虎视眈眈地准备猛扑过来。此时此刻，惟有萧何、樊哙、张良表现出少有的清醒。

小说第五十五回中，张昭想到了刘备器小易盈这一点，想加以利用："刘备起身微末，奔走天下，未尝受享富贵。今若以华堂大厦、子女金帛令彼享用，自然疏远孔明、关、张等，使彼各生怨望，然后荆州可图也。"周瑜也给孙权出了这个主意："刘备以枭雄之姿，而有关羽、张飞熊虎之将，必非久屈为人用者。愚谓大计宜徙备置吴，盛为筑宫室，多其美女玩好，以娱其耳目，分此二人，各置一方，使如瑜者得挟与攻战，大事可定也。今猥割土地以资业之，聚此三人，俱在疆场，恐蛟龙得云雨，终非池中物也。"（《三国志·吴书·周瑜传》）真所谓英雄所见略同。"玄德果然被声色所迷，全不想回荆州"。《三国志·蜀书·先主传》里没有刘备"被声色所迷"的记载。再说，历史上，是孙权将妹妹送到荆州与刘备完婚，并没有刘备入赘江东之说。

刘邦的胜利，不仅是因为军事上的成功，而且是因为政治上的成功。得人心者得天下，刘邦更加注意笼络民心，比一味复仇、代表楚国旧贵族利益的项羽，获得了更大的支持。

看《史记》，刘邦的智商，大致是中人偏上的水平。重大的决策，大多出自身边的智囊。但是，刘邦从善如流，择善而从，汇总了集体的智慧，所以他能够成功。刘备在这一点上，正与刘邦相似。得孔明以前，奋斗近二十年，几乎没有收获。他在与陆逊的对抗中被打得落花流水，仅以身免，并非偶然。

刘邦的父亲和妻子被项羽抓去，成为人质，项羽说要把刘邦的父亲煮了吃，以此威胁刘邦，但刘邦毫不在意，他笑嘻嘻地对项羽说："我们曾经结为兄弟，我爹就是你爹。你若是把咱们的爹给煮了，请分我一碗汤。"项羽碰到这样的无赖，一点办法也没有。人质不救，东汉、三国时期确实也有先例："建武九年，盗劫阴贵人母弟，吏以不得拘质迫盗，盗遂杀之也。"（《三国志·魏书·夏侯惇传》裴注引孙盛之说）据《后汉书·桥玄传》："玄少子十岁，独游门次，卒有三人持杖劫执之。入舍登楼，就玄求货，玄不与。有顷，司隶校尉阳球率河南尹、洛阳令围守玄家。球等恐并杀其子，未欲迫之。玄嗔目呼曰：'奸人无状，玄岂以一子之命而纵国贼乎！'促令兵进。于是攻之，玄子亦死。"据《夏侯惇传》，张邈叛迎吕布，夏侯惇被绑架，夏侯惇的部下韩浩痛斥绑架者："汝等凶逆，乃敢执劫大将军，复欲望生邪？且吾受命讨贼，宁能以一将军之故，而纵汝乎？"韩浩"促召兵击持质者。持质者惶遽叩头，言：'我但欲乞资用去耳！'浩数责，皆斩之。惇既免，太祖闻之，谓浩曰：'卿此可谓万世法。'乃著令，自今已后有持质者，皆当并击，勿顾质。由此劫质者遂绝。"据《三国志·魏书·袁术传》，袁术曾经想拉拢陈珪，并以陈珪的中子陈应为人质威胁陈珪，被陈珪坚决拒绝。据《三国志·魏书·陈登传》注引《先贤行状》："太祖到下邳，登率郡兵为军先驱，时登诸弟在下邳城中，（吕）布乃质执登三弟，欲求和同。登执意不挠，进围日急。布刺奸张弘，惧于后累，夜将登三弟出就登。"王夫之痛斥此类人质不救的荒谬："鲜卑持赵苞之母以胁苞，苞不顾而战，以杀其母，无人之心也。贼劫桥玄之幼子登楼求货，玄促令攻贼，以杀其子，亦无人之心也。"（《读通鉴论》卷八《灵帝》）

为了尽快摆脱秦军追击，刘邦将自己两个孩子推下马车，车夫夏侯婴不忍，几次把孩子抱起来，放回车上。刘备的妻子两次被吕布掳去，一次落到曹操手里，但刘备并不因此而慌张。曹操担心刘备获得江陵的物资，亲自率领五千轻骑追来，刘备扔下妻子儿女就跑。战场的形势，瞬息万变，战机转瞬即逝，形势非常危急，曹操的轻骑正日夜兼程，飞奔而来。如果被追上，后果不堪设想！

于是，小说就创造出赵云单挑数十员曹将、救得阿斗、杀出重围的精彩篇章。赵云把阿斗交到刘备手里，"玄德接过，掷之于地，曰：'为汝这孺子，几损我一员大将！'"阿斗长大以后，听到这段故事，不知会作何感想？《三国演义》里，刘备甚至对赵云说："兄弟如手足，妻子如衣服。"衣服坏了可以买新的，兄弟损失了却无法弥补。这一点与他的祖先刘邦非常相似。是项伯所谓"为天下者不顾家"。曹操也是一样。张绣袭击他，曹操猝不及防，"公所乘马名绝影，为流矢所中，伤颊及足，并中公右臂。《世语》曰：（曹）昂不能骑，进马于公，公故免，而昂遇害"（裴注引《魏书》）。与此形成对比的是袁绍。建安五年（200），曹操东征刘备，田丰建议袁绍趁机袭击许昌，"绍辞以子疾，不许"。田丰举杖击地曰："夫遭难遇之机，而以婴儿之病失其会，惜哉！"（《三国志·魏书·袁绍传》）使人想起《史记》中鸿门宴上，项羽将刘邦放跑，范增愤怒至极，"亚父受玉斗，置之地，拔剑撞而破之，曰：'唉！竖子不足与谋！夺项王天下者必沛公也。吾属今为之虏矣！'"

刘备曾经奉母命游学，从师于郑玄、卢植，郑玄是东汉最有名的经学家，卢植是海内著名的大儒，不知郑、卢二人收这位不爱读书的学生做什么。刘邦看不起儒生，经常当面加以侮辱，而刘备却没有到那种地步，他还比较克制。估计郑玄和卢植对这位不爱读书的学生不会有多少印象，但这一层师生关系并非无用，刘备后来还是把这一条人脉利用上了。

刘备的知人之明，也不输于刘邦。《三国志·蜀书·刘巴传》有云："先主奔江南，荆、楚群士从之如云。"刘备确有一种人格魅力。晋张辅《名士优劣论》："夫孔明抱文武之德，刘玄德以知人之明，屡造其庐，咨以济世。"有人向刘备说："赵云已向北逃走。"刘备大怒，将手戟向那人扔过去，说："赵子龙不会丢下我逃跑。"过了一会儿，赵云抱着刘备的儿子刘禅来到。《三国演义》第四十一回提及此事。有人告李恢谋反，刘备"明其不然，更迁恢为别驾从事"（《三国志·蜀书·李恢传》）。刘备袭击刘璋时，留中郎将南郡人霍峻守卫葭萌城。张鲁派杨昂引诱霍峻，要求共同守城。霍峻说："我的头可得，而城不可得！"杨昂只好作罢。后来刘璋的部将扶禁、向存等人，率领一万余人溯阆水向上游进发，围攻霍峻近一年。霍峻在城中只有数百名战士，窥伺敌人疲惫的机会，挑选精锐出击，大破敌军，斩杀了向存。刘备占据蜀地后，从广汉郡析出梓潼郡，任命霍峻为梓潼太守。

萧何为刘邦留住了韩信，识英雄于草莽之中，拔豪杰于未遇之时，是对刘邦集团一大贡献。当时韩信并没有表现得特别的出色，是韩愈《马说》所谓："世有伯乐，然后有千里马；千里马常有，而伯乐不常有也。"刘邦的发怒，众人的惊讶，都说明了当时的韩信没有被大家看好，也没有得到刘邦的重视。"萧何月下追韩信"成为中国人才史上的一段佳话。刘备任命魏延作镇远将军，领守汉中太守。大家都非常惊讶，因为都以为留守汉中的将是张飞。当时的魏延不过是一个牙门将军，刘备问他："倘若曹军前来进犯，你打算怎么办？"魏延表示："如果曹操亲自率兵前来，我替大王抵抗；如果另派别人带十万兵马前来，我就把他全吃了！"多么自信，多么豪迈！当时魏延并没有特别出色的表现，这一段拔识故事，也是只能用韩愈所谓"世有伯乐，然后有千里马；千里马常有，而伯乐不常有也"才能解释得好。

据《三国志·蜀书》的相关记载，刘备常常告诫张飞："你经常鞭打健儿，但之后还让他们在你左右侍奉，这是取祸之道。"果然，张飞临出兵前，被其麾下将领张达、范强（演义中误写作"范疆"）谋杀，并拿着张飞的首级去投奔孙权。

刘备把邓芝从一个栈道的管理人员逐级提拔，先是郫县的县令，然后升为广汉太守、尚书。诸葛亮后来派他去东吴，加上中郎将的头衔，成为"特命全权大使"。不卑不亢，得到孙权的欣赏。

刘备看不起曹丕，对诸葛亮说："君才十倍曹丕。"这话没有说错。曹丕御驾亲征去打东吴，想借此军功而树立威望，却无功而返。曹操的儿子们，只有曹彰立过军功。

刘备嘱咐诸葛亮，马谡"言过其实，不可大用"。街亭之败，诸葛亮想起刘备的提醒，不禁伤心流泪，深恨自己当时没有重视刘备的这句话。但马谡处死，十万之众，为之垂泣，岂易事乎？更有蒋琬为之求情："昔楚杀得臣，然后文公喜可知也。天下未定而戮智计之士，岂不惜乎！"亮流涕曰："孙武所以能制胜于天下者，用法明也；是以扬干乱法，魏绛戮其仆。四海分裂，兵交方始，若复废法，何用讨贼邪！"（裴注引《襄阳耆旧记》）马谡与纸上谈兵的赵括之流还是有所区别。

赵云带王平去见刘备，王平尽言汉水地理，刘备大喜曰："孤得王子均，取汉中无疑矣。"《三国演义》第七十二回载有此事。诸葛亮升他为讨寇将军。王平"平生长行旅，手不能书，其所识不过十字。而口授作书，皆有意理。使人读《史》《汉》诸纪传，听之，备知其大义，往往论说不失其指"（《三国志·蜀书·王平传》）。蜀汉建兴六年（228），马谡守街亭，驻军山上，王平数次劝谏，马谡刚愎自用，不听，招致大败。唯王平所率千人，鸣鼓自持，魏将张郃怀疑有伏兵，不敢进逼。"于是平徐徐收合诸营遗迸，率将士而还"（《王平传》）。建兴九年（231），诸葛亮围祁山，派王平守南围，魏军张郃来攻，竟然不能成功。张郃也是当时名将，居然拿王平没有办法。蜀汉延熙七年（244），曹爽、夏侯玄"率步骑十余万"来攻汉中，镇北大将军王平拒之。费祎来救，魏军退。汉中守军不足三万人，将领们都很恐慌，打算坚守城池不出兵迎战，等待涪县的救援。王平说："汉中距离涪县将近一千里，敌人如果攻占了关城，便成为深灾大祸，应该先派遣刘（敏）护军、杜参军占据兴势（今陕西洋县北），我在后面拒敌。如果敌人分兵向黄金谷攻击，我率领一千人亲自迎战，周旋之间，涪县援军便会到达，这是上策。"将领们都持怀疑，只有护军刘敏与王平意见相同，便率所领部队占据兴势，并漫山遍野插上战旗，连绵一百余里。大将军曹爽率领部队到达兴势后受到抵抗，不能前进。关中以及氐、羌部落转运的军粮供给不上，牛马骡驴大量死亡，当地百姓在路边哀号哭泣，涪县大军及费祎的部队相继到达。参军杨伟向曹爽分析形势，认为应当紧急撤还，不然将大败。邓飏、李胜与杨伟在曹爽面前争执起来，杨伟说："邓飏、李胜将败坏国家大事，应该斩首！"曹爽大为不快。太傅司马懿给夏侯玄去信说："《春秋》大义，对大臣重臣要求严而施恩重。从前武皇帝第二次进入汉中，几乎大败，你是知道的。如今兴势地形十分险要，蜀军已率先占据，如果进攻，敌人不应战，退却又被阻截，全军必然覆灭，你将承担什么责任？"夏侯玄恐惧，对曹爽说了上面的话。五月，率领大军退还，费祎进军占据三岭阻截曹爽，曹爽争险夺关进行苦战，仓皇出逃，失散伤亡甚重，关中地区为这次行动白白耗费了大量人力、物力。（见《三国志·魏书·曹爽传》）延熙十二年（234）诸葛亮去世，魏延作乱，被王平镇压："亮卒于武功，魏延作乱，一战而败，平之功也。"（《三国志·蜀书·王平传》）

刘备也有失误的时候。他以貌取人，未识庞统。见蒋琬沉醉，未识蒋琬："先主尝因游观奄至广都，见琬众事不理，时又沉醉，先主大怒，将加罪戮。"亏得诸葛亮告诉刘备，"蒋琬，社稷之器，非百里之才也"。刘备知错能改。蒋琬对曹魏，只守不攻。他对姜维说："吾等不如丞相亦已远矣，丞相犹不能定中夏，况吾等乎！且不如保国治民，敬守社稷，如其功业，以俟能者，无以为希冀侥幸而决成败于一举。若不如志，悔之无及。"（《汉晋春秋》）费祎重用王平，用人不拘一格。王平的官职一升再升，最后成为镇北大将军。后方的事，蒋琬交给费祎，可谓知人善任，用人不疑。用姜维也是蒋琬。"亮数外出，琬常足食足兵以供给"（《三国志·蜀书·蒋琬传》）。

刘备和曹操，都没有妻妾干政的事情，而袁绍、刘表、吕布和孙权都受到妻妾的影响，而且常常是关键时刻干扰了他们的方针大计。吕布听了妻子的话，拒绝了陈宫的建议。刘表听了夫人刘氏的话，废嫡立幼。袁绍也是与刘表犯了同样的错误。晚年的孙权，也犯了类似的错误，且后果更为严重。

世世代代累积而成的长篇小说，它的主要英雄人物，即便他的原型是一个草莽英雄，一个悍勇的枭雄，也会在长期的流传过程中自觉不自觉地被儒家的思想所整合，所规范，逐渐离开他的原型，磨去了他的棱角。《隋唐演义》中的秦琼、《水浒传》里的宋江、《说岳全传》里的岳飞、《杨家将演义》里的杨六郎，无一例外。他们的枭雄色彩逐渐地被淡化，儒家的色彩越来越浓郁。自宋以后，小说戏曲越来越强调封建的伦理教化，中央集权权威日趋加强，英雄人物的忠君色彩也越来越得以加强。小说戏曲中岳飞形象的演变就非常典型。历史上的岳飞性格刚直敢言、桀骜不驯，有"将在外，君命有所不受"的气魄；但到了明代的《东窗记》《精忠记》，岳飞的形象由精忠变成愚忠。戏里写岳飞被捕以后，担心岳云、张宪为他复仇，竟主动给他们写信，骗他们来送死，以全忠义之名。《水浒传》里的宋江之死，与岳飞的死惊人的相似。他因为担心李逵造反而坏了他的忠名，竟骗李逵喝下毒酒。但历史上的宋江"勇悍狂侠"，并非《水浒传》里那个温良恭俭让的郓城小吏。比较例外的是《西游记》里的孙悟空。他没有被儒家的思想匡范。儒、道、释三家，谁也降不住这个猴头。他蔑视皇权，狂言："皇帝轮流做，明朝到我家！"他嘲笑如来是"妖精的外甥"。三清殿上，孙悟空和八戒、沙僧对道教的三位始祖，极尽亵渎之能事。

魏武帝曹操爱才，所以他的帐下济济多士。《三国演义》第十回，一口气写出十人投奔曹操，荀彧、荀攸、程昱、郭嘉、刘晔、满宠、吕虔、毛玠、于禁、典韦：

> 操在兖州，招贤纳士。有叔侄二人来投操：乃颍川颍阴人，姓荀，名彧，字文若，荀绲之子也，旧事袁绍，今弃绍投操。操与语，大悦，曰："此吾之子房也！"遂以为行军司马。其侄荀攸，字公达，海内名士；曾拜黄门侍郎，后弃官归乡，今与其叔同投曹操。操以为行军教授。荀彧曰："某闻兖州有一贤士，今此人不知何在？"操问是谁。彧曰："乃东郡东阿人，姓程，名昱，字仲德。"操曰："吾亦闻名久矣。"遂遣人于乡中寻问。访得他在山中读书，操拜请之。程昱来见，曹操大喜。昱谓荀彧曰："某孤陋寡闻，不足当公之荐。公之乡人，姓郭，名嘉，字奉孝，乃当今贤士，何不罗而致之？"彧猛省曰："吾几忘却！"遂启操征聘郭嘉到兖州，共论天下之事。郭嘉荐光武嫡派子孙，淮南成德人，姓刘，名晔，字子阳。操即聘晔至。晔又荐二人：一个是山阳昌邑人，姓满，名宠，字伯宁；一个是任城人，姓吕，名虔，字子恪。曹操亦素知这两个名誉，就聘为军中从事。满宠、吕

虞共荐一人，乃陈留平邱人，姓毛，名玠，字孝先。曹操亦聘
为从事。

曹操身处乱世，深知人才之重要。他曾经发出一个求贤令，其中明
确说明，只要是人才，不忠不孝也没有关系，有丑闻有劣迹也没有
关系。社会上的传闻也未必可信。只要能够领兵打仗，能够打胜仗
就行。招之能来，来之能战，战之能胜，其他都不重要。才德兼备
固然好，但这样理想的人才上哪儿去找！如曹操所说："若必廉士而
后可用，则齐桓其何以霸世！"（《求贤令》）曹操从历史上陈平、苏
秦等人的事迹中获得启发："夫有行之士，未必能进取；进取之士，
未必能有行也。陈平岂笃行，苏秦岂守信邪？而陈平定汉业，苏秦
济弱燕。由此言之，士有偏短，庸可废乎？"（《敕有司取士毋废偏
短令》）许攸贪污，因此而招来袁绍的不满，许攸转奔曹操，曹操
用之。曹操奇袭乌巢，一举扭转了被动的局面，就是采纳了许攸的
建议。当时曹操的手下，很多人都怀疑许攸，但曹操坚信不疑。春
秋时期，齐桓公对管仲说："我爱好游猎，又好色，这些都是影响
建立霸业的重要原因。"管仲对他说："那些都是小事。君王不能成
就霸业的主要原因是四条：一、不知贤能。二、知贤能而不能用。
三、用贤能而不能信任。四、贤能与小人并用。"曹操能够驾驭各种
类型的人才，所以有毛病的人才他也敢用。如汉武帝所说："夫泛驾
之马，跅弛之士，亦在御之而已。"（《汉书·武帝纪》）汉武帝用人
也是不问出身，不拘资历，量才用人。

　　曹操聪明，深知乱世用人不同于和平时期。乱世用人，最急需
的人才，一是武将，二是谋士。这两类人才中，曹操又非常重视谋
士。荀彧弃袁绍而投曹操，曹操初次见面，即誉之为"吾之子房
也"。当时的荀彧不过二十九岁。曹操对荀彧赏赐有加，荀彧"固
辞无野战之劳"，曹操"贵指踪之功，薄捕获之赏""尚帷幄之规，
下攻拔之捷"，所以他高度肯定荀彧这位一号智囊的才能与功绩：
"彧睹胜败之机，略不世出""珍策重计，古今所尚""天下之定，
彧之功也"（《三国志·魏书·荀彧传》注引《彧别传》）。曹操与荀

攸初次见面，畅谈一番以后，非常兴奋："公达，非常人也，吾得以与计事，天下当何忧哉！"曹操对郭嘉的评价也非常之高："使孤成大业者，必此人也！"郭嘉的早逝，使曹操痛彻心扉："郭奉孝年不满四十，相与周旋十一年，阻险艰难，皆共罹之。又以其通达，见世事无所疑滞，欲以后事属之。何意卒尔失之，悲痛伤心！今表增其子满千户，然何益亡者！追念之感深。且奉孝乃知孤者也；天下人相知者少，又以此痛惜，奈何奈何！又与彧书曰：'追惜奉孝，不能去心。其人见时事兵事，过绝于人。又以人多畏病，南方有疫，常言"吾往南方，则不生还"。然与共论计，云当先定荆。此为不但见计之忠厚，必欲立功，分弃命定。事人心乃尔，何得使人忘之！'"（《三国志·魏书·郭嘉传》注引《傅子》）

征求人才固然可以放宽道德标准，但并不等于曹操不重视人才的道德。毕谌就因为孝而获得曹操的谅解。他还下令，办教育，以鼓励"仁义礼让之风"。

官渡之战，曹操大获全胜，缴获许多曹营中人与袁绍私通的书信，曹操不予追究，竟将这些书信付之一炬，使那些曾经首鼠两端的下属安下心来。曹操说："当绍之强，孤犹不能自保，而况众人乎！"（《三国志·魏书·赵俨传》注引《魏略》）曹操认为，当时他与袁绍实力悬殊，动摇和观望都是可以理解的。曹操的豁达大度，确非常人可及。曹丕称帝以后回忆官渡之战时说："官渡之役，四方瓦解，远近顾望"（《三国志·魏书·文帝纪》注引《魏书》）。

曹操能够使用曾经背叛过他的人。陈宫、张邈叛反，曹操后方大乱，此时的河内太守是魏种。曹操听说兖州出问题，就预言魏种一定不会背叛他。谁知魏种也随陈宫一起反叛，曹操非常生气。后来，曹操攻下射犬，活捉魏种。但因为魏种是个人才，曹操叹息："唯其才也！"竟"释其缚而用之"。依然让他当河内太守。等于说，我真是瞎了眼了，怎么会用你这样的人。我恨死你了，可惜你是个人才，我不能杀你！

陈琳替袁绍起草声讨曹操的檄文，其中一大段内容就是拼命挖苦曹操的出身：

司空曹操祖父腾，故中常侍，与左悺、徐璜并作妖孽，饕餮放横，伤化虐民。父嵩，乞丐携养，因赃假位，舆金辇璧，输货权门，窃盗鼎司，倾覆重器。操赘阉遗丑，本无懿德；剽狡锋协，好乱乐祸。（《三国志·魏书·袁绍传》注引《魏氏春秋》）

　　从曹腾骂到曹操，骂他祖孙三代，污言秽语，骂得狗血喷头。祖父曹腾是桓帝时的大长秋。皇后住长秋宫，大长秋负责宣达皇后的旨意，是皇后的近侍，宦官集团的头面人物。东汉的宦官用权正是从和帝时宦官郑众任大长秋开始的。曹腾出于私心，与梁冀勾结，拥立蠡吾侯刘志，是为桓帝。东汉自顺帝以后，允许宦官养子以袭爵，于是，曹腾就收了养子曹嵩，也就是曹操的父亲。曹嵩出钱一万万，买了一个太尉的官。曹嵩在位时，既无功勋，亦无大恶。曹操后来起兵，曹嵩没有支持，也没有反对。只是"不肯相随"。他去琅邪避难，结果把命丢了。灵帝的时候，卖官已经是明码标价，不是秘密。《三国志·魏书·董卓传》注引《傅子》有云："灵帝时榜门卖官，于是太尉段颎、司徒崔烈、太尉樊陵、司空张温之徒，皆入钱上千万下五百万以买三公。"灵帝有商业头脑而没有政治头脑。他看出乌纱帽里蕴藏的无限商机，却不知道商机中隐藏着汉王朝灭亡的玄机。他适合做一个商人，而不适合做一个皇帝。灵帝将政治地位商品化，使权力和金钱的关系公开化、透明化，将市场经济的规律搬到政坛上，撕掉了皇权所有的遮羞布，结果是彻底摧毁了士大夫和百姓对朝廷仅有的一点点信任，彻底瓦解了社会的凝聚力，加速了政治的腐败，加速了东汉王朝的崩溃。诸葛亮的《出师表》里就说他和刘备"未尝不叹息痛恨于桓、灵也"。其实，历朝历代，为了解决财政困难，都有卖官的情况。康熙时为了平定三藩之乱，也曾大开捐纳之门，三年之内，就有五百多人捐纳当上了县官。

　　曹操的出身之所以来历不明，实在是因为曹操自己的保密工作太出色。我们看魏明帝的接班人齐王曹芳，居然也是"宫省事秘，莫有知其所由来者"（《三国志·魏书·三少帝纪》），就不会感到奇怪了。陈寿含糊其辞地说，魏明帝"情系私爱，抚养婴孩，传以大器"。没有考出曹芳的来历。陈琳的檄文中挖苦曹操"乞匄携养"。后来，陈琳投靠曹操，曹操虽然责备陈琳："卿昔为本初移书，但可罪状孤而已，恶恶止其身，何乃上及父祖邪？"（《三国志·魏书·陈琳传》）左右都劝曹操杀了陈琳，出出这口恶气，但曹操考虑陈琳毕竟是人才，是当文书的好材料，既往不咎，将陈琳留在身边。且陈琳除了有文才以外，亦不乏政治眼光。小说第二回中，当年袁绍给何进出馊主意，"可召四方英雄之士，勒兵来京，尽诛阉竖"。陈琳反对说："不可！俗云'掩目而捕燕雀'，是自欺也。微物尚不可欺以得志，况国家大事乎？今将军仗皇威，掌兵要，龙骧虎步，高下在心；若欲诛宦官，如鼓洪炉燎毛发耳。但当速发雷霆，行权立断，则天人顺之。却反外檄大臣，临犯京阙。英雄聚会，各怀一心，所谓倒持干戈，授人以柄，功必不成，反生乱矣。"与曹操的态度一致。事态的发展，被陈琳不幸言中。陈琳背弃袁绍而为曹操服务，唐人吴融《陈琳墓》诗讽刺道："纵道笔端由我得，九泉何面见袁公？"平心而论，檄文这种文体，不宜太长，讲的是一种气势。陈琳的这篇檄文，长达三千字，而唐人骆宾王替徐敬业所撰的讨伐武则天的檄文不足六百字，但文采、气势却强多了，影响也大，可以说是脍炙人口。虽然徐敬业的起事失败了，但骆文却流传千古。有趣的是，骆文一开始就讽刺武则天的出身："地实寒微。"不明白自古将相出寒门，"王侯将相宁有种乎"！后面又吹嘘徐敬业的出身高贵，与陈琳挖苦曹操、吹捧袁家的路子如出一辙。其实，袁绍的出身也并不光鲜，公孙瓒在讨伐袁绍的檄文里就讥笑"绍母亲为婢使，绍实微贱"（《三国志·魏书·公孙瓒传》注引《典略》）。连袁术都说异母兄袁绍不是他袁家的孩子。

贾诩曾经为张绣出谋划策，偷袭曹操，曹操的长子昂、侄儿安民和爱将典韦，均战死。但后来张绣在贾诩的劝说下归顺曹操，曹操依然重用他，并对贾诩说："使我信重于天下者，子也。"意思是说，贾诩的得以重用，更加证明了曹操既往不咎、爱惜人才的为人。后来的官渡之战和击溃韩遂、马超的战役，贾诩都起了高参的作用。张绣也力战有功，由扬武将军迁作破羌将军。（见《三国志·魏书·张绣传》）贾诩提醒曹操吸取袁绍、刘表的教训，坚定了曹操立曹丕为太子的决心。

唐太宗的用人，也是既往不咎。当初，太子洗马魏徵经常劝说太子李建成及早除去秦王，李建成事败以后，李世民便传召魏徵说："你为什么挑拨我们兄弟的关系？"大家都为魏徵担忧，魏徵却举止如常地回答说："如果已故的太子早些听从我的进言，肯定不会有今天的祸事。"李世民素来器重他的才能，便改变了原来的态度，对他优礼有加，引荐他担任了詹事主簿。魏徵的才能，不在如何夺权，而在如何巩固政权。李世民豁达大度，不计前嫌，委以大任，为贞观之治创造了条件。当然，魏徵初来，李世民给他一个詹事主簿，论品级不过是"从七品上"而已。

魏武帝本纪注引《魏书》："拔出细微，登为牧守者，不可胜数。"曹操令人遍访冀州贤士，冀民曰："骑都尉崔琰，字季珪，清河东武城人也。数曾献计于袁绍，绍不从，因此托疾在家。"操即召琰为本州别驾从事，因谓曰："昨按本州户籍，共计三十万众，可谓大州。"琰曰："今天下分崩，九州幅裂，二袁兄弟相争，冀民暴骨原野，丞相不急存问风俗，救其涂炭，而先计校户籍，岂本州士女所望于明公哉？"（《三国演义》第三十三回）操闻言，改容谢之，待为上宾。曹操对名士的态度，说到底，就是利用。不为我用者，痛下杀手。与此形成对比的是公孙瓒的用人，专门排斥名士："衣冠子弟有材秀者，必抑使困在穷苦之地。"理由是，若是提拔这些衣冠子弟，他们就认为这是他们该得的，不会表示感谢。公孙瓒这种狭隘的人才政策，使他只能收集到一些庸才。（见《三国志·魏书·公孙瓒传》注引《英雄记》）

宋人洪迈虽不喜欢曹操的为人，但也承认曹操的知人善任："曹操为汉鬼蜮，君子所不道。然知人善任使，实后世之所难及。荀彧、荀攸、郭嘉，皆腹心谋臣，共济大事，无待赞说。其余智效一官，权分一郡，无小无大，卓然皆称其职。恐关中诸将为害，则属司隶校尉钟繇以西事，而马腾、韩遂遣子入侍。当天下乱离，诸军乏食，则以枣祇、任峻建立屯田，而军国饶裕，遂芟群雄。欲复盐官之利，则使卫觊镇抚关中，而诸将服。河东未定，以杜畿为太守，而卫固、范先束手禽戮。并州初平，以梁习为刺史，而边境肃清。扬州陷于孙权，独有九江一郡，付之刘馥而恩化大行。冯翊困于郿盗，付之郑浑而民安寇灭。代郡三单于，恃力骄恣，裴潜单车之郡，而单于詟服。方得汉中，命杜袭督留事，而百姓自乐，出徙于洛、邺都，至八万口。方得马超之兵，闻当发徙，惊骇欲变，命赵俨为护军，而相率还降，致于东方者亦二万口。凡此十者，其为利岂不大哉！张辽走孙权于合肥，郭淮拒蜀军于阳平，徐晃却关羽于樊，皆以少制众，分方面忧。操无敌于建安之时，非幸也。"（《容斋随笔》卷一二"曹操用人"）

历史上有燕昭王为郭隗筑宫而师事之的记载，被后世传为礼贤下士的佳话。郭隗为燕昭王讲了一个故事："古之君人，有以千金求千里马者，三年不能得。涓人言于君曰：'请求之。'君遣之。三月得千里马，马已死，买其首五百金，反以报君。君大怒曰：'所求者生马，安事死马而捐五百金？'涓人对曰：'死马且买之五百金，况生马乎？天下必以王为能市马，马今至矣。'于是不能期年，千里之马至者三。"（《战国策》）由此可知，郭隗的才干如何，并不重要，重要的是借此表现出尊重人才、引进人才的诚意。果然，"乐毅自魏往，邹衍自齐往，剧辛自赵往，士争凑燕"。曹操深谙此道，他非常注意自己爱才的名声。祢衡数次谩骂曹操，连他的好友孔融都觉得太过分了，但曹操为了维护自己爱才的名声，竟能加以容忍，而把祢衡转送给刘表。曹操对孔融说："祢衡竖子，乃敢尔！孤杀之无异于雀鼠。顾此人素有虚名，远近所闻，今日杀之，人将谓孤不能容，今送与刘表，视卒当何如。"（《三国志·魏书·荀彧传》注引张衡《文士传》）

为了维护爱才的名声而违心地使用人才，类似的故事也发生在蜀汉方面。刘备攻成都，蜀郡太守许靖欲降未遂，城破，刘备以其不忠而不想任用许靖。法正如此劝说刘备："天下有获虚誉而无其实者，许靖是也。然今主公始创大业，天下之人不可户说，靖之浮称，播流四海，若其不礼，天下之人以是谓主公为贱贤也。宜加敬重，以眩远近，追昔燕王之待郭隗。"(《三国志·蜀书·法正传》)于是刘备厚待许靖。

曹操看出刘备不甘人下的雄心，所谓"天下英雄，使君与操"，是赞誉，也是试探。曹操未尝不想除了他，谋士们也有人劝曹操说刘备早晚是一个祸患；但曹操生怕落下忌才的恶名，下不了这个决心。最后是放虎归山，日后成为曹操的劲敌。

曹操煮酒论英雄

将《三国演义》中贾诩的事迹和其思想性格，与《三国志》中的《贾诩传》对比，基本上没有出入。贾诩在三国众多的谋士中，是一个特别的类型。

贾诩年轻的时候，没人发现他的与众不同之处，唯有皇甫嵩昔日的部属、曾经的信都令阎忠，说贾诩"有良、平之奇"，将他比作张良、陈平一类的人物。这个评价非常高。陈寿大概因此而把贾诩与荀彧、荀攸合在一传。本传载，贾诩年轻时，他和数十人被叛乱的氐人抓去，他诳人说："我是太尉段颎的外孙，你们别活埋我。我家会来赎我出去。"段颎"昔久为边将，威震西土"，氐人没敢杀他，把他放了。同行者全被活埋，贾诩躲过一劫。"诩实非段甥，权以济事，咸此类也"。阎忠的品评和诳骗氐人的故事将贾诩定格为智谋之士。后来，贾诩果然成为曹操的智囊之一。

贾诩，武威人。武威（今属甘肃）是河西走廊进入中原的门户，是凉州的治所。贾诩的第一次择主，显然是所托非人：他成为董卓女婿牛辅的讨虏校尉。董卓为吕布所杀，牛辅又为亲信胡赤儿所杀。此时，董卓的余党李傕等不知如何是好，打算解散军队，各自逃回家乡。贾诩说："如果你们放弃军队，孤身逃命，一个亭长就能把你们捉起来，不如大家齐心合力，西进长安，一路上扩充兵员，去为董公报仇。如果事情成功，可以拥戴皇帝以号令天下，如若不成，再逃走也不迟。"李傕等同意。于是一起宣誓结盟，率领着数千人马，昼夜兼程，向长安进发。贾诩的一番话，引起一场巨大的生灵涂炭的战乱。董卓、牛辅、李傕皆豺狼一般的人，尤其是董卓，其本传中，陈寿痛斥其"狼戾贼忍，暴虐不仁，自书契已来，殆未之有也"，裴松之贬斥其"祸崇山岳，毒流四海""豺狼不若"，桀纣都不如的人，贾诩居然甘心情愿地为之服务，为了挽救李傕集团出谋划策。至少可以说，贾诩此人，没有一点正义感。就此而言，他与同传的荀彧无法相比。如裴松之所言："夫仁功难著，而乱源易成，是故有祸机一发而殃流百世者矣。当是时，元恶既枭，天地始开，致使历阶重结，大梗殷流，邦国遭殄悴之哀，黎民婴周余之酷，岂不由贾诩片言乎？诩之罪也，一何大哉！自古兆乱，未有如此之甚。"（《三国志·魏书·贾诩传》裴注）可是，贾诩毕竟与李傕等有所不同，他似乎并不贪恋爵位。李傕任命贾诩为左冯翊，想封他为侯爵。贾诩说："我提出的只是救命之计，有什么功劳！"坚辞不受。李又任命他为尚书仆射，贾诩说："尚书仆射是宫廷的主要官员，为天下所瞩目，我平素名望不重，不能使人心服。"于是李傕任命贾诩为尚书，主管选举。贾诩努力地调和李傕和郭汜、樊稠之间的矛盾，企图维护董卓余党内部的团结。贾诩建议李傕投降曹操，引发了他与李傕的矛盾。于是，贾诩与李傕的关系画上句号。李傕、郭汜之乱，其祸国殃民的程度，不亚于董卓。贾诩的挽救并辅佐李、郭，完全是助纣为虐，罪不容诛。

贾诩第二次选择的是段煨。段煨是董卓的将领，又是贾诩的同乡。贾诩素有名望，段煨军中的将士非常仰慕他，段煨对他礼遇十分周到。可是，贾诩发现段煨多疑，嫉妒贾诩在军中的威望，贾诩细思恐极。于是，贾诩出走，有了第三次选择，这一次是张绣。张绣跟随他的叔叔张济，张济是董卓的部下。张绣也是武威人。综上所述，贾诩的三次择主，从李、郭到段煨，再到张绣，没有超出"同乡+西凉军"这个范围。

接着，贾诩又建议张绣去投靠刘表。这一次越出了西凉的范围；但是，贾诩很快就发现刘表不明形势，为人多疑，缺乏决断，难有作为。贾诩一而再，再而三地以身试错，与目光如炬的荀彧、郭嘉相比，确实不可同日而语。

曹操对《孙子兵法》很有研究，贾诩也研究过《孙子兵法》，并注过吴起《兵法》。贾诩与曹操交手，没有吃亏。曹操为了集中力量与袁绍作战，决定先消灭张绣，以解决后顾之忧。张绣追击曹操时，贾诩阻止他说："不能去追，追则必败！"张绣不听，大败而回，丢盔弃甲。贾诩登上城墙，对张绣说："赶快再去追击，再战必胜！"张绣向他道歉说："没有听您的话，以至落到如此地步，现已大败，怎么还要再追？"贾诩说："兵势变化无常，赶快追击！"张绣收拾残兵败将，再去追赶。果然得胜而归。张绣问贾诩："我用精兵去追赶退军，而您说必败；用败兵去击获胜的曹军，而您说必胜。结果完全如您预料，原因在哪里？"贾诩说："此事不难明白。将军虽然善于用兵，但不是曹操的对手。曹操军队刚开始撤退，必然亲自率军断后，所以知道将军必败。曹操进攻将军，没有失策，又不是力量用尽，却突然率军撤退，一定是他后方有事。他已击败将军，必然轻装速退，而留下其他将领断后。其他将领虽然勇猛，却不是将军的对手，所以将军虽然率败兵去追击，也必能获胜。"张绣听罢，大为敬服。

袁绍想拉拢张绣。面对四世三公的袁绍的邀请，张绣不免动心，贾诩却把袁绍一眼看透："归谢袁本初，兄弟不能相容，而能容天下国士乎？"张绣惊惧，问贾诩："那我们去投靠谁？"贾诩说："不如去投靠曹操。"张绣说："袁强曹弱，我们又与曹操结下仇恨，如何去投靠他？"贾诩替张绣分析投靠曹操的理由："此乃所以宜从也。夫曹公奉天子以令天下，其宜从一也。绍强盛，我以少众从之，必不以我为重。曹公众弱，其得我必喜，其宜从二也。夫有霸王之志者，固将释私怨，以明德于四海，其宜从三也。愿将军无疑！"（《三国志·魏书·贾诩传》）果然，如贾诩所料，曹操对张绣的归顺非常高兴。后来，曹操暗幸了张绣的婶子（张济的寡妻），激怒了张绣。于是，在贾诩的策划下，张绣突袭曹操。虽然曹操得以幸免，但曹操的长子曹昂、侄子曹安民却死于混战之中，骁将典韦也在这场猝不及防的偷袭中搭上了性命。

贾诩再一次建议张绣投降曹操。贾诩去见曹操。曹操想留他做谋士。贾诩不忍离开张绣，图的是张绣十分信任他，依赖他，言听计从。由此可见，贾诩要找的主，必须能够给予他最大的信任，让他能够充分发挥自己的智慧。

官渡之战中，贾诩料曹操必胜："公明胜绍，勇胜绍，用人胜绍，决机胜绍，有此四胜而半年不定者，但顾万全故也。必决其机，须臾可定也。"（《三国志·魏书·贾诩传》）许攸来奔曹操，建议偷袭乌巢，"众皆疑，唯（荀）攸与贾诩劝太祖"（《三国志·魏书·荀攸传》）。

曹操征马超时，贾诩向曹操进反间计："马超有勇无谋，不明白机密的事情，好骗。丞相你可以亲笔写一封信，送给韩遂，在紧要的地方故意涂抹。马超一定会向韩遂要求看这封信。他一看，信上关键的地方被涂抹过，他会猜想这一定是韩遂干的。联系到丞相和韩遂在阵前欢声笑语的情景，马超肯定会怀疑韩遂与丞相在暗中勾结。他们俩互相一怀疑，内部就会发生混乱。我同时暗中与韩遂的部下联系，让他们从中挑拨，使他们离心离德，事情就成功了。"曹操依此行事，马韩联盟果然破裂了。

在嗣位问题上，是选曹丕，还是选曹植，曹操举棋不定。曹丕使人问诩自固之术，诩曰："愿将军恢崇德度，躬素士之业，朝夕孜孜，不违子道。如此而已。"曹丕大受启发，在"孝"字上狠下功夫。贾诩在继嗣问题上偏向曹丕，他委婉地提醒曹操汲取袁绍、刘表废长立幼的教训：

> 太祖又尝屏除左右问诩，诩嘿然不对。太祖曰："与卿言而不答，何也？"诩曰："属适有所思，故不即对耳。"太祖曰："何思？"诩曰："思袁本初、刘景升父子也。"太祖大笑，于是太子遂定。（《三国志·贾诩传》）

由此可见，贾诩对曹操之为人与心理，研究得非常透彻："诩自以非太祖旧臣，而策谋深长，惧见猜嫌，阖门自守，退无私交，男女嫁娶，不结高门，天下之论智计者归之。"（《三国志·魏书·贾诩传》）充分估计到了曹操的多疑而采取韬晦自保之计。

纵观贾诩的为人，善恶是非，似乎不是他考虑的首选。他的智谋无可怀疑，但被西凉这个乡土观念所局限。他的人生态度是顺势而为，非常善于保护自己，是所谓识时务者为俊杰。贾诩在投靠曹操以前，基本上没有作为。跳出西凉的范围以后，他才找到了自己的安身之地。

# 民间艺人的优势与贡献

　　《三国演义》成于罗贯中之手，但是，罗贯中毕竟只是一个集大成者，离开了宋元时期的说话艺术和杂剧南戏，离开了书会才人、说话艺人无数的奇思妙想，也就没有了《三国演义》的无数精彩。

　　尽管《三国志平话》不足以囊括和反映宋元三国故事说话艺术的全部成就，但这部八万字的简陋的话本却足以为未来的长篇历史小说建筑起一个总体的框架。其内容已经包括黄巾起义、桃园结义、张飞鞭督邮、三英战吕布、王允献貂蝉、白门楼斩吕布、曹操勘审吉平、关羽刺颜良杀文丑、古城会、先主跃马过檀溪、三顾隆中、火烧新野、张飞拒桥退曹兵、孔明出使东吴劝说孙权周瑜、黄盖诈降、赤壁鏖兵、华容道、周瑜使美人计、气死周瑜、曹操杀马腾、马超战渭河、张松献地图、刘备入川、雒城庞统中箭、义释严颜、平定益州、单刀会、定军山斩夏侯渊、水淹七军、先主伐吴、白帝城刘备托孤及孔明七纵七擒、挥泪斩马谡、百箭射杀张郃、秋风五丈原、三家归晋等一系列的故事。唐朝已经有诸葛亮七擒七纵孟获的传说。唐章孝标《诸葛武侯庙》："木牛零落阵图残，山姥烧钱古柏寒。七纵七擒何处在？茅花枥叶盖神坛。"由此可见，有关三国故事的民间传说之源远流长。

　　在元杂剧七百多种剧目中，三国戏的剧目就有近六十种，现存的尚有二十一种。著名的元杂剧作家，譬如关汉卿、王实甫、高文秀等，都写过三国戏。元杂剧中的三国戏，包括了自汉末战乱至三家归晋的近一百年的历史过程，其中涉及黄巾起义、董卓之乱、官渡之战、隆中对、赤壁之战、孔明隔江斗智、刘备取四川、汉中大战、彝陵之战、诸葛亮北伐中原等重大历史事件。与此同时，皮影戏、傀儡戏、院本、南戏，也都有表演三国的故事。有些杂剧中的情节并没有被后来的小说《三国演义》吸收，但是，多数杂剧都为小说提供了创作的素材。

值得注意和难以否认的是：《三国演义》的精彩部分大多与宋元时期的说话艺术、杂剧南戏相重叠。区别只是在宋元民间艺人所讲述的三国故事还处于稚拙粗疏的阶段，而《三国演义》则已经进入成熟老练的阶段。如果没有民间艺人的大胆创造，何来摆脱史书束缚的《三国演义》？

与知识渊博的文人相比，说话艺人自有其天然的优势。鲁迅说宋元话本的出现是"小说史上的一大变迁"。这句话的含义非常耐人寻味。尽管唐代已有话本，但宋元以前是文言小说的天下，宋元以后，才形成了文言小说和白话小说两大支流。这里的关键是说话艺术的兴起。下层文人和民间艺人充分地表现出他们的聪明才智，解决了小说发展的一系列关键的问题，扫除了一系列小说发展的障碍：一是白话代替了文言。话本要让文化不高的市民听懂，所以必须用通俗易懂的白话写成。二是娱人代替教化，成为小说创作的主要目的。民众来瓦子、勾栏是来找乐，不是来听教训的。话本不是不要教训，而是把吸引听众、娱乐听众放在第一位。三是大胆的虚构代替了史学的实录。说话艺人没有文人那么迂腐，脑子里没有那么多束缚。四是小说开始接受民众的鉴别和评判，在很大程度上反映民众的喜怒哀乐，反映他们的理想和追求。五是小说的创作引进了竞争。艺人把说话当作谋生的手段，行业中的竞争必然会造成优胜劣汰的机制。六是小说加强了相互间的交流，加强了与其他艺术的交流。譬如都是讲三国故事，便会有相互吸收、互相赋能的可能。讲《水浒》的也可能会启发讲

《西游》的。说话又会受到戏曲及各种伎艺的影响，瓦子勾栏成为它们互相学习和影响的平台。七是小说的人物队伍中出现了大量的普通人。八是小说中增加了日常的生活场景和人情世故的描写。宋元话本的出现，大大推动了小说的生活化进程，显示了白话在描摹人生方面的巨大潜力。白话当居首功。宋代以后，随着白话小说的成功，文人对俗文学兴趣的逐步提高，下层文人在话本创作中的参与，文言小说和白话小说的相互渗透愈来愈明显。中国小说史上的那些世代累积型的长篇小说，如《三国演义》《水浒传》《西游记》，都是俗文化和雅文化融合的产物。在漫长的成书过程、流传过程中，雅文化和俗文化经过了无数次的磨合和碰撞。这些作品成书的关键就是宋元的说话艺术，其次是文人的加工。《三国演义》之所以成为历史演义的顶峰，《水浒传》之所以成为英雄传奇的顶峰，《西游记》之所以成为神魔小说的顶峰而后人无法超越，是因为它们吸收了太多的民间的奇思妙想，又遇到了出色的集大成者。两个条件，缺一不可。它们个个都是雅俗合流的结晶。有关杨家将的传说也很丰富，但是，没有遇到出色的集大成者，所以《杨家府演义》便无法与《水浒传》相比，甚至还不如《说岳全传》。短篇小说方面，"三言"（《喻世明言》《警世通言》《醒世恒言》）是很好的证明。其中所收的宋人话本，也都经过了明人的修改。在那里，雅文化和俗文化已经水乳交融，难分难解，成为雅俗共赏的作品。

　　话本一般具有曲折的情节，情节发展的节奏比较快，不允许冗长的静止的描写。听众不像读者那样一卷在手，有反复品哑的余地，说话人必须把故事的来龙去脉交代得一清二楚，故事必须有头有尾，前后照应。为了吸引听众，说话人必须有饱满的感情、鲜明的爱憎。说话人根据自己的生活体验以及历史知识、文学知识，发挥想象虚构的能力，随时添枝加叶，以唤起听众的兴趣。枯燥的地方，三言两语，一带而过。热闹的地方，极力地铺张渲染，尽量盘旋。话本小说固然有它的局限，但它对于我国古典小说民族特点的形成，对我们民族欣赏小说的习惯乃至传统的形成，产生了深远的影响。宋元话本奠定了明清小说发展的基础。一大批世代累积型的小说逐步演进的轨迹，最明显地表现出小说发展的规律，体现了小说本质的要求。它们是根据小说的美的要求在一步一步地演变。

# 战争的苦难

与小说家、戏曲家相比，历史学家往往全神贯注于军国大事，而忽略军国大事给个体生命带来的心灵伤害和精神煎熬。战争中做出最大牺牲的还是民众，是士兵。尽管如此，在正史里还是可以看到三国时期战争所带来的苦难。英雄史观对群体的忽视渗透进了历史小说对战争的描写，历史演义对英雄的突出遮蔽了弱势群体的苦难，然而，在小说里还是有一些描写。显然，《三国演义》的注意力集中于英雄之间的斗智斗勇，它的人文关怀比《三国志》更弱。《三国演义》对民众的忽视，对士兵的忽视，对战争苦难的相对冷漠，具有内在的联系。

首先，战争对经济的破坏，对城市的破坏，超出我们今人的想象。中国历史上，最著名的都城有北京、西安、洛阳、南京、杭州、开封、安阳。其中安阳早已被战火摧毁。其他的六个都城，也是一再地被战争破坏、重建、再破坏、再重建，至今依然屹立于世。正如张养浩所说："伤心秦汉经行处，宫阙万间都做了土。兴，百姓苦；亡，百姓苦。"（《山坡羊·潼关怀古》）其中洛阳与三国时期的政治军事密切相关，更值得本书读者注意。洛阳位于河南西部的伊洛盆地，居天下之中，东面是虎牢关，西面是函谷关，是易守难攻的地方。与长安相比，洛阳更便于控制东方，易于漕运。西周的时候，洛阳已经是陪都，中国在国都以外又设陪都，就是从洛阳开始的。公元前770年，周平王从丰镐迁都至洛阳，中国历史上的东周即春秋战国时期由此开始。不过，东周王室衰微，周天子有名无实。洛阳真正成为全国政治、经济和文化的中心，须从东汉算起。当时的洛阳，城周长约十四公里，面积九点五平方公里。宫殿楼台金碧辉煌，北宫的主殿德阳殿能够容纳上万人，其规模之大，可想而知。洛阳的太学生有三万多人。班固的《汉书》、许慎的《说文解字》即问世于此。东汉末年，董卓之乱，焚烧宫室，洛阳的建筑毁于一旦。《三国演义》这方面的描写来自《三国志》和《后汉书》，我们不妨把《三国演义》和《三国志》《后汉书》的叙述描写对照着看。

《三国志·魏书·董卓传》有云："天子入洛阳，宫室烧尽，街陌荒芜，百官披荆棘，依丘墙间。州郡各拥兵自卫，莫有至者。饥穷稍甚，尚书郎以下，自出樵采，或饥死墙壁间。"《三国演义》第十四回亦据此描写："帝入洛阳，见宫室烧尽，街市荒芜，满目皆是蒿草，宫院中只有颓墙坏壁，命杨奉且盖小宫居住。百官朝贺，皆立于荆棘之中。诏改兴平为建安元年。是岁又大荒，洛阳居民，仅有数百家，无可为食，尽出城去剥树皮、掘草根食之。尚书郎以下，皆自出城樵采，多有死于颓墙坏壁之间者。汉末气运之衰，无甚于此。"

《三国演义》第六回："李傕、郭汜尽驱洛阳之民数百万口，前赴长安。每百姓一队，间军一队，互相拖押；死于沟壑者，不可胜数。又纵军士淫人妻女，夺人粮食；啼哭之声，震动天地。如有行得迟者，背后三千军催督，军手执白刃，于路杀人。卓临行，教诸门放火，焚烧居民房屋，并放火烧宗庙宫府。南北两宫，火焰相接；长乐宫庭，尽为焦土。又差吕布发掘先皇及后妃陵寝，取其金宝。军士乘势掘官民坟冢殆尽。董卓装载金珠缎匹好物数千余车，劫了天子并后妃等，竟望长安去了。……且说孙坚飞奔洛阳，遥望火焰冲天，黑烟铺地，二三百里，并无鸡犬人烟。"大致根据《三国志》和《后汉书》的《董卓传》来描写。

《道德经》有云："天地不仁，以万物为刍狗；圣人不仁，以百姓为刍狗。"天地无所偏爱，它任凭生命自生自灭。试看乱世中的生命。战争的苦难最突出的表现就是对生命的戕害。

且看饥荒中的人吃人，真所谓"乱世民不及太平犬"。据《三国志》人物本传和《三国演义》中载：

《董卓传》："时三辅民尚数十万户，催等放兵劫掠，攻剽城邑，人民饥困，二年间相啖食略尽。"

《武帝纪》注引《魏书》："自遭荒乱，率乏粮谷。诸军并起，无终岁之计，饥则寇略，饱则弃余，瓦解流离，无敌自破者不可胜数。袁绍之在河北，军人仰食桑椹。袁术在江、淮，取给蒲蠃。民人相食，州里萧条。"

《武帝纪》："（兴平元年）是岁谷一斛五十余万钱，人相食，乃罢吏兵新募者。"

《吕布传》："是时岁旱、虫蝗、少谷，百姓相食。"（曹操与吕布在濮城相持）

《公孙渊传》："（公孙）渊窘急，粮尽，人相食。死者甚多。"（景初二年，即238年，司马懿征之）

《袁术传》："（袁术）荒侈滋甚，后宫数百皆服绮縠，余粱肉，而士卒冻馁，江淮间空尽，人民相食。"

《荀彧传》："（初平）二年夏，太祖军乘氏，大饥，人相食。"

《三国演义》第十二回："是年蝗虫忽起，食尽禾稻。关东一境，每谷一斛直钱五十贯，人民相食。"

更有甚者，竟将人肉作军粮。史载："初，太祖乏食，（程）昱略其本县，供三日粮，颇杂以人脯。由是失朝望，故位不至公。"（《三国志·程昱传》注引《世语》）程昱时为寿张令。

我们读《三国志》，或是读《三国演义》，都不得不承认三国时期的滥杀之风。最典型的是董卓及其部属的嗜杀成性：

> 卓获山东兵，以猪膏涂布十余匹，用缠其身，然后烧之，先从足起。获袁绍豫州从事李延，煮杀之。（《董卓传》注引《献帝纪》）

尝引军出城，行到阳城地方，时当二月，村民社赛，男女皆集。卓命军士围住，尽皆杀之。掠妇女财物装载车上，悬头千余颗于车下，连轸还都，扬言杀贼人胜而回，于城门外焚烧人头，以妇女财物分散众军。（《三国演义》第四回，事据《三国志·魏书·董卓传》）

卓大怒曰："吾为天下计，岂惜小民哉！"……卓即差铁骑五千，遍行捉拿洛阳富户，共数千家，插旗头上，大书"反臣逆党"，尽斩于城外，取其金赀。（《三国演义》第六回，事据《后汉书·董卓传》）

适北地招安降卒数百人到，卓即命于座前，或断其手足，或凿其眼睛，或割其舌，或以大锅煮之，哀号之声震天。百官战栗失箸，卓饮食谈笑自若。（《三国演义》第八回，事据《三国志·魏书·董卓传》）

是岁谷一斛五十万，豆麦二十万，人相食啖，白骨盈积，残骸余肉，臭秽道路。（《晋书·食货志》）

初，帝入关，三辅户口尚数十万，自催汜相攻，天子东归后，长安城空四十余日，强者四散，羸者相食，二三年间，关中无复人迹。（《三国志·魏书·董卓传》）

（李）催等放兵略长安老少，杀之悉尽，死者狼藉。（《后汉书·董卓传》）

嗜杀成性的还有东吴的孙綝、孙皓。孙綝执政时嗜好杀戮，与吴帝孙亮的矛盾激化。他最终废黜孙亮，改立琅琊王孙休为帝。孙休病死后其侄孙皓继位。孙皓"既得志，粗暴骄盈，多忌讳，好酒色，大小失望"（《三国志·吴书·孙皓传》，《三国演义》末回于此有简略描写）。孙皓先诛杀丞相濮阳兴、左将军张布（顾命大臣），又逼杀景皇后朱氏，还杀死孙休四子中的长子、次子。因爱妾告状，竟以烧锯断司市中郎将陈声头。尚书熊睦进谏，"皓使人以刀环撞杀之，身无完肌"（《三国志·吴书·孙皓传》注引《江表传》）。

孙皓之酷虐变态，由此可见一斑。又：

皓每宴会群臣，无不咸令沉醉。置黄门郎十人，特不与酒。侍立终日，为司过之吏。宴罢之后，各奏其阙失，迕视之咎，谬言之愆，罔有不举。大者即加威刑，小者辄以为罪。后宫数千，而采择无已。又激水入宫，宫人有不合意者，辄杀流之。或剥人之面，或凿人之眼。芩冒险谀贵幸，致位九列，好兴功役，众所患若。是以上下离心，莫为皓尽力。盖积恶已极，不复堪命故也。（《三国志·吴书·孙皓传》）

政治斗争中常常株连九族、滥杀无辜。此类情节，小说皆据《三国志》来描写：

何进暗使人鸩杀董后于河间驿庭。（《三国演义》第二回）

十长侍杀何进。袁绍领兵尽杀宦官：

绍复令军士分头来杀十常侍家属，不分大小，尽皆诛绝，多有无须者误被杀死。（《三国演义》第三回）

死者二千余人。（《三国志·魏书·袁绍传》）

皇甫嵩命将坞中所藏良家子女，尽行释放。但系董卓亲属，不分老幼，悉皆诛戮。卓母亦被杀。卓弟董旻、侄董璜皆斩首号令。（《三国演义》第九回，事据《三国志·魏书·吕布传》）

众贼杀了王允，一面又差人将王允宗族老幼，尽行杀害。（《三国演义》第九回，事据《三国志·魏书·董卓传》注引张璠《汉纪》）

恰好长安城中马宇家僮出首家主与刘范、种邵，外连马腾、韩遂，欲为内应等情。李傕、郭汜大怒，尽收三家老少良贼斩于市，把三颗首级直来门前号令。（《三国演义》第十回，事据《三国志·魏书·董卓传》）

却说曹操引军回许都，人报段煨杀了李傕，伍习杀了郭

汜，将头来献。段煨并将李傕合族老小二百余口活解入许都。操令分于各门处斩，传首号令，人民称快。（《三国演义》第十七回）

只将董承等五人，并其全家老小，押送各门处斩。死者共七百余人。城中官民见者，无不下泪。（《三国演义》第二十四回）

汉献帝的董妃怀孕五月，亦被曹操杀害，小说极写曹操之没有人性：

操叱武士擒董妃至。帝告曰："董妃有五月身孕，望丞相见怜。"操曰："若非天败，吾已被害。岂得复留此女，为吾后患！"伏后告曰："贬于冷宫，待分娩了，杀之未迟。"操曰："欲留此逆种，为母报仇乎？"董妃泣告曰："乞全尸而死，勿令彰露。"操令取白练至面前。帝泣谓妃曰："卿于九泉之下，勿怨朕躬！"言讫，泪下如雨，伏后亦大哭。操怒曰："犹作儿女态耶！"叱武士牵出，勒死于宫门之外。（《三国演义》第二十四回）

辛毗在城外，用枪挑袁尚印绶衣服，招安城内之人。审配大怒，将辛毗家属老小八十余口，就于城上斩之，将头掷下。辛毗号哭不已。（《三国演义》第三十二回）

尽收（孔）融家小并二子，皆斩之，号令融尸于市。（《三国演义》第四十回）

张肃见了，大惊曰："吾弟作灭门之事，不可不首。"连夜将书见刘璋，具言弟张松与刘备同谋，欲献西川。刘璋大怒曰："吾平日未尝薄待他，何故欲谋反！"遂下令捉张松全家，尽斩于市。（《三国演义》第六十二回）

华歆拿伏后见操。操骂曰："吾以诚心待汝等，汝等反欲害我耶？吾不杀汝，汝必杀我！"喝左右乱棒打死。随即入宫，将伏后所生二子，皆鸩杀之。当晚，将伏完、穆顺等宗族

二百余口，皆斩于市。朝野之人，无不惊骇。(《三国演义》第六十六回)

夏侯惇尽杀五家（耿纪、韦晃、金祎、吉邈、吉穆）老小宗族，将百官解赴邺郡。……尽命牵出漳河边斩之，死者三百余员。(《三国演义》第六十九回)

曹操攻雍丘，城破后，灭张邈三族。(《三国志·魏书·武帝纪》) 曹魏高层政治斗争后的杀戮还有：

王闻王必死，盛怒，召汉百官诣邺，令救火者左，不救火者右。众人以为救火者必无罪，皆附左；王以为"不救火者非助乱，救火乃实贼也"。皆杀之。(《三国志·魏书·武帝纪》注引《山阳公载记》)

于是收（曹）爽、（曹）羲、（曹）训、（何）晏、（邓）飏、（丁）谧、（毕）轨、（李）胜、（桓）范、（张）当等，皆伏诛，夷三族。(《三国志·魏书·曹爽传》)

于是（李）丰（中书令）、（夏侯）玄（太常）、（张）辑（皇后父）、（乐）敦（永宁署令）、（刘）贤（冗从仆射）等皆夷三族。(《三国志·魏书·夏侯玄传》)

马超伐曹，曹操将在京的马腾等亲属全部诛杀。多年后马超临终时给刘备的遗言说：

臣门宗二百余口，为孟德所诛略尽，惟有从弟岱，当为微宗血食之继，深托陛下，余无复言。(《三国志·蜀书·马超传》)

《三国志》中时有屠城的记录，此类记录主要涉及曹魏：

（建安）十二年，太祖征三郡乌桓，屠柳城。(《三国志·魏督徐晃击太原贼，攻下二十馀屯，斩贼帅商曜，屠其城。
(《三国志·魏书·夏侯渊传》)

（曹操攻围张邈于雍丘数月）屠之，斩（张）超及其家。
(《三国志·魏书·吕布传》)

（兴平三年）冬十月，屠彭城，获其相侯谐。(《三国志·魏书·武帝纪》)

（建安二十年）氐王窦茂众万余人，恃险不服，五月，公攻屠之。(《武帝纪》)

（孙策）遂引兵渡浙江，据会稽，屠东冶，乃攻破（严白）虎等。(《三国志·吴书·孙策传》)

二十四年春正月，（曹）仁屠宛，斩（侯）音。(《三国志·魏书·武帝纪》)

（建安）十三年春，权复征黄祖，祖先遣舟兵拒军，都尉吕蒙破其前锋。而凌统、董袭等尽锐攻之，遂屠其城。(《三国志·吴书·吴主传》)

太祖令曰："城拔，皆坑之。"(《三国志·魏书·曹仁传》)

由此，曹仁提醒曹操的政策将逼迫城中死守。

自京师遭董卓之乱，人民流移东出，多依彭城间。遇太祖至，坑杀男女数万口于泗水，水为不流。陶谦帅其众军武原，太祖不得进，引军从泗南攻取虑、睢陵、夏丘诸县，皆屠之；鸡犬亦尽，墟邑无复行人。(《三国志·魏书·荀彧传》注引《曹瞒传》)

（孙）坚薨，（黄）盖随（孙）策及（孙）权，擐甲周旋，蹈刃屠城。(《三国志·吴书·黄盖传》)

《三国演义》第六十三回，张飞进攻巴郡，即以屠城威胁巴城太守严颜："早早来降，饶你满城百姓性命；若不归顺，即踏平城郭，老幼不留！"可是，攻克巴郡以后，张飞依照诸葛亮事先的嘱咐，没有惊扰百姓。

曹操借军法连坐以惩戒逃兵。《三国志·魏书·高柔传》里说："旧法：军征士亡，考竟其妻子。太祖患犹不息，更重其刑。"士兵逃跑，论罪连累妻儿。

复仇亦成为滥杀无辜的理由：

> 操令但得城池，将城中百姓尽行屠戮，以雪父仇。(《三国演义》第十回)

曹操讨伐陶谦，一路屠杀几十万无辜百姓，"鸡犬无余，泗水为之不流"。

> （曹操）引军从泗南攻取虑、睢陵、夏丘诸县，皆屠之。鸡犬亦尽，墟邑无复行人。(《三国志·魏书·荀彧传》注引《曹瞒传》)
>
> 且说操大军所到之处，杀戮人民，发掘坟墓。(《三国演义》第十回)

王夫之《读通鉴论》卷八《献帝》评论道："曹操父见杀而兴兵报之，是也；阬杀男女数十万人于泗水，遍屠城邑，则惨毒不仁，恶滔天矣。"又：

> 梁宽、赵衢立在城上，大骂马超，将马超妻杨氏从城上一刀砍了，撇下尸首来。又将马超幼子三人，并至亲十余口，都从城上一刀一个，剁将下来。超气噎塞胸，几乎坠下马来。……守门者只道姜叙兵回，大开门接入。超从城南门边杀起，尽洗城中百姓。至姜叙宅，拿出老母。母全无惧色，指马超而大骂。超大怒，自取剑杀之。(《三国演义》第六十四回)

杀人树威：董卓一味迷信武力，所以常常借杀人以树威，随心所欲，无所顾忌，"卓性残忍不仁，遂以严刑胁众"。卢植反对废立之事，董卓就要杀他，"侍中蔡邕劝之，得免"。袁绍反对废立，董卓威胁他："尔谓董卓刀为不利乎！"董卓废少帝为弘农王，"寻又杀王及何太后"（《三国志·魏书·董卓传》）。"卓欲震威，侍御史扰龙宗诣卓白事，不解剑，立挝杀之，京师震动"（《董卓传》注引《英雄记》）。"初，卓信任尚书周毖，城门校尉伍琼等，用其所举韩馥、刘岱、孔伷、张资（张咨）、张邈等出宰州郡。而馥等至官，皆合兵将以讨卓。卓闻之，以为毖、琼等通情卖己，皆斩之"（《董卓传》）。太尉张温，与董卓不和，董卓"使人言温与袁术交关，遂笞杀之"（《董卓传》）。

臧洪临死前指责袁绍："诸袁事汉，四世五公，可谓受恩。今王室衰弱，无扶翼之意，欲因际会，希冀非望，多杀忠良以立奸威。"（《三国志·魏书·臧洪传》）

刘焉治蜀，亦多杀人。史载"又托他事杀州中豪强王咸、李权等十余人，以立威刑"（《三国志·蜀书·刘焉传》）。

杀人树威是滥杀的一个动机。孙坚对司空张温说的话可以为证："古之名将未有不断斩以示威者，是以穰苴斩庄贾，魏绛戮杨干，今明公垂意于（董）卓，不即加诛，亏损威行，于是在矣。"（《三国志·吴书·孙破虏讨逆传》）曹操的杀人也有这种动机。

陈寿评孙权"然性多嫌忌，果于杀戮，暨臻末年，弥以滋甚"（《三国志·吴书·吴主传》）。

官渡之战，曹军"所杀八万余人，血流盈沟，溺水死者不计其数"（《三国演义》第三十回）。只要目的高尚，可以不择手段。杀无辜之人亦可。如：

任峻部下仓官王垕入禀操曰："兵多粮少，当如之何？"操曰："可将小斛散之，权且救一时之急。"垕曰："兵士倘怨，如何？"操曰："吾自有策。"垕依命，以小斛分散。操暗使人各寨探听，无不嗟怨，皆言丞相欺众。操乃密召王垕入曰：

"吾欲问汝借一物，以压众心。汝必勿吝。"垕曰："丞相欲用何物？"操曰："欲借汝头以示众耳。"垕大惊曰："某实无罪！"操曰："吾亦知汝无罪；但不杀汝，军必变矣。汝死后，汝妻子吾自养之，汝勿虑也。"垕再欲言时，操早呼刀斧手推出门外，一刀斩讫。悬头高竿，出榜晓示曰："王垕故行小斛，盗窃官粮，谨按军法。"于是众怨始解。(《三国演义》第十七回)

杀爱妾充作军粮：

袁绍围臧洪于东武阳城。城中粮尽，洪"杀其爱妾以食将士"。(《三国志·魏书·吕布传》)

杀妻子供贵客：猎户刘安杀妻供刘备，谎说是野味。

（刘备）又说刘安杀妻为食之事，操乃令孙乾以金百两往赐之。(《三国演义》第十九回)

将百姓作牺牲品：

当夜尽驱南皮百姓，皆执刀枪听令。次日平明，大开四门，军在后，驱百姓在前，喊声大举，一齐拥出，直抵曹寨。两军混战，自辰至午，胜负未分，杀人遍地。操见未获全胜，弃马上山，亲自击鼓。将士见之，奋力向前，谭军大败。百姓被杀者无数。(《三国演义》第三十三回)

杀降行为。曹操有军法，"围而后降者不赦"，这样会多杀很多人。这是一个愚蠢的政策。后降不赦，则守城军民将拼死抵抗。抵抗还有生的可能，投降是死路一条，为什么要投降？史书上曹操杀降的记载络绎不绝：

大破之，尽燔其粮谷宝货，斩督将眭元进、骑督韩莒子、吕威璜、赵睿等首，割得将军淳于仲简鼻，未死，杀士卒千余人，皆取鼻，牛马割唇舌，以示绍军。（《三国志·魏书·武帝纪》注引《曹瞒传》）

（冀城刺史）韦康大开城门，投拜马超。超大怒曰："汝今事急请降，非真心也！"将韦康四十余口尽斩之，不留一人。（《三国演义》第六十四回）

徐晃攻易阳，也曾经劝曹操不要杀降。他说："二袁未破，诸城未下者倾耳而听，今日灭易阳，明日皆以死守，恐河北无定时也。愿公降易阳以示诸城，则莫不望风。"（《三国志·魏书·徐晃传》）袁绍降卒，曹操认为是假投降，"尽坑之，前后所杀八万人"（《后汉书·袁绍传》）。又：

（昌）豨与（于）禁有旧，诣禁降。诸将皆以为豨已降，当送诣太祖，禁曰："诸君不知公常令乎！围而后降者不赦。夫奉法行令，事上之节也。豨虽旧友，禁可失节乎！"自临与豨决，陨涕而斩之。（《三国志·魏书·于禁传》）

裴注："禁曾不为旧交，希冀万一；而肆其好杀之心，以戾众人之议。所以卒为降虏，死加恶谥，宜哉！"裴松之认为于禁暴戾嗜杀，后被关羽水淹七军，失节投降，自作孽所致。

以杀敌多寡计功：将领以斩首多少敌人计算军功，又会刺激滥杀求赏的风气。以前，写斩杀敌兵的奏章，往往以一当十，到了国渊上报斩杀敌兵首级的数量时，则按实数上报。曹操询问原因，国渊回答说："征讨境外敌寇时，多报斩杀捕获敌兵的数量，是想夸大战绩，向百姓显示实力。而河间在境内，田银等人是朝廷的叛逆，战胜他们虽然有功，但若虚报战绩，我会感到羞耻。"曹操听后很高兴，于是提升国渊为魏郡太守。（见《三国志·魏书·国渊传》）

曹魏将领中竟有食人将军：

> 王忠，扶风人，少为亭长。三辅乱，忠饥乏啖人，随辈南向武关。值娄子伯为荆州遣迎北方客人；忠不欲去，因率等仵逆击之，夺其兵，聚众千余人以归公。拜忠中郎将，从征讨。五官将知忠尝啖人，因从驾出行，令俳取冢间髑髅系著忠马鞍，以为欢笑。（《三国志·魏书·武帝纪》注引《魏略》）

三国战乱，人口急剧减少。曹操诗《蒿里行》有云："白骨露于野，千里无鸡鸣。生民百遗一，念之断人肠。"又据史载：

> （建安）七年春正月，公军谯，令曰："吾起义兵，为天下除暴乱。旧土人民，死丧略尽，国中终日行，不见所识。"（《三国志·魏书·武帝纪》）

《三国志·魏书·张绣传》："是时天下户口减耗，十裁一在。诸将封未有满千户者，而绣特多。"《三国志·魏书·杜恕传》："今大魏奄有十州之地，而承丧乱之弊，计其户口不如往昔一州之民。"《三国志·魏书·郑浑传》："天下未定，民皆剽轻，不念产殖，其生子无以相活，率皆不举。"《三国志·魏书·辛毗传》："方今天下新定，土广民稀。"

人口锐减，而补充兵员、屯田垦荒、辎重运输，都需要劳力，所以各路诸侯经常在战争中劫掠人口。《三国志·魏书·曹仁传》："太祖征张绣，仁别徇旁县，虏其男女三千余人。"《三国志·魏书·文帝纪》注引《魏书》："（曹真）斩首五万余级，获生口十万，羊一百一十一万口，牛八万，河西遂平。"

蜀汉政权在获取人口上，其做法亦不遑多让：失街亭以后，诸葛亮"拔西县千余家，还于汉中"（《三国志·蜀书·诸葛亮传》）。延熙十七年（254），"（姜）维乘胜多所降下，拔河关、狄道、临洮三县民还"（《三国志·蜀书·姜维传》）。

孔吴政权的做法和魏蜀两国如出一辙：

（孙）策闻之，还攻破（樊）能等，获男女万余人。（《三国志·吴书·孙策传》）

（建安）十二年，西征黄祖。虏其人民而还。（建安，十三年）祖挺身亡走，骑士冯则追枭其首，虏其男女数万口。（《三国志·吴书·吴主传》）

（赤乌）二年春三月，遣使者羊衜、郑胄、将军孙怡之辽东。击魏守将张持、高虑等，虏得男女。（《三国志·吴书·吴主传》）

东吴的屡次讨伐山越，主要不是为了争地，只是为了争夺劳动力、扩充兵员。《三国志·吴书·诸葛瑾传》所引《吴书》及《三国志·吴书·陆逊传》《三国志·吴书·诸葛恪传》对此都有所记载。刘表之杀死五十五个宗帅，与其说是为了扩展地盘，莫如说是为了争夺劳动力和扩充兵员。人口多少是衡量实力的一个重要指标，所以袁术鼓励袁绍："今君拥有四州，人户百万，以强则莫与争大，以位则无所比高。"（《后汉书·袁术传》）他认为曹操争不过袁绍。

骆统上表孙权，反映民间因为劳役沉重，赋税繁复，征丁战死，以至于生儿弃养的悲惨情况：

> 又闻民间，非居处小能自供，生产儿子，多不起养，屯田贫兵，亦多弃子。天则生之，而父母杀之。既惧干逆和气，感动阴阳。且惟殿下开基建国，乃无穷之业也。强邻大敌非造次所灭，疆场常守非期月之戍，而兵民减耗，后生不育。非所以历远年，致成功也。（《三国志·吴书·骆统传》）

乱世用重刑成为嗜杀的理由之一。典故见《周礼·秋官·司寇》，有"刑乱国、用重典"之说，上下文如下："大司寇之职，掌建邦之三典，以佐王刑邦国，诘四方。一曰，刑新国用轻典；二曰，刑平国用中典；三曰，刑乱国用重典。"曹操信奉"乱世用重刑""沉疴下猛药"的理论，所以曹军所到之处，大开杀戒。

战争的苦难

分久必合的背后，天下大治，或快或慢地走向腐败。合久必分的背后，天下大乱，饥荒，杀人，人吃人，白骨蔽平原，千里无人烟。如此周而复始。人们只知道秦法苛刻，不知道汉承秦制，苛刻不次于秦。汉朝的法律相当严厉，人命如草，动辄杀戮。汉武帝担心钩弋夫人成为第二个吕后，就把她处死了。钩弋夫人步吕后之后尘，只是武帝的臆测，而武帝仅根据这一臆测就判了她的死刑；司马迁只是替李陵说了几句公道话，汉武帝就龙颜大怒，将司马迁处了宫刑。若是司马迁不能忍受这样巨大的痛苦和耻辱，一死了之，那我们就读不到《史记》了。这对于中国的史学、对中国的文化将会是多大的损失！我们只要读一读《史记》的《酷吏列传》，就明白西汉是如何地不把人命当一回事。人们只知道乱世会杀人，其实和平时期也会大量地杀人。齐国、赵国郊野的盗贼都不敢靠近广平（今河北鸡泽县），王温舒治下的广平郡治安良好，有"道不拾遗"的美誉。后来调任河内（今河南沁阳）太守，九月到任，命郡中为他准备五十匹传送信件的驿马，然后搜捕郡中豪勇奸猾之徒，株连定罪的有一千多家。王温舒奏请朝廷：罪大的灭族，罪小的本人处死，家产全部没收以抵其赃物。奏章送走不过两三天，就得到朝廷的批准，于是对案件进行判决，致使血流十余里，河内郡的人们对他传送奏章的神速惊骇不已。到十二月底，郡中无人敢出声，无人敢夜间出门，乡村中也听不到因有人偷盗而引起的狗叫声。偶有逃犯，逃往邻郡，王温舒都要派人去追缉。恰好春天到了，王温舒跺脚叹道："唉！如果冬季延长一个月，就够办我的事了。"道不拾遗的背后，是大量的冤假错案。死刑的滥用，更是暴露出酷吏嗜杀的本性。这种靠残酷的高压政策制造出来的安定，自然是不可持续的。康熙一朝，史称盛世。可是，我们若是读一读方苞的《狱中杂记》，就知道所谓盛世，其刑法是多么黑暗，那刑部的大狱里，又埋葬着多少冤魂。和平时期是如此的草菅人命，乱世的时候就更不用说了。

人们总是说，《三国演义》的风格是夸张的，但是，有些情节未必一定是夸张。

请看《三国演义》第四十二回的生动描写：

> 飞乃厉声大喝曰："我乃燕人张翼德也！谁敢与我决一死战？"声如巨雷。曹军闻之，尽皆股栗。曹操急令去其伞盖，回顾左右曰："我向曾闻云长言：翼德于百万军中取上将之首，如探囊取物。今日相逢，不可轻敌。"言未已，张飞睁目又喝曰："燕人张翼德在此！谁敢来决死战？"曹操见张飞如此气概，颇有退心。飞望见曹操后军阵脚移动，乃挺矛又喝曰："战又不战，退又不退，却是何故？"喊声未绝，曹操身边夏侯杰惊得肝胆碎裂，倒撞于马下。操便回马而走。于是诸军众将一齐望西奔走。正是：黄口孺子，怎闻霹雳之声；病体樵夫，难听虎豹之吼。一时弃枪落盔者不计其数，人如潮涌，马似山崩，自相践踏。

张飞的嗓门好生了得，平地一声吼，曹操几十万大军居然闻风而逃。如果给张飞配备一个扩音器，那效果就更好了。《三国志·蜀书·张飞传》云："曹公追之，一日一夜，及于当阳长阪。先主闻曹公卒至，弃妻子走，使飞将二十骑拒后。飞据水断桥，瞋目横矛曰：'身是张翼德也，可来共决死！'敌皆无敢近者，故遂得免。"小说与本传的出入不是很大。

《三国演义》第七十五回写关云长刮骨疗毒，笔墨似乎极度夸张：

> 公饮数杯酒毕，一面仍与马良弈棋，伸臂令佗割之。佗取尖刀在手，令一小校捧一大盆于臂下接血。佗曰："某便下手。君侯勿惊。"公曰："任汝医治。吾岂比世间俗子，惧痛者耶？"佗乃下刀，割开皮肉，直至于骨，骨上已青；佗用刀刮骨，悉悉有声。帐上帐下见者，皆掩面失色。公饮酒食肉，谈笑弈棋，全无痛苦之色。

关云长刮骨疗毒

隋末猛将高开道有类似的故事：高开道的面颊上有一枚箭头，找来医生，让他拔去箭头，医生说："箭头太深，没法拔。"高开道大怒，杀了医生。又找来一位医生，医生回答："要拔箭头，恐怕很痛。"高开道又杀了这位医生。第三次找来一位医生，医生说："可以拔。"于是凿颊骨，钉入楔子，骨头裂开一寸多的缝，到底取出了箭头；手术的同时，高开道奏乐进餐不停。（见《资治通鉴》卷一八八）

高开道的凿骨出镞，堪比关羽的刮骨疗毒。一边手术，一边奏乐、进餐，表现出惊人的自制力。可是，连斩两个医生，却是表现出他的残暴无道。

当然，刮骨疗毒以后，接着"伸舒如故，并无痛矣"，是夸张。现在来说，还有个拆线的问题。《聊斋志异》里的《娇娜》一篇，写娇娜为孔生手术一段，那才是真正的夸张："女乃敛羞容，揶长袖，就榻诊视。把握之间，觉芳气胜兰。……乃脱臂上金钏安患处，徐徐按下之。创突起寸许，高出钏外，而根际余肿，尽束在内，不似前如碗阔矣。乃一手启罗衿，解佩刀，刃薄于纸，把钏握刃，轻轻附根而割。紫血流溢，沾染床席……未几，割断腐肉，团团然如树上削下之瘿。又呼水来，为洗割处。口吐红丸如弹大，着肉上按令旋转。才一周，觉热水蒸腾；再一周，习习作痒；三周已，遍体清凉，沁入骨髓。女收丸入咽，曰：'愈矣！'趋步出。"如此干脆利索的技术，如此迅速的康复速度，只怕现在的外科大夫也要自叹不如。

《三国演义》第六十一回有云："操领百余人上山坡，遥望战船，各分队伍，依次摆列。旗分五色，兵器鲜明。当中大船上青罗伞下，坐着孙权，左右文武，侍立两边。操以鞭指曰：'生子当如孙仲谋！若刘景升儿子，豚犬耳！'忽一声响动，南船一齐飞奔过来。濡须坞内又一军出，冲动曹兵。曹操军马退后便走，止喝不住。忽有千百骑赶到山边，为首马上一人，碧眼紫髯，众人认得正是孙权。权自引一队马军来击曹操。操大惊，急回马时，东吴大将韩当、周泰两骑马直冲将上来。操背后许褚纵马舞刀，敌住二将，曹操得脱归寨。"

孙权居然亲自带兵冲进曹操阵中，似乎非常夸张。但据《三国志》中的记载，孙权的表现更是惊人。《三国志》的《吴主传》注引《吴历》说："权数挑战，公坚守不出。权乃亲来，乘轻船，从濡须口入公军。诸将皆以为是挑战者，欲击之。公曰：'此必孙权欲身见吾军部伍也。'敕军中皆精严，弓弩不得妄发。权行五六里，回还作鼓吹。"赤壁之战以后，曹操开始重视孙权，把孙权作为主要的敌人。孙权通过赤壁之战，自信大增。曹操亲率四十万大军前来，也没有吓住孙权。孙权还给曹操送信，说是"春水方生，公宜速去""足下不死，孤不得安"。轻蔑之情，溢于字里行间。孙权明白：曹军依然没有解决水上作战的问题。曹操虽然说"生子当如孙仲谋"，其实他的儿子也不赖。曹操有二十五个儿子，其出色者：曹丕（卞夫人所生）是文武双全，只是器量不如其父；曹植（卞夫人所生）是著名文学家，是五言诗的奠基人；曹彰（卞夫人所生）骁勇，建安二十三年（218），身先士卒，冲锋陷阵，平定代郡乌桓；曹冲（环夫人所生，字仓舒，十三岁卒）称象，利用浮力的原理，智慧不下于阿基米德。若是假以天年，或许能在中国科技史上留下浓墨重彩的一笔。

据《三国演义》第六十八回：建安十三年（208），曹操亲率四十万大军，进攻濡须口。"甘宁将酒肉与百人共饮食尽。约至二更时候，取白鹅翎一百根，插于盔上为号，都披甲上马，飞奔曹操寨边，拔开鹿角，大喊一声，杀入寨中，径奔中军来杀曹操。原来中军人马，以车仗伏路穿连，围得铁桶相似，不能得进。甘宁只将百骑，左冲右突。曹兵惊慌，正不知敌兵多少，自相扰乱。那甘宁百骑，在营内纵横驰骤，逢着便杀，各营鼓噪，举火如星，喊声大震。甘宁从寨之南门杀出，无人敢当。孙权令周泰引一枝兵来接应。甘宁将百骑回到濡须。操兵恐有埋伏，不敢追袭。"读的时候，是不是觉得很夸张？但对照《三国志·吴书·甘宁传》及注引《江表传》记载，战况属实，小说的描写不过是更加细致而已。刘备赞赵云浑身是胆，其实甘宁也当得此誉。唐人孙元晏有诗赞云："夜深偷入魏军营，满寨惊忙火似星。百口宝刀千匹绢，也应消得与甘宁。"（《甘宁斫营》）

曹仁的勇猛无畏，亦不次于甘宁和赵云。《三国演义》第五十一回有云：曹仁在江陵，周瑜数万人来攻，前锋数千人先到。曹仁部下骁将牛金自告奋勇，率五百人冲击吴军，被吴军包围，非常危急。曹仁亲自"引麾下壮士数百骑出城"冲进敌阵，救出牛金。发现还有一些曹兵没有出来，重新杀入，将其救出。这种描写似乎非常夸张，但对照《三国志·魏书·曹仁传》，竟是实录：

> 瑜将数万众来攻，前锋数千人始至，仁登城望之，乃募得三百人，遣部曲将牛金逆与挑战。贼多，金众少，遂为所围。长史陈矫俱在城上，望见金等垂没，左右皆失色。仁意气奋怒甚，谓左右取马来。矫等共援持之。谓仁曰："贼众盛，不可当也。假使弃数百人何苦，而将军以身赴之！"仁不应，遂被甲上马，将其麾下壮士数十骑出城。去贼百余步，迫沟。矫等以为仁当住沟上，为金形势也，仁径渡沟直前，冲入贼围，金等乃得解。余众未尽出，仁复直还突之，拔出金兵，亡其数人，贼众乃退。矫等初见仁出，皆惧。及见仁还，乃叹曰："将军真天人也！"三军服其勇。太祖益壮之，转封安平亭侯。

《曹仁传》说曹仁"将其麾下壮士数十骑出城"，比较小说的"引麾下壮士数百骑出城"，更加惊险。小说不但没有夸张，反而是冲淡了。

诸葛亮的好用锦囊妙计，那种神机妙算，料事如神，不免让人觉得过于夸张，如鲁迅所说："状诸葛之多智而近妖。"

而在《三国志·魏书·张辽传》里，曹操就给张辽留下了锦囊妙计，但妙计不是放在锦囊里，而是放在一个木匣里："太祖既征孙权还，使辽与乐进、李典等将七千余人屯合肥。太祖征张鲁，教与护军薛悌，署函边曰'贼至乃发'。俄而权率十万众围合肥，乃共发教。教曰：'若孙权至者，张、李将军出战，乐将军守护军，勿得与战。'"

我们读到空城计一节，觉得过于夸张。其实，历史上有类似的故事。

《三国志·魏书·文聘传》注引《魏略》："孙权尝自将数万众卒至。时大雨，城栅崩坏，人民散在田野，未及补治。聘闻权到，不知所施，乃思惟莫若潜默可以疑之。乃敕城中人使不得见，又自卧舍中不起。权果疑之，语其部党曰：'北方以此人忠臣也，故委之以此郡，今我至而不动，此不有密图，必当有外救。'遂不敢攻而去。"是又一空城计也。

　　赵云怀抱阿斗，大战长坂坡，确实很夸张，因为赵云是作者要赞美的蜀汉将领。《三国演义》第十九回，吕布向袁术求救，袁术回答说，你先把你女儿送来，与我儿子成亲。"吕布将女以绵缠身，用甲包裹，负于背上，提戟上马。放开城门，布当先出城，张辽、高顺跟着。将次到玄德寨前，一声鼓响，关、张二人拦住去路，大叫：'休走！'吕布无心恋战，只顾夺路而行。玄德自引一军杀来，两军混战。吕布虽勇，终是缚一女在身上，只恐有伤，不敢冲突重围"。吕布是见利忘义、反复无常之徒，作者没有必要夸张他的武艺。于是，描写回到现实主义。

俗话说：金无足赤，人无完人。

蜀汉的武将中，关羽排名第一。一是武艺超群绝伦，二是功勋卓著，三是资格最老。关羽在曹营，曹操极力地笼络他，无所不用其极，但关羽一有机会，还是毅然决然地回到了刘备的身边，这是很不容易的。曹操能够放关羽走，交代一路绿灯，亦属难能可贵。

可是，关羽的性格弱点也毋庸讳言：居功自傲，爱听奉承，刚愎自用，轻敌麻痹，最后大意失荆州，英雄末路，败走麦城，成为蜀汉衰落的转折点。正所谓"性

诸葛亮智算华容

格即是命运"。本传中陈寿评其"刚而自矜""羽善待卒伍而骄于士大夫"。观其结局，糜芳之叛，刘封、孟达之见死不救，军心瓦解，关羽成为孤家寡人，其"善待卒伍"，恐怕也要打一个很大的问号。我们读《史记·项羽本纪》，能够感觉到司马迁对失败英雄的同情。英雄末路，令人唏嘘。我们读《三国演义》，读到第七十三至七十六回，也会产生类似的感受。

蜀汉的武将中，张飞的名位仅次于关羽。《三国志·蜀书·张飞传》亦说："飞雄壮威猛，亚于关羽""羽年长数岁，飞兄事之"。人称其与关羽均为"万人敌"。人都以为张飞鲁莽，其实，张飞亦会用计："曹公破张鲁，留夏侯渊、张郃守汉川。郃别督诸军下巴西，欲徙其民于汉中，进军宕渠、蒙头、荡石，与飞相拒五十余日。飞率精卒万余人，从他道邀郃军交战，山道迮狭，前后不得相救，飞遂破郃。"（《三国志·蜀书·张飞传》）张郃这样的名将，也败在张飞的手里。至于《三国演义》第七十回大肆描写的张飞假装醉饮，引诱张郃来偷营，却是小说的虚构。显然，在刘备的心目中，张飞较之关羽，略为逊色。刘备分兵，常常自己带一支，而关羽带一支。留在荆州独当一面的是关羽，不是张飞。把守蜀汉大门——汉中的大将，则是魏延。陈寿评其"暴而无恩""飞爱敬君子而不恤小人"，可谓的评。刘备常常告诫张飞："你经常鞭打健儿，但之后还让他们侍奉在你左右，这是取祸之道。"果然，张飞临出兵前，被其麾下将领张达、范强（小说中误写作范疆）谋杀，并带着张飞的首级去投奔孙权。关羽、张飞自有其性格弱点，所以陈寿说关、张"以短取败，理数之常也"。

马超之悍勇，曹操将其比作当年的吕布。诸葛亮赞其"孟起兼资文武，雄烈过人，一世之杰，黥、彭之徒"（《三国志·蜀书·关羽传》）。潼关之战，曹操为马超所逼，狼狈逃窜，仅以身免。在《三国演义》第五十八回对此有生动的描写。刘备攻益州，正在僵持，一听说马超来了，大喜："我得益州矣！"（裴注引《典略》）"先主遣人迎超，超将兵径到城下。城中震怖，璋即稽首"（《三国志·蜀书·马超传》）。马超未到，久攻不下；马超一到，土崩瓦解。

马超的震慑力，由此可见一斑。可是，马超与韩遂联手反曹，中了曹操的离间计，"更相猜疑，军以大败"，足见其有勇无谋。马超反曹，事先并未预告自己在京师的父亲，导致父亲及其全家惨遭杀害。马超在张鲁那里安身不牢，投奔刘备，他的妾董氏被张鲁转赐给功曹阎圃，儿子马秋遇害。临终之时，身边的亲人只剩下一个从弟马岱。难怪当初马超投奔张鲁时，张鲁开始非常高兴，以为得人，想把女儿嫁给马超，接着就有人拨乱其间，说："有人若此不爱其亲，焉能爱人？"（《三国志·蜀书·马超传》注引《典略》）《三国志·蜀书·彭羕传》云："羕闻当远出，私情不悦，往诣马超。超问羕曰：'卿才具秀拔，主公相待至重，谓卿当与孔明、孝直诸人齐足并驱，宁当外授小郡，失人本望乎？'羕曰：'老革荒悖，可复道邪！'又谓超曰：'卿为其外，我为其内，天下不足定也。'超羁旅归国，常怀危惧，闻羕言大惊，默然不答。羕退，具表羕辞，于是收羕付有司。"彭羕固然狂妄昏悖，但他将心中的一腔不满，去

向马超发泄，亦引人深思。正是因为马超"羁旅归国，常怀危惧"，所以彭羕才能向其倾吐衷曲。然交浅言深，马超据实举报，彭羕被处死。马超投奔刘备以后，始终没有独当一面的机会，可见刘备对他存有戒心，不是非常放心。

魏延的骁勇，亦出类拔萃。刘备能把镇守汉中的重任交给他，足见魏延在刘备心中的位置。可是，魏延与同僚的关系非常紧张。据魏

魏延

延本传，诸葛亮一去世，他和杨仪的矛盾就迅速激化。他被诬为谋反，朝中的大臣蒋琬、费祎、董允等"咸保仪疑延"，魏延在朝中非常孤立，没有人替他说话。陈寿评刘封、魏延等人，其"招祸取咎，无不自己也"。魏延这样桀骜不驯的武将，唯有刘备、诸葛亮才能驾驭得住。诸葛亮之所以能够容忍魏延的桀骜不驯，实在是因为蜀汉的人才库并不充裕。魏延自视甚高，"延常谓亮为怯，叹恨己才用之不尽"。诸葛亮去世，魏延并不惊慌，对大家说："丞相虽亡，吾自见在。府亲官属便可将丧还葬，吾自当率诸军击贼，云何以一人死废天下之事邪？"意思是离了谁，地球都能转。诸葛亮虽然去世了，不是还有我吗？慌什么！

黄忠位列关羽、张飞、马超之后，依然引起关羽的不满。是费诗对关羽做了细致的思想工作，才使关羽接受了前将军的头衔。据《三国志·蜀书·费诗传》云，关羽听说黄忠为后将军，十分生气："大丈夫终不与老兵同列！"不肯接受任命。费诗对关羽说："创立帝王事业的人，所任用的人才并非都会是一样的，从前萧何、曹参与汉高祖从小就是亲密老友，而陈平、韩信都是逃亡而后来的，论他们在朝中所排位次，韩信居位最高，但未听说萧何、曹参因此有过任何怨言。如今汉中王以一时的功劳，对黄忠厚加恩宠礼遇，然而内心里难道真会把他与您同等看待吗？况且汉中王与您，譬如一体，休戚与共，祸福同当，我要是您的话，就不会去计较这些官号的高低、爵禄的多少了。我乃一介使臣，奉命行事之人，您若真不受封，我就如此回京复命，只是对您的举止颇为惋惜，恐怕您会后悔啊！"费诗的点拨，坦率中肯，关羽醒悟到自己的过错，当即接受了任命。其实，黄忠"自葭萌受任，还攻刘璋，忠常先登陷阵，勇毅冠三军"。黄忠最露脸的一次是定军山斩杀夏侯渊："建安二十四年，于汉中定军山击夏侯渊。渊众甚精，忠推锋必进，劝率士卒，金鼓振天，欢声动谷，一战斩渊，渊军大败。"《三国志·蜀书·黄忠传》中，我们看不到这位老当益壮的将军的言行有何瑕疵。但是，在《三国演义》里，黄忠的地位，毕竟无法与关羽、张飞、马超、赵云相比。

姜维是诸葛亮身后最重要的将领。诸葛亮对姜维作了初步的考察之后，就评价甚高："姜伯约忠勤时事，思虑精密，考其所有，永南、季常诸人不如也。其人，凉州上士也。""须先教中虎步兵五六千人。姜伯约甚敏于军事，既有胆义，深解兵意。此人心存汉室，而才兼于人，毕教军事，当遣诣宫，觐见主上。"（《三国志·蜀书·姜维传》）一是"心存汉室"，政治可靠；二是"敏于军事""思虑精密""深解兵意"，是难得的将才。再看郤正对姜维的评价："姜伯约据上将之重，处群臣之右，宅舍弊薄，资财无余，侧室无妾媵之亵，后庭无声乐之娱，衣服取供，舆马取备，饮食节制，不奢不约，官给费用，随手消尽；察其所以然者，非以激贪厉浊，抑情自割也，直谓如是为足，不在多求。凡人之谈，常誉成毁败，扶高抑下，咸以姜维投厝无所，身死宗灭，以是贬削，不复料摘，异乎《春秋》褒贬之义矣。如姜维之乐学不倦，清素节约，自一时之仪表也。"（《姜维传》）这位郤正就是对刘禅"乐不思蜀"感到痛心疾首之人。姜维是北伐最坚定的将领。可是，平心而论，姜维使尽浑身解数，限于蜀汉的国力、人力，已经无力回天。他的频频伐魏，不但未能改变蜀弱魏强的态势，而且将蜀汉的国力用至极限。相比之下，费祎比较清醒，他劝说姜维："吾等不如丞相亦已远矣；丞相犹不能定中夏，况吾等乎！且不如保国治民，敬守社稷，如其功业，以俟能者，无以为希冀侥幸而决成败于一举。若不如志，悔之无及。"（《姜维传》注引《汉晋春秋》）王夫之如此分析诸葛亮和姜维北伐失败的原因："荆州之兵利于水，一逾楚塞出宛、雒而气馁于平陆；益州之兵利于山，一逾剑阁出秦川而情摇于广野。恃形势，而形势之外无恃焉，得则仅保其疆域，失则祗成乎坐困。以有恃而应无方，姜维之败，所必然也。当先主飘零屡挫、托足无地之日，据益州以为资，可也；从此而书宛、雒、秦川之两策，不可也。"（《读通鉴论》）姜维北伐，苦志可嘉，无奈国力衰弱、人才匮乏，大厦将倾，独木难支！

　　现代人更加理性地去评价三国的历史人物，他们最喜欢的蜀汉将领必定是赵云。赵云与关、张一样武艺高强，但赵云没有关、张那些性格弱点，没有一点不良嗜好。赵云智勇双全，识大体，顾大局，堪称蜀汉武将中的一个完人，是一个放到哪里都可以让刘备、诸葛亮放心的将军。

赵云的择主，没有像关羽、张飞和诸葛亮那样一步到位。据赵云本传载，他先是投奔袁绍，接着又投奔公孙瓒。公孙瓒问他说："听说你们冀州人都愿归顺袁绍，怎么唯独你能迷途知返呢？"赵云答道："天下大乱，不知道谁是能够拯救大难的人。百姓遭受的痛苦，就像是被倒吊起来一样。我们冀州的百姓，只是向往仁政，并不是轻视袁绍而亲附将军。"刘备见到赵云后，认为他胆识出众，便用心交结。于是赵云就随刘备到平原国，为他统领骑兵。

《三国演义》中的赵云，是用"高、大、上"的标准塑造的。作者特意为他的出场设计了出色的亮相："（袁绍攻公孙瓒）麴义引军直冲到后军，正撞着赵云，挺枪跃马，直取麴义。战不数合，一枪刺麴义于马下。赵云一骑马飞入绍军，左冲右突，如入无人之境。"（《三国演义》第七回）等于长坂坡大战的预演。我们在后文中也看到，赵云一上战场，常常是"如入无人之境"。

长坂坡大战是赵云的重头戏。当时，刘备被曹操追上，形势非常危急。但见赵云左冲右突，抱着阿斗，还能苦战。作者为了使情节可信，一是让曹操下令，务必要活捉赵云；二是让赵云获得一把削铁如泥的宝剑"青釭"；三是强调阿斗是真命天子，这是求助迷信。这一场厮杀，赵云怀抱后主，直透重围，砍倒大旗两面，夺槊三条，前后枪刺剑砍，杀死曹营名将五十余名。

前来接应的张飞立在桥上，真成了一夫当关，万夫莫开。幸好前面已经由关羽做了铺垫，他向曹操介绍过，张飞于百万军中取上将首级如探囊取物。

赵云的为人，非常清廉。攻克成都以后，有人建议把成都有名的肥田沃土和住宅分给将领们。赵云说："霍去病曾认为匈奴尚未消灭，不应考虑自己的家业。现在的国贼远非匈奴可比，我们不能贪图安乐。等到天下都安定以后，将士们重归故里，在自己的田地上耕作，才会各得其所。益州的百姓，刚刚遭受兵灾战祸，土地、田宅都应归还原来的主人，使百姓平安定居，恢复生产，然后才可以向他们征发兵役，收取租税，获得他们的好感；而不应该夺取他们财物，以私宠自己所爱的将领。"刘备接受了赵云的意见。赵云不但是不贪，而且很有政治眼光，知道在新得益州、局势动荡，在立足未稳的情况下，争取民心的极端重要性。

越是危急之时，赵云越是有出色的表现。街亭之役，诸葛亮事后说："街亭军退，兵将不复相录，箕谷军退，兵将初不相失，何故？"邓芝答曰："（赵）云身自断后，军资什物，略无所弃，兵将无缘相失。""云有军资余绢，亮使分赐将士，云曰：'军事无利，何为有赐？其物请悉入赤岸府库，须十月为冬赐。'亮大善之。"（裴注引《赵云别传》）赵云总是冲锋在前，退却在后，公而忘私，顾全大局。

《三国演义》第七十一回写道："却说张郃、徐晃领兵追至蜀寨，天色已暮，见寨中偃旗息鼓，又见赵云匹马单枪，立于营外，寨门大开，二将不敢前进。正疑之间，曹操亲到，急催督众军向前。众军听令，大喊一声，杀奔营前，见赵云全然不动，曹兵翻身就回。赵云把枪一招，壕中弓弩齐发。时天色昏黑，正不知蜀兵多少。操先拨回马走。只听得后面喊声大震，鼓角齐鸣，蜀兵赶来。曹兵自相践踏，拥到汉水河边，落水死者，不知其数。赵云、黄忠、张著各引兵一枝，追杀甚急。操正奔走间，忽刘封、孟达率二枝兵从米仓山路杀来，放火烧粮草。操弃了北山粮草，忙回南郑。徐晃、张郃扎脚不住，亦弃本寨而走。赵云占了曹寨，黄忠夺了粮草，汉水所得军器无数，大获胜捷，差人去报玄德。玄德遂同孔明前至汉水。问赵云的部卒曰：'子龙如何厮杀？'军士将子龙救黄忠、拒汉水之事，细述一遍。玄德大喜，看了山前山后险峻之路，欣然谓孔明曰：'子龙一身都是胆也！'"这一段是小说据《赵云别传》加工而成。

《三国演义》第七十一回写道："云大怒，骤马一枪，又刺死焦炳。杀散余兵，直至北山之下，见张郃、徐晃两人围住黄忠，军士被困多时。云大喝一声，挺枪骤马，杀入重围，左冲右突，如入无人之境。那枪浑身上下，若舞梨花；遍体纷纷，如飘瑞雪。张郃、徐晃心惊胆战，不敢迎敌。云救出黄忠，且战且走，所到之处，无人敢阻。操于高处望见，惊问众将曰：'此将何人也？'有识者告曰：'此乃常山赵子龙也。'操曰：'昔日当阳长坂英雄尚在！'急传令曰：'所到之处，不可轻敌。'赵云救了黄忠，杀透重围。……云不回本寨，遂望东南杀来。所到之处，但见'常山赵云'四字旗号，曾在当阳长坂知其勇者，互相传说，尽皆逃窜。云又救了张著。"这是小说的添油加醋。

刘备为关羽的被杀深感耻辱，准备进攻孙权，赵云犯颜进谏："国贼是曹操，而不是孙权。如果先灭掉魏，孙权自然归服。如今曹操虽然已经死去，他的儿子曹丕窃夺了汉朝的皇位。我们应当顺应民心，尽早夺取关中，占据黄河、渭水上游，以利于征讨凶顽叛逆，函谷关以东的义士，一定会自带军粮，驱策战马迎接陛下的正义之师。我们不应置曹操于不顾，先和孙权开战。两国战端一开，不可能很快结束，这不是上策。"此事据裴注引《赵云别传》而来。由此可见，赵云刚直敢言，原则性很强。这种话连诸葛亮都不敢说，虽然他也一定会如此想。

刘备得成都，以赵云为留营司马。时孙夫人骄纵，手下多横行不法，赵云治之。孙权派人接妹妹回东吴，孙夫人抱了刘禅一起走，赵云与张飞在江上将刘禅截下。赵云两次救下刘禅，但是赵云从未自炫其功。

在《三国志》中，赵云的名位，排在马超、黄忠之下。历史上的赵云，基本上是刘备的近卫军，军功没有关羽和张飞那么显赫。关羽是前将军，张飞是右将军，马超是左将军，黄忠是后将军。赵云的将军等级（翊军将军），与糜竺、孙乾、简雍相似，但赵云本人并不计较。可以看出赵云的胸襟气度。直到刘备死后，赵云才被诸葛亮提升为征南将军、镇东将军。《三国演义》再把赵云的地位提高，五虎上将的排列顺序为：关羽、张飞、赵云、马超、黄忠。

赵云在刘禅继位后官位直升，"建兴元年，为中护军、征南将军，封永昌亭侯，迁镇东将军"（《三国志·蜀书·赵云传》），官位与汉中太守、镇北将军魏延同样高。

赵云堪称蜀汉武将中的一个完人。

荀彧之死，实在是一个谜。

荀彧的出身，很不简单。关于荀彧的祖父荀淑，《三国志·魏书·荀彧传》云："汉顺、桓之间，知名当世。"《续汉书》说："淑有高才，王畅、李膺皆以为师。"张璠《汉纪》说："淑博学有高才，与李固、李膺同志友善。拔李昭于小吏，友黄叔度于幼童。以贤良方正征，对策讥切梁氏。"由此可见，荀彧的祖父荀淑属于汉末的清流，方正刚直，在社会上享有很高的声誉。荀淑"有子八人，号曰'八龙'"。其中最著名的是六子荀爽。据张璠《汉纪》说："（荀爽）幼好学，年十二通《春秋》、《论语》，耽思经典。不应征命，积十数年。董卓秉政，复征爽。爽欲遁去，吏持之急。诏下郡，即拜平原相。行至宛陵，又追拜光禄勋。视事三日，策拜司空。爽起自布衣，九十五日而至三公。"荀淑的次子、荀爽之兄济南相荀绲就是荀彧的父亲。

荀彧年轻的时候，南阳的何颙即许之为王佐之才。汉献帝永汉元年（189），荀彧"举秀才，拜守宫令。董卓之乱，求出补吏。除亢父令。遂弃官归"。荀彧时而出仕，时而弃官，说明他很有用世之心，但身处乱世，他一时还没有看到可以依附的主人。不久，他去冀州投奔袁绍。这是他第一次重大的政治选择。袁家四世三公，东汉清流的后裔荀彧去投奔袁氏，亦在情理之中。可是，目光犀利的

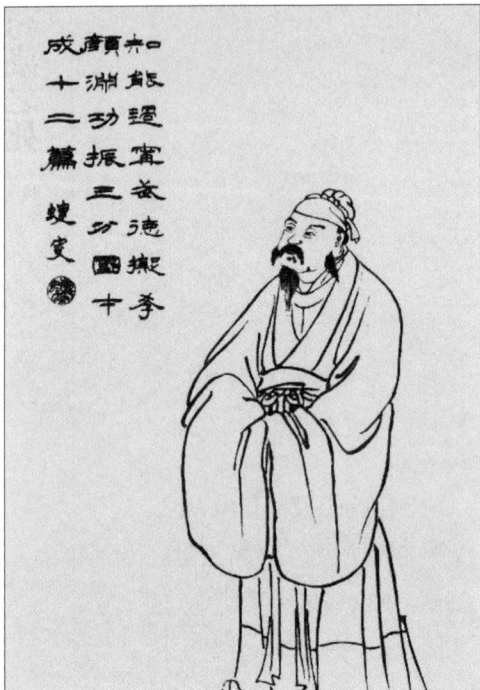
知能经
能经宽
颜德撼
渊功季
振国
成三十
十功二
二国
蘋娉定

荀彧

荀彧很快就意识到，这是一次错误的选择，袁绍徒有虚名，不是一个能够成大事的人。汉献帝初平二年（191），他带着侄子荀攸，脱离袁绍，转投曹操。当时曹操的实力不如袁绍。曹操的声望、家世，在社会上的影响，都无法与袁绍相比。可是，荀彧毅然决然地投奔曹操，显示出他卓越的政治眼光。荀彧的择主，虽然没能像诸葛亮那样一步到位，但也非常及时地纠正了自己的错误。当时他二十九岁。荀彧作为汝颖集团里的一个标志性人物，他的弃袁绍而投曹操，具有象征的意义。东汉的党锢之祸中，世家大族遭到极大的摧残。贯穿东汉一朝的外戚与宦官之争终于有了结果，那就是两大集团同归于尽。这就好像一艘大船即将沉没，船上的两派却还在争夺船上的财物。最后的结果是同时沉入大海，葬身鱼腹。

在外戚与宦官的恶战中，世家大族来回地遭到清洗，失去了傲岸不屈之气。我们只要把杨彪和他的父辈比较一下就不难体会到这一点。至汉末，世家大族已经缺乏足够的能量，不能为拨乱反正的历史使命提供一流的领袖，袁绍外宽内忌，才能平庸；袁术被孔融讥作"冢中枯骨"，说他哪是忧国忘家之人。陈登说："公路骄豪，非治乱之主。"力劝刘备接任徐州，不必惧怕袁术。世家大族虽然未能为时代提供呼风唤雨的一流的领袖，却为宦官出身的人主曹操提供了以荀彧为代表的一流的智囊。曹操一见荀彧，交谈甚欢，许之为张良再世。从荀彧的知识结构来看，他精通历史，从历史的兴亡成败中汲取了丰富的智慧。荀彧向曹操的每一次重要的进言，都是以史为鉴。他的政治智慧与曹操的军事智慧相互结合产生超能，使曹操集团终于吞并群雄，成为三国鼎立中最强大的一极。

荀彧成为曹操智囊团里最重要的角色，在曹魏集团的创业过程中发挥了重大的作用。曹操东征徐州，张邈、陈宫叛迎吕布，兖州各地群起响应。曹操的后方大本营产生动摇，形势危急。曹操的后方由荀彧和程昱主持。荀彧守甄城，程昱守范县，枣祗守东阿。他们顶住了吕布的猛攻，坚持到了曹操大军的回援，保住了曹操的根据地。荀彧的建言往往是战略性的：一是反对流寇主义，主张建立巩固的根据地："昔高祖保关中，光武据河内，皆深根固本以制天下，进足以胜敌，退足以坚守；故虽有困败而终济大业。将军本以兖州首事，平山东之难，百姓无不归心悦服。且河、济，天下之要地也，今虽以残破，犹易以自保，是亦将军之关中、河内也。"（《三国志·魏书·荀彧传》）所以，我们看各家都时不时地想袭击许昌。袁绍、袁术、孙坚、孙策、刘备、吕布都动过这个念头。毛宗岗亦看清这一点，所以他说："看前回曹操咬牙切齿，秣马厉兵，观者必以为此回中定然踏平徐州，碎割陶谦矣。不意虎头蛇尾，竟是解围而去。所以然者，操以兖州为家，无兖州则无家矣。"（十一回点评）又评论："或曰：孙策如此英雄，何不先击刘表，以报父仇？予曰：脚头不立定，未可报仇；脚头才立定，亦未可报仇。曹操初得兖州，而遽击陶谦，则吕布旋议其后；刘备未定巴蜀，而遽攻曹操，则关、张不能为功：固筹之熟矣。"（十五回点评）二是不失时机地提出挟天子以令诸侯的策略，建立了曹魏集团在政治上的优势："高祖东伐为义帝缟素而天下归心。自天子播越，将军首唱义兵，徒以山东扰乱，未能远赴关右，然犹分遣将帅，蒙险通使，虽御难于外，乃心无不在王室，是将军匡天下之素志也。今车驾旋轸，义士有存本之思，百姓感旧而增哀诚。诚因此时，奉主上以从民望也，大顺也；秉至公以服雄杰，大略也；扶弘义以致英俊，大德也。天下虽有逆节，必不能为累，明矣。"（《荀彧传》）在此以前发生的一件事，可能对曹操也不无刺激。初平三年（192），朝廷派金尚来作兖州刺史。曹操好不容易获得兖州牧这个位置，岂能拱手相让。曹操派人在途中截击金尚，金尚狼狈逃走，投奔了袁术。曹操由此会想，有一个发自朝廷的正式的任命是不是更好。当然，把天子拿在手里，有利有弊，我们也不能将一个傀儡的作用看得太重，毕竟最后要靠实力说话。各路诸侯，没有一个因为曹操手里有个皇帝就去归顺他的。所谓"人心思汉"，不能看得太重。说是"人心思治"，可能更有道理。颖川郭图、淳于琼就对袁绍说："汉室陵迟，为日久矣，今欲兴之，不亦难乎！且英雄并起，各据州郡，连徒聚众，动有万计，所谓秦失其鹿，先得者王。今迎天子，动辄表闻，从之则权轻，违之则拒命，非计之善者也。"沮授曰："今迎朝廷，于义为得，于时为宜，若不早定，必有先之者矣。"（《后汉书·袁绍传》）袁绍没有听沮授的。其实，无君之心，曹操与袁绍没有区别，但曹操拿到了这个勤王的名头。当然，挟天子以令诸侯也是有风险的，曹操入殿，也曾经紧张得汗流浃背，赶快退了出来。如果衣带诏之谋得以成功，则淳于琼的策略不见得比荀彧差。

三是面对袁绍的进攻态势，在敌强我弱的形势下，分析双方的长短，促使曹操确立决战决胜的信心："绍貌外宽而内忌，任人而疑其心；公明达不拘，唯才所宜，此度胜也。绍迟重少决，失在后机；公能断大事，应变无方，此谋胜也。绍御军宽缓，法令不立，士卒虽众，其实难用；公法令既明，赏罚必行，士卒虽寡，皆争致死，此武胜也。绍凭世资，从容饰智，以收名誉，故士之寡能好问者多归之；公以至仁待人，推诚心不为虚美，行己谨俭，而与有功者无所吝惜，故天下忠正效实之士，咸愿为用，此德胜也。夫以四胜辅天子，扶义征伐，谁敢不从？绍之强其何能为！""绍兵虽多而法不整。田丰刚而犯上，许攸贪而不治，审配专而无谋，逢纪果而自用；此二人留知后事，若攸家犯其法，必不能纵也。不纵，攸必为变。颜良、文丑，一夫之勇耳，一战而禽也。"（《三国志·魏书·荀彧传》）曹、袁优劣，曹操身边的谋士们分析得一清二楚。荀彧、荀攸、郭嘉均从袁绍营里来，对袁绍的内部情况了如指掌，可以说是知己知彼。曹袁两军对峙官渡，曹军粮食渐渐供应不上，曹操决心有所动摇，是荀彧去信，提醒曹操"情见势竭，必将有变。此用奇之时，不可失也"，坚定了曹操决战决胜的意志。又接受荀攸、贾诩的建议，大胆冒险，奇袭乌巢。曹操此举并没有必胜的把握。如果把守乌巢的是张郃，事情的结果恐怕就难说了。官渡之战以后，曹操得知刘表的势力发展迅速，准备立即进击刘表。荀彧却劝他宜将剩勇追穷寇，彻底消灭袁绍集团，特别是袁谭、袁熙、袁尚。曹操采纳了荀彧的意见，逐次消灭了袁氏的各股势力，为统一北方扫除了最大的障碍。曹操的多次重大决策，都是与谋士们，与他的智囊团认真商讨以后决定的。

四是推荐人才，充实了曹魏的智囊团。荀攸、郭嘉、陈群、司马懿、郗虑、华歆、王朗、荀悦、杜袭、辛毗、赵俨、戏志才、钟繇、仲长统等一二流人才，都是荀彧所荐。曹操许其为知人。(《三国志·魏书·荀彧传》注引《彧别传》)曹操将自己的一个女儿（安阳公主）嫁给荀彧的长子荀恽，曹、荀结成儿女亲家。从荀彧的历次进言来看：首先，荀彧具有丰富的历史知识，他从历史的兴亡成败中汲取了丰富的军事政治斗争经验。其次，他并非食古不化的书生，他能够借助丰富的历史知识，透过三国时期变幻莫测、令人眼花缭乱的军事政治形势，作出正确的判断和选择。

荀彧在曹操智囊团里的地位和功勋可以说是首屈一指；可是，荀彧为人却非常谦和，显然，他的修养非常好，很会处理与同僚之间的关系，没有听说他居功自傲，和智囊团里的其他成员发生矛盾，没有人说他一个"不"字。值得注意的是，司马懿对荀彧的评价也非常之高："逮百数十年间，贤才未有及荀令君者也。"曹丕与荀彧的关系也非常和谐："文帝曲礼事彧。"荀彧死后，其长子荀恽与曹植关系密切，这才招致曹丕的仇恨。荀彧和曹操的关系终于出现了危机："（建安）十七年，董昭等谓太祖宜进爵国公，九锡备物，以彰殊勋。密以咨彧，彧以为太祖本兴义兵以匡朝宁国，秉忠贞之诚，守退让之实；君子爱人以德，不宜如此。太祖由是不能平。……彧疾留寿春，以忧薨。时年五十。谥曰敬侯。明年，太祖遂为魏公矣。"（《三国志·魏书·荀彧传》）注引《魏氏春秋》说：
"太祖馈彧食，发之乃空器也，于是饮药而卒。"《后汉书·荀彧传》
也是这一说法。"空器"是何意呢？有人说，曹操以此暗示荀彧，
你已经没用了。有人说，食盒无食，意思是死期到了。

　　想当初，荀彧建议曹操挟天子以令诸侯，用汉高祖尊奉义帝为
例，让曹操打起勤王的旗帜，本来就是一种幌子。不过是借此取得
政治上的优势，并非要曹操真正做辅助王室的忠臣。然而，此时的
汉献帝确实正在危难之时，被李傕、郭汜等抢来抢去。荀彧行此计
时，对曹操说，"乃心无不在王室，是将军匡天下之素志也"。曹操
迎汉献帝到许昌，剪除异己，废除三公制，恢复丞相制，大权独
揽，"百官总己以听"，献帝成为傀儡。荀彧当然明白，曹操的自命
丞相，正是权臣篡位的过渡和信号。他已经不是本来意义上的丞
相，更不是东汉那种有名无实的三公。曹操击败袁绍以后，废除
齐、北海、阜陵、下邳、常山、甘陵、济阴、平原八个刘姓的王
国，进一步削弱了"拥汉派"的势力。创业的君主随即面临着安置
功臣的难题。处理不好，就会影响政权的稳固。曹操大封跟随他南
征北战的二十多位功臣，使他们感恩戴德，更加忠心耿耿。他们的
富贵是曹操给的，决不会去感谢汉献帝。大将夏侯惇甚至"耻为汉
官，求为魏印"。建安十二年（207），曹操发布《封功臣令》。在笼
络人心这一方面，曹操比袁绍是强多了。袁绍与项羽一样，吝惜奖
赏，最后部下离心离德，成为一盘散沙。当然，战时无钱可赏，无
物可赏，于是便大封官爵，等于空头支票。不靠信仰，靠利益驱
动，却没有物资可用。于是，名器之滥，达于极点。好像通货膨
胀，官爵贬值缩水。

　　可是，待到曹操集团羽翼丰满，"拥汉派"日渐式微的时候，
曹操欲进位魏公的关键时刻，荀彧却出来泼冷水，这不是非常奇怪
吗？所以毛宗岗在小说第十回中发出疑问："曹操以荀彧为吾之子
房，是隐然以高祖自待矣，何至加九锡而始知其有不臣之心乎？文
若不于此时疑之，直至后日而始疑之，惜哉，见之不早也！""荀文
若曰：'河济之地，昔之关中、河内也。'是隐然以高祖、光武之所

为教曹操以矣。待其后自加九锡，而恶其不臣，岂始既教之，而后复恶之耶？"

《三国志·魏书·荀彧传》对荀彧作出了中性的评价："荀彧清秀通雅，有王佐之风，然机鉴先识，未能充其志也。"但刘宋时人的评价就没有那么中性了，裴松之说："世之论者多讥彧协规魏氏，以倾汉祚；君臣易位，实彧之由。虽晚节立异，无救运移；功既违义，识亦疚焉。陈氏之评，盖亦同乎世识。"可是，裴松之替荀彧做了委婉的辩解："臣松之以为斯言之作，诚未得其远大者也。彧岂不知魏武之志气，非衰汉之贞臣哉？良以于时王道既微，横流已极，雄豪虎视，人怀异心，不有拨乱之资、仗顺之略，则汉室之亡忽诸，黔首之类殄矣。"即是说，荀彧明知曹操意在篡汉，但生逢乱世，没有曹操这样的命世之才，也无法恢复国家的统一，救生民于水火。

裴注所引《献帝春秋》对于荀彧之死作出了这样的解释："董承之诛，伏后与父完书，言司空杀董承，帝方为报怨。完得书以示彧，彧恶之，久隐而不言。完以示妻弟樊普，普封以呈太祖，太祖隐为之备。彧后恐事觉，欲自发之。因求使至邺，劝太祖以女配帝。太祖曰：'今朝廷有伏后，吾女何得以配上？吾以微功见录，位为宰相，岂复赖女宠乎？'彧曰：'伏后无子，性又凶邪，往常与父书，言辞丑恶，可因此废也。'太祖曰：'卿昔何不道之？'彧阳惊曰：'昔已常为公言也。'太祖曰：'此岂小事，而吾忘之！'彧又惊曰：'诚未语公邪！昔公在官渡与袁绍相持，恐增内顾之念，故不言尔。'太祖曰：'官渡事后，何以不言？'彧无对，谢阙而已。太祖以此恨彧，而外含容之，故世莫得知。至董昭建立魏公之议，彧意不同，欲言之于太祖。及赍玺书犒军，饮飨礼毕，彧留请间。太祖知彧欲言封事，揖而遣之，彧遂不得言。"

若此说属实，则荀彧之得罪曹操，当起因于伏完之案。曹操质问荀彧的一番对答，描绘如画。曹操的愠怒，荀彧的尴尬，跃然纸上。可是，裴松之对《献帝春秋》的叙述并不相信。指其为"玷累贤哲""出自鄙俚""厚诬君子"的污蔑不实之辞。平心而论，史家的描写，把两个人的对话描写得如此详尽，未必没有想象的成分。荀彧为曹操智囊，伏完怎么能够将伏后的怨愤之书给荀彧阅览？但是，荀彧因伏完之案而得罪老瞒，恐怕也并非空穴来风。

荀彧既然因为反对曹操进为魏公而死，所以死后不能进入魏武帝的庙庭。正始四年（243），进入魏家宗庙的名单如下："绍祀已故大司马曹真、曹休、征南大将军夏侯尚、太常桓阶、司空陈群、太傅钟繇、车骑将军张郃、左将军徐晃、前将军张辽、右将军乐进、太尉华歆、司徒王朗、骠骑将军曹洪、征西将军夏侯渊、后将军朱灵、文聘、执金吾臧霸、破虏将军李典、立义将军庞德、武猛校尉典韦于太祖庙庭。"（《三国志·魏书·三少帝纪》）这一名单似乎过于偏向武将，后来又加入荀攸。

南北朝时期，君臣转换如走棋，诚所谓"乱烘烘你方唱罢我登场"，君臣观念非常淡薄，所以才会出现裴氏这样为曹操辩解的文字。宋代的时候，于荀彧褒贬不一，毁誉参半。卫宗武称荀彧"徒抱忠贞心，遗憾亘千古"（《秋声集·荀彧》）。杨万里责难荀彧："曹操之篡汉，路人皆知之，而荀彧独不疑。至九锡而始有异议，故皆受其祸。"（《诚斋易传》）口气还比较委婉。司马光对荀彧的评价比较公允："汉末大乱，群生涂炭，自非高世之才不能济也。然则荀彧舍魏武将谁事哉？齐桓之时，周室虽衰，未若建安之初也。建安之初，四海荡覆，尺土一民，皆非汉有。荀彧佐魏武而兴之，举贤用能，训卒厉兵，决机发策，征伐四克，遂能以弱为强，化乱为治，十分天下而有其八，其功岂在管仲之后乎！管仲不死子纠而荀彧死汉室，其仁复居管仲之先矣。"杜牧指责荀彧："譬之教盗穴墙发匮而不与同挈，得不为盗乎？"说荀彧是为名而死（见于《资治通鉴》卷六十六所引）。司马光反驳道："且使魏武为帝，则彧为佐命之功与萧何同赏矣；彧不利于此而利于杀身以邀名，岂人情乎！"关键是司马光并未将曹操视为国贼、奸雄。他将曹操、孙权、刘备同视为逐鹿中原的群雄。司马光的观点与裴松之的意见互相呼应，将后者的意见阐述得更加鲜明。苏辙认为，荀彧并非忠于汉室，他只是劝曹操不要太急："文若之意，以为劫而取之，则我有力争之嫌，人怀不忍之志，徐而俟之，我则无嫌而人云无憾。要之必得而免争夺之累，此文若之本心也。"（《栾城集》后集卷九）苏辙的看法，亦是书生之见。如果荀彧只是嫌曹操太急于篡位，可以慢慢来，曹操又何必置他于死地？朱熹认为，荀彧之死，不值得为其悲伤："考其议论本末，未见其有扶汉之心也，其死亦何足悲？又据本传，彧乃唐衡之婿，则彧之失其本心久矣。"（《晦庵集》卷四十六）南宋周紫芝认为，说荀彧忠于汉室非常可笑："以为忠于汉乎？则汉之陵夷，至是甚矣。以献帝庸稚之资而遭仲颖劫迁之祸，天下之势，土崩而瓦解，使贤如彧者，虽累百辈，能复其倾颓哉！以谓忠于操乎？则操之杀伏后以示威，挟幼主以令世，诛翦名流，盗攘神器，其志在于天下，此岂有意于汉者而欲纳其忠焉，是真可笑也。"（《太仓稊米集》卷四十五）元人何异孙说："曹操阴贼险虐，荀彧辅之。凡操之暴逆，皆不能救。……是终日与盗贼言谈而不知盗之心事。"（《十一经问对》）

明清时期，中央集权制达到登峰造极的地步，皇帝更加强调臣子的"忠"，对荀彧的评价也就愈来愈苛刻起来。明人杨爵说荀彧"不择所主而自取杀身之祸"（《周易辨录》）。清人乔莱的言辞更为激烈："若荀彧者，罪之渠也，何功之有！"（《易俟》）清刘风起、王汝骧为荀彧说好话，或许以"王佐之才"（《石溪史话》），或誉为"有道之士"（《墙东集》），都遭到四库馆臣的讥刺。乾隆皇帝对忠不忠的问题极为敏感，对荀彧的历史评价饶有兴趣。他读了《后汉书·荀彧传》，下批语曰："善乎刘友益之论彧云：'身为汉臣，为操谋画，以赞其业。业已成矣，甫以正论自诡，其无益可知'……至于发伏完之书，为狙诈之计，祸生空器，卒至饮鸩，所为进退无据，孽由自作耳。"（《御制读荀彧传》）厌恶蔑视之情，溢于字里行间。

毛宗岗坚持"拥刘反曹"的立场，所以他对荀彧之死的评价也就可想而知："荀彧之死，或以杀身成仁美之者，非也。初之劝操取兖州，则比之高、光；继之劝操战官渡，则比之楚、汉。凡其设策定计，无非助操僭逆之谋，杜牧讥其教盗穴发柜者，诚为至论矣。

既以盗贼之事教之，后乃忽以君子之论谏之，何其前后之相谬耶？盖或之失在从操之初，而欲盖之以晚节，毋乃为识者所笑？""先以不正不直事操，而后以正直忤操者，荀或也。"

　　人的思想的复杂，时有超乎人们的想象之外者。我们不妨借荀或的同时代人田畴的事迹来分析一下，或许对我们理解荀或有所帮助，因为田畴和荀或的思想矛盾有某种相似之处。据《三国志》记载田畴显然是一个拥汉派。田畴应刘虞之命，冒着风险，去朝廷表达忠诚。朝廷封他为骑都尉，田畴认为天子正流亡在外，作为臣子不应该承受荣宠，坚决不肯接受。朝廷很赞赏他的高尚道德。三公官府同时召他做官，他都没有应命。田畴还没有回来，刘虞已经被公孙瓒杀害。公孙瓒听说田畴拜谒刘虞的墓，非常愤怒，悬赏捉拿他，最后将他捕获。公孙瓒问田畴："你为什么擅自到刘虞的墓去哭祭，而不把朝廷的章表送给我？"田畴回答说："汉王室衰败，人人怀有不忠之心，只有刘先生不失忠诚的节操。朝廷章表所说的，对于你来讲并不是什么好听的话，恐怕不是你所愿意听到的，所以就没有送给你看。"

　　田畴在乱世中居然进行了桃花源式的试验：田畴回到无终县，率领宗族以及归附他的数百人，扫地而盟誓说："刘虞之仇不报，我不能再活在世上！"于是进入徐无山中，在深险之处找到一块平地，建立营寨居住。他亲自进行耕作，以奉养父母。百姓前来投奔，数年间增加到五千余家。田畴对乡里父老说："如今大家聚集到一起，已形成村镇，但不相统一，又没有法律来约束，这恐怕不是维持长久安定的方式。我有一个计划，愿意与诸位父老一起实施，可以吗？"大家都说："可以！"于是，田畴制订法令，凡是相互杀伤、偷盗以及因争吵而告状的人，按照情节轻重予以处罚，最重的判处死刑，共十余条。他又制定婚姻嫁娶的礼仪和学堂讲授的课程。法令制订后，向众人公布实行，大家都乐于遵循，甚至路不拾遗。北方边塞地区的人都很敬服田畴的威信，乌丸、鲜卑部落分别遣使向田畴致意，并送上礼物。田畴对他们一律安抚接纳，让他们不要侵扰作乱。

袁绍和袁尚先后拉拢他，他都拒绝了。袁尚死后，田畴因为曾经受到袁尚的征召，就前往吊祭，并把他的家属和宗族共三百余人安置在邺郡。

田畴尽管忠于汉室，但仍然为曹操出谋划策，曹操征乌丸，田畴熟悉地形，建议曹操从僻径突袭，"从卢龙口越白檀之险，出空虚之地，路近而便，掩其不备"。田畴亲自率五百人作向导，"上徐无山，出卢龙，历平冈，登白狼堆，去柳城二百余里，虏乃惊觉"，达到了出其不意的效果，立了大功。

田畴曾经在"出世"与"入世"之间徘徊，曾经进行过桃花源式的试验。最后，田畴看准历史已经选择曹操来实现"分久必合"的使命，毅然决定出山，说明他还是不甘心一生碌碌无为。可是，从恩怨观念出发，袁绍、袁尚对于田畴又有知遇之恩。曹操要奖励他，被他婉言谢绝。有人认为田畴有功不受赏赐，坏了法度，应该加以严惩。曹操非常犹豫，"依违者久之"，把此事交给曹丕和荀彧等人讨论。荀彧的态度是不要勉强田畴："君子之道，或出或处，期于为善而已。故匹夫守志，圣人各因而成之。"（《三国志·魏书·田畴传》注引《魏书》）曹丕的意见与荀彧相同。曹操又派夏侯惇去劝说，想用私人的情谊去打动他。田畴竟以死明志。田畴显然是一个有道德洁癖的人，这就使他陷入道德悖论、人格分裂的悲惨处境。裴松之认为田畴是"进退失据"，感到不可理解。荀彧同样是陷入了道德悖论、人格分裂的处境，唯有一死才能使他获得解脱。这就是荀彧、田畴之流进退失据的真实内容。当然，因为材料的缺乏，本人的看法也未必符合历史的原貌，只是聊备一说而已。

王夫之的评价比较公允："荀彧拒董昭九锡之议，为曹操所恨，饮药而卒，司马温公许之以忠，过矣。乃论者讥其为操谋篡，而以正论自诡，又岂持平之论哉？彧之智，算无遗策，而其知操也，尤习之已熟而深悉之；违其九锡之议，必为操所不容矣，姑托于正论以自解，冒虚名，蹈实祸，智者不为，愚者亦不为也，而彧何若是？夫九锡之议兴，而刘氏之宗社已沦。当斯时也，苟非良心之牿亡已尽者，未有不恻然者也。彧亦天良之未泯，发之不禁耳，故虽知死亡之在眉睫，而不能自已。于此亦可以征人性之善，虽牿亡而不丧，如之何深求而重抑之！"（《读通鉴论》卷九《献帝》）王夫之认为："必其始起也，（曹操）未尝有窥窃神器之心，而奋志戮力以一至于功立威震，上无驾驭之主，然后萌不轨之心，以不终其臣节而猎大宝。"

如果我们跳出正统观念的束缚，就可以看出，各家的意见，貌似对立，其实并非水火之不相容。平心而论，各家的意见都有一定道理。首先，我们要客观地看待曹操的历史地位。按封建旧道德观去看，曹操是篡汉的奸雄。但以今天的眼光去看，汉朝的灭亡是自身的腐败所造成，体现了历史的必然性。曹操只是历史借以改朝换代的一个工具，体现了英雄人物在历史发展中的偶然性作用。虽然曹操没有统一中国，但他统一了中国的北方，为继起的司马氏统一中国奠定了基础。从这一点来说，曹操不但不是奸雄，而且是历史的英雄。曹操既然是英雄，那荀彧就是英雄的辅佐，是荀彧辅助曹操成就了统一中国北方的大业。荀彧是一个悲剧人物，他的心中充满着矛盾：一方面，他清醒地看到，汉朝气数已尽，只有曹操这样雄才大略的政治家、军事家才能完成统一的大业，只有在曹操的南征北战中出谋划策，才能充分地舒展自己的才华；另一方面，荀彧又与拥汉派存在着感情上、思想上千丝万缕的联系。我们不妨注意一下他与孔融、杨彪的关系。杨彪被曹操抓起来，负责审问的是满宠。荀彧和孔融一起，告诉满宠，"但当受辞，勿加考掠"。满宠不听，"考讯如法"。荀彧和孔融都非常愤怒。审讯完毕，满宠向曹操报告，"杨彪考讯无他辞语"，此人"有名海内，若罪不明，必大失民望，窃为明公惜之"，"太祖（操）即日赦出彪"。荀彧和孔融"更善宠"（《三国志·魏书·满宠传》）。由此不难看出荀彧的感情倾向。

曹操与荀彧初次见面，就许之为"吾之子房（张良）"。可是，鸟尽弓藏，兔死狐烹，张良深知，草根皇帝可以共患难，难以同享乐的道理，所以他功成身退，急流勇退，在富贵逼人而来的时候，果断地选择了归隐。司马光称赞他"等功名于外物，置荣利而不顾"（《资治通鉴》卷十一）。而荀彧却不知创业之主难以同享富贵，不知功成身退。

荀彧的侄子荀攸比较圆滑，据《三国志·魏书·武帝纪》注引《魏书》，建安十八年（213），曹操进魏公，中军师陵树亭侯荀攸是带头劝进的大臣。曹操装模作样地三让，荀攸等三劝，"公乃受命"。荀攸劝进有功，进为尚书令。

　　《三国志》，后人憾其简略，而其中的《蜀书》与《魏书》《吴书》相比，尤其简略。《蜀书》诸传，又以《后主传》为简，几乎就是提纲式的流水账。刘禅在位四十年，而《后主传》居然只有三千字。其中有十三年的记载，每年不到二十字。亡国那一年的记载几乎占了三分之一的文字。其中刘禅的降表大约二百五十字，魏元帝安慰他的诏书大约三百五十字。似乎刘禅一生干的最大的一件事就是投降。《后主传》中基本上没有记录刘禅的事迹，只记诸葛亮和蒋琬、费祎、姜维等人的活动。陈寿对蜀汉之忽视历史记载表示遗憾："又国不置史，注记无官，是以行事多遗，灾异靡书。诸葛亮虽达于为政，凡此之类，犹有未周焉。"（《三国志·蜀书·后主传》）很多蜀汉的重要史实必须从《魏书》《吴书》中去寻找。但《魏书》和《吴书》记载蜀汉之事的时候，都难免有所贬抑。如裴松之所说："若二国史官，各记所闻，竞欲称扬本国容美，各取其功。"（《三国志·吴书·鲁肃传》）这就是我们研究蜀汉人物，尤其是刘禅的困难之处。

　　建安十二年（207），甘夫人生刘禅。甘夫人本是刘备在小沛时娶的妾。刘禅生于荆州，正当动乱之时。甘夫人曾经成为吕布的俘虏，是张飞失职，没有把嫂子保护好，事后受到关羽的责备。建安十三年（208），曹军轻骑长途奔袭，于长坂坡追上刘备，刘备仓皇出逃，只顾自己活命，把甘夫人连带幼子阿斗都丢了。幸亏被赵云救出。刘备入川以前，甘夫人就去世了，葬在南郡。孙夫人要把阿斗带去东吴，又亏得赵云将其夺回。蜀汉章武二年（222），追谥甘夫人为皇思夫人，迁葬于蜀。刘备死后，由诸葛亮主持，按《春秋》之义，"母以子贵"的传统，追封甘夫人为昭烈皇后。

刘禅，即"阿斗"，历来被人视为庸主，弱智。俗话说"扶不起的阿斗"，就是说，即便是有了诸葛亮这样出色的人物，也扶不起来。诸葛亮的后半生遇到阿斗这样的庸主已经不能算是不幸。他的命运比他所推崇的管仲、乐毅要好得多。刘备的接班人刘禅还不是最差的，他不过是智商低一点。刘禅有福，遇到诸葛亮这样的贤相，又两次获得赵云的搭救。第四十二回，毛宗岗感叹道："以一英雄之赵云，救一无用之刘禅，诚不如勿救矣。然从来豪杰不遇时，庸人多厚福。禅之智则劣于父，而其福则过于父。玄德劳苦一生，甫登大宝，未几而殂，反不如庸庸之子安享四十二年南面之福也。"尽管如唐人刘禹锡的《蜀先主庙》所云："得相能开国，生儿不像贤。"但是，刘禅遵从父亲的遗嘱，"父事丞相"，把一切权力交给诸葛亮，从不加以干涉，非常放心，对诸葛亮无限的信任，正如《三国志·蜀书·诸葛亮传》所说："政事无巨细，咸决于亮。"他不过是宠着宦官黄皓，没有听说有什么女宠，也没有孙皓那么残暴。当然，不是后主不好色，"后主常欲采择以充后宫，（董）允以为古者天子后妃之数不过十二，今嫔嫱已具，不宜增益，终执不听。后主益严惮之"（《三国志·蜀书·董允传》）。董允"领虎贲中郎将，统宿卫亲兵"。黄皓虽然得宠，但被董允管着，"不敢为非"。"终允之世，皓位不过黄门丞"。董允就是诸葛亮《出师表》所提到的"志虑忠纯"的"侍郎董允"。诸葛亮北伐，对宫中不放心，让董允去管。诸葛亮告诉刘禅："事无大小，悉以咨之，然后施行。"诸葛亮在表中告诫后主"亲贤臣，远小人"，那"小人"正是黄皓之流。诸葛亮在《出师表》中可以列举郭攸之、费祎、董允、向宠之名，而无法揭出黄皓之名。

蜀汉建兴五年（227），诸葛亮首次北伐，临发，上《出师表》。刘禅安慰道："相父南征，远涉艰难，方始回都，坐未安席，今又欲北征，恐劳神思。"（《三国演义》第九十一回）

曹丕也想挑拨刘禅与诸葛亮的关系："亮外慕立孤之名，而内贪专擅之实。"（《三国志·魏书·文帝纪》注引《魏略》载"帝露布天下并班告益州"）这当然是徒劳。

诸葛亮死后，蜀后主刘禅的才智受到考验，他任命蒋琬为大司马，姜维为卫将军，主管军事；费祎为尚书令，主管政务，彼此之间互相制衡。任命蒋琬是诸葛亮生前的意见："（诸葛亮）密表后主：'臣若不幸，后事宜以付琬。'"（《三国志·蜀书·蒋琬传》）当时刚刚失去统帅，远近都惶惶不安，蒋琬处在百官之首，既没有悲戚的面容，也没有高兴的样子，神态举止，如同平日。人心逐渐安定下来。

诸葛亮去世，杨仪、魏延皆以为自己应该是诸葛亮的接班人。诸葛亮生前留下密令，认为杨仪器量狭隘，不宜主持大局。魏延也不合适，蒋琬更合适。后主正式将大任交给蒋琬。杨仪自以为资历比蒋琬老，才干比蒋琬强，费祎去看望他，他一腔牢骚，说当初丞相逝世的时候，如果率军投降曹魏，哪能落到今天这个地步！后主听到举报后，将他贬作平民，杨仪牢骚更烈，后主下令将他抓起来，杨仪自杀。

蜀国蒋琬担任大司马，东曹掾犍为（今属四川乐山）人杨戏，平素性情简慢，言语不多，蒋琬与他谈话，时时不作回答。有人对蒋琬说："您与杨戏谈话他竟不回答，太怠慢了。"蒋琬说："人的心意不同，就像各人的面孔不同一样，当面顺从，背后议论，是古人所警诫的。杨戏想要赞同我对，但不是他的本意；想要反对我的话，就显出我的不对，所以沉默不语，这是杨戏表里一致的地方。"另外，督农杨敏曾经毁谤蒋琬说："办事糊涂，实在不如前任。"有人把话告诉蒋琬，主事官请求追查惩治杨敏，蒋琬说："我确实不如前任，没有什么要追查的。"主事官请他说说糊涂表现在什么地方，蒋琬说："既然不如前任，事情就不应该处理，事情不应该处理，就是糊涂了。"后来，杨敏因犯事入狱，众人还担心他必被处死，蒋琬对他不抱成见，杨敏得以免治重罪。

在蒋琬、费祎、姜维理政时期，蜀后主刘禅没有荒腔走板的乱作为。名将魏延于公元234年被长史杨仪设计斩杀后，刘禅并没有对魏延斩尽杀绝，降旨"既已名正其罪，仍念前功，赐棺椁葬之"（《三国演义》第一百五回），后来还找了一个理由直接把杨仪贬为庶民，可以说刘禅明白，魏延不过是争权，并非造反。

公元242年，越嶲郡夷人作乱，蒋琬提出水路出兵平叛，朝议形成"不可行"的一致意见后，刘禅马上派费祎、姜维劝说蒋琬暂勿出兵；后来姜维、费祎、蒋琬等大臣共商认为，羌胡人心存汉室，可结交。后主刘禅当即同意，立即任命马忠为镇南大将军，姜维为凉州刺史专司此事。后主表现出他应对突发事件的能力：善于倾听建议，果断作出处理。

当时蜀汉政权正值征战多事之秋，公务繁杂细碎，费祎担任尚书令，见识过人，每审阅公文，略望一眼，便已知道其中主要意思，效率超过常人几倍，并且过目不忘。经常在早晨和傍晚听取大家意见，处理公事，中间接待宾客，饮食娱乐，还要作博弈之戏，每次都能使人尽兴快乐，公事也不荒废。等到董允接替费祎，想要效法费祎行为，十天之中，很多事情都被耽误。董允于是叹息说："人的才力相差如此之大，不是我能赶得上的！"他整天听取意见处理公务，还是没有空闲。

据裴注引《魏略》云，延熙九年（246）蒋琬死后，刘禅"乃自摄国事"，废除了丞相制度，开始独掌朝政。导致刘禅学坏的人物，除了黄皓以外，更有一位关键人物陈祗。他早年受费祎的赏拔，董允死后担任侍中，逐渐成为蜀汉后主刘禅的宠臣，官至尚书令、镇军将军。陈祗和黄皓"互相表里，皓始预政事"（《三国志·蜀书·陈祗传》）。费祎之用人不当，难辞其咎。陈祗的名字在《三国志·蜀书·后主传》里甚至都没有出现，《蜀书》的疏忽粗略，一至如此！"祗上承主指，下接阉竖，深见信爱，权重于（姜）维"，是奸佞的典型套路。至此，蜀汉的政治遂江河日下。景耀元年（258），陈祗卒。此时离蜀汉的灭亡已经只剩下五年了。刘禅对陈祗的死非常悲痛，竟"谥曰忠侯"。以如此昏庸之后主，不亡何待！

延熙十二年（249），魏将夏侯霸来降，刘禅当即封他为车骑将军，并动情地安抚说："你的父亲是在战场上战死的。"巧妙地化解了上辈之间的恩怨。

刘禅听从谯周的建议，举城投降。刘备来，谯周劝刘璋投降；邓艾来，谯周劝后主投降。魏元帝表扬刘禅"以爱民保国为贵"。使人想起当年刘璋投降刘备时的考虑："父子在州二十余年，无恩德以加百姓。百姓攻战三年，肌膏草野者，以璋故也，何心能安！"（《三国志·蜀书·刘璋传》）刘禅投降时，据裴注所引王隐《蜀记》所载邓艾的奏表上说，成都"领户二十八万，男女口九十四万，带甲将士十万二千，吏四万人"，如诸葛亮在，自然可以一战。跟着刘禅投降的谯周、樊建等人都封了列侯。东吴的孙皓投降的时候，"收其图籍，领州四，郡四十三，县三百一十三，户五十二万三千，吏三万三千，兵二十三万，男女口二百三十万，米谷二百八十万斛，舟船五千余艘，后宫五千余人"（《三国志·吴书·孙皓传》注引《晋阳秋》）。兵更多，后宫居然有五千多人。

从这些史实可以看出，蜀后主刘禅固然平庸，但他毕竟在诸葛亮死后，依靠诸葛亮留下的班底，维持了蜀汉二十九年的统治。与荒淫嗜杀的孙皓相比，刘禅强得太多。兑现了他父亲临终时的嘱咐："莫以善小而不为，莫以恶小而为之。"

后主投降以后，留下了"乐不思蜀"的笑话，使自身形象大大地减分。《三国演义》第一百十九回有云："昭设宴款待，先以魏乐舞戏于前，蜀官感伤，独后主有喜色。昭令蜀人扮蜀乐于前，蜀官尽皆堕泪，后主嬉笑自若。酒至半酣，昭谓贾充曰：'人之无情，乃至于此！虽使诸葛孔明在，亦不能辅之久全，何况姜维乎？'乃问后主曰：'颇思蜀否？'后主曰：'此间乐，不思蜀也。'须臾，后主起身更衣，郤正跟至厢下曰：'陛下如何答应不思蜀也？倘彼再问，可泣而答曰："先人坟墓，远在蜀地，乃心西悲，无日不思。"晋公必放陛下归蜀矣。'后主牢记入席。酒将微醉，昭又问曰：'颇思蜀否？'后主如郤正之言以对，欲哭无泪，遂闭其目。昭曰：'何乃似郤正语耶？'后主开目惊视曰：'诚如尊命。'昭及左右皆笑之。"司马昭看到刘禅这种没心没肺的模样，也就放心了。刘禅也因此而得以平平安安地生活，直到六十四岁时病逝。后来"乐不思蜀"作为一个成语流传下来。与此形成对照的是孙皓被俘以后的表现。贾充对孙皓说："听说阁下在南方挖人眼睛，剥人面皮，这是什么样的刑罚？"孙皓说："有臣子却弑杀他的国君以及狡诈不忠的人，就对他用这种刑罚。"这是在讽刺贾充杀害高贵乡公曹髦，贾充无言以对，惭愧至极，而孙皓则脸色不变。刘禅是没心没肺，孙皓是荒淫昏暴而振振有词。

后主刘禅十七岁登基，在位四十年。前十一年听诸葛亮的，说了不算，也不操什么心。后二十九年亲政，又被蒋琬、董允管着。延熙九年（246），蒋琬、董允同年去世，没有人管了，后主听黄皓和陈祗的，终于亡国。那个"乐不思蜀"的笑话，其实可以从另一个方面去看。在刘禅，如鲁迅所分析："凡是人主，也容易变成奴隶，因为他一面既承认可作主人，一面就当然承认可做奴隶。所以威力一坠，就死心塌地，俯首帖耳于新主人之前了。"（《坟·论照相之类》）从一国之主，变成敌国的笑话，刘禅的角色转换过于迅速，以至于使他的臣子有点接受不了。主子变成奴才了，但奴才也还需要一点面子，而刘禅居然连一点面子都不要了。从司马昭这边来说，本来是平起平坐的君王，突然变成卑躬屈膝的臣子，从中获得了极大的精神满足。满足和兴奋之余，司马昭乐得借此表现一下自己的宽容和仁慈，就封刘禅一个安乐公，给他找一个偏僻的地方，去安度他的晚年吧。刘禅生于乱世，没有经过正统观念的熏陶，见惯了弱肉强食的世界，习惯了丛林法则横行的时代。角色的转变在他来说，再自然不过。

# 大奸若忠

　　桓、灵之世，发生了两次党锢之祸。第一次党锢之祸，李膺等二百多名"党人"被捕，虽然后来被释放了，但终身不许做官。第二次党锢之祸，李膺、杜密等一百多名士被捕处死，并陆续杀死、流放、囚禁六百多人。汉灵帝熹平五年（176），又下令凡"党人"的门生故吏、父子兄弟，均免官禁锢。汉末的名士以及他们背后的大族，经过两次党锢之祸的摧残，经过黄巾起义的大扫荡，元气大伤。至三国，已经不复具有足够的能量，无力为混乱的时局提供拨乱反正的领袖人物。时势动荡，四海骚然，武人得势，经学衰微，申、商之术大行于时，边让、祢衡、孔融、崔琰、杨修先后被杀，"天下多故，名士少有全者"（《晋书·阮籍传》），其气概更是每况愈下。董卓废少帝，立献帝，是袁隗给他主持交接的仪式。王夫之指责其："何进辅政，而引袁隗同录尚书事，隗之望重矣，位尊矣，权盛矣。绍及术与进同谋诛宦官，而隗不能任；进召董卓，曹操、陈琳、郑泰、卢植皆知必乱而隗不能止；董卓废弘农立陈留，以议示隗，而隗报如议；犹然尸位而为大臣，廉耻之心荡然矣。……东汉之有袁氏与有杨氏也，皆德望之巨室，世为公辅，而隗与彪终以贪位而捐其耻心。"（《读通鉴论卷八·灵帝》）就其整体而言，世家大族已经不复具有独立不羁的精神。这里仅举出三个代表性的人物，以见一斑。

一是崔琰。本事袁绍，为骑都尉。袁绍死，袁谭、袁尚争之，崔琰称疾拒聘。后为曹操辟用。曹操在《授崔琰东曹掾教》中说："君有伯夷之风，史鱼之直，贪夫慕名而清，壮士尚称而厉，斯可以率时者已。故授东曹，往践厥职。"与毛玠共典选举，倡廉洁之风。曹植是崔琰哥哥的女婿，嗣位问题上，崔琰不为曹植说话。曹操佩服其大公无私，想借此廉洁之士推行循名责实的方针政策。可是，崔琰没有一丝奴颜和媚骨，他是名士中少有的硬骨头。曹操平定袁绍之后，曾经了解冀州的户口资料，看了以后非常高兴，对臣子们说，在冀州可以召集到三十万军队。别人都替曹操高兴，唯独崔琰给曹操泼了冷水："今天下分崩，九州幅裂，二袁兄弟亲寻干戈，冀方蒸庶暴骨原野。未闻王师仁声先路，存问风俗，救其涂炭，而校计甲兵，唯此为先，斯岂鄙州士女所望于明公哉！"（《三国志·魏书·崔琰传》）曹操是需要人才，但首先必须是服服帖帖，低眉顺眼，为他所用。而崔琰似乎是更喜欢认可"真理面前，人人平等"的操守，这就使曹操无法容忍。最后以"腹诽心谤"之莫须有的罪名诛杀。腹诽之罪，是西汉酷吏张汤的一大发明。酷吏的背后是皇帝，这是专制极权统治的产物。目的是培养奴性，结果是万马齐喑。

二是杨彪，他应该是兼有名门望族和名士的双重身份。杨彪继承了杨家的清廉门风，为人正派，任京兆尹时，揭发黄门令王甫的贪赃行为，使其被定罪诛杀。董卓之时，他遍任司空、司徒、太尉，恋栈不去。虽然敢于反对董卓的迁都长安之举，时时企图对董卓的暴政纠偏匡正，但最后也只能委曲求全。曹操打着"勤王"的旗帜，将献帝迁往许昌。曹操怕朝臣不服，便杀鸡给猴看，罢免了太尉杨彪、司空张喜，更借口杨彪与袁术是亲戚，弹劾杨彪，要以大逆之罪处死他。亏得孔融犯颜相救，杨彪才免于一死。在曹操的淫威下，杨彪从此噤若寒蝉，懦弱的性格显而易见。《后汉书·杨彪传》有云："杨彪获罪，惧者甚众。"这正是曹操想要的效果。杨彪的儿子杨修为曹操所杀，杨彪不敢有一点反抗和不满的表示。曹丕以禅让的形式篡位时，想用杨彪"为太尉，先遣使示旨"，被杨彪拒绝。这是杨彪最后的一点反抗。魏文帝黄初六年（225），杨彪含恨而死。杨彪的一生（142～225），竟与曹操、曹丕的篡汉进程相始终，他的后半生，目睹了曹家篡汉的全过程。

三是荀彧，他应该是汉末世家大族硕果仅存的最出色的谋略家，荀彧离开了平庸的袁绍，投靠宦官家庭出身的曹操，成为曹操的首席智囊，为曹操统一中国的北方立下功勋。但是，因为荀彧骨子里的独立性，使得他与曹操的关系终于出现裂痕，荀彧反对曹操称魏公，被曹操逼死。

司马懿的家世没有杨家、袁家、荀家那么显赫，但也是河北的名门，据《晋书·宣帝纪》，司马氏的家谱一直可以追溯到尧舜禹的原始时代。祖父司马儁是颍川郡太守，父亲司马防是京兆尹。司马懿目睹崔琰、孔融、荀彧、杨修、杨彪的下场，聪明的他明白：首先得活下去，所以他采取大奸若忠、大诈似信、长期潜伏、等待时机的策略，终于获得成功。司马懿没有崔琰的刚正不阿，没有杨彪的忍辱负重，没有孔融的出言不慎，也没有荀彧的进退失据，当然更没有杨修的露才扬己。他坚决地将阴谋诡诈进行到底。是曹操"顺我者昌、逆我者亡"的严酷专制，培养出了司马懿这样的阴谋家。有政治抱负的名士，也只有大奸若忠如司马懿这样，才能在动辄得咎的曹魏统治体制里活下来。司

将帅之才奸雄之志
得政专权见利忘义

司马懿

马懿如愿以偿，篡夺了曹魏的政权，但他依靠阴谋诡计和武力夺来的天下，终究无法长久。其孙司马炎登基以后，迅速地腐败，速度比曹丕、曹叡还快。司马炎死后，随即发生了绵延十六年骨肉相残的"八王之乱"。在西晋短暂的统一以后，中国进入近三百年更加混乱分裂的时期。

虽说是专制催生出了双面人、阴谋家，但司马懿的演技也非同一般。曹操看人眼光是很毒辣的，但是，他居然没有把司马懿看透。或许是司马懿太会装了。大奸若忠，大诈似信，说的就是司马懿这种人物。司马懿的奸诈是不是有一个发展过程呢，答案似乎是否定的，表演是需要天赋的，不能光靠勤奋和努力。司马懿出身名门望族，他看不起曹操这种出身不明的宦官的后代。曹操招贤纳才，自建安六年（201）起，几次三番地请他出来，他就是不屑一顾（"不欲屈节曹氏"），推说有病。不是一般的病，是风痹。风痹是中医的说法，指的是风湿侵入人体，造成肢体疼痛、行动不便的疾病。曹操不信司马懿是真病，怀疑他是看不起自己，或是在施展名士拒绝应聘、自抬身价的故伎，就派了一个刺客晚上去试探他。司马懿早猜到曹操的这步棋，就躺在床上一动不动，刺客以为他真是风痹，就没动手。曹操对不为所用的名士常常会痛下杀手，所以司马懿的拒聘是有风险的。百密一疏，司马懿终于露出马脚。据《晋书·后妃传》记载，有一次，突然下起大雨，院子里正晒着书，司马懿一着急，就起床去收书。一会儿，他的夫人进屋告诉他："你刚才去院子里收书，被婢女看到了。不过，你不用着急，我已经把她杀了。"看来，他夫人的保密意识比丈夫还强，其心狠手辣，当机立断，更是不在丈夫之下。真是天作之合的绝配啊！这位夫人就是皇后张春华。当然，虽说是天作之合，也会有审美疲劳的时候，于是，又有了这样的趣事："帝尝卧疾，后往省病。帝曰：'老物可憎，何烦出也！'后惭恚不食，将自杀，诸子亦不食。帝惊而致谢，后乃止。帝退而谓人曰：'老物不足惜，虑困我好儿耳！'"

曹操反复琢磨，还是不相信司马懿是真病，于是宣布，再不出山就把司马懿送进监狱。司马懿顶不住，勉强出山。曹操让他去跟随世子曹丕。曹丕比曹操好哄，司马懿在曹丕那里得到好评，曹操对司马懿的警惕性也渐渐降低。曹操打下汉中，张鲁投降。司马懿劝曹操一鼓作气，把蜀汉灭了。曹操没有理会司马懿的建议，说他"人苦无足，既得陇右，复欲得蜀"（《晋书·宣帝纪》），"得陇望蜀"这个成语出自东汉的开国皇帝刘秀。曹操并非没有得陇望蜀之心，或许他对司马懿时有戒备之意。对于司马懿的建议，不无警惕。终曹操之世，司马懿始终没有得到重用。以曹操这样爱惜人才、渴望人才的人，身边的人才却没有注意到，那是不可能的。事实上，曹操自有后方不稳的顾忌。如法正所分析："曹操一举而降张鲁，定汉中，不因此势以图巴、蜀，而留夏侯渊、张郃屯守，身遽北还，此非其智不逮而力不足也，必将内有忧逼故耳。"（《三国志·蜀书·法正传》）曹操几乎每次出征，后方总会出事。而蜀汉和东吴反而很少发生如此情况。

　　曹操是否看到了司马懿的才干？答案应该是肯定的。是荀彧推荐的司马懿。曹操早年，就因司马懿父亲司马防的推荐，担任了洛阳北部尉。崔琰对司马懿的才干和人品评价很高，他对司马懿的哥哥司马朗说："你的弟弟聪明公正，刚毅英俊，你超不过他。"司马懿提醒曹操重视务农积谷，保证军队的粮食供应。司马懿为太子中庶子，屡次地提出奇策异谋，深得曹丕的信任。司马懿与陈群、吴质、朱铄号称"四友"。关羽水淹七军，声威大振，曹操想迁都而避其锋芒。司马懿劝阻曹操，不必把关羽的威胁看得过于严重，可以让孙权去牵制关羽。后来事情的发展果然未出司马懿之所料。曹操对司马懿的才干肯定有了深刻的印象。如此爱才的曹操，却始终没有重用司马懿，说明他对司马懿还不是十分信任，他好像有一种不祥的预感。于是，就有了这样的传说：

　　帝内忌而外宽，猜忌多权变。魏武察帝有雄豪志，闻有狼顾相。欲验之。乃召使前行，令反顾，面正向后而身不动。又尝梦三马同食一槽，甚恶焉。因谓太子丕曰："司马懿非人臣也，必预汝家事。"太子素与帝善，每相全佑，故免。帝于是

勤于吏职，夜以忘寝，至于刍牧之间，悉皆临履，由是魏武意遂安。(《晋书·宣帝纪》)

这类传说显然是小说家言，如果曹操已经觉察到司马懿有取而代之的野心，决不会放过他。据《零陵先贤传》云，有聪明颖达之少年周不疑，曹操要招他为女婿，周没敢答应。曹操猜忌他，派刺客把他杀了。曹丕曾经加以劝阻，曹操说："此人非汝所能驾驭也。"一个小孩，据挚虞《文章志》载："不疑死时年十七。"曹操都能够预见到将来非曹丕所能驾驭，那么，像司马懿这样已经脱颖而出的谋略家，曹操怎么能够不除之而后快？

曹操一死，曹植、曹彰都有继位想法。在这个关键的时刻，司马懿旗帜鲜明，坚决拥戴曹丕，排斥其他公子，进一步巩固了曹丕对他的信任。

具有讽刺意味的是，这位图谋不轨的阴谋家屡屡地成为曹家的顾命大臣。《三国志·魏书·文帝纪》有云："帝（曹丕）疾笃，召中军大将军曹真、镇军大将军陈群、征东大将军曹休、抚军大将军司马宣王，并受遗诏辅嗣主。"如果此时司马懿突然病死，他就是一个完人，是所谓："周公恐惧流言日，王莽谦恭未篡时。向使当初身便死，一生真伪复谁知？"（白居易《放言五首》其三）后人常常喜欢将曹操、司马懿和西汉的王莽并列为篡位的奸臣。其实，王莽此人，不能如此简单地去看。他之成为一个奸雄，有一个演变过程。王莽的姑母是太后。王家出了九侯、五大司马。但王莽却因为父亲早死而落入贫困。贫寒的早年经历造就了他的平民气质。他揭发太后外甥的悖乱，逼令杀死奴婢的儿子自杀，他杀死哀帝的宠臣董贤，迎立九岁的平帝，逼令皇后赵飞燕自尽。王莽复古改制，如王田、废奴之类，希望以此解决土地兼并的弊端，消除贫富不均等社会问题，这些行为，无不符合当时民众的期望，不能说都是在作秀。王莽屈己下人，谦恭勤俭，好文博学，穿着如儒生。侍奉母亲和寡嫂，抚养亡兄的孤儿，尽心周到。同时，在外结交都是才俊，在内对待诸位伯父叔父，委曲迁就，礼敬有加。大将军王凤病重时，王莽侍候他，亲口尝药，蓬头垢面，一连几个月都没有解衣入睡。你说他是在装吗？只有天知道了。逐渐地，他几乎成了一个众望所归的人物。权力地位的不断上升，使他的政治野心不断膨胀，最初的一点真诚被野心吞没，从一个迂执不化的书生，最后成为一代奸雄。他的改制激化了社会矛盾，点燃了西汉末年绿林、赤眉义军的熊熊烈火。

景初三年（239），曹叡逝世，将年仅八岁的养子齐王曹芳托孤给司马懿和曹爽。这是司马懿在嘉福殿送别的第二位皇帝，此时的他，也已经到了花甲之年，而十三年前与他一同接受遗诏的曹真、曹休、陈群全都已经不在了。魏文帝曹丕、魏明帝曹叡在弥留之际，选择的顾命大臣中，都有司马懿。具有讽刺意义的是，魏明帝一直等到司马懿赶回来，将齐王托付给他，才放心地撒手而去。据《三国志·魏书·明帝纪》载，魏明帝病重卧床，深虑后事，欲任命武帝之子燕王曹宇担任大将军，与领军将军夏侯献、武卫将军曹爽、屯骑校尉曹肇、骁骑将军秦朗等共同辅政。曹爽是曹真之子，曹肇是曹休之子。明帝年少时与燕王曹宇亲近友好，所以把后事嘱托给他。明帝听从近臣刘放、孙资建议，打算任用曹爽、司马懿，不久中途又改变，下令停止先前的任命。刘放、孙资再次入见游说明帝，明帝再度听从他们的意见。刘放说："最好亲自写下诏书。"明帝说："我疲乏极了，不能写。"刘放随即上床，把着明帝的手勉强写下诏书，遂拿着出宫大声说："有诏书免去燕王曹宇等的官职，不得在宫中滞留。"曹宇等流泪而出。接着任命曹爽担任大将军，明帝嫌曹爽才能不足，又任命尚书孙礼担任大将军长史辅助他。春季正月，司马懿回到京师，入见明帝。明帝拉着他的手说："我把后事嘱托给您，您要与曹爽一起辅佐幼子。死岂是可以忍住的，我强忍着不死是为等待您。能够与您相见，再无遗恨了。"于是召来齐王曹芳、秦王曹询拜见司马懿，又指着齐王曹芳对司马懿说："就是他了，您仔细看看，不要看错！"又教齐王曹芳上前抱住司马懿的脖颈，司马懿叩头流泪。这一天，明帝立齐王曹芳为皇太子后，旋即去世。

齐王曹芳时，曹爽与司马懿争权，司马懿假装让着曹爽。据《三国志·魏书·曹爽传》注引《魏末传》：正始九年（248），河南尹李胜将去荆州当刺史，曹爽命令他去与司马懿辞别，伺机察看司马懿的情况。李胜一见到司马懿，先是说了一些套话，说自己没有功劳受此大恩，现在上任他州，特意来此辞行。司马懿耐心地等他说完废话，没理他，居然命令侍女帮自己换衣服，结果司马懿却把衣服扔地上了。司马懿又说自己口渴了，婢女奉粥，司马懿端起碗，粥没怎么喝，却都顺着自己胸口流了下来。李胜看到之后，非常感动，为司马懿的惨状而哭泣，跟司马懿说："现如今天下都要仰仗您。大家都知道您是旧病复发，可谁知您都病成这样了。"也许司马懿心里好笑，但该装的还要继续装。李胜自谦半天，司马懿表示李胜足以担此大任，并继续说："我已年老，死在旦夕，你屈尊并州，并州接近胡人领地，应该多注意，我可能再也见不到你了。"李胜心想，我不是说荆州吗？这人老糊涂了？"我要去荆州，不是并州！"司马懿当然知道自己说错了，但还需要接着装："你到了并州，要自爱！"司马懿一边说一边保持自己错乱的神情。李胜也不厌其烦："是荆州，我的老家，不是并州！"司马懿好像有点明白了，迷迷糊糊告诉李胜自己老了，意识恍惚，没理解你的意思。现如今你成了荆州刺史，应该为朝廷建立功勋。当今和你一别，以后估计再也见不到了，现在权当生死离别吧。还没完呢，又说："我让司马师、司马昭和你成为朋友，不要互相抛弃，满足我司马懿区区之心。"说罢，司马懿仰天长叹。李胜听了司马懿的托付，也仰天长叹："今日承蒙教导，我得告辞了。"李胜回去便向曹爽汇报："司马懿开始说胡话了，嘴都无法喝水，指南为北，甚至以为我是去并州，我告诉他其实是去荆州，并不是并州。最后司马懿好像明白过来了，才知道我是去荆州，还想主动送送我，但因为身体原因走不了，只能原地待着而已。"最后李胜哭着跟曹爽说："司马懿的病再也好不了了，真是让人悲伤。"从此，曹爽对司马懿的戒备放下了很多。司马懿真是一个出色的演员，他的演技达到了炉火纯青的地步，无人可比。

　　曹爽是大将军，兄弟曹羲是中领军，曹训是武卫将军，都是有军权的；而司马懿是太傅，位高而无实权。但是，高平陵事变时，司马懿却能够调兵遣将，将曹爽等拒之城外。由此可见，司马懿暗中已经在军中安排了自己的人。而曹爽等人却浑然不觉。司马懿本是带兵的人，除了诸葛亮，谁都打不赢他，在军中威望很高。曹爽就是一个纨绔子弟，真不是老奸巨猾的司马懿的对手。难怪他的死党桓范气得大骂："曹子丹（曹真）这样有才能的人，却生下你们这群如猪如牛的儿子！没想到我今日受你们的连累要灭族了！"

司马懿深藏不露，把自己隐藏得非常好。非常的有耐心。静如处子，动如脱兔。不发则已，一发即致敌于死命。太子曹芳即位，时年八岁。并州刺史东平人毕轨及邓飏、李胜、何晏、丁谧都有才名，但汲汲于富贵，趋炎附势，魏明帝厌恶他们虚浮不实，都加抑制而不录用。曹爽一向与他们亲近友好，到掌权辅政，马上引荐提升，成为心腹。何晏是何进的孙子，丁谧是丁斐之子。何晏等都共同推戴曹爽，认为大权不能托付给别人。丁谧替曹爽出谋划策，让曹爽禀告皇帝发布诏书，改任司马懿为太傅，外表上用虚名使他尊贵，实际上打算让尚书主事，上奏先由曹爽过目，以便控制轻重缓急，曹爽听从其计，竭力地排斥司马懿。司马懿又一次装病，一装就是十年，也难为他了。这位出色的狙击手，耐心地等待着对手的失误。何晏在《三国志》里的形象很糟糕，多半因为《三国志》是晋人所撰，而何晏是司马氏痛恨之人，所以在《三国志》里被抹黑是必然的事情。因此，后来有很多人为何晏喊冤叫屈。《十三经注疏》里的《论语》，用的就是何晏的注，想来，何晏并没有那么浮躁。王夫之在《读通鉴论》里对何晏有很高的评价："史称何晏依势用事，附会者升进，违忤者罢退，傅嘏讥晏外静内躁，皆司马氏之徒，党邪丑正，加之不令之名耳。晏之逐异己而树援也，所以解散私门之党，而厚植人才于曹氏也。卢毓、傅嘏怀宠禄，虑子孙，岂可引为社稷臣者乎？藉令曹爽不用晏言，父事司马懿，而唯言莫违，爽可不死，且为戴莽之刘歆。若逮其篡谋之已成，而后与立异，刘毅、司马休之所以或死或亡，而不亦晚乎！爽之不足与有为也，魏主睿之不知人而轻托之也。……当是时，同姓猜疏而无权，一二直谅之臣如高堂隆、辛毗者，又皆丧亡，曹氏一线之存亡，仅一何晏，而犹责之已甚，抑将责刘越石之不早附刘渊，文宋瑞之不亟降蒙古乎？呜呼！惜名节者谓之浮华，怀远虑者谓之铦巧，《三国志》成于晋代，固司马氏之书也。后人因之掩抑孤忠，而以持禄容身、望风依附之逆党为良图。公论没，人心蛊矣。"

司马懿能够取曹魏而代之，固然使用了阴谋诡计，但司马懿毕竟有才，有政治家的谋略，有军事家的才能，不是光靠阴谋的。《三国志·吴书·孙皓传》注引《襄阳耆旧记》里吴丞相张悌的一段话："曹操虽功盖中夏，威震四海，崇诈杖术，征伐无已，民畏其威，而不怀其德也。丕、叡承之，系以惨虐，内兴宫室，外惧雄豪，东西驰驱，无岁获安，彼之失民，为日久矣。司马懿父子，自握其柄，累有大功，除其烦苛而布其平惠，为之谋主而救其疾，民心归之，亦已久矣。故淮南三叛而腹心不扰，曹髦之死，四方不动，摧坚敌如折枯，荡异同如反掌，任贤使能，各尽其心，非智勇兼人，孰能如之？其威武张矣，本根固矣，群情服矣，奸计立矣。"是所谓旁观者清。

司马氏集团的上台，过于血腥，手段也非常的阴险。曹操打下的江山，而司马氏集团得到得太容易。所以西晋建立才二十六年，就发生了"八王之乱"的惨剧。司马氏集团内部互相残杀，骨肉相残，整整杀了十六年。是所谓："百尺竿头望九州，前人田土后人收。后人收得休欢喜，还有收人在后头。"（据南宋江万里《宣政杂录》载，"有伎者，以数丈长竿系椅于梢，伎者坐椅上。少顷，下投于小棘坑中，无偏颇之失。未投时，念诗曰'百尺竿头'"云云。）

《晋书·宣帝纪》评论司马懿"内忌而外宽，猜忌多权变"，关键时刻，痛下杀手："诛曹爽之际，支党皆夷及三族，男女无少长，姑姊妹女子之适人者皆杀之，既而竟迁魏鼎云。（晋）明帝时，王导侍坐。帝问前世所以得天下，导乃陈帝创业之始，用文帝末高贵乡公事。明帝以面覆床曰：'若如公言，晋祚复安得长远！'迹其猜忍，盖有符于狼顾也。"

# 三国人物的颜值

　　俗话说："人不可貌相。"可是，"相人失之貌"，却是一般人常常会犯的错误。王粲、庞统、张松的遭遇，就是例子。

　　《三国志·魏书·王粲传》说"（粲）容貌短小"，有才无貌。唯有蔡邕慧眼识珠，能够欣赏他："'此王公孙也，有异才，吾不如也。吾家书籍文章，尽当与之。'年十七，司徒辟，诏除黄门侍郎，以西京扰乱，皆不就，乃之荆州依刘表。表以粲貌寝而体弱通侻，不甚重也。"

　　《三国志·蜀书·庞统传》说庞统"少时朴钝，未有识者"，与颜值不高有一定关系。《三国演义》第五十七回却以此生发，极写其丑："于是鲁肃邀请庞统入见孙权。施礼毕，权见其人浓眉掀鼻，黑面短髯，形容古怪，心中不喜。"同回写刘备也差一点与凤雏（庞统）失之交臂："玄德久闻统名，便教请入相见。统见玄德，长揖不拜。玄德见统貌陋，心中亦不悦。"

　　"相人失之貌"的第三个例子是张松与曹操。张松奉刘璋之命，去与曹操一方联络，想借曹操之力抵御张鲁，谁知曹操和张松也没对上眼。曹操的待客之道确实是有点问题。他给了张松一个县令的职位，而此时张松的身份已经是益州别驾，也就是益州的三把手，位居州牧、治中之下。这一段事情，史书上的介绍极为简单，而《三国演义》却敷衍出张松与杨修的大段对话，写张松的倨傲，杨修的尴尬和钦佩。张松居然利用自己过目不忘的特异功能，说《孟德新书》是"战国时无名氏所作"。《三国志》只说张松"为人短小"，《三国演义》则极写张松之丑，说曹操因此而不喜欢他，事情也就没有办成："长得额镢头尖，鼻偃齿露，身短不满五尺，言语有若铜钟。"张松"人物猥琐"，再加"语言冲撞"，曹操"五分不喜"，竟"拂袖而起，转入后堂"，把客人撂在那里。杨修明白"人不可貌相"的道理，劝曹操与张松接洽，但曹操不听。由此可见，"相人失之貌"以外，还常常"相人失之傲"。有才之人，往往恃才傲物，平生不爱受人管。

有才未必有貌，张肃、张松兄弟，颜值居然相差悬殊："张肃有威仪，容貌甚伟"，而张松则"为人短小"，加以"放荡不治节操"。然而，张松无貌而"识达精果，有才干"（裴注引《益部耆旧杂记》）。术士管辂的本传称其"容貌粗丑"，但卜事奇中，"故人多爱之而不敬也"。

陈寿说，袁绍、刘表"咸有威容器观，知名当世"，但却是"皆外宽内忌，好谋无决，有才而不能用，闻善而不能纳，废嫡立庶，舍礼崇爱"。袁绍"有姿貌威容"，刘表"长八尺余，姿貌甚伟"。然均徒有其表。

亦有才貌双全的。曹魏的一号智囊荀彧，堪称才貌双全。《三国志·魏书·荀彧传》注引《魏略》："彧为人伟美。"祢衡讽刺荀彧"文若，可借面吊丧"（《后汉书·祢衡传》）。裴注："又潘勖为彧碑文，称彧'瑰姿奇表'。"

诸葛亮颜值如何呢？陈寿将《诸葛亮集》上晋武帝时有表，文中提到，诸葛亮"身长八尺，容貌甚伟，时人异焉"。孙权"睹亮奇雅"。这"奇雅"二字，是对诸葛亮的风度气质的美誉。孙权还是很重视颜值的。《三国演义》第三十八回写道："玄德见孔明身长八尺，面如冠玉，头戴纶巾，身披鹤氅，飘飘然有神仙之概。"《三国演义》第四十三回说："张昭等见孔明丰神飘洒，器宇轩昂，料道此人必来游说。"

《三国志·蜀书·赵云传》注引《云别传》："云身长八尺，姿颜雄伟。"孙策本传称其"美姿颜"，士民皆呼为孙郎。他自己对颜值也挺在乎，据《吴历》说："策既被创，医言可治，当好自将护，百日勿动。策引镜自照，谓左右曰：'面如此，尚可复建功立事乎？'椎几大奋，创皆分裂，其夜卒。"中箭毁容，孙郎无法接受。孙策的挚友、同龄人周瑜，颜值不输孙策。《三国志·吴书·周瑜传》说："瑜长壮有姿貌。"《三国演义》第十五回："当先一人，姿质风流，仪容秀丽，见了孙策，下马便拜。策视其人，乃庐江舒城人，姓周，名瑜，字公瑾。"苏轼名篇《念奴娇·赤壁怀古》形容周瑜："羽扇纶巾，谈笑间，樯橹灰飞烟灭。"苏轼笔下周瑜的风度，不输于诸葛亮。

《三国演义》如此介绍刘备的一个特征："两耳垂肩，双手过膝，目能自顾其耳"。耳朵这么大，显然不正常。"目能自顾其耳"，一般人都做不到。所以吕布、纪灵叫他"大耳儿"，袁绍骂他"大耳贼"。中国人喜欢借人的生理缺陷、外貌的不足给人起绰号。《水浒传》里的青面兽杨志、赤发鬼刘唐、病关索杨雄、矮脚虎王英、鬼脸儿杜兴、丑郡马宣赞，都是例子。可是，刘备毕竟是小说作者要歌颂的英雄，所以《三国演义》第五十四回如此描写刘备娶孙夫人：

> 权观玄德仪表非凡，心中有畏惧之意。二人叙礼毕，遂入方丈见国太。国太见了玄德，大喜，谓乔国老曰："真吾婿也！"国老曰："玄德有龙凤之姿，天日之表，更兼仁德布于天下，国太得此佳婿，真可庆也！"

耳朵大到垂肩，显然有点古怪，怪不得电视剧《三国演义》不会选一个大耳朵的人来演刘备。

曹操的长相如何？连曹操自己也不够自信，《魏晋春秋》说他"姿貌短小"。《世说新语》记载这么一个故事："魏武将见匈奴使。自以形陋，不足雄远国，使崔季珪代，帝自捉刀立床头。既毕，令间谍问曰:'魏王何如?'匈奴使答曰:'魏王雅望非常,然床头捉刀人,此乃英雄也。'魏武闻之,追杀此使。"

曹操虽然好色,但他为女择婿,却不重貌而尚才。据《三国志·魏书·曹植传》注引《魏略》,曹操为了报答丁冲,又听说其子丁仪很有名气,欲以爱女嫁给丁仪。曹丕劝阻说:"女人观貌,而正礼(丁仪)目不便,诚恐爱女未必悦也。以为不如伏波(夏侯惇)子楙。"此处"爱女"指清河公主。曹操听从了曹丕的意见。后来亲自见到丁仪,非常欣赏他的才华,后悔地说:"丁掾,好士也,即使其两目盲,尚当与女,何况但眇?是吾儿误我。"

曹丕与曹操不同,比较重视颜值。他之欣赏孟达,就有颜值的因素:"魏文帝善达之姿才容观,以为散骑常侍、建武将军,封平阳亭侯。"(《三国志·蜀书·刘封传》)

颜值影响到接班人的选择。袁尚长得帅,所以袁绍喜欢这个小儿子,要让他接班,结果引起长子袁谭与袁尚的矛盾,为二袁的覆灭埋下祸根。刘表犯了和袁绍同样的错误。《后汉书·刘表传》:"表初以琦貌类于己,甚爱之。后为琮娶其后妻蔡氏之侄,蔡氏遂爱琮而恶琦,毁誉之言日闻于表。"因此而引起刘琦、刘琮兄弟之间的不和。《红楼梦》中贾母之特宠宝玉,与宝玉之相貌酷类其祖父有一定的关系:"(张道士)又叹道:'我看见哥儿的这个形容身段,言谈举动,怎么就同当日国公爷一个稿子!'说着两眼流下泪来。贾母听说,也由不得满脸泪痕,说道:'正是呢,我养这些儿子孙子,也没一个像他爷爷的,就只这玉儿像他爷爷。'"(《红楼梦》第二十九回)《三国志·魏书·袁绍传》注引《魏氏春秋》里录有刘表分别给袁谭、袁尚的书信,信中苦口婆心,引经据典,劝说两兄弟以大局为重,一致对外,云:"岂可忘先君之怨,弃至亲之好,为万世之戒,遗同盟之耻哉?"袁谭和袁尚积怨已深,都没有听刘表的,继续上演骨肉相残的悲剧。

魏晋人物很重视颜值风度,尤其是名士。卫玠是一个美男,无论他到哪儿都有许多妇女围住了看。卫玠二十七岁就死了,人们都说卫玠是被看死的,留下一个"看杀卫玠"的典故。名士何晏长得非常白皙，《魏略》称"性自喜，动静粉白不去手，行步顾影"，到了自恋的程度。魏明帝曹叡怀疑他的肤白是擦粉的缘故。在一个大热的夏天，曹叡让人把何晏找来，赏赐了他一碗热面。何晏吃得大汗淋漓，用自己的袖子擦了擦汗。擦完汗后，何晏的脸色显得更白了。曹叡这才相信他没有搽粉，而是真的肤色白。魏明帝使后弟毛曾与夏侯玄并坐，时人谓"蒹葭倚玉树"。时人目夏侯太初"朗朗如日月之入怀"（《世说新语·容止》）。

《三国演义》为了突出诸葛亮的料事如神，设计出锦囊妙计的情节：

> 孔明又唤姜维、廖化分付曰："与汝二人一个锦囊，引三千精兵，偃旗息鼓，伏于前山之上。如见魏兵围住王平、张翼，十分危急，不必去救，只开锦囊看视，自有解危之策。"（第九十九回）

不是预先将应对的策略告诉将领，使其领会统帅的意图，而是事先算定一切，将领只需执行统帅的意图，没有随机应变、灵活机动的必要。

> 少顷，杨仪入。孔明唤至榻前，授与一锦囊，密嘱曰："我死，魏延必反。待其反时，汝与临阵，方开此囊。那时自有斩魏延之人也。"（第一百四回）

预先料定魏延要造反，而且想好对付的办法。

最神奇的是，刘备赴吴完婚，诸葛亮给了三个锦囊，让赵云一个接一个拆，事情的发展过程，完全在诸葛亮的估计之中，分毫不差。把诸葛亮的料事如神，刻画到了极致：

玄德怀疑不敢往。孔明曰:"吾已定下三条计策,非子龙不可行也。"遂唤赵云近前,附耳言曰:"汝保主公入吴,当领此三个锦囊。囊中有三条妙计,依次而行。"即将三个锦囊,与云贴肉收藏。(第五十四回)

诸葛亮居然预先算出吴国太会出来搅局,吴国太又能看上这个年已半百的女婿,同意这门亲事。"玄德内披细铠,外穿锦袍,从人背剑紧随,上马投甘露寺来",相当于穿上防弹背心。诸葛亮又能预料到"玄德果然被声色所迷,全不想回荆州"。于是,第二个锦囊派上用场。而且嘱咐赵云,第二个锦囊到年底打开,时间算得非常精准。

不但诸葛亮有锦囊妙计,曹操也有锦囊妙计。《三国演义》写道:

操唤曹仁曰:"吾今暂回许都,收拾军马,必来报仇。汝可保全南郡。吾有一计,密留在此,非急休开。急则开之。依计而行,使东吴不敢正视南郡。"(第五十回)

曹洪曰:"目今失了彝陵,势已危急,何不拆丞相遗计观之,以解此危?"曹仁曰:"汝言正合吾意。"遂拆书观之,大喜,便传令教五更造饭,平明大小军马尽皆弃城,城上遍插旌旗,虚张声势,军分三门而出。(第五十一回)

周瑜果然上当,以为曹洪要撤,"遂令众军抢城",结果中了曹军埋伏。"陈矫在敌楼上,望见周瑜亲入城来,暗暗喝采道:'丞相妙策如神!'一声梆子响,两边弓弩齐发,势如骤雨。争先入城的,都颠入陷坑内。周瑜急勒马回时,被一弩箭,正射中左肋,翻身落马。"箭是毒箭,救回营中,"疼不可当,饮食俱废"。看来,曹操若是正常发挥,水平不在周瑜之下。

《三国演义》第六十七回写道:

张辽为失了皖城,回到合淝,心中愁闷。忽曹操差薛悌送木匣一个，上有操封，傍书云："贼来乃发"。是日报说孙权自引十万大军，来攻合淝。张辽便开匣观之。内书云："若孙权至，张、李二将军出战，乐将军守城。"张辽将教帖与李典、乐进观之。乐进曰："将军之意若何？"张辽曰："主公远征在外，吴兵以为破我必矣。今可发兵出迎，奋力与战，折其锋锐，以安众心，然后可守也。"

胡三省注《资治通鉴》曰："操以辽、典勇锐，使之战；乐进持重，使之守；薛悌文吏也，使勿得与战。"小说里所谓"贼至乃发"的描写，并非出于艺术的虚构，而与《三国志·魏书·张辽传》里的叙述完全一致："太祖既征孙权还，使辽与乐进、李典等将七千余人屯合肥。太祖征张鲁，教与护军薛悌，署函边曰'贼至乃发'。俄而权率十万众围合肥，乃共发教。教曰：'若孙权至者，张、李将军出战，乐将军守护军，勿得与战。'诸将皆疑。辽曰：'公远征在外，比救至，彼破我必矣。是以教指及其未合逆击之，折其盛势，以安众心，然后可守也。成败之机，在此一战。诸君何疑？'"曹操为什么要张辽"贼来乃发"呢？显然不是为了保密，或许是为了显示自己的英明预见。裴注引晋人孙盛就此评论说："事至而应，若合符契，妙矣夫！"由此可见，锦囊妙计并非完全出自小说家的奇思妙想，现实中偶尔也有这种情况。但小说家将军事家的预见力加以夸大，并将其寄托在一个个的锦囊上面。

# 篡逆之罪

　　俗话说"盖棺论定"。实际上，许多历史人物却是棺已盖而论未定。曹操就是一个典型的例子。千百年来，对曹操的历史评价之所以长期地难以统一，起因于封建正统观念自身的矛盾、虚伪和混乱。有人说，能够统一中国的人，就代表正统。按照这种标准，晋朝是正统，蜀汉王朝就不是正统。这就难免给人"胜者王侯败者寇"的印象。有人说，具有前代君王血统者，代表正统。按照这种标准，蜀汉是正统，曹魏和晋都不是正统。这就会使人嗅出"血统论"的气味。有人说，汉人建立的王朝代表正统。按照这种标准，元朝和清朝都不是正统。这就会陷入狭隘民族主义的泥潭。封建社会的正统观念，意味着血统上的嫡长子继承制和文化上的"华夷之辨"。每个朝代都说自己是正统，都要选择符合自己利益的评判标准。《三国志》的作者陈寿是晋人，他必须奉晋为正统，晋由魏而来，都是采用禅让的形式；伪魏就必然会伪晋，于是，魏也跟着成为正统。正统不正统，说到底，是一个统治合法性的问题。形形色色的"正统"之说，都是愚民的把戏。按照进步的理念，天下者，是天下人之天下，非一家一姓一人之天下。既然如此，前面的标准就统统不能成立。所谓"正统"，常常是为了一家一姓一人之私利而编造出来的谬论，但也不排斥出于民族主义而争正统的可能性。

汉末的时候，政治极度腐败，民怨沸腾，人心思乱，汉王朝统治的合法性成了问题。群雄逐鹿中原，用吕布的话来说："汉家城池，诸人有分。"（《三国演义》第十一回）曹操以其雄才大略，在众多的诸侯中脱颖而出，统一了中国的北方。可是，曹操作为汉朝的权臣，使汉献帝成为名副其实的傀儡，他的儿子曹丕以禅让的形式，逼献帝下台，建立了一个新的王朝——魏。继起的司马氏集团如法炮制，经过一系列的宫廷政变，逐步地削弱、消灭曹魏的势力，最后推翻曹魏的统治，建立了又一个新的王朝——晋。后来的统治者，在理论上无法接受这种被权臣架空、甚至威逼皇帝并取而代之的模式。于是，在经历了数百年的争论以后，终于将曹操和司马懿父子归入篡逆的奸臣。明代永乐年间胡广奉旨修撰的《春秋大全》更是正式地将曹操归入"乱臣贼子"的行列。明清时代，封建的中央集权制发展到了登峰造极的地步，种种迹象表明，自明朝开始，对于曹操的篡逆之罪，在官方和民间都达成了共识。有人追溯曹雪芹的祖先，一直追到了曹操，但曹雪芹自己肯定并不想当曹操的后代。《红楼梦》明明在第二回借贾雨村之口，将曹操归于"挠乱天下""残忍乖僻"的大恶之人，是"天地之邪气，恶者之所秉也"，与蚩尤、共工、夏桀、商纣王、秦始皇、王莽、桓温、安禄

曹丕废帝篡炎刘

山、秦桧等并列。

　　曹操之被定格为"篡逆的奸雄"，经历了一个漫长的历史过程。无论是晋宋时期的《三国志》和"裴注"，还是南朝以后、明朝以前以经史子集为代表的雅文化，都未能像说话艺术及戏曲那样体现出一以贯之的"拥刘反曹"的倾向。《三国志》虽然以曹魏为正统，但对蜀汉的诸葛亮也是推崇备至。裴注对蜀、吴、魏三方的态度更加客观。唐人张说有诗《邺都引》云："君不见魏武草创争天禄，群雄睚眦相驰逐。昼携壮士破坚阵，夜接词人赋华屋。"写出了曹操的能文能武。杜甫写了一些热烈赞扬诸葛亮的诗歌，人所共知，脍炙人口；但是，杜甫对曹操并无反感。他给曹操后裔、唐玄宗时的左武卫将军曹霸写了一首诗《丹青引赠曹将军霸》，称赞曹霸的画。诗的第一句就说："将军魏武之子孙"。这里显然是一种赞扬的口吻，杜甫的意思当然指"将军"并非"奸雄"之子孙。司马光的《资治通鉴》以曹魏纪年，似乎是以曹魏为正统；其实，司马光以曹魏纪年只是为了叙事的方便。司马光认为正闰之辨皆"私己之偏辞，非大公之通论也"。苏轼写《前赤壁赋》，提到曹操时说"方其破荆州，下江陵，顺流而东也，舳舻千里，酾酒临江，横槊赋诗，固一世之雄也"，承认曹操是英雄。其《念奴娇·赤壁怀古》对周瑜佩服得不得了："羽扇纶巾，谈笑间，樯橹灰飞烟灭。"他的诗歌《隆中》，对诸葛亮竭尽赞美："诸葛来西国，千年爱未衰。……谁言襄阳野，生此万乘师。山中有遗貌，矫矫龙中姿。"他的《诸葛亮论》却又不满于诸葛亮的不能纯用仁义忠信："仁义诈力杂用以取天下者，此孔明之所以失也。""孔明之恃以胜之者，独以区区之忠信，有以激天下之心耳。""刘表之丧，先主在荆州，孔明欲袭杀其孤，先主不忍也。其后刘璋以好逆之至蜀，不数月扼其吭，拊其背，而夺之国。此其与曹操异者几希矣。""曹、刘之不敌，天下之所知也。言兵不若曹操之多，言地不若曹操之广，言战不若曹操之能，而有以一胜之者，区区之忠信也。""孔明既不能全其信义以服天下之心，又不能奋其智谋以绝曹氏之手足，宜其屡战而屡却哉。"（《东坡全集》卷四十三）

刘备说:"季玉(刘表)是吾同宗,诚心待吾,更兼吾初到蜀中,恩信未立,若行此事,上天不容,下民亦怨。公此谋,虽霸者亦不为也。"(《三国演义》第六十回)苏轼认为诸葛亮唯一胜过曹操者,唯有仁义忠信,蜀汉失败的原因在于不能彻底地贯彻"仁义忠信",真是迂腐得可以。南宋叶适的迂腐亦不亚于苏轼:"荆、益虽可取,然假力于孙权,则借贷督索;会盟于刘璋,则欺侮攘夺。计亮之始终,存心行事,不宜有此。而号其名曰'兴汉',则可悲也。"(《习学记言》卷二八)宋人唐庚为诸葛亮辩解说:"学者责孔明不以经书辅导少主,乃用《六韬》《管子》《申》《韩》之书。……后主宽厚仁义,襟量有余而权略智调是其所短。当时识者咸以为忧。《六韬》述兵权奇计,《管子》贵轻重权衡,《申子》核名实,韩子引绳墨,切事情。施之后主正中其病矣。"(《三国杂事》卷上)即是说,好药坏药,能治好病就是好药。正统不正统,能治国平天下是硬道理。辛弃疾很欣赏孙权:"千古江山,英雄无觅孙仲谋处。"(《永遇乐·京口北固亭怀古》)但与此同时,他又承认曹操、刘备和孙权都是英雄:"天下英雄谁敌手?曹、刘。生子当如孙仲谋。"(《南乡子·登京口北固亭有怀》)不过总的看来,南宋以后,越来越多的人将曹操指为篡逆的奸雄、奸臣。

曹操的《述志令》(《让县自明本志令》),可以看作一篇自传。我们不妨借此一窥这位"奸雄"的心迹:

> 孤始举孝廉,年少,自以本非岩穴知名之士,恐为海内人之所见凡愚,欲为一郡守,好作政教以建立名誉,使世士明知之;故在济南,始除残去秽,平心选举,违迕诸常侍。以为强豪所忿,恐致家祸,故以病还。去官之后,年纪尚少,顾视同岁中,年有五十,未名为老。内自图之,从此却去二十年,待天下清,乃与同岁中始举者等耳。故以四时归乡里,于谯东五十里筑精舍,欲秋夏读书,冬春射猎,求底下之地,欲以泥水自蔽,绝宾客往来之望。然不能得如意。后征为都尉,迁典军校尉,意遂更欲为国家讨贼立功,欲望封侯作征西将军,然

后题墓道言"汉故征西将军曹侯之墓",此其志也。而遭值董卓之难,兴举义兵。是时合兵能多得耳,然常自损,不欲多之;所以然者,多兵意盛,与强敌争,倘更为祸始。故汴水之战数千,后还到扬州更募,亦复不过三千人,此其本志有限也。后领兖州,破降黄巾三十万众。又袁术僭号于九江,下皆称臣,名门曰建号门,衣被皆为天子之制,两妇预争为皇后。志计已定,人有劝术使遂即帝位,露布天下,答言"曹公尚在,未可也"。后孤讨禽其四将,获其人众,遂使术穷亡解沮,发病而死。及至袁绍据河北,兵势强盛,孤自度势,实不敌之;但计投死为国,以义灭身,足垂于后。幸而破绍,枭其二子。又刘表自以为宗室,包藏奸心,乍前乍却,以观世事,据有当州,孤复定之,遂平天下。身为宰相,人臣之贵已极,意望已过矣。今孤言此,若为自大,欲人言尽,故无讳耳。设使国家无有孤,不知当几人称帝,几人称王!或者人见孤强盛,又性不信天命之事,恐私心相评,言有不逊之志,妄相忖度,每用耿耿。齐桓、晋文所以垂称至今日者,以其兵势广大,犹能奉事周室也。《论语》云"三分天下有其二,以服事殷,周之德可谓至德矣",夫能以大事小也。昔乐毅走赵,赵王欲与之图燕。乐毅伏而垂泣,对曰:"臣事昭王,犹事大王;臣若获戾,放在他国,没世然后已,不忍谋赵之徒隶,况燕后嗣乎!"胡亥之杀蒙恬也,恬曰:"自吾先人及至子孙,积信于秦三世矣;今臣将兵三十余万,其势足以背叛,然自知必死而守义者,不敢辱先人之教以忘先王也。"孤每读此二人书,未尝不怆然流涕也。孤祖父以至孤身,皆当亲重之任,可谓见信者矣,以及子桓兄弟,过于三世矣。孤非徒对诸君说此也,常以语妻妾,皆令深知此意。孤谓之言:"顾我万年之后,汝曹皆当出嫁,欲令传道我心,使他人皆知之。"孤此言皆肝鬲之要也。所以勤勤恳恳叙心腹者,见周公有《金縢》之书以自明,恐人不信之故。然欲孤便尔委捐所典兵众以还执事,归就武平侯国,实不可也。何者?诚恐己离兵为人所祸也。既为子孙计，又己败则国家倾危，是以不得慕虚名而处实祸，此所不得为也。前朝恩封三子为侯，固辞不受，今更欲受之，非欲复以为荣，欲以为外援为万安计。孤闻介推之避晋封，申胥之逃楚赏，未尝不舍书而叹，有以自省也。奉国威灵，仗钺征伐，推弱以克强，处小而禽大。意之所图，动无违事，心之所虑，何向不济，遂荡平天下，不辱主命。可谓天助汉室，非人力也。然封兼四县，食户三万，何德堪之！江湖未静，不可让位；至于邑土，可得而辞。今上还阳夏、柘、苦三县户二万，但食武平万户，且以分损谤议，少减孤之责也。（《三国志·魏书·武帝记》裴注引《魏武故事》）

这篇《述志令》包含了巨大的信息量。曹操自述其功："设使国家无有孤，不知当几人称帝，几人称王！"平心而论，这句话符合历史事实。曹操说别人怀疑他有"不逊之志"，都是误解。又解释自己不能放弃军权的原因："诚恐己离兵为人所祸也。"人在高位，身不由己。曹操说他本来志向有限，没有太大的野心，只是想当一个郡守，当一个将军。没想到以后做成了那么大的事业。话说到这个份上，没有一点吞吞吐吐，没有一点拐弯抹角，直接把有人怀疑他要篡位的事情挑破。曹操的《述志令》，似乎相当的坦率。这些话是不是可信呢？听其言，观其行，我们对照曹操毕生的所作所为，应该说，《述志令》所讲，有一半的真实。我们看曹操每次受封，总要一而再，再而三地辞让。这当然是官场的虚伪俗套，我们如果不是太天真，就不会相信这些辞让出自内心。这篇文章是在赤壁大败、曹操威望受损的情况下出笼的，曹操需要为自己做一点辩解。曹操也不是一开始就想当皇帝，他在称帝不称帝的问题上非常慎重。汉灵帝中平五年（188）六月，太傅陈蕃的儿子陈逸伙同术士襄楷与冀州刺史王芬，图谋废黜灵帝而立合肥侯刘真。王芬将计划告诉时为议郎的曹操，曹操回书说："夫废立之事，天下之至不祥也。古人有权成败、计轻重而行之者，伊尹、霍光是也。伊尹怀至忠之诚，据宰臣之势，处官司之上，故进退废置，计从事立。及至霍光受托国之任，藉宗臣之位，内因太后秉政之重，外有群卿同欲之势，昌邑即位日浅，未有贵宠，朝乏说臣，议出密近，故计行如转圜，事成如摧朽。今诸君徒见曩者之易，未睹当今之难。诸君自度，结众连党，何若七国？合肥之贵，孰若吴、楚？而造作非常，欲望必克，不亦危乎！"（《三国志·魏书·武帝纪》注引《魏书》）结果也确实如曹操所料，废立的计划流产，王芬旋即自杀。看来，曹操在内心不排除废立，但废立要有如伊尹、霍光那样的威望和权势，否则连想都不要想。王夫之《读通鉴论》卷八《灵帝》中说："王芬欲乘灵帝北巡，以兵诛诸常侍，废帝立合肥侯。使其成也，亦董卓也，天下且亟起而诛之，其亡且速于董卓。……曹操料其败，以止其废立之妄，非其智之过人也，皎然是非祸福之殊途，有心有目无不能辨也。"关东各州郡起兵讨伐董卓的将领们商议，认为献帝年龄幼小，被董卓所控制，又远在长安，关塞相隔，不知生死，幽州牧刘虞是宗室中最贤明的，准备拥立他为皇帝。曹操说："我们这些人所以起兵，而且远近之人无不响应的原因，正由于我们的行动是正义的。如今皇帝幼弱，虽为奸臣所控制，但没有昌邑王刘贺那样可以导致亡国的过失，一旦你们改立别人，天下谁能接受！你们向北边迎立刘虞，我自尊奉西边的皇帝。"（据《武帝纪》注引《魏书》）这里引的仍然是霍光废立昌邑王的前例。袁绍将一块玉印给曹操看，曹操"笑而恶焉"，对袁绍别有用心地拥立刘虞非常厌恶（《武帝纪》）。如王夫之《读通鉴论》卷九《献帝》所说："韩馥、袁绍奉刘虞为主，是项羽立怀王心、唐高祖立越王侑之术也。"

建安二十四年（220），孙权上书向曹操称臣，劝曹操顺应天命，即位称帝。曹操把孙权的信给大家看，说："这小子要把我放在炉火上烤吗！"（见《武帝纪》注引《魏略》）我们由此可以看到曹操对废立和称帝之事的慎重。与曹操相比，董卓一进京，立足未稳，就废少帝、立献帝，显得非常的愚蠢。一味残虐，人心丧尽，仇满天下，为自己掘下坟墓。他居然能够说出这样的话："刘氏种不足复遗！"（《三国志·魏书·袁绍传》）一下子把自己变成全民公敌。

董卓迷信武力，残暴蛮横，不知"得人心者得天下"的道理。这就难怪他的政治生命是如此短暂。董卓与袁绍的斗争，是地方军阀和世家大族的矛盾。皇帝已成傀儡，地方军阀和世家大族开始争夺农民起义的果实。

又有愚蠢如袁术者，就寿春一点点地盘，就急着要称帝。先败于吕布，再败于曹操，一看实力不行，干脆把帝位送给兄弟袁绍，简直把称帝视为儿戏。名士许劭亦说："其人豺狼，不能久也。"（《资治通鉴》卷六十三）在袁术本传中，裴松之讥笑他"无毫芒之功，纤介之善，而猖狂于时，妄自尊立"。孔融虽缺乏理国的才能，但他对不可一世、野心勃勃的袁术也看得清楚。他知道这位四世三公之后没有政治前途。袁家那些显赫的祖先，不过是"冢中枯骨"。与此同时，孔融对袁绍却没有看清。他反对曹操与袁绍决战，没有看出袁绍其实是一只纸老虎。曹操是不是安守本分呢？我们看曹操对"拥汉派"的血腥镇压，对一号智囊荀彧的绝情，就可以觉察到他那颗蠢蠢欲动的野心。随着他一步一步地取得军事上的成功，将中原的群雄一个一个地剿灭，而汉献帝又是那么的孱弱，他的部下也想着攀龙附凤，曹操的政治野心也就一步一步地、难以抑制地膨胀起来。陈群等看穿他的心思，联合一帮文臣武将，劝他称帝，曹操说："若天命在吾，吾为周文王矣。"（《资治通鉴》卷六十八）由这句话，可以看出，他不是不想当皇帝，只是觉得时机尚未成熟，还是让儿子去当吧。他决心不要皇帝的名分，而只要皇帝的权力。司马光的分析洞察曹操肺腑："以魏武之暴戾强伉，加有大功于天下，其蓄无君之心久矣。乃至没身不敢废汉而自立，岂其志之不欲哉？犹畏名义而自抑也。"（《资治通鉴》卷六十八）周瑜说曹操"虽托名汉相，其实汉贼也"，没有冤枉他。如果说，曹操一开始就想着篡逆，恐怕并非事实。但是，要说曹操始终没有篡逆之心，不想取而代之，也与事实不符。汉献帝左右随从侍卫无一不是曹操的人。议郎赵彦经常为汉献帝分析时势，进献对策，因此遭到曹操的憎恶而被杀害。曹操有事进殿见献帝，汉献帝无法控制恐惧，对曹操说："您若能辅佐我，就宽厚些；否则，您就开恩把我抛开。"曹操自从晋为魏公，特别是又晋升为魏王以后，越来越骄横，听不得一点不同意见，老虎屁股摸不得，崔琰的被杀，毛玠的差一点被杀，都在这一阶段。建安十八年（213），曹操当了魏公，在邺城建了一个自己的政府，这个政府有尚书令、有六卿，与朝廷没有区别。曹操虽然无皇帝之名，却早就有了皇帝的权力。

袁绍集团的覆灭，有多方面的原因。窝里斗是重要原因之一。

袁家是东汉的名门望族。袁绍的高祖袁安，汉明帝时为楚郡太守。据华峤《汉后书》，袁安"治楚王狱，所申理者四百余家，皆蒙全济。安遂为名臣。章帝时至司徒"。袁安有子袁京、袁敞。袁京为蜀郡太守，汉和帝时袁敞为太仆，安帝时为司空。袁京的儿子袁汤为太尉。袁汤有四个儿子：袁平、袁成、袁逢、袁隗。灵帝时袁逢为太仆，后为司空、执金吾；袁隗在汉献帝时为太傅。袁绍是袁逢的庶子，且被出继给袁逢之兄袁成继嗣，袁术是袁逢的嫡子。袁氏自袁安开始，一直是忠义传世，与宦官斗，与外戚斗，刚正不阿，具有极高的社会声望和号召力。况且袁家树恩四世，门生故吏遍于天下，具有广泛深厚的社会基础："及袁绍与弟术丧母，归葬汝南，（王）儁与公会之，会者三万人。"（《三国志·魏书·武帝纪》裴注引皇甫谧《逸士传》）《三国志·魏书·满宠传》又云："时袁绍盛于河朔，而汝南绍之本郡，门生宾客布在诸县，拥兵拒守。"袁绍年轻时，也是努力地培养名望：服丧六年，不妄通宾客，不应征辟。在汉末王室衰微、天下分崩离析的形势下，袁绍凭据这样的条件，成为众望所归的领袖人物。曾经为"西园八校尉"之一。入宫尽杀宦官出了大名。董卓如此残暴的人物，顾忌袁家的势力，对袁绍也不免有所忌惮，没敢动他。除董卓以外，曹操、孙坚、刘备、吕布、公孙瓒等各路诸侯，都曾经臣服于袁绍。是所谓"登高一呼，应者云集"。许多人物虽然曾经从袁绍的阵营中分裂出去，试图成为一支独立的力量；但是，当他们遭遇困境，乃至于走投无路的时候，首先便会请求袁绍的原谅，重回袁绍的大营。曹操比袁绍更早地举起讨伐董卓的大旗，但是，他的号召力显然不如袁绍，直到袁绍接过反董的大旗，才真正有了天下共讨之的形势和局面。曹操的诗《蒿里行》开头就说："关东有义士，兴兵讨群凶。"所谓"义士"，应该就是指袁绍。口气还是很敬仰的。此前不久，袁绍因为带头尽诛宦官而名声大噪。天下刚乱的时候，人们都是重虚名的。这就好比孙坚始初之依附袁术、刘备起始之依附公孙瓒，都不足深怪。据《三国志·魏书·袁绍传》，韩馥就因为是袁氏故吏，加上实力不济、生性懦弱，所以把"民人殷盛，兵粮优足"（《三国志·魏书·武帝纪》注引《英雄记》）的冀州让给了袁绍。袁绍与董卓意见不合，因为袁家"门生故吏遍于天下"，所以董卓没有敢杀他。此时此刻，唯有济北国相鲍信对曹操说："现在谋略超群，能拨乱反正的人，就是阁下了。假如不是这种人才，尽管强大，却必将失败。您恐怕是上天所派来的吧！"鲍信看好曹操，却看衰当时如日中天的袁绍。如鲍信所说："今绍为盟主，因权专利，将自生乱，是复有一卓也。"（《三国志·魏书·鲍勋传》注引《魏书》）认为袁绍和董卓没有本质的区别。确实，如毛宗岗所言："一董卓未死，天下又生出无数董卓。"（第七回点评）另有董昭，也看好曹操。他劝说张杨："虽然袁绍与曹操联盟，但势必不会长久合作。曹操如今势力虽弱，然而他实际上是天下真正的英雄。应当寻找机会与他结交，何况现有借路这个机缘。最好允许曹操的使者通过，将他的奏章上呈朝廷，并上表推荐他。如果事情成功，就可以成为长久的深交。"反董联军似乎声势浩大，但是，对于强悍的西凉兵马，都心存畏惧，畏缩不前。《三国志·魏书·董卓传》注引《英雄记》中说"卓数讨羌、胡，前后百余战"，《后汉书·郑太传》说："关西诸郡，颇习兵事，自顷年以来，数与羌战，妇女犹戴戟操矛，挟弓负矢，况其壮勇之士，以当妄战之人乎！"可见西凉兵的强悍战斗力是打出来的。董卓的进京就是因为何进采取了袁绍的馊主意，结果是引狼入室。反董联军中，唯有曹操和孙坚不畏强敌，奋勇前进。曹操和孙坚两系人马果然成为日后三国的两极，而当时的刘备还未成气候。后来联军的分崩离析，使曹操看清了袁绍的平庸，他对刘备说："今天下英雄，唯使君与操耳。本初之徒，不足数也。"（《三国志·蜀书·先主传》）反董联军成立之初，袁绍的威望达到顶峰，却也成为袁氏集团衰落的开始。王允使离间计，成功策反吕布而诛董卓，但袁绍没有去支援王允，则自怀野心可知。

由于袁绍集团内耗不断，终于将四世三公的政治资本消耗殆尽，最后败在了曹操的手里。袁绍集团的内耗主要体现在三个方面：一是袁绍与智囊团的矛盾，袁氏智囊团的内部不和；二是袁绍、袁术的兄弟不和；三是袁绍三个儿子——袁谭、袁熙、袁尚的骨肉相残。

《三国志》的袁绍本传称"绍有姿貌威容，能折节下士，士多归之"。袁绍的身边，可谓是人才济济。就其智囊团来说，就集中了当时许多的人才：沮授、田丰、逢纪、审配、荀谌。曹操身边摇羽毛扇的人物荀彧、荀攸叔侄，本来也是袁绍的人，后来看袁绍成不了事，就转投了曹操。据《三国志·魏书·郭嘉传》记载，起初，郭嘉去见袁绍，袁绍对他十分礼敬。郭嘉住了几十天，对袁绍的谋臣辛评、郭图说："有智之士要审慎地选择主人，才能保全自己，建立功业。袁绍只想仿效周公姬旦礼贤下士，却不懂得用人的方法。事务繁杂，却缺少重点；喜欢谋略，但又优柔寡断。要与他共同拯救天下的大难，建立霸王之业，太困难了。我将另投明主，你们为何不离去呢？"辛评、郭图说："袁氏家族对天下有恩德，人们多来归附，而且现在他的势力最强，还要去投奔谁？"郭嘉知道他们执迷不悟，便不再说，于是离去。曹操召见郭嘉，与他谈论天下大事，高兴地说："使我成就大业的，一定就是此人！"郭嘉出来后，也高兴地说："这真是我的主人！"曹操上表推荐郭嘉为司空祭酒。

太平盛世，臣子没有可能选择君主，只有可能"君要臣死，臣不得不死"；乱世的时候，群雄逐鹿，良禽择枝而栖，良臣择君而从。

《三国演义》以历史为素材，对袁绍集团的内耗不断，乃至于逐渐衰微的过程，做了生动的描写。袁绍的为人，表面上礼贤下士，但实际上却是外宽内忌，好谋无断，缺乏领袖的魅力。各路诸侯虽然组成了讨伐董卓的联军，但他们各有自己的利益诉求，都想保存实力，为自己的割据称雄积累政治军事资本。联合的基础是非常脆弱的。每天喝酒空谈，不思进取。袁绍被公推为讨伐董卓的盟主以后，看不清这一点。沮授对袁绍分析当时的形势："观诸州郡外托义兵，内图相灭，未有存主恤民者。"（《三国志·魏书·袁绍传》注引《献帝传》）以袁绍的政治才能军事才能，根本驾驭不了逐鹿中原的群雄，他也没有提出能够团结各路诸侯的政治纲领。如荀彧所分析："且绍，布衣之雄耳，能聚人而不能用。"（《三国志·魏书·武帝纪》）各路诸侯本来也是各怀心事，只想着扩充地盘。各路诸侯之间，不过是互相利用罢了。袁家世受皇恩，如今皇室微弱危难之际，却不思辅佐汉帝，只想着扩展地盘，拥兵自重。董卓因袁绍的缘故，汉献帝初平元年（190）三月戊午（十八日），杀死太傅袁隗、太仆袁基及其袁家婴孩以上的五十余口家人，袁绍不思奋勇复仇。如此，怎能服人？袁绍逼走韩馥，吞并冀州，开了吞并其他州郡的恶劣先例。各路诸侯逐步看清了袁绍的野心以及他的平庸、自私和狭隘，讨伐大军也就成了一盘散沙。袁绍身为盟主，待人接物态度傲慢，张邈义正辞严地责备袁绍。袁绍恼羞成怒，竟让曹操去杀张邈。孙坚与董卓交战，袁绍却乘机任命周昂为豫章刺史，去夺孙坚的地盘，则这位盟主胸襟之狭小自私，也可想而知。如臧洪临死前指责袁绍："诸袁事汉，四世五公，可谓受恩。今王室衰弱，无扶翼之意，欲因际会，希冀非望，多杀忠良以立奸威。"（《三国志·魏书·臧洪传》）反映了各路诸侯对袁绍的看法。在《三国演义》"关羽温酒斩华雄"的故事中，袁绍、袁术兄弟那种以门第取人的人才政策的不合时宜，暴露无遗。与曹操用人惟才、不拘一格的人才政策相比，高下一望可知。接着，孙坚与袁术因为御玺的事产生矛盾，孙坚与袁绍闹翻，拂袖而去。袁绍又令刘表去半路截击孙坚，结果刘表又与孙坚结怨。这玉玺据说是秦代李斯为秦始皇所刻，上面有"受命于天，既寿永昌"八个字。毛宗岗讽刺道："一玉玺耳，孙坚匿焉，袁绍争焉，刘表截焉。究竟孙坚不因得玺而帝，反因得玺而死。若备之帝蜀，未尝得玺；丕之帝魏，权之帝吴，亦皆不因玺。噫嘻！皇帝不皇帝，岂在玉玺不玉玺哉！"（第七回点评）传国玉玺当然只是一个符号，一个象征；可是，有这个象征和没有这个象征，还是不一样的。它可以增加一点篡位的合法性。虽然作用不是太大，总比没有好。

小说第六回，曹操"见绍等各怀异心，料不能成事，自引军投扬州去了"。公孙瓒亦带着刘备拔寨而去。联军瓦解，风流云散，轰轰烈烈的伐董一役，虎头蛇尾，不了了之。袁绍以讨卓为名，引兵占了冀州，冀州牧韩馥被迫自杀。至此，袁绍总算有了一块赖以立足的根据地。可是，他也从此放弃"勤王"的旗帜，放弃盟主的身份，甘心自降为割据称王的群雄之一。

袁绍的智囊团，人才济济，可惜内部不团结，就其个人而言，各有弱点。如小说第二十二回荀彧所说："田丰刚而犯上，许攸贪而不智，审配专而无谋，逢纪果而无用：此数人者，势不相容，必生内变。"关键在于"势不相容"。《三国志》袁绍本传载，曹操进攻刘备，田丰建议袁绍偷袭许昌，袁绍因儿子有病而未动。田丰举杖击地，"夫遭难遇之机，而以婴儿之病失其会，惜哉！"当然，实事求是地说，袁绍在河北，要渡过黄河去袭击许昌，也不是一件容易的事情。曹操有充足的时间来调兵遣将。"原来许攸不乐审配领兵，沮授又恨绍不用其谋，各不相和，不图进取。袁绍心怀疑惑，不思进兵"。袁绍要进兵许都，田丰劝其固守以等待时机，袁绍大怒，居然将其囚于狱中。田丰在狱中建议袁绍："今且宜静守以待天时，不可妄兴大兵，恐有不利。""逢纪谮曰：'主公兴仁义之师，田丰何得出此不祥之语！'绍因怒，欲斩田丰。众官告免。绍恨曰：'待吾破了曹操，明正其罪！'""沮授曰：'我军虽众，而勇猛不及彼军；彼军虽精，而粮草不如我军。彼军无粮，利在急战；我军

劫乌巢孟德烧粮

有粮，宜且缓守。若能旷以日月，则彼军不战自败矣。'绍怒曰：'田丰慢我军心，吾回日必斩之。汝安敢又如此！'叱左右：'将沮授锁禁军中，待我破曹之后，与田丰一体治罪！'"（《三国演义》第三十回）许攸向袁绍建议："曹操屯军官渡，与我相持已久，许昌必空虚；若分一军星夜掩袭许昌，则许昌可拔，而操可擒也。今操粮草已尽，正可乘此机会，两路击之。"袁绍不听。恰逢此时审配写信，揭发许攸的劣迹："言许攸在冀州时，尝滥受民间财物，且纵令子侄辈多科税，钱粮入己，今已收其子侄下狱矣。"（《三国演义》第三十回）于是，袁绍大怒，让许攸滚蛋，"今后不许相见"。这就促成了许攸的"弃暗投明"。袁绍不明白，贪婪的人或许有才，关键在如何约束他的贪婪而利用他的智慧。袁绍之大骂许攸，恰好是为渊驱鱼，为丛驱雀。许攸向曹操建议，去偷袭袁绍的屯粮之所乌巢，使曹操向袁绍发出致命的一击。奇袭乌巢成为战局的转折点。袁绍则一着不慎，满盘皆输。许攸是有污点的人，但曹操用人不在乎这一点，只要能治国用兵就行。他说"治平尚德行，有事赏功能"（《论吏士行能令》），是彻底的不拘一格。唐人胡曾就此揶揄道："若使许攸财用足，山河争得属曹家。"（《咏史诗·官渡》）其实，审配早就提醒袁绍："行军以粮食为重，不可不用心提防。乌巢乃屯粮之处，必得重兵守之。"袁绍对审配的意见没有重视，派了一个嗜酒如命的淳于琼去把守乌巢。也是所谓一着不慎，满盘皆输。当然，淳于琼的资格不浅，据《三国志·魏书·张扬传》注引《灵帝纪》所载，曹操任典军校尉时，"夏牟、淳于琼为左右校尉"。曹操亲自提兵五千袭击乌巢，千钧一发之际，关在牢里的田丰提醒袁绍："适观天象，见太白逆行于柳、鬼之间，流光射入牛、斗之分，恐有贼兵劫掠之害。乌巢屯粮之所，不可不提备。宜速遣精兵猛将，于间道山路巡哨，免为曹操所算。"袁绍却怒叱他是"妄言惑众"。挽救危局的机会一次又一次地被袁绍浪费，袁军已是在劫难逃。其实乌巢离袁绍的大营不过四十多里，曹操的兵力不过是五千。

更加荒唐的是，袁绍兵败以后，不但不忏悔自己的不纳忠言，反而在逢纪的挑拨之下，因为羞见田丰而"命使者赍宝剑先往冀州狱中杀田丰"。难怪田丰在临死以前恨恨地说："大丈夫生于天地间，不识其主而事之，是无智也！今日受死，夫何足惜！"（《三国演义》第三十一回）田丰之死，沮授被俘，许攸之叛，象征着袁绍智囊团的分崩离析。谋士不和，上下相疑，你不败谁败！袁绍遇到失败，不肯承担责任，总是把责任推给部下，难怪其谋士离心，将士寒心。

正所谓"性格就是命运"，袁绍的性格注定了他的悲剧命运。袁绍与袁术这对难兄难弟也并不团结，豪杰多附于绍。"术怒曰：'群竖不吾从，而从吾家奴乎！'又与公孙瓒书曰：'绍非袁氏子。'"（《后汉书·袁术传》）公孙瓒与袁绍闹翻后，他声讨袁绍的檄文中历数袁绍的罪状，其中第九条就是拿袁绍的"庶出"做文章：《春秋》之义，子以母贵。绍母亲为婢使，绍实微贱，不可以为人后，以义不宜，乃据丰隆之重任，忝污王爵，损辱袁宗，绍罪九也。"（《三国志·魏书·公孙瓒传》注引《典略》）绍闻大怒。小说第七回："却说袁术在南阳，闻袁绍新得冀州，遣使来求马千匹。绍不与，术怒。自此，兄弟不睦。"难怪袁绍派人拉拢贾诩，而贾诩面对来人讽刺袁绍："汝可回见本初，道：'汝兄弟尚不能容，何能容天下国士乎？'"（《三国演义》第二十三回）

袁绍生前已经种下了后代不和的祸根。袁绍的三个儿子：袁谭、袁熙、袁尚。袁绍爱的是幼子袁尚，袁尚为继室刘夫人所生。

谋士的不和与子弟的不和纠结在一起，小说第三十一回写道："绍乃与审配、逢纪、辛评、郭图四人商议。原来审、逢二人，向辅袁尚，辛、郭二人，向辅袁谭，四人各为其主。"袁绍一死，袁尚继承了袁绍的官位和爵号，引起身为长子的袁谭的强烈不满。小说中，袁绍尸骨未寒，"刘夫人便将袁绍所爱宠妾五人尽行杀害，又恐其阴魂于九泉之下再与绍相见，乃髡其发，刺其面，毁其尸：其妒恶如此。袁尚恐宠妾家属为害，并收而杀之"（《三国演义》第三十二回）。简直是吕后再世。此时曹操大军压境，而袁谭、袁尚由互相猜疑走向形同水火。袁谭为曹操击败，向袁尚求救。袁尚和审配合计，只发五千人马去敷衍袁谭。区区五千人马尽被曹军乐进、李典截杀。袁谭再向袁尚求援时，袁尚拒不发兵。袁谭大怒，准备投降曹操。袁尚生怕曹操、袁谭并力来攻冀州，不得已而率军来救袁谭。此时袁熙和袁绍的外甥高干亦来支援。郭嘉献计曹操，分析袁氏兄弟："急之则相救，缓之则相争。不如举兵南向荆州，征讨刘表，以候袁氏兄弟之变；变成而后击之，可一举而定也。"果然不出郭嘉所料，曹军一退，袁谭和袁尚的矛盾立即趋于激化，双方火并。袁谭不敌袁尚，投降曹操，"操大喜，以女许谭为妻，即令吕旷、吕翔为媒"。袁谭的意图是，待曹操破了袁尚，乘便破曹。袁尚的意图是先破平原之袁谭，然后破曹。袁谭和袁尚都想利用曹操的力量消灭对方，再来与曹军决战。王修和刘表都写信，劝袁氏兄弟捐弃前嫌，共同对敌。但袁氏兄弟积怨甚深，不予采纳。曹操洞察二袁的图谋，先夺冀州，击溃袁尚，然后回师攻击袁谭。袁谭战死，谭军作鸟兽散。袁尚、袁熙星夜奔辽西，投奔乌桓。曹操听郭嘉临终密计，坐山观虎斗。果然不出郭嘉所料，袁尚、袁熙兄弟做着取公孙康而代之的美梦，而公孙康本来就疑心袁氏兄弟的来者不善，见曹操按兵不动，并无征伐辽东之意，便设计杀死袁尚、袁熙，"砍下二人之头，用木匣盛贮，使人送到易州，来见曹操"（《三国演义》第三十三回）。至此，袁谭、袁熙、袁尚三兄弟在内耗中先后破灭。父子不和，兄弟不和，上下不和，袁氏集团的内部矛盾，被曹操充分利用。

与袁氏集团形成对比的是，曹操与其智囊们的推心置腹、融洽无间。其实，曹操的智囊团里，也常有不同意见。但曹操往往能作出正确的抉择。曹操有担当，赏罚分明，择善而从，处事较为公平。所以他的智囊团没有因为意见不同而造成不团结，甚至互相拆台的情况。小说第十六回，刘备为吕布所逼，投靠曹操，荀彧劝曹操："刘备，英雄也。今不早图，后必为患。"郭嘉主张接纳刘备："不可。主公兴义兵，为百姓除暴，惟仗信义以招俊杰，犹惧其不来也；今玄德素有英雄之名，以困穷而来投，若杀之，是害贤也。天下智谋之士，闻而自疑，将裹足不前，主公谁与定天下乎？夫除一人之患，以阻四海之望，安危之机，不可不察。"曹操从大局出发，采纳了郭嘉的意见。小说第三十回，官渡之战，曹军粮草不继，曹操决心动摇，是荀彧提醒曹操："承尊命，使决进退之疑。愚以袁绍悉众聚于官渡，欲与明公决胜负；公以至弱当至强，若不能制，必为所乘：是天下之大机也。绍军虽众，而不能用；以公之神武明哲，何向而不济！今军实虽少，未若楚、汉在荥阳、成皋间也。公今画地而守，扼其喉而使不能进，情见势竭，必将有变。此用奇之时，断不可失。惟明公裁察焉。"使曹操有了决战决胜的信心。小说第三十三回，袁尚、袁熙西遁沙漠，依附乌桓。曹操欲西击乌桓，曹洪等竭力反对，曹操见"黄沙漠漠，狂风四起，道路崎岖，人马难行"，不免有所动摇，惟郭嘉进言曹操，兵贵神速，掩其不备，蹋顿可一战而擒。曹操千里奔袭，大获全胜，回到易州，反而"重赏先曾谏者"。曹操对众将说："孤前者乘危远征，侥幸成功。虽得胜，天所佑也，不可以为法。诸君之谏，乃万安之计，是以相赏。后勿难言。"曹操的做法与袁绍之杀田丰之举形成鲜明的对比。张辽、于禁、乐进三位将领，互不服气，但曹操派司空主簿赵俨从中调解，使三人逐渐和睦。曹操也有刚愎自用的时候，但事后能够承认错误，称赞先前提出建议的人，他经常能够欣赏他的敌人。他的豁达大度，确实非常人所及。原因在于他志向远大，所以能够从他的敌人那里汲取智慧。

因上，曹操在敌方阵营口碑都好于别人，更能吸引敌将反水、投奔他。《三国志》载，官渡决战之前，袁绍竭力拉拢曹操的部属。袁绍"遣使拜（李）通征南将军，刘表亦阴招之，通皆拒焉"，"即斩绍使，送印绶诣太祖"（《三国志·魏书·李通传》）。曹操集团内部，将帅与谋士之间比较团结，其矛盾发生在"拥汉派"与"拥魏派"之间。颍州集团与谯州集团之间也有矛盾，但曹操善于驾驭这种矛盾，将其控制在不损害大局的范围之内。蜀汉之事，常决于诸葛；东吴之事，常决于周瑜；唯有曹魏之事，独断于曹操从不假借他人。可见曹操之雄才大略，确在刘备、孙权之上。当然，话又说回来，袁绍毕竟是劲敌，从建安四年（199）袁、曹交兵算起，到击灭袁谭、袁熙，一共花了九年的时间。

曹操的儿子之间，特别是曹丕和曹植之间，也有一个嗣位之争。可是，曹操不允许妻妾卷入嗣位之争，更不允许谋士各为其主，结党营私。按才华，曹操更欣赏曹植，可是，曹植任性，才子气太浓，曹操认为他不宜做自己的接班人，毅然地选定曹丕嗣位。鉴于袁绍、刘表身后诸子相争而导致灭亡的教训，曹操借口扰乱军心，杀掉了曹植身边摇羽毛扇的人物杨修。杨修又是袁氏的外甥。曹操人为地加大曹丕、曹植双方力量的不平衡，主要是出于政治上的一番苦心。"修死后百余日而太祖薨。太子立，遂有天下"（《三国志·魏书·陈思王曹植传》注引《典略》）。

东吴的覆灭，也是因为"窝里斗"。孙权夫人众多，先宠后宠，矛盾不和，后宫的人际关系非常复杂。有谢夫人、徐夫人、步夫人、南阳王夫人、琅琊王夫人、袁夫人、潘夫人。其中鲁班、鲁育二女为步夫人所生，孙和为琅邪王夫人生，孙休为南阳王夫人生，孙亮为潘夫人所生。这些夫人往往都有朝中权贵的背景，于是，内宫和外廷的矛盾纠结在一起，内耗不断，终于将东吴的元气消耗殆尽。孙权晚年昏聩，横废无罪之太子孙和，废嫡立幼，以少子孙亮为太子。大臣意见不一，种下祸根。陆逊反对孙权之废嫡立幼，因此失宠。"逊愤恚致卒，时年六十三，家无余财"（《三国志·吴书·陆逊传》）。陆逊的死，是东吴的一大损失。孙权晚年昏悖，自毁栋梁。以后老臣相继死去，东吴内乱不已。孙峻杀诸葛恪，孙綝杀滕胤、吕据、孙宪、王惇、朱异、全尚，废孙亮为会稽王，立孙权第六子孙休（景帝）。孙休杀孙綝，立孙和之子孙皓。孙皓上台不到半年，就把拥立他的丞相濮阳兴、左将军张布杀了。孙皓嗜杀昏暴，荒淫多忌，"后宫千数，采择不已"（《三国志·吴书·妃嫔传》注引《江表传》），东吴遂不可救。

三国时期，人物之间的姻亲关系，错综复杂，我们如果耐心地梳理一下，便会发现，各派之间的姻亲关系，竟是你中有我，我中有你，盘根错节，剪不断，理还乱。譬如说，刘备和孙权，刘备和刘璋，诸葛亮和刘表，诸葛亮和庞统，张飞和夏侯渊，刘禅与张飞，刘禅与夏侯渊，曹操和孙权，曹操和袁绍，曹操和汉献帝，曹操与崔琰，曹操与司马懿，曹操与何进，曹操与张绣，孙权和袁术，司马师与夏侯尚，曹叡与司马师、司马昭，双双对对都有姻亲关系，只是远和近的区别罢了。三国人物的姻亲关系，犹如一张令人眼花缭乱的蜘蛛网。

## 一、曹操

### 1. 与夏侯氏的关系

曹操对自己的家庭出身讳莫如深，《三国志》和《资治通鉴》都没有把他的出身搞清楚，陈寿和司马光皆言"莫能审其生出本末"，均采取慎重的态度。曹操的父亲曹嵩，据裴注所引《曹瞒传》和郭颁《世语》："嵩，夏侯氏之子，夏侯惇之叔父，太祖于惇为从父兄弟。"则曹嵩本是夏侯氏，后来过继给中常侍大长秋曹腾当养子，改作曹姓。宦官本无子女，财产和权势无人继承。自顺帝以后，随着宦官权势地位的逐渐提高，允许其有养子。养子可以袭爵封侯，到各地做官。明清两朝继承了东汉顺帝开创的这一成例。曹嵩用事宫廷三十多年。《三国演义》第五回说："曹父曹嵩原是夏侯氏之子，过房与曹家，因此是同族。"采用了《曹瞒传》和《世语》的说法。因为曹操与夏侯氏的这一关系，所以《三国志》将夏侯惇、夏侯渊、曹仁、曹洪、曹休、曹真放在一起，合为"诸夏侯曹传"。含蓄地承认了曹操与夏侯氏的关系。

曹洪、曹仁、曹纯是曹操的堂弟。《三国志·魏书·夏侯渊传》称夏侯渊为夏侯惇的族弟（《三国演义》第五回说夏侯渊是夏侯惇的族弟，《三国演义》第十九回称夏侯惇是夏侯渊的兄长）。夏侯渊和曹操又是连襟，夏侯渊娶了曹操的妻妹。张鲁投降以后，曹操派夏侯渊镇守汉中这么一个兵家必争之地。名将张郃都归他领导，张郃的军事才能胜过夏侯渊，但他毕竟是袁绍那边投降过来，曹操对他的信任度自然要低一点。看来，曹操对夏侯渊的才干和人品非常放心。曹操觉得，用夏侯渊足够对付刘备。夏侯渊的长子夏侯衡娶了曹操弟弟海阳哀侯（名不详）的女儿，"恩宠特隆"。夏侯渊的次子夏侯霸是夏侯玄的叔父，夏侯霸后来投了蜀汉。曹操的女儿清河公主嫁给了夏侯惇的次子夏侯楙。照理说，同姓不繁，但既然已经过继给了曹姓，也就不是同姓了。陈寿指出："夏侯、曹氏，世为婚姻。故惇、渊、仁、洪、休、尚、真等并以亲旧肺腑，贵重于时。左右勋业，咸有效劳。"（《三国志·魏书·诸夏侯曹传》）

夏侯尚是夏侯渊的从子。曹休、曹真，是曹操的族子。据《三国志·魏书·曹真传》所引《魏略》，曹操早年遭逢通缉，到了秦邵家，秦邵对缉捕的人说自己就是曹操，为曹操而死。此后曹操收养了秦邵的儿子，改名曹真。曹操十分信任曹真。

征西将军及都督雍、凉诸军事夏侯玄，是征南大将军夏侯尚之子、右将军夏侯霸之侄、大将军曹爽姑母之子，后来被司马师诛杀。

2. 政治婚姻

曹操特别喜欢借婚姻关系作政治交易。任峻率"宗族及宾客家兵数百人，愿从太祖，太祖大悦，表峻为骑都尉，妻以从妹，甚见亲信"（《三国志·魏书·任峻传》）。

张鲁投降曹操，曹操让儿子曹宇（字彭祖，环夫人所生）娶了张鲁的女儿。

曹操曾经想笼络孙策，上表推荐孙策为讨虏将军。以侄女嫁给孙策的弟弟孙匡，又让儿子曹彰娶了孙权堂弟孙贲的女儿。

曹操为了稳住袁谭，为儿子曹整娶了袁谭的女儿，结成儿女亲家。不久，曹操与袁谭撕破脸，曹操又写信给袁谭，"责以负约，与之绝婚"，把儿媳退回，然后进军（《三国志·魏书·武帝纪》）。曹操政治挂帅，婚姻完全为政治服务，而且包办子女的婚姻。此事见于《三国演义》第三十三回。

张绣是张济的族子。张济死，曹操南征，张绣投降曹操。后来曹操与张济的寡妻暧昧，引起张绣不满。曹操得知，准备杀了张绣。张绣得知曹操之谋，袭击曹操。张绣杀了曹操的长子曹昂（刘夫人所生）、侄子曹安民。官渡之战时，张绣从贾诩计，又投降曹操。曹操置杀子侄之仇而不顾，竟接受了张绣的投降，任命张绣为扬武将军。曹操拉着他的手，相谈甚欢，命儿子曹均娶张绣女儿，竟结为儿女亲家。曹操把他的三个女儿都给了汉献帝，都被封作贵人。建安二十年（215），其中女被献帝立为皇后。如此，曹操成为国丈。曹操是怎么想的呢？三女嫁帝，好让三个女儿将汉献帝看得牢牢的？

### 3. 其他

何晏是何进的孙子。据《三国志·魏书·董卓传》注引《续汉书》："进字遂高，南阳人，太后异母兄也。进本屠家子，父曰真。真死后，进以妹倚黄门得入掖庭，有宠，光和三年，立为皇后。进由是贵幸。"《魏略》载，曹操为司空时，"纳晏母（尹夫人）并收养晏"，何晏娶曹操女金乡公主。

据《三国志·魏书·邴原传》载，曹操的小儿子仓舒（曹冲）去世，曹操十分悲痛。恰好司空掾邴原的女儿夭折，曹操想请求邴原，让邴女与仓舒合葬，却遭到邴原的拒绝："为夭亡的儿女婚嫁，不符合古礼。我所以能为您效劳，您所以委任我担任职务，是因为我能严守古代圣贤的经典。如果听从您的命令，我就成了平庸之人。您这样做，是什么意思呢？"曹操这才打消了冥婚的想法。

曹操告诫曹彰："在家的时候，我们是父子；接受任务后，就变成了君臣，一举一动都要按朝廷法令行事，你要小心！"执法无情，不讲亲情。

曹仁想进入曹操的卧室，被许褚挡住。曹仁大怒："我是曹氏宗亲，你怎么敢拦我？"许褚曰："将军虽亲，乃外藩镇守之官，许褚虽疏，现充内侍。主公醉卧堂上，不敢放入。"曹仁终于未能进去。曹操听说此事以后，感叹道："许褚真忠臣也！"（《三国演义》第六十六回）纪律高于亲情。

曹真的妹妹是德阳乡主，是夏侯尚的夫人及夏侯玄、夏侯徽的母亲，是司马师的原配夫人。夏侯尚是夏侯渊的从子。夏侯徽知道司马师不是曹家的忠臣，司马师对夏侯徽也有所提防。青龙二年（234），司马师将夏侯徽毒死。"（夏侯）尚有爱妾嬖幸，宠夺嫡室；嫡室，曹氏女也，故文帝遣人绞杀之"（《三国志·魏书·夏侯尚传》）。

由此可见，汉献帝、孙匡、何晏都是曹操的女婿，而曹操与张鲁、张绣是儿女亲家。曹操也差一点与袁谭成为翁婿。曹操、曹洪、曹仁、夏侯渊、夏侯惇是同辈，曹丕（魏文帝）、曹植、曹彰、夏侯楙、夏侯霸、夏侯尚、夏侯衡、何晏、曹真是第二代，曹叡（魏明帝）、夏侯玄、夏侯徽是第三代。

## 二、曹丕

### 1. 夺袁熙之妻甄氏

曹操进入邺城后，其长子曹丕见到袁熙的妻子、中山人甄氏长得美貌，很喜欢，太祖因此为他娶甄氏为妻。甄氏生子曹叡和东乡公主，曹叡就是后来的魏明帝。袁熙是袁绍的次子，被曹操击败后，和弟弟袁尚一起投靠辽东太守公孙康，被公孙康杀死，并将二人首级献给曹操。曹丕称帝后，安平人贵嫔郭氏深受宠爱，甄夫人不免产生怨言，郭贵嫔乘机谗毁甄夫人，文帝大怒，竟命甄氏自尽。

### 2. 汉献帝

"（文帝）践阼之后，山阳公（即汉献帝）奉二女以嫔于魏，郭后、李、阴贵人并爱幸，（甄）后愈失意，有怨言"（《三国志·魏书·后妃传》）。则汉献帝与魏文帝是亲戚。

### 3. 文德郭皇后

郭皇后，"早失二亲，丧乱流离，没在铜鞮侯家。太祖为魏公时，得入东宫。后有智数，时时有所献纳。文帝定为嗣，后有谋焉。……甄后之死，由后之宠也"（《三国志·魏书·后妃传·郭皇后传》）。明帝登基后，常泣问生母死状，"故太后以忧暴崩"（《后妃传》注引《魏略》）。

### 4. 明元郭皇后

明帝时，郭皇后得宠，后有叔郭立，郭立有子郭德、郭建。明帝将郭德立为甄氏之后，改姓甄。《后妃传》注引《晋诸公赞》曰："德字彦孙。司马景王辅政，以女妻德。妻早亡，文王复以女继室，即京兆长公主。景、文二王欲自结于郭后，是以频繁为婚。"如此，则司马师、司马昭均与魏明帝是亲戚。

## 三、汉献帝

### 1. 董承

董承，汉灵帝母董太后之侄，于献帝为丈人（汉献帝嫔妃董贵人之父）。在嘉靖壬午本卷五第七节里写道："操随即带剑入宫，来杀董贵妃。妃乃董承亲女，帝幸之，有五月身孕。"确认董妃是董承的女儿。而在毛评本第二十四回，董妃成为董承的妹妹："且说曹操既杀了董承等众人，怒气未消，遂带剑入宫，来弑董贵妃。贵妃乃董承之妹，帝幸之，已怀孕五月。"而《后汉书·伏皇后纪》中说董承女："为贵人，操诛承，而求贵人杀之，帝以贵人有妊。累为请，不能得。"可见，董贵人是董承的女儿是有根据的。

## 2. 曹操

曹操把他的三个女儿都许给了汉献帝，长女、三女都被封作贵人，中女被封为皇后。如此，曹操成为国丈。

## 四、袁绍、袁术

### 1. 嫡庶

据《三国志·魏书·袁绍传》注引《魏书》："绍即（袁）逢之庶子，术异母兄也，出后成为子。"袁绍、袁术是同父异母的兄弟，父亲是司空袁逢。袁术是嫡出，袁绍是庶出。袁绍是袁逢和妾或丫鬟所生，后来过继给了袁术的伯父袁成，而袁成的官比袁逢小。因为这一大堆原因，袁术看不起袁绍。可是，袁绍的才干、声望乃至号召力，都在袁术之上。袁术不过是血统上占些优势罢了。

《三国志·魏书·公孙瓒传》注引《典略》，载有公孙瓒指斥袁绍的十大罪状，其中第九条指的正是袁绍的出身有问题："《春秋》之义，母以子贵。绍母亲为婢使，绍实寒贱，不可以为人后，以义不宜。乃据丰隆之重任，忝污王爵，损辱袁宗。"

### 2. 杨彪

杨彪娶袁安的曾孙女为妻，她就是杨修的母亲。曹操之迫害杨彪父子，与此有关。杨彪和袁术是亲戚，这使曹操非常厌恶，就诬告杨彪要罢黜皇帝，将杨彪送进监狱。

### 3. 孙权

据《三国志·魏书·袁术传》："（袁术）发病道死。妻子依术故吏庐江太守刘勋，孙策破勋，复见收视。术女入孙权宫，子耀拜郎中，耀女又配于权子奋。"如此，则孙权与袁术又是亲戚。袁术的女儿成为孙权的夫人，袁术的孙女配孙权的儿子，孙权与袁术的辈分乱了套。

### 4. 袁谭、袁熙、袁尚

在袁绍病故以后，袁谭、袁尚、袁熙兄弟相斗，形同水火。刘表看别人家的问题看得特清楚。《三国志·魏书·袁绍传》注引《魏氏春秋》里录有刘表分别给袁谭、袁尚的书信，信中苦口婆心，引经据典，劝说两兄弟以大局为重，一致对外，云："岂可忘先君之怨，弃至亲之好，为万世之戒，遗同盟之耻？"袁谭和袁尚都没有听刘表的，继续上演骨肉相残的悲剧；刘表猝然病逝，其子刘琦、刘琮分道扬镳，刘琦为刘备所用，刘琮投降曹操，但刘琦、刘琮却也没有像袁谭、袁尚那样死斗。刘表给袁尚的信中提到，他与刘备、孙乾谈及袁氏兄弟内讧的事，"未尚不痛心入骨，相为悲伤也"。

5. 其他

山阳太守袁遗，字伯业，是袁绍的从兄。袁绍任命他为扬州太守，后为袁术所败。曹操曾经说："长大而能勤学者，惟吾与袁伯业耳。"（曹丕《典论·自叙》）对袁遗的印象还不错。袁遗的母亲，是曹操的司空掾属何夔的从姑："（袁）术知夔终不为己用，乃止。术从兄山阳太守遗母，夔从姑也，是以虽恨夔而不加害。"（《三国志·魏书·何夔传》）济阴太守袁叙是袁绍的从弟（《三国志·魏书·武帝纪》注引《献帝起居注》）。

# 五、刘备

1. 糜夫人

糜竺将自己的妹妹嫁给刘备，另有两千奴客陪嫁。糜竺、糜芳是兄弟。糜芳为南郡太守，与关羽不和，竟叛迎孙权部将吕蒙而出卖关羽。糜竺面缚请罪，刘备竟赦之。后糜竺愧疚而死。

2. 孙夫人

刘备娶孙权的妹妹为妻，则刘备为孙权的妹夫。刘备比孙权大二十一岁，此时，刘备已经四十九岁，自知"年已半百，鬓发斑白"，而孙夫人"正当妙龄，恐非配偶"。刘备虽然"壮心不已"，却已是"烈士暮年"，而孙夫人却是姹紫嫣红的妙龄女儿。做媒的吕范说："吴侯之妹，身虽女子，志胜男儿。常言：'若非天下英雄，吾不事之。'今皇叔名闻四海，正所谓淑女配君子，岂以年齿上下相嫌乎！"（《三国演义》第五十四回）年龄不是问题。刘备入川，并没有带上孙夫人。孙权听说刘备不还荆州，又入川，大怒，立即把孙夫人接回东吴。蜀汉没有强留，只是由赵云、张飞把阿斗截留了下来。孙夫人回吴国以后，一去不返。

刘备的子孙比较稀薄，嗣位的问题也比较简单。《三国志·魏书·曹纯传》提及："从征荆州，追刘备于长坂，获其二女辎重，收其散卒。"则刘备应该有两个女儿，被俘到曹魏。她们应该是刘禅的姐姐。

### 3. 吴夫人

刘焉有子刘范、刘诞、刘瑁、刘璋。刘瑁早夭，妻吴氏寡居，其兄为吴壹。吴壹本是刘璋的中郎将，后投降刘备。刘备攻克成都，孙权接孙夫人回吴，众人劝刘备聘娶吴氏，刘备因为自己与刘瑁是同宗，有所顾虑。法正说，这有什么关系，就譬如像晋文公娶了侄子（晋怀公）的未婚妻怀嬴。于是，刘备纳吴氏为夫人。建安二十四年（219）立为皇后。

## 六、诸葛亮

### 1. 刘表

《三国志·蜀书·诸葛亮传》注引《襄阳耆旧记》："黄承彦者，高爽开列，为沔南名士，谓诸葛孔明曰：'闻君择妇，身有丑女，黄头黑色，而才堪配。'孔明许，即载送之。时人以为笑乐，乡里为之谚曰：'莫作孔明择妇，正得阿承丑女。'"《三国演义》第一百十七回有云："原来武侯之子诸葛瞻，字思远。其母黄氏，即黄承彦之女也。母貌甚陋，而有奇才，上通天文，下察地理；凡韬略遁甲诸书，无所不晓。武侯在南阳时，闻其贤，求以为室。武侯之学，夫人多所赞助焉。"小说没有在前面介绍诸葛亮娶丑女的故事，而在蜀汉即将灭亡、诸葛瞻阵亡前夕来介绍黄氏，或许是怕给诸葛亮减分吧。虽说是女以德为先，但一般人都有一个"英雄美人"的情结。

《三国志·蜀书·诸葛亮传》:"亮早孤,从父玄为袁术所署豫章太守,玄将亮及亮弟均之官。会汉朝更选朱皓代玄。玄素与荆州牧刘表有旧,往依之。"即是说,诸葛亮的从父诸葛玄与刘表有交情,诸葛亮随叔父一起去依附刘表。"刘表长子琦,亦深器亮",诸葛亮与刘表的长子刘琦关系很好。

《襄阳耆旧记》:"蔡瑁,字德珪,襄阳人。……汉末,诸蔡最盛,蔡讽姊适太尉张温,长女为黄承彦妻,小女为刘景升后妇,瑁之姊也。"诸葛亮的岳父是黄承彦,而岳母和刘表的继室是同胞姊妹,都是蔡讽的女儿。即是说,诸葛亮的岳父黄承彦与刘表是连襟,刘表是诸葛亮的姨丈,则诸葛亮与刘琦的关系非同一般,他们是同辈。但诸葛亮支持的是刘琦,而不是蔡夫人那边的刘琮。刘琮娶的夫人是蔡夫人的侄女,而刘琦是刘表的前妻所生,为蔡夫人所嫉恨。可以说,亲不亲,还是要以阵营来分。蔡讽既为张温之妻,则诸葛亮与张温也有拐弯抹角的亲戚关系。

### 2. 庞统

《三国志·蜀书·庞统传》裴注引《襄阳耆旧记》:"德公,襄阳人。……德操年小德公十岁,兄事之,呼作庞公,故世人遂谓庞公是德公名,非也。德公子山民,亦有令名,娶诸葛孔明小姊,为魏黄门吏部郎,早卒。"如此,庞山民娶的是诸葛亮的二姐,而庞统是庞山民的堂兄弟,则诸葛亮与庞统亦是亲戚。

### 3. 诸葛亮三兄弟

诸葛瑾、诸葛亮是兄弟。诸葛诞是他们的堂兄,诸葛恪是诸葛瑾的儿子。诸葛亮辅佐刘备,诸葛瑾辅佐孙权,诸葛诞在曹操那边。兄弟三人各为其主。鲁肃劝说刘备一起抗拒曹操时便对诸葛亮说:"我是子瑜的好朋友。"子瑜就是诸葛瑾,诸葛瑾字子瑜。鲁肃的话,似乎是在与诸葛亮套近乎。诸葛瑾每次作为使者到蜀,和他的弟弟诸葛亮只在公务会议上相见,退下后并不私相会面,大概是避嫌。诸葛兄弟有情义,但各为其主,各忠其主,不曾想着去策反对方,尊重对方的选择。《世说新语·品藻》记载:"诸葛瑾、弟亮及从弟诞,并有盛名,各在一国。于时以为'蜀得其龙,吴得其虎，魏得其狗'。诞在魏与夏侯玄齐名；瑾在吴，吴朝服其弘雅。"

据《三国志》载，诸葛瑾写信给先主刘备："陛下认为您和关羽的感情，是否比您和先帝的感情更亲密？荆州的大小，比全国怎么样？都是仇敌，哪个在先，哪个在后？如果把这想明白，该怎么办就易如反掌。"先主置之不理。当时有人传言诸葛瑾派遣亲信和先主互通消息，孙权说："我和诸葛瑾有生死不变的誓言，他不会背叛我，如同我不会背弃他一样。"然而流言仍然四处传播，陆逊上表说，诸葛瑾肯定不会做那种事，但是应该有所表示，解除大家心中的顾虑。孙权回信说："诸葛瑾和我共事多年，情同骨肉，互相了解很深。他的为人是，不合道德的事不做，不合礼义的话不说。以前刘备派诸葛亮到我吴地，我曾对诸葛瑾说：'你与诸葛亮是同胞兄弟，弟弟顺从兄长，才符合礼义，为什么不把诸葛亮留下呢？诸葛亮如果留下和你在一起，我会写信给刘备解释，我想他会同意的。'诸葛瑾回答说：'我弟弟诸葛亮已经失于算计为刘备效劳，双方有了君臣的名分，按照礼义不应再有二心。弟弟不留在这里，如同我不投降刘备，是一个道理。'他的话足以上达神明，现在怎么会做出那种事？以前收到他有诽谤言论的上书，我立即封起来送给他，并亲笔写上批语。我和诸葛瑾，可以说是推心置腹之交，决非外人的流言所能离间。我已明白你的想法，立即封起你的奏表，送给诸葛瑾，让他了解你的意思。"

诸葛亮开始没有孩子，诸葛瑾将次子诸葛乔过继给诸葛亮。诸葛瞻是亲生的。诸葛亮"嫌其早成，恐不为重器耳"（《三国志·蜀书·诸葛亮传》）。看来，诸葛亮是相信大器晚成的。诸葛瞻娶了后主的女儿，成为驸马都尉。如此，诸葛亮与刘禅成为儿女亲家。诸葛亮让养子诸葛乔继承了武乡侯的爵位。蜀汉灭亡之际，诸葛瞻拒绝邓艾的诱降，壮烈殉国，时年三十七岁，长子诸葛尚同时阵亡。诸葛乔二十五岁就去世，有子诸葛攀。因为诸葛瑾见诛于吴，无后，蜀汉政权让诸葛攀回东吴，续诸葛瑾的香火。诸葛瞻的次子诸葛京，西晋时位至江州（今江西九江）刺史。

## 七、张飞

### 1. 夏侯霸

据《三国志》张飞本传，"飞妻为夏侯霸从妹，建安五年，为飞所得"。建安五年（200），张飞大约三十六岁，正当壮年。夏侯霸是夏侯渊的次子。张飞是娶了敌方将领夏侯霸的堂妹。据《三国志·魏书·夏侯渊传》注引《魏略》，张飞的这位妻子是抢来的，是年才十三四岁。这是一对老少配，年龄差距是大了点。此时刘备集团正处于低谷时期，刘备害怕参与衣带诏事件的秘密暴露，被曹操清算，便带着关羽、张飞仓皇出逃。十年以后，即建安二十四年（219），夏侯渊在定军山为黄忠所斩杀。"飞妻请而葬之"（《夏侯渊传》注引《魏略》），算是对娘家尽了一点情义。当初，右将军夏侯霸受到曹爽厚遇，因父亲夏侯渊死于蜀，所以常常咬牙切齿，立志报仇雪恨，担任讨蜀护军，驻扎在陇西，属于征西将军所统率。征西将军夏侯玄，是夏侯霸的侄子，曹爽的表弟。嘉平元年（249），司马懿发动政变，诛杀曹爽。司马氏集团翦除曹魏集团的步骤开始加速，曹爽被诛以后，司马懿召夏侯玄回京城，让雍州刺史郭淮代替他的职位。夏侯霸平素与郭淮不和，认为此番必然祸害及身，十分害怕，所以就逃奔蜀汉。一路上历尽艰险："南趋阴平而失道，入穷谷中，粮尽，杀马步行，足破，卧岩石下。使人求道，未知何之。蜀闻之，乃使人迎霸。"（《夏侯渊传》注引《魏略》）此时他的妹夫张飞早已去世。夏侯霸只见到张飞的二女儿张皇后，也就是他的外甥女。而后主刘禅则是他的外甥女婿。后主对他说："你的父亲是自己在交战之中阵亡的，不是我的先辈杀死的。"然后给予他十分丰厚的待遇，并指着后主儿子对夏侯霸说："这就是你的外甥。"

### 2. 刘禅

张飞的两个女儿先后成为后主刘禅的皇后，而当时张飞已经于蜀汉章武元年（221）去世。"建兴元年（224），立皇后张氏，（建兴）十五年（237）卒"，"延熙元年（238），立皇后张氏"。刘永、刘理，是刘禅的两个异母弟。至于他们是生母是谁，两人是不是一母所生，并不清楚。马超女儿许配安平王刘理。

## 八、孙权

### 1. 孙坚、孙策

孙坚据说是孙武的后裔。孙坚娶钱唐（今杭州）人吴氏为妻，生下四个儿子，即孙策、孙权、孙翊、孙匡，此外还有一个女儿。孙策三十七岁死，孙翊、孙匡均早夭。将军吴景是孙坚的妻弟。《三国志》载，袁术感叹："使术有子如孙郎（孙策），死复何恨！"可见他的儿子都不行。曹操曾经说："生子当如孙仲谋，刘景升儿子若豚犬耳！"孙仲谋即孙权，刘景升即刘表，刘表的儿子是刘琦、刘琮。

### 2. 夫人及儿子

孙权七个儿子，依次为孙登（241年卒），先太子，富春徐夫人生；孙虑（232年卒），生母不详；孙和（223～254），废太子，琅琊王夫人生，孙皓的父亲；孙霸（鲁王），孙登同母弟；孙奋，母仲姬；孙休（235～264），南阳王夫人生；孙亮（243～260），潘夫人生。孙权活过七十，先后所宠女子很多。他的儿子尽是同父异母的，后患无穷。陆逊是孙策女婿，卷进孙权的嗣位问题，进谏不已，因此而失宠，抑郁而死。孙权的家事，不是陆逊可以参与的。孙权的两个女儿丧偶以后均改嫁（《三国志·吴书·嫔妃传》）。孙权和步夫人所生长女鲁班（大虎）先嫁周瑜之子周循，后嫁左护军全琮；小女鲁育（小虎）先嫁给骠骑将军朱据，后嫁车骑将军刘纂。据裴注所引《吴历》，刘纂先娶孙权中女，早卒，再娶鲁育。孙权有袁夫人，系袁术之女，没有子女，屡屡为潘夫人中伤。

孙权提议和关羽结成儿女亲家，被关羽坚决拒绝。而《三国演义》第七十三回中更是添油加醋，说关羽居然大怒："吾虎女安肯嫁犬子乎？"求婚的人回去向孙权一汇报，雪上加霜，双方的关系进一步恶化。

### 3. 周瑜

孙策与周瑜分别娶了大乔、二乔姊妹，是连襟。且孙策、周瑜"有总角之好，骨肉之分"（《三国志·吴书·周瑜传》注引《江表传》）。周瑜病故，孙权悲痛至极。周瑜有一个女儿、两个儿子，孙权为长子孙登娶周瑜的女儿为妻；任命周瑜的儿子周循为骑都尉，把自己的女儿嫁给他；又任命周瑜的另一个儿子周胤为兴业都尉，把自己宗族的一个姑娘嫁给他。周瑜的伯父周尚为丹阳郡太守。

周瑜的侄子偏将军周峻去世，全琮请求让周峻的儿子周护接领周峻部队。孙权说："从前击败曹操、吞并荆州，全是周瑜的功劳，我常记不忘。起初听说周峻去世，便打算任用周护。后听说周护性情凶狠，任用他恰恰是让他去闯祸，所以改变了主意。我思念周瑜，岂有终止！"都乡侯周胤率兵一千人驻防公安县，犯了罪，被放逐到庐陵。诸葛瑾、步骘为他求情，孙权说："以前周胤年幼，开始并无功劳，平白地领受精兵，封以侯爵，我全都是因为思念周瑜才对他宠爱的。但周胤依仗恩宠，酗酒荒淫，恣意放纵，前后多次告诫，没有改悔。我对周瑜的情义同你们二位一样，乐于看到周胤有所成就，岂有终止？可是迫于周胤罪恶太重，不应该现在让他回来，我还想让他尝点苦头，使他能了解自己。就凭他是周瑜的儿子，又有你们二位在中间，假如他能改正，还有什么担忧呢？"看来，周瑜对儿子的教育很失败。孟子说："君子之泽，五世而斩；小人之泽，亦五世而斩。"（《孟子·离娄章句下》）可周瑜之"泽"，到第二代就画上了句号。相比之下，陆家却是人才辈出，陆绩、陆逊、陆抗、陆凯，东吴能够延续到西晋咸宁六年（280），陆家功不可没。

### 4. 嫔妃

孙权女儿全公主与太子孙和的母亲王夫人有隔阂，孙权想要立王夫人为皇后，公主加以阻止。又恐怕孙和即位后怨恨自己，心自不安，便多次毁谤太子。孙权病重在床，派遣太子去长沙桓王孙策祭庙祈祷。太子妃的叔父张休家在庙附近，邀请太子顺便来家坐坐。全公主派人监视，向孙权打小报告："太子不在庙中，只去了妃家商议事情。"又说:"王夫人看到陛下病重卧床,面有喜色。"孙权发怒,王夫人忧惧而死,太子孙和更加失宠。

鲁王孙霸的党羽杨竺、全寄、吴安、孙奇等一起诬陷毁谤太子,孙权感到迷惑。陆逊规劝说:"太子是正统,应该有坚如磐石的稳定地位。鲁王是藩国之臣,对他宠爱俸禄应当有所差别,彼此各得其所,上下才能安定。"连续上书三四次,辞情激切,还要去京师,当面陈述嫡庶的大义。孙权不快,数遣中使责问陆逊,陆逊愤恚而卒。其子陆抗为建武校尉,代领陆逊的部众,送葬东还,孙权以杨竺所白陆逊二十事问陆抗,陆抗事事条答,孙权的怒意稍稍化解。

孙权有谢夫人,谢夫人有弟谢承,任武陵太守,撰有《后汉书》。孙权有袁夫人,是袁术的女儿,无子。所以说,孙权与袁术也是亲戚。六子孙休的母亲南阳王夫人与三子孙和母亲琅琊王夫人不和。孙权晚年,喜欢幼子孙亮,其母潘夫人有宠。潘"性险妒容媚"(《三国志·吴书·妃嫔传》),后被宫人们缢死。

5. 孙峻和孙綝

孙静是孙坚的小弟。孙静有五子:孙暠、孙瑜、孙皎、孙奂、孙谦。孙暠有子孙绰、孙超、孙恭。孙绰生孙綝,孙恭生孙峻。孙峻(219~256),字子远,三国时期吴国宗室、权臣,官至丞相、大将军。孙峻年少时骁勇果敢,精明强干,初任武卫都尉兼侍中。孙权病危时,孙峻与诸葛恪共受遗诏辅政。孙峻设计诛杀政敌诸葛恪。拜丞相、大将军,封富春侯,独掌吴国大权。掌权后废黜太子孙和,残害宗室。吴会稽王孙亮太平元年(256),孙峻在北伐曹魏途中过世,孙綝接替其位,升任侍中兼武卫将军,领中外诸军事。掌权后,诛杀大司马滕胤、骠骑将军吕据,进而升为大将军,封永宁侯。

孙吴第二位皇帝是孙权的第七子孙亮(243~260),母潘皇后。十岁登基。后来被孙綝废为会稽王。后孙亮再次被贬,在前往封地的途中自杀(一说被毒杀),终年十八岁。

由此可见,孙坚是第一代,孙策、孙权(吴大帝)、孙翊、孙匡是第二代，孙登（先太子）、孙虑、孙和（废太子）、孙霸（鲁王）、孙奋（齐王）、孙休（景帝）、孙亮（会稽王）是第三代，孙皓（末帝）、孙德、孙谦是第四代。孙坚有弟孙静，其子有孙暠、孙瑜、孙皎、孙奂、孙谦，与孙策、孙权同为第二代。孙暠有子孙绰、孙超、孙恭，与孙登等同为第三代。孙绰有子孙𬘭、孙恭有子孙峻，与孙皓同为第四代。其中孙𬘭、孙峻皆为搅乱东吴后期政局的重要人物。

　　与《三国演义》相比，《三国志平话》显得稚拙、粗疏。可是，没有形体丑陋的毛毛虫，哪来五彩斑斓的蝴蝶？没有粗陋的《三国志平话》，哪来史诗般的长篇历史小说《三国演义》？

　　在展开三国的故事之前，《三国志平话》给全书按了一个楔子：司马仲相的判狱。《三国演义》为了平复读者的沮丧之感，用了杨慎的"滚滚长江东流水"和"分久必合，合久必分"的历史循环论。而《三国志平话》则采用粗糙的因果报应来安抚读者，于是，我们看到了一系列历史人物的转世。原来，汉献帝系汉高祖转世，曹操系韩信转世，刘备系彭越转世，孙权系英布转世，伏皇后系吕后转世，诸葛亮系蒯通转世。最后，由司马仲相转世为司马懿（司马仲达），统一天下。如此，曹操欺负献帝，杀伏皇后纯系复仇。蒯通是智士，所以转世成刘备的智囊诸葛亮。韩信、彭越、英布三人之中，韩信功劳最大，死得最冤，于是，分配他转世为三国中最强的曹操，让他放手复仇以泄当年之恨。吕后是直接陷害韩信等人的谋主，所以伏皇后死于曹操之手，且死得很惨。杀害韩信、彭越、英布，符合汉高祖的利益，所以曹操时时欺凌汉献帝。"轮回"之说，来自佛教。"狡兔尽，走狗烹；飞鸟尽，良弓藏"，是范蠡对同是越王勾践谋臣的文种的忠告，也是韩信临终之际的喟叹。草根皇帝屠杀功臣的劣迹，历来不得人心。《三国志平话》将"轮回"之说和民间对帝王屠杀功臣的不满糅合在一起，对曹操的篡汉作了一番唯心主义的解释。《三国志平话》又说，让曹操占天时，孙权占地利，刘备占人和。如此说来，孟子所谓的"天时不如地利，地利不如人和"，竟没有说对，因为三国的结局是蜀汉先亡，东吴继之，曹魏统一了中国的北方，而最终三家入晋，司马氏的西晋统一了全国。这种"转世"之说问题颇多，它没有解释曹魏、东吴、蜀汉三方又为何争斗不已。而《三国演义》的主线是曹魏和蜀汉斗，并不是曹操与汉献帝斗。彭越、英布都与刘邦有仇，而"转世"而来的刘备、孙权却与汉献帝没仇。司马仲相与历史人物并无恩怨纠葛，为什么由他转世司马懿来收拾曹魏？"转世"之说还有一个问题。历史上的蒯通向韩信进言，劝韩信独立，与刘邦、项羽鼎足而立，三分天下。可韩信认为刘邦对他不薄，且自恃功大，未能采纳蒯通的意见。后来韩信被吕后算计，后悔未听蒯通的建议，竟死在一个女人的手里！按照历史上人物与人物之间的对应关系，诸葛亮（蒯通转世而来）应该转世到曹操（韩信）那里，但《三国演义》里的诸葛亮却是在刘备（彭越转世而来）这一边。在《三国演义》第三十四回，蒯通的后裔蒯越却与蔡瑁合谋，设下鸿门宴，准备刺杀刘备。明朝的草根皇帝朱元璋，亦与刘邦一样，坐稳江山后大杀功臣，罗贯中投鼠忌器，不能采用这样的因果故事来作小说的引子。因为以上所说的种种原因，《三国志平话》的"司马仲相断狱"一节被《三国演义》抛弃，粗糙的"轮回转世"之说，被历史虚无论、历史循环论代替。对于读者来说，后者显然具有更好的镇痛麻醉的功效，特别是比较能够被文人接受。文人很难相信什么"转世"之说。"司马仲相阴间断狱"的故事出自金人所作的《新编五代史平话》，由此可见，早在宋金时期，韩信、彭越、英布转世，三分汉家天下的传说已经在民间流传。

从《三国志平话》里刘备出场时的介绍，可知作者读过《三国志·蜀书·先主传》。刘备的出身、喜好均从《先主传》敷衍而来。但刘、关、张的相遇，便充满虚构与想象。值得注意的是，《三国志平话》虽然来自民间的说唱，但它并不同情黄巾军。在平话中，黄巾军是盗贼。作者显然读过《三国志》，却又并不受拘于《三国志》。《三国志平话》完全不顾史实，简直是随心所欲。《三国志平话》的"改造"历史有几个特点：一、它的感情色彩极为鲜明，拥刘反曹，尊刘贬曹。曹操的雄才大略，几乎没有描写。对东吴一边，也有所贬低。其"拥刘反曹"的倾向比《三国演义》更加鲜明；二、简化三国的历史，突出刘备；三、夸大刘备一方的力量；四、对张飞的描写特别充分；五、虚构出赤壁之战中刘备与孙权之间的明争暗斗，包括战后东吴讨要荆州的种种曲折（历史上，赤壁之战中的刘备与孙权精诚合作，并无矛盾，战后却有争夺荆襄地区的矛盾）；六、《三国志平话》许多虚构的情节被《三国演义》吸收，并加以巧妙的改造。这些虚构的情节，很多亦见于元杂剧，甚至早就流传于宋金时期。

三国的历史，线索众多，头绪纷繁，但作者置之不理，大刀阔斧，将枝节一概删除，将刘备置于舞台的中心，顺着刘备的轨迹来叙述。有关袁绍、袁术、袁谭、袁尚、刘表、吕布、公孙瓒的事迹，或精简，或抛弃，毫不手软。如果说《三国演义》是"七实三虚"，则《三国志平话》或许连三实七虚都不够。这种处理的负面效果就是使其远离历史的真实，失去了史诗般的宏大气势，使其无法为文人学士所接受。

人物方面，《三国志平话》中获得突出描写的是张飞。他的武艺超群绝伦，所向披靡。他的性格快人快语，暴烈似火，眼里掺不得半点沙子。他的为人嫉恶如仇，居然将索贿的中常侍段珪的牙齿打落。性格的残暴，也毋庸讳言，他居然将前来问罪的督邮一百大棒活活打死，然后"分尸六段，将头吊在北门，将脚吊在四隅角上"（元无名氏的杂剧《诸葛亮博望烧屯》第三折，张飞说："我也曾鞭督邮魂飘荡，石亭驿里摔袁祥［襄]。"已经把鞭打督邮之事移花接木给了张飞）。一言不合，张飞就将袁术的儿子袁襄在石亭上摔死（元人关汉卿《关张双赴西蜀梦》与前述《诸葛亮博望烧屯》已经提及此事）。张飞居然要独自去破董卓、诛吕布。"三英战吕布"首先是张飞出马。《平话》说，次日张飞单挑吕布，"吕布心怯，拨马上关，坚闭不出"，自甘成为张飞的手下败将（元杂剧有《张翼德单战吕布》）。张飞此类人物在民间很受欢迎，所以《说岳》的故事中便有一个牛皋，《水浒》的故事中便有一个李逵，《隋唐》的故事中便有一个程咬金。相对来说，《三国志平话》对关羽、赵云、马超、黄忠的描写都非常少。

《三国演义》中的虚构，许多来自《三国志平话》，显现出民间传说对《三国演义》的最大贡献。举凡：刘、关、张的桃园三结义（元有无名氏杂剧《刘关张桃园三结义》）；张飞鞭打并杀死督邮（《三国演义》止于鞭打，没有杀人）；孙坚为吕布所追（《三国演义》改作华雄追击孙坚，孙坚狼狈逃命），虎牢关"三英战吕布"（这里穿插孙坚之蔑视刘、关、张，而《三国演义》则写袁术之轻视刘、关、张。元代有武汉臣、郑德辉《虎牢关三战吕布》杂剧各一本）；王允的连环计（平话将貂蝉设计为吕布战乱中失散的妻子）；陶谦三让徐州；吕布辕门射戟，使纪灵、刘备两家言和；吕布的部将侯成盗了赤兔马，投奔曹操；曹操抓住吕布，其中关羽、张飞立了大功；张辽劝关羽降曹，关羽提出三个条件；关羽斩杀文丑；关羽挂印封金；关羽刀尖挑袍（《平话》谓曹操想乘关羽下马接袍之时，由许褚擒拿关羽。而《三国演义》则说曹操诚心赠袍以作纪念，而关羽非常警惕，以刀尖挑袍）；关羽在古城斩蔡阳，以此向张飞明志（元杂剧有《斩蔡阳》《关云长千里独行》《寿亭侯五关斩将》《关云长古城聚义》）；蒯越、蔡瑁追杀刘备，刘备乘的卢马飞跃檀溪，没有《三国演义》所谓的卢马"妨主"之说。（裴松之注引《世语》："备屯樊城，刘表礼焉，惮其为人，不甚信用。曾请备宴会，蒯越、蔡瑁欲因会取备，备觉之，伪如厕，潜遁出。所乘马名'的卢'，骑的卢走，堕襄阳城西檀溪水中，溺不得出。备急曰：'的卢，今日危矣，可努力！'的卢乃一踊三丈，遂得过。"《世说新语·德行》有云："庾公乘马有的卢，或语令卖去，庾云：'卖之必有买者，即当害其主，宁可不安己而移于他人哉！昔孙叔敖杀两头蛇以为后人，古之美谈，效之，不亦达乎！'"）；赵云单骑杀入曹军，救出阿斗，甘夫人伤重而死，赵云推倒墙盖上甘夫人尸体，刘备摔阿斗（其战斗过程之激烈，《三国演义》写得更为夸张）；对张飞之据守长坂坡，有夸张的描写："叫声如雷贯耳，桥梁皆断，曹军倒退三十余里"（《三国演义》在《平话》的基础上进一步夸张）；借诸葛亮之口，说刘琮投降曹操以后，被曹操"觅罪令人杀之"（《三国演义》说，刘琮投降以后，曹操指派于禁追杀刘琮母子）；诸葛亮说曹操欲得二乔，激怒周瑜，周瑜才同意挂帅（《三国演义》恢复周瑜雄姿英发的形象，但吸收了诸葛亮以曹操欲得二乔激怒周瑜的情节）；周瑜打黄盖，蒋干"策反"黄盖；黄盖告诉蒋干，蒯越、蔡瑁与东吴勾结，蒋干回曹营汇报情况，曹操大喜；为助火攻，诸葛亮"披着黄衣，披头跣足，左手提剑，叩牙作法，其风大发"（元代有王仲文杂剧《七星坛诸葛祭风》）；曹操兵败，一路上先后遇到赵云、张飞、关羽的拦截，撞阵而过（《平话》中，说曹操希求关羽看往日恩情，放他一马，关羽曰："军师严令。""曹公撞阵，却说话间，面生尘雾，使曹公得脱。关公赶数里，复回。"而《三国演义》中却说，是关羽念曹操旧日恩情，于心不忍，放过曹操）；周瑜在黄鹤楼设下鸿门宴，想"囚了皇叔，捉了卧龙"，刘备乘周瑜醉酒脱身（《平话》和《三国演义》均用大量篇幅来描写周瑜算计刘备、算计诸葛亮的故事）；马腾痛斥曹操，被曹操杀害，引起马超造反（历史上是马超反曹，连累在京师的父亲马腾被杀。《三国演义》为了维护马超的形象，采用《平话》的说法）；张松有过目不忘的记忆力；秦宓说到"诸葛三气周瑜"；华佗为关羽刮骨疗毒；关羽单刀赴会（宋元戏文有《关大王独赴单刀会》，有关汉卿的杂剧《关大王单刀会》）；诸葛亮七擒孟获（《三国志·蜀书·诸葛亮传》注引东晋习凿齿所著《汉晋春秋》已经提及："亮笑，纵使更战，七纵七禽，而亮犹遣〔孟〕获。获止不去，曰：'公，天威也，南人不复反矣。'"可见东晋已有"七擒孟获"之说。唐人胡曾《咏史诗·泸水》有云："誓将雄略酬三顾，岂惮征蛮七纵劳。"）；死诸葛能走活仲达（司马懿听得诸葛亮死，率兵追击，中了姜维、杨仪埋伏，"军折大半"。此皆为诸葛亮临终设计。晚唐人陈盖注胡曾的诗，提及诸葛亮临终设计，给司马懿造成自己还健在的假象。可见此说由来已久）。由此可见，《三国演义》中的虚构，多半受到了《三国志平话》的启发。然而，《三国志平话》远远不能穷尽宋元时期有关三国的民间传说。我们只要读一读《新编全相说唱足本花关索传》，看看宋元戏文、杂剧里的三国戏就不难明白。

《平话》中过于荒唐的情节，则被《三国演义》抛弃。譬如，孙权获得曹操的最后通牒以后，竟然"唬遍身汗流，衣湿数重，寒毛抖擞"；诸葛亮出使江东时，为了断绝东吴投降曹魏之意，居然"结袍挽衣，提剑就阶，杀了（曹操的）来使"，岂不十分鲁莽；孙权急招周瑜，而周瑜居然"每日与小乔作乐"，不予理睬；孙权给周瑜送来一船金珠缎匹，"小乔甚喜"，周瑜这才同意出任主帅；赤壁大败，"众官乱刀锉蒋干为万段"；周瑜划策，令孙夫人伺机刺杀刘备（《三国志》和《三国演义》只说刘备害怕尚武的孙夫人）；曹操保奏刘备为荆王，为"三江大都督兼豫州牧水军都元帅"；周瑜攻打四川，一路"所夺州府县镇，皆被张飞所收"；鲁肃向孙权引荐庞统，被孙权一顿痛骂（周瑜临终，向孙权推荐的接班人正是鲁肃）；"有百姓、官吏皆言庞统不仁，张飞持剑入衙。至天晚，听得鼻息若雷，张飞连砍数剑，血如泉涌。揭起被服，却是一犬"；刘璋要抓张松、法正，"乱军打闹，不觉走了法正"；刘备取川，孙夫人抱阿斗回东吴，"张飞一言相责，夫人羞惭，投江而死"；"马超带酒战败，被魏将张辽遂夺了阳平关。马超不敢见军师，私遁"；曹操说杨修"尔有篡位之心"，杀了杨修；"（献帝）太子，欲害丞相"，曹操将太子斩首市曹；关羽拒绝孙权欲结秦晋的请求，说"吾乃龙虎之子，岂嫁种瓜之孙"；"蔡琰和番复回，曹公又收在宫中"；曹操生前，令曹丕代汉，立为魏文帝；王平攻云门关，"数日不下，军师斩了王平"；"至泸水江，其江泛溪热，不能进，武侯抚琴，其江水自冷"；"军师祭风北起，蛮军仰扑者勿知其数"；"军师出喝三声，南阵上蛮王下马"；"蛮王令人打出虎豹来。诸葛喝一声，绝倒千人"；诸葛亮"把黄皓街市万刀"；诸葛亮去世，姜维斩了魏延。

《南齐书·王敬则传》里有"三十六计，走为上计"两句，所谓"三十六"，不过是泛指数量多而已，并非真的有三十六种计策。到了明末清初，有好事者凑足三十六种计策，把泛指的数字落实，于是就有了一本《三十六计》。仔细看去，这三十六计中多有重复交叉，譬如"瞒天过海""声东击西"混淆不清，"趁火打劫"与"浑水摸鱼"也差别不大。但是，我们也不要因此而轻视这部书。其中确实充满了朴素的军事智慧。《三国演义》的战争描写非常出色，在古代被当作兵书来读，因为其中包括许多战争的谋略和智慧。如今，我们不妨读读《三国演义》，与《三十六计》对比一下，看看有哪些吻合的地方。

董卓得知吕布是一个见利忘义的人，便用名马赤兔马和金钱富贵引诱他，离间吕布和义父丁原的关系，这是三十六计中的第三十三计——反间计。结果离间成功，吕布为了一点私利，杀死原先的义父丁原，投靠董卓，成为董卓的心腹大将。司徒王允暗中策划除掉董卓。他首先要拆散董卓和他最得力的武将吕布的联合。王允利用一个美女貂蝉，先许给吕布，然后又许给董卓，以此来挑拨董卓和吕布的矛盾。这就是三十六计中的第三十一计——美人计和第三十三计反间计。貂蝉是王允的养女。王允充分利用了董卓和吕布共同的弱点——好色，用一个绝色美女把一个奸雄、一个猛将要得团团转。传统社会对女性的看法往往喜欢走极端：要么把女子说得一文不值，要么把女子说得举足轻重。经过小说家的处理，貂蝉这么一个弱女子，一笑倾人城，再笑倾人国，简直关系到了天下的兴亡。王允有恩于貂蝉，所以貂蝉为了王允，万死不辞。她依照王允的计划行事，在吕布的面前，貂蝉说爱的是吕布，说董卓依仗权势要强占她；在董卓面前，貂蝉又说吕布调戏她。以此挑拨，使董卓与吕布的矛盾越来越大。王允自己则躲在幕后，坐看矛盾的进一步发展。这就是三十六计中的第九计——隔岸观火，也就是"坐山观虎斗"。貂蝉相当于现代的色情间谍。《三国演义》里的董卓，与历史上的董卓相比，没有多大的差别；但貂蝉这个人物是小说家的创造，她在中国的知名度很高，简直是家喻户晓，妇孺皆知，这完全要归功于小说家的创造。

刘备在徐州，吕布在小沛，两人是一种松散的联合。曹操本想派兵征剿，而荀彧建议用"二虎竞食"之计：派人往徐州，封刘备为征东将军、宜城亭侯，领徐州牧；并附密书一封，让刘备去杀吕布。其实这就是三十六计中的借刀杀人计和离间计。但此计没有成功，刘备看破曹操的用心，竟将曹操的来信给吕布看了，使曹操的计谋没有得逞。于是，荀彧又生"驱虎吞狼"之计：通报袁术，说刘备上表，要夺南郡；又"明诏刘备讨袁术，两边相并，吕布必生异心"（《三国演义》第十四回），依然是借刀杀人计和离间计。

曹操还兵许都。"且说王则赍诏至徐州，布迎接入府，开读诏书——封布为平东将军，特赐印绶——又出操私书。王则在吕布面前极道曹公相敬之意。布大喜。忽报袁术遣人至，布唤入问之。使言：'袁公早晚即皇帝位，立东宫，催取皇妃早到淮南。'布大怒曰：'反贼焉敢如此！'遂杀来使，将韩胤用枷钉了，遣陈登赍谢表，解韩胤一同王则上许都来谢恩，且答书于操，欲求实授徐州牧"（《三国演义》第十六回）。此是三十六计中的离间计，这是《三国演义》里出现最多的计策。

纪灵向袁术进献"疏不间亲"之计：求吕布女为儿媳，与吕布结为亲家，则吕布必杀刘备。此亦借刀杀人计和离间计（见《三国曹操以朝廷的名义，封吕布为平东将军，并写了一封友好的信，以此来挑拨吕布与袁术的关系（见《三国演义》第十六回）。这就是三十六计中的离间计。

曹操还许都，表奏孙策有功，封为讨逆将军，赐爵吴侯，遣使赍诏江东，谕令防剿刘表（见《三国演义》第十八回）。仍是三十六计中的离间计。笼络孙策，离间孙策与刘表、袁术的关系。让他们互相争斗，以获渔翁之利。曹操充分地利用"挟天子以令诸侯"的便利条件，离间各路诸侯。

曹操伐张绣，军至南阳城下，"见城东南角砖土之色新旧不等，鹿角多半毁坏，意将从此处攻进，却虚去西北上积草，诈为声势"，这就是三十六计中的第六计"声东击西"之计。可惜被贾诩识破，曹操偷鸡不成蚀把米，反而中了张绣的埋伏（见《三国演义》第十八回）。

陈珪、陈登父子，身在吕布之营，心在曹魏一边。两人在吕布、陈宫、高顺、张辽之间传递假情报，造成混乱，使黑暗中吕布军与陈宫军互相厮杀，使吕布的徐州、小沛、萧关全部落入曹操手中。此即三十六计中的第二十计"混水摸鱼"之计。曹操引兵来攻下邳，吕布自恃粮足，且有泗水之险，陈宫献"以逸待劳"之计。此即三十六计中的第四计，但未被吕布采纳（见《三国演义》第十九回）。

"煮酒论英雄"以后，刘备心中不安，主动向曹操请求，带兵去截击袁术，以作脱身之计。结果如愿离开虎穴。这就是三十六计的最后一计——走为上（见《三国演义》第二十一回）。

蜀军和魏军隔着汉水相持。魏军来挑战，蜀军不理。诸葛亮派赵云埋伏汉水上游的一座土山。遇到黄昏或是半夜，听到诸葛亮这边炮响，就擂鼓响应，但不出击。一连三天，搞得曹军疲惫不堪，曹操也不知蜀军葫芦里卖的什么药。然后蜀军出战，却不敌曹军，连大营也放弃了。马匹军器丢得满地都是。曹操心中更加怀疑蜀军是诈败，是诱敌深入，便下令退兵。蜀军趁机追杀，曹军大败，一直退到阳平关。蜀军继续追杀，曹操放弃阳平关，在斜谷口扎营。曹操此时进又进不得，退又没面子，心中犹豫。诸葛亮派兵不时地骚扰，使曹军一刻不得安宁。曹军没了锐气，放弃汉中，这就是三十六计的最后一计——走为上。曹操认为此时的汉中，已经成为食之无味、弃之可惜的鸡肋，在进退两难的情况下，选择主动撤退的战术，不与刘备消耗时间。"三十六计，走为上计"，曹操也成功运用了一把。（见《三国演义》第七十二回）

祢衡至荆州，见过刘表，口虽颂德，实含讥讽。刘表不喜，令去江夏见黄祖。或问表曰："祢衡戏谑主公，何不杀之？"刘表曰："祢衡数辱曹操，操不杀者，恐失人望；故令作使于我，欲借我手杀之，使我受害贤之名也。吾今遣去见黄祖，使曹操知我有识。"（《三国演义》第二十三回）众皆称善。结果祢衡为黄祖所杀。这就是三十六计中的"借刀杀人"之计。当然，从艺术效果来说，作者本意是讥讽曹操，而给读者的感受是祢衡过于狂悖，出口伤人，自取其祸。

官渡之战中，关键的一步是曹操的奇袭乌巢。许攸为曹操出谋划策，让曹操派兵，去袭击袁绍在乌巢的军粮辎重基地（见《三国演义》第三十回）。乌巢位于如今河南的延津县境内。这就是三十六计中的第十九计——釜底抽薪。这又是一个成语，本意是把柴火从锅底抽走，如此，锅里的水就不会再沸腾，意思是从根本上解决问题。从某种意义上来说，打仗打的是后勤，民以食为天，行军就更是这样。打掉了敌人的后勤基地，烧毁了敌人的粮食辎重，也就动摇了敌人的根本。许攸告诉曹操，把守袁军粮仓乌巢的守将淳于琼是一个酒鬼，整天醉醺醺的，没有什么防备意识。恰好此时曹操的粮草供应不上，正在发愁。曹操知道要扭转被动局面，必须抓住战机，果断出击，成败在此一举。于是他亲自率领五千士兵飞速前往。袭击乌巢非常顺利，袁绍的粮草辎重被焚烧一空，袁绍在官渡之战中从此陷入被动。

袁绍一死，袁尚继承了袁绍的官位和爵号，引起身为长子的袁谭的强烈不满。袁绍尸骨未寒，三兄弟就公开分裂，大打出手。此时曹操大军压境，而袁谭、袁尚却互相猜疑而走向恶斗。郭嘉向曹操献上"隔岸观火"之计，说不用着急去讨伐袁氏兄弟，你去打的话，他们会联合起来对付你。你不去打，他们自然会内斗。等他们内耗以后再去打就好打了。果然不出郭嘉所料，曹军一退，袁谭和袁尚的矛盾立即趋于激化，双方火并。袁谭不敌袁尚，投降曹操。袁谭和袁尚都想利用曹操的力量消灭对方，再来与曹军决战。王修和刘表都写信劝袁氏兄弟捐弃前嫌，共同抗敌，但袁氏兄弟积怨很深，均不予采纳。曹操洞察二袁的图谋，先夺冀州，击溃袁尚，然后回师攻击袁谭。袁谭战死，谭军土崩瓦解。袁尚、袁熙星夜奔辽西，投奔乌桓。曹操听郭嘉临终的密计，继续采取隔岸观火之计，坐山观虎斗。果然不出郭嘉所料，袁尚、袁熙兄弟做着取公孙康而代之的美梦，而公孙康本来就疑心袁氏兄弟来者不善，见曹操按兵不动，并无征伐辽东的意思，便设计杀死袁尚、袁熙，砍下二人之头，用木匣装着，派人给曹操送去。至此，袁谭、袁熙、袁尚三兄弟在内耗中先后破灭。父子不和，兄弟不和，上下不和，袁氏集团的内部矛盾，被曹操充分利用。都不用别人去使反间计，他们自己就打得不可开交。"隔岸观火"正是三十六计中的第九计。

　　小说中，周瑜装作大醉，"疏忽"之中，把一封密件"遗落"桌上。蒋干趁周瑜"酣睡"，鼾声如雷，偷看密件。看完以后，蒋干大吃一惊，原来是曹方水军头领张允、蔡瑁寄来。内容是说，他们投降曹操并非自愿，现在准备做东吴的内应，共破曹操。蒋干看罢，又惊又喜。原来张允、蔡瑁勾结东吴，要做周瑜的卧底。半夜时分，蒋干又听得有人从江北来，隐隐约约说是张允、蔡瑁告诉周瑜，暂时没有下手的机会，请周瑜耐心等一等。于是，蒋干偷了密件，趁周瑜"熟睡"，匆匆过江，回到曹营，向曹操禀报此事。曹操读罢，大怒，立即把张允、蔡瑁召来，大骂，不容分辩，立即推出斩首。两人糊里糊涂，就被曹操杀了。张允、蔡瑁本是从刘表那里投降而来，帮助曹操训练水军。因为曹军都是北方人，对水上作战不太熟悉，所以这两个人对曹操很有用。帐下刚刚将张、蔡斩首，曹操马上就醒悟过来，心里暗暗叫苦。可是，曹操要面子，不说是因为看了密信而杀的人，谎说是二人犯了军纪。周瑜不费吹灰之力，除掉了敌方两个关键的将领。这就是三十六计中的第三十三计——反间计。就这个具体的例子来说，这也是一种"借刀杀人"的计策。这是三十六计中的第三计。

　　周瑜把黄盖"打得皮开肉绽，鲜血迸流，扶归本寨，昏绝几次"（《三国演义》第四十六回）。然后就有黄盖的诈降。这就是三十六计中的第三十四计——苦肉计。周瑜打黄盖，是最经典的苦肉计。诈降的目的就是去烧曹操的船队："黄盖用刀一招，前船一齐发火。火趁风威，风助火势，船如箭发，烟焰涨天。二十只火船，撞入水寨，曹寨中船只一时尽着；又被铁环锁住，无处逃避。隔江炮响，四下火船齐到，但见三江面上，火逐风飞，一派通红，漫天彻地。"（《三国演义》第四十九回）在历史上，黄盖诈降，确有其事，但周瑜和黄盖没有演苦肉计，但曹操竟信了。若是据实写去，就没有戏剧性了。

诸葛亮的草船借箭，正是三十六计中的第一计——瞒天过海。诸葛亮用二十只船，每船军士三十人，船上用青布做幔，各束草人一千多个，分布船的两边。四更时分，诸葛亮乘着江上大雾弥漫，能见度非常差，向江北进发。快到曹营的时候，让军士擂鼓呐喊。曹军那边，一听擂鼓呐喊，见江南来了一排战船，非常惊慌。曹操以为联军乘大雾来袭击曹营，告诫部下不可轻动，只用弓箭手乱箭射它。曹军派出三千弓弩手向江中放箭，一时间，箭如雨下。等到草人上已经插满了箭，诸葛亮就让军士把船掉过头来，让另一边的草人继续受箭。待到两边的草人都插满了箭，诸葛亮让军士们齐声大喊："谢谢丞相的箭！"等到曹操明白过来，诸葛亮的船已经跑出二十多里。按照小说夸张的说法，诸葛亮的二十只船，轻轻松松就得了十万支箭。这就是瞒天过海的成功战例。今天，"瞒天过海"显然是一个贬义词，意思是用欺骗的手段，掩盖暗中的行动。贬义归贬义，打仗不怕使用阴谋诡计，只讲胜负，不谈善恶。"瞒天过海"被放在三十六计的第一计，并非没有道理，它揭示了战略层次的一个重要原则：在战争中，必须千方百计地隐藏自己的意图，使对方没有准备，从而陷入被动的地位。

决战前夕，诸葛亮分兵三路，派出赵云、张飞、关羽分兵把守，防止曹操逃跑。关羽负责守华容道。诸葛亮特意告诉关羽：在华容道的山上，放一把火，把曹操引过来。关羽感到奇怪："曹操看到烟，知道有人埋伏，他还能走这条路吗？"诸葛亮解释说："兵法上讲'虚虚实实'的道理，曹操看见有烟，以为是虚张声势，必然会走这条路。"后来的事实证明，诸葛亮的预判是对的，曹操来到华容道，看见有两条路，一条是大路，没有什么动静；一条是小路，有几处在冒烟。曹操说："兵书上讲，虚的让它实，实的让它虚。诸葛亮足智多谋，他在山路上烧火起烟，料我们不敢走。他却在大路上等我们。我们偏偏不上他那个当，走小路。"结果大上其当。这就是三十六计的第七计——无中生有，意思是真真假假，虚虚实实，真中有假，假中有真，让对方摸不着头脑。

赤壁大败，曹操仓皇出逃。先是在乌林之西、宜都之西，曹操正在笑诸葛亮怎么没有想到在这里埋伏一支兵马，忽然鼓声震天，火光冲天，杀出常山赵子龙。说是奉军师之命，在此等候多时了。曹操好不容易逃脱，来到葫芦口，曹操又笑诸葛亮和周瑜怎么不在这个要害地方埋伏一支兵马，结果又杀出了张飞。在华容道，又遭到关羽的阻击。这就是三十六计的第四计——以逸待劳，意思是自己养精蓄锐，等待远来的疲惫的敌人，一举将其击垮。

诸葛亮出使江东，肩负着极其艰巨的使命。诸葛亮明明对刘备说："事急矣！请奉命求救于孙将军。"（《三国志·蜀书·诸葛亮传》）可是，诸葛亮到了江东，不是一副有求于东吴的样子，而是舌战群儒，与孙权内部的投降派唇枪舌剑，一一反驳他们的谬论。张昭讽刺诸葛亮，你自说有多大的才能，为什么最近一败涂地，被曹操追得没有藏身之地？确实，没有地盘是刘备最大的短板，张昭一下子点到刘备一方的痛处。诸葛亮以虚驳实，反驳他说："群鸟哪能懂得大鹏的志向？一个人得了重病，要慢慢地调理，不可能一两天就康复。刘表软弱，但我们主公不忍心去夺取同宗的基业。寡不敌众，胜败也是兵家常事。当年汉高祖与项羽争霸，屡战屡败，最后垓下一战，终于成功。国家大事，不是靠花言巧语，那种夸夸其谈、百无一能之人，只是被天下笑话而已。"又有人讽刺诸葛亮不过是苏秦、张仪那样的说客，诸葛亮反驳他："苏秦、张仪也是豪杰，不是欺软怕硬的人。你们一听曹操要来，吓得就要投降，还敢笑话苏秦、张仪吗？"诸葛亮舌战群儒，对答如流，把东吴的投降派驳得

诸葛亮舌战群儒

哑口无言。这就是三十六计中第三十计——反客为主。孙权转过来向诸葛亮请教。本来诸葛亮是求人来了，结果像是人家求他。本来刘备新败，很被动，但诸葛亮不卑不亢，处处主动。这种"反客为主"的效果表现出诸葛亮杰出的外交才能。

为了使火攻能够成功，周瑜和诸葛亮设计了一个又一个计策，计中有计，环环相扣，使火攻的效果达到最佳最大。这就是三十六计的第三十五计——连环计。先以水军，挫动曹军的锐气，将曹操的注意力吸引到"水"的问题上来。接着，利用蒋干，让他传递回假情报，使曹操错杀水军都督张允、蔡瑁。火攻需要接近曹营，于是，又有周瑜打黄盖的苦肉计，假投降，为日后火烧曹军之船创造条件。又有庞统去"献计"，让曹操把战船都连在一起，以便使日后的火攻达到最佳的效果。这一连串的连环用计都通向一个方向，就是为火攻创造条件。

第一个争夺的目标是南郡，南郡就是如今湖北的荆州地区。此时的南郡，在曹魏的大将曹仁的手里。当时刘备和诸葛亮驻军在油江，油江在如今湖北公安县的东北。周瑜听说刘备驻军油江，就猜到刘备是想抢占南郡。他和鲁肃亲自去找刘备，说："你驻军在这里，是不是要占领南郡？"刘备说："听说都督你想取南郡，我特意来帮你。若是都督不取，我就取。"周瑜笑笑说："我们东吴早就想取南郡，现在在南郡已经在我掌控之中，为什么不取？"刘备回答说："谁胜谁负，还很难说。曹操让曹仁守南郡，一定有妙计，更不必说曹仁英勇无敌，只怕都督攻不下来。"周瑜说："我若是攻不下来，随便你去取。"刘备说："说这话，都督可不要后悔，现在有鲁肃和诸葛亮在此，可以作证。"周瑜爽快地说："大丈夫一言既出，驷马难追，有什么后悔的！"诸葛亮表示，我们并不急着去抢南郡，你先去抢，你若是不行，抢不到，就不要怪我不客气，我有办法去抢。诸葛亮让周瑜先去与曹仁交战，这就是三十六计中的第九计——隔岸观火。他先是坐山观虎斗，待到双方打得不可开交的时候，他乘机袭取南郡。这又是三十六计中的第五计——趁火打劫。

且说周瑜和鲁肃从刘备那里出来，鲁肃问周瑜："你怎么同意刘备去取南郡？"周瑜说："我一转眼就将攻克南郡，落得做一个空头人情。"周瑜与曹仁刚一接触，打了一个平手。接着，周瑜听从甘宁的建议，让彝陵和南郡互成掎角之势，先去打彝陵，彝陵一失，南郡也守不住。此时彝陵的曹方守将是曹洪。这就是三十六计中的第二计——围魏救赵。甘宁领兵三千去攻打彝陵。曹仁得到这一情报，便派曹纯、牛金去支援曹洪。曹魏方面先是诈败，甘宁便占了彝陵，而曹仁与援军曹纯、牛金汇合一起，却返回来将彝陵的甘宁团团围住。这就是三十六计的第二十八计——上屋抽梯。先是故意出现一个漏洞，给对方一个机会，其实是一个陷阱。甘宁是东吴的大将，不能不救，于是，周瑜亲自率兵，来救甘宁。吕蒙献计周瑜："彝陵的南面有一条非常偏僻的小路，直通南郡。曹军若是大败，必定会从那里走。我们可以预先派五百个士兵，砍些树木，把路堵住。曹军到了那里，一定放弃了马匹而逃跑，我们就可以缴获他们的战马。"周瑜采纳了吕蒙的计策。周瑜的援军一到彝陵，与城里的甘宁里应外合，一举将曹军打败。曹洪等人果然如吕蒙所料，从那条小路逃跑。只见小路上堆满了树木，曹军无奈，把马匹全部放弃，逃亡南郡。这样，五百匹马都落入周瑜的手中。周瑜乘胜追击，提兵往南郡来。此时曹仁准备领军去救彝陵，见周瑜来取南郡，半路上相遇，两下里混战一场，天色已晚，各自收兵。

　　曹仁根据曹操早就设计的预案，假装放弃南郡，却在城上插满旗帜，虚张声势。周瑜经过观察，看到曹军个个腰里绑着包裹，是准备撤退的样子，便指挥吴军追击曹军。曹仁、曹洪且战且走，假装败退。吴军一直追到南郡城下，曹仁并不进城，却是绕城而走。周瑜见城上无人把守，城门大开，便命令抢城。谁知城中早有埋伏，冲在前面的吴军几十个骑兵都掉进了大坑，同时两边万箭齐发。这就是空城计的反用。那城上插满的旗帜，不是虚张声势，而是真的有兵马埋伏。周瑜赶紧勒马，肋上已经中了一箭。翻身落马，幸亏被徐盛、丁奉拼命救出。城里的曹军趁机杀出来，吴军猝不及防，自相踩踏，死伤无数。曹仁、曹洪乘机又挥军杀回，吴军大败。周瑜在阵前假装箭伤发作，从马上跌落下来。军士都穿上孝服，又派人去曹营假投降，说是周瑜病危。曹仁想趁此机会夜袭周瑜的大营，谁知中了周瑜的计。这正是三十六计中的第七计——无中生有。真真假假，虚虚实实，受伤是真，伤重而死是假；军心动摇是虚，严阵以待是实。

此时，周瑜想乘机夺取南郡，谁知煮熟的鸭子飞了，南郡已经被蜀汉的常山赵子龙先占了，城上遍插蜀军的旗帜。这是趁着混乱，从中渔利。诸葛亮占了南郡以后，又用曹军的兵符去调动荆州的曹军，张飞乘机占了荆州。用同样的方法，把襄阳的曹将夏侯惇骗出城池，关羽乘机把襄阳夺了。这就是三十六计中的第五计——趁火打劫。趁着周瑜与曹仁混战，不可开交，全神贯注于对手的时候，隔岸观火、坐山观虎斗的第三方连下三城。这就是《三国演义》中的"一气周瑜"。（见《三国演义》第五十一回）

赤壁之战中，东吴方面起了主要的作用，但最后胜利的果实都落到了刘备的口袋里。按小说的描写，这都怪周瑜自己没本事，结果让刘备阵营不费吹灰之力，把便宜都占了，充分显示了诸葛亮的料事如神。周瑜费尽心机，却是白白地替他人作了嫁衣裳。小说第五十二回，刘备的甘夫人死了，周瑜觉得机会来了，想将孙权的妹妹嫁给刘备做续弦，让刘备做上门女婿。孙权的妹妹不是一般女子，房里摆的都是刀枪剑戟。若是刘备来了，等于把他囚禁在此，然后再用刘备去换回荆州。这就是三十六计中的第三十一计——美人计。诸葛亮的第一个妙计就是挑动吴国太出来，给周瑜添乱。这就是三十六计中的第二十计——浑水摸鱼。故意制造混乱，看热闹不怕事大，闹得越大越好。刘备再向吴国太乞求饶命，吴国太大怒，问孙权怎么回事，孙权假装不知道。这就是三十六计中的第二十七计——假痴不癫。用通俗的话来说，就是装傻。于是，几百个刀斧手狼狈撤出。

周瑜一看软的不行，就来硬的，阳的不行，就来阴的。他让鲁肃再去一趟荆州，告诉刘备，既然你们有难处，我们东吴帮你去取四川，取来以后，你上四川，把荆州还给我。实际上，周瑜想军队路过荆州时，假说要向刘备要点钱粮，刘备必然出城劳军，吴军就趁机杀进去，夺了荆州。这便是三十六计中的第二十四计——假道伐虢。名义上是借道，实际上是另有所图。虞和虢是春秋时期的两个小国。晋国向虞国借道去讨伐虢国，预先贿赂虞国，给了名马和玉璧作为礼物。虞国贪婪，答应了晋国借道的请求。晋国借道，很快击败了虢国。回国的时候，顺带把虞国灭了。诸葛亮识破周瑜的"假道伐虢"之计，却没有当面说破，反而满口答应周瑜大军过境的时候，刘备出城劳军。周瑜以为诸葛亮这回中计，满心欢喜。

再说周瑜大军向荆州进发，却不知蜀汉这边早就严阵以待。先是派糜竺去迎接周瑜的大军。周瑜说："这次是为了你们去打四川，劳军的事，不要马虎。"糜竺回答说："我们主人早就准备好了，就在荆州城门外等你一起喝酒呢。"糜竺通知完就回去了。周瑜的战船快到荆州了，只见江面上空荡荡的，前面的探子报告周瑜，荆州城上没有一个人影。平静得有点不正常，周瑜也不免心中疑惑。到了荆州，只见赵云站在城上，指责周瑜的诡计。接着，关羽、张飞、魏延、黄忠四路兵马一齐杀来。

小说第五十九回，韩遂和马超反目成仇，中了曹操和贾诩共同策划的离间计。曹操将信送给韩遂，马超果然向韩遂索要此信。一看，紧要的地方都被涂抹了，就问韩遂："信怎么涂抹得乱七八糟的？"韩遂回答说："送来时就是这样，我也不知道是什么原因。"马超说："哪有把草稿送人的？莫非是叔父你怕我知道详情而涂抹的？"韩遂说："可能是曹操粗心，误将草稿给寄来了？"马超说："我就不信了。曹操那么精细的一个人，怎么会干这种事？我和叔父本来同心协力讨伐曹操，没想到叔父变心。"韩遂竭力辩解说："你若是不信，明天我在阵前哄曹操一起说话，你就突然冲出来，把曹操一枪刺死。"马超说："若是这样，我就相信叔父是真心杀贼。"

第二天，韩遂果然在阵前请曹操搭话，曹操已经猜出马超、韩遂的意图，他要把好戏演到底。他自己不出来，却让曹洪上前，对韩遂说："昨夜丞相吩咐你的话，千万不要耽误了。"说完，回马就走。马超听了大怒，挺枪就朝韩遂刺来。大家把他拦住。韩遂跳进黄河洗不清，就是浑身长出嘴来，也说不清楚。再说，事实摆在那里，马超哪里肯相信。韩遂回去，跟部下商量怎么办。他的部下劝他："马超仗着他有点武功，常常欺负主公，不如投降曹操，以后还可以享受荣华富贵。"韩遂在部下的劝说下，决意投降曹操。曹操的反间计大获成功，便与韩遂约好，里应外合，准备设宴邀请马超，想趁马超没有防备把他杀了。谁知马超已经得知底细，竟带了心腹大将来参加这个鸿门宴。马超到了韩遂的营盘，正听见人家在说"事不宜迟"之类的话，大怒，冲进去就大杀。韩遂的左手被他砍落，韩遂被部下救出。双方正在混战，曹操趁火打劫，领兵杀来，马超死命拼杀，在庞德、马岱的援助下，侥幸脱身。至此，潼关大战，以曹操的胜利，马超、韩遂的分裂失败而告终。离间计再加上趁火打劫之计。

张昭向孙权献计曰："且休要动兵。若一兴师，曹操必复至，不如修书二封：一封与刘璋，言刘备结连东吴，共取西川，使刘璋心疑而攻刘备；一封与张鲁，教进兵向荆州来，着刘备首尾不能救应。我然后起兵取之，事可谐矣。"（《三国演义》第六十一回）权从之，即发使二处去讫。这就是三十六计中使用频率最高的离间计和借刀杀人之计。

汉中之役，我们看到了张飞的另一个侧面。张飞听取副将雷同的建议，自己在前面挑战，雷同去抄张郃的后路，杀得张郃腹背受敌，大败而走。张郃初战吃亏以后，就改为防御，坚守不出，采取以逸待劳的策略，要和张飞拼耐心，他知道张飞是一个急性子。张飞和张郃在宕渠山对峙五十多天。张飞在山前扎下大营，每天饮酒，大醉，辱骂。刘备听说以后，担心张飞喝酒误事，诸葛亮却看出其中奥妙，说张飞是借此麻痹张郃，引诱张郃偷营，然后袭击他。这就是三十六计中的第十五计——调虎离山。诸葛亮派魏延给张飞再送点美酒去，让他喝个够，成都有的是好酒。宕渠山易守难攻，如果不把敌人引下山来，很难取胜。但如何才能把张郃引下山来呢？张飞便想出这个办法，这是利用别人对他的印象，别人只知道张飞鲁莽勇猛，哪知道他也会用计。这就是三十六计中的第七计——无中生有。真真假假，虚虚实实，饮酒是真，松懈是假，外松内紧，明里轻敌，暗中准备，布下陷阱，只待敌人落网。张郃看到张飞果然失去耐心，便去夜袭张飞大营。张飞还在中军帐里模仿自己的模样扎了一个草人——想象力挺丰富的。张郃劫营，大喊一声，冲进中军，见"张飞"端坐不动。一枪刺倒，却是一个草人。张郃知道中计，心里一惊，急忙回头，四下里伏兵杀来。张郃的三座大营都丢了，张飞大获全胜。（见《三国演义》第七十回）

　　类似的计策，张飞先前在与刘岱作战的时候已经用了一次。刘岱坚守不出，张飞就每日在人家寨前叫骂。可刘岱怕张飞，就是不出来。张飞传令，当晚去劫营。他假装喝醉了，无端地责罚一个士兵，并告诉他："今晚我劫营回来就把你斩首祭旗。"又暗中吩咐手下把他偷偷放了。这个士兵跑到刘岱那里，把张飞晚上要劫营的消息告诉刘岱。刘岱见这位士兵伤得很重，就信了。刘岱在营外埋伏，准备张飞来劫营。谁知张飞派出少量兵力去劫营，大队人马却在外面。待到刘岱的人马一出来，张飞的伏兵就杀了出来，将刘岱包围起来。结果张飞大胜，刘岱被俘虏。这就是三十六计中的"抛砖引玉"之计。给对手一个机会，其实是一个陷阱。（见《三国演义》第二十二回）

　　再说张郃兵败，退守瓦口关。他依然采用老战术，坚守不出。张郃这个人很有耐心，他能够和对手磨，以逸待劳，磨得对手没耐心，等待对手犯错误，他再果断出击。张飞一看，这一次再要饮酒装醉是不行了，得想新招了。张飞探听到有一条小路，可以直接到瓦口关的背后。张飞让魏延在关前挑战，吸引张郃的注意，他亲自领兵从小路直插瓦口关的背后，前后夹击。张郃没有想到有小路直通瓦口关的后面，他死战得脱，跟随他逃跑活命的只有十几个人。这就是三十六计中的第六计——声东击西，这是三十六计中常见的一计。张郃居然败在一个以鲁莽而闻名的张飞手里，这是他没想到的。这位智勇双全的名将走到了他一生的低谷。（见《三国演义》第七十回）

　　曹洪让张郃立功赎罪，领兵五千去进攻葭萌关。葭萌关位于如

严颜

今四川省广元市的昭化区昭化镇。这一次，张郃的对手不是张飞，而是年近七十的老将黄忠。黄忠还请另一位老将严颜当他的副将。张郃一见来了两位老将，心想刘备太小看我了。谁知初次接触，张郃就输了一阵，黄忠在前，而严颜抄了张郃的后路，前后夹击，张郃大败，后退近百里。严颜告诉黄忠，附近有天荡山，那里是曹军的粮草基地。天荡山在如今陕西的勉县城北。严颜说，若是攻克那个地方，曹军必乱，汉中可得。这就是三十六计的第十九计——釜底抽薪。粮草就是军队的命根子，粮草没了，军心必乱。黄忠命严颜领兵前去，袭击曹军的粮草基地，他自己在关前诱敌。曹军由夏侯尚出战，黄忠连败两天。张郃担心黄忠是诈败，而夏侯尚不信，以为张郃是被张飞吓破了胆。黄忠一直退到葭萌关，坚守不出。当晚，黄忠率军突袭夏侯尚大营，曹军连胜，已经松懈，蜀军突然袭来，猝不及防，望风而逃。此亦是三十六计的第四计——以逸待劳再获成功。黄忠穷追不舍，直至汉水。张郃提醒夏侯尚，必须确保天荡山的安全。夏侯尚以为天荡山有夏侯德把守，附近的定军山有夏侯渊把守，不必担心。定军山在如今陕西的勉县城南，与天荡山南北相对。黄忠不顾疲劳，连续作战，直逼天荡山。黄忠事先已经嘱咐严颜埋伏在山的偏僻之处，待黄忠一到，就来放火，混乱之中，严颜将曹方将领夏侯德斩于马下。（见《三国演义》第七十回）

黄忠计夺天荡山的捷报传到成都，刘备立即抓住此大好机遇，亲自率领十万人来争夺汉中这一战略要地。汉中是益州的门户，没有汉中，也就无法保证益州的安全。刘备派黄忠去取定军山，诸葛亮派法正去辅佐黄忠，又派赵云去接应，以确保万无一失。虽然黄忠不服老，老当益壮，毕竟黄忠年纪大了，对手也很强，诸葛亮不得不加大保险系数。曹操听说刘备亲自领兵前来，大吃一惊，决定自己领兵四十万前往汉中。黑云压城城欲摧，一场大战迫在眉睫。黄忠、法正在定军山山口扎营。夏侯渊坚守不出。黄忠采用法正的计策，步步为营，每隔几天，前移一段。这就是三十六计中的第三十计——反客为主。目的是前进，但稳扎稳打，不急于进攻，可以随时转入防御。张郃识破法正之计，而夏侯渊不听。法正对黄忠说，定军山对面有一山，从那里可以将定军山的虚实看得一清二楚。派兵占了，我在山顶，你在半山腰。等夏侯渊来了，我在山顶举白旗为号，你就按兵不动。等他疲惫松懈的时候，我举起红旗，你就下山攻击。黄忠依照法正的计策，夺了定军山对面的那座山。张郃说，这是法正的诡计，但夏侯渊不听，领军将对面山围住。任凭曹军辱骂，黄忠按兵不动。直到法正见曹军疲惫，下马休息的时候，挥动红旗，黄忠才猛然冲下山来，曹军大乱，曹方大将夏侯渊被黄忠斩杀。"以逸待劳"之计，再试不爽。在赵云的支援下，黄忠乘机夺了定军山。

　　曹操得知夏侯渊战死，大哭。便亲自率领大军二十万，来替夏侯渊复仇。曹操先让张郃在米仓山搬运粮草，米仓山在如今四川省和陕西省的交界处。刘备派黄忠和赵云各领一支军队，前往应敌。刘备说："夏侯渊虽然是主帅，不过是匹夫之勇，无法与张郃相比。若是能够杀了张郃，胜过十个夏侯渊。"可见张郃在刘备心中的地位。这就是三十六计中的第十八计——擒贼擒王。其实，曹操对张郃也非常欣赏。张郃从袁绍那边投诚过来时，曹操非常高兴，比作韩信之归汉。抓住敌人的主帅，就能瓦解敌军的全体。黄忠夜袭曹营，却中了曹军的"以逸待劳"之计，徐晃、张郃将黄忠围住。幸亏赵云及时赶到，救出黄忠。曹操亲自领兵追来，直达蜀军大营。

蜀军赵云的部下见曹军来势汹汹，建议赵云紧闭寨门，赵云却命令打开寨门，寨中偃旗息鼓，弓箭手埋伏壕沟之内，赵云单枪匹马立在门前，依然是当年长坂坡以一当十、横扫千军的气概。曹军惊疑，不敢前进，赵云把枪一挥，壕沟里万箭齐发。曹军不知虚实，望风而逃。这就是三十六计中的第三十二计——空城计。刘备事后视察赵云的大营，赞叹说："子龙一身都是胆啊！"（见《三国演义》第七十一回）

小说第七十六回，操与众谋士商议，主簿董昭说："今樊城被困，引颈望救，不如令人将书射入樊城，以宽军心，且使关公知吴将袭荆州。彼恐荆州有失，必速退兵，却令徐晃乘势掩杀，可获全功。"操从其谋，一面差人催徐晃急战；一面亲统大兵，径往洛阳之南阳陵坡驻扎，以救曹仁。联合东吴，是"借刀杀人"。东吴取荆州，分关羽之心以解樊城之围，是用"围魏救赵"之计。

曹操听取董昭的意见，一边通知樊城的曹仁，告诉他救兵快来了，以鼓励他守城的决心；一边将孙权要袭击荆州的消息透露给关羽，目的是让关羽与孙权互相残杀，以坐收渔翁之利。据《三国志·魏书·赵俨传》载，率徐晃兵马救援曹仁的赵俨已经先如此处理，这就是三十六计中的"隔岸观火"之计。结果孙权加紧袭取荆州，而关羽却犹豫起来：眼看樊城即将攻破，放弃樊城而回救荆州则心有不甘；不回救又担心荆州有失。又估计荆州问题不大，向益州求救吧，又远水不解近渴。形势急转直下，千钧一发之际，关羽还在犹豫，还在希冀侥幸，失去了最后撤退的机会。南郡失守，关羽不得不后撤，曹仁手下的将领怕孙权独得其功，准备向关羽进攻。曹操决心将隔岸观火的计策进行到底，便紧急下令曹仁不得追击关羽。曹操要使蜀汉与东吴彻底撕破脸，以便从中渔利。倘若曹仁想乘人之危，则东吴顾忌曹军的威胁，就会采取"坐山观虎斗"的策略，而对曹操重新采取警惕敌对的态度。在这里可以看出曹操的谋略确实有其过人之处。关羽大意失荆州，乍看是东吴占了大便宜，其实曹操才是最大的赢家。从此以后，虽然诸葛亮依然不忘兴复汉室的初心，在刘备死后努力地去恢复蜀汉与东吴的关系，但蜀汉的将士们不会忘记关羽死于东吴之手的悲剧，不会忘记张飞的死、刘备的死，这些均与东吴有关的冷酷现实。他们的联合已经是纯粹的冰冷的权宜之计，而没有了一点情义。孙权并非完全看不懂这局大棋，他也明白与刘备闹翻的严重后果，但毕竟曹操是更强大更可怕的敌人。所以他给曹操送去一个大大的人情，劝他当皇帝。曹操却不要这份空头人情，认为孙权是黄鼠狼给小鸡拜年——没安好心，说"是儿欲踞吾著炉火上邪"（《三国志·魏书·武帝纪》裴注引《魏略》）。《三国演义》的作者此时的仇视转向孙权一方，不明白这些情节是给曹操加分的（见《三国演义》第七十六回）。

魏明帝青龙二年（234），司马懿受命，辞朝出城。曹叡又以手诏赐司马懿曰："卿到渭滨，宜坚壁固守，勿与交锋。蜀兵不得志，必诈退诱敌，卿慎勿追。待彼粮尽，必将自走，然后乘虚攻之，则取胜不难，亦免军马疲劳之苦。计莫善于此也。"（《三国演义》第一百二回）这又是运用三十六计中的"以逸待劳"之计。

# 曹丕的小气

　　曹丕从父亲曹操那里有所继承：一、反对外戚干政。黄初三年（222），魏文帝下诏："夫妇人与政，乱之本也。自今以后，群臣不得奏事太后，后族之家不得当辅政之任，又不得横受茅土之爵；以此诏传后世，若有背违，天下共诛之。"（《三国志·魏书·文帝纪》）曹丕父子两代都记住了东汉外戚干政的教训。从曹操到曹叡，娶的都不是名门望族，不讲门当户对，避免了外戚干政的弊病。陈寿总结说："魏后妃之家，虽云富贵，未有若衰汉乘非其据，宰割朝政者也。鉴往易轨，于斯为美。"二、反对淫祀。黄初五年（225），魏文帝下诏："先王制礼，所以昭孝事祖，大则郊社，其次宗庙，三辰五行，名山大川，非此族也，不在祀典。叔世衰乱，崇信巫史，至乃宫殿之内，户牖之间，无不沃酹，甚矣其惑也。自今，其敢设非祀之祭，巫祝之言，皆以执左道论，著于令典。"（《文帝纪》）曹丕对左道之惑乱民众非常警惕，或许是从黄巾军利用宗教组织民众的历史中汲取的教训。孙策之欲杀于吉，曹操之欲杀左慈，都是出于同样的考虑。三、主张薄葬："自古及今，未有不亡之国，亦无不掘之墓也。丧乱以来，汉氏诸陵无不发掘，至乃烧取玉匣金缕，骸骨并尽，是焚如之刑，岂不重痛哉！祸由乎厚葬封树。"（《文帝纪》）曹丕目睹汉末的盗墓之风，深悟厚葬之非。

曹丕器小量狭，与其父绝不肖类。《三国志·魏书·鲍勋传》："太子郭夫人弟为曲周县吏，断盗官布，法应弃市。太祖时在谯，太子留邺，数手书为之请罪，勋不敢擅纵，具列上。勋前在东宫，守正不挠，太子固不能悦，及重此事，恚望滋甚。会郡界休兵有失期者，密敕中尉奏免勋官。"曹丕登基以后，喜欢打猎，鲍勋屡次犯颜劝阻，曹丕非常愤怒。后来曹丕终于找了一个理由，将鲍勋处死。当时："廷尉法议：'正刑五岁。'三官驳：'依律罚金二斤。'帝大怒曰：'勋无活分，而汝等敢纵之！收三官已下付刺奸，当令十鼠同穴。'太尉钟繇、司徒华歆、镇军大将军陈群、侍中辛毗、尚书卫臻、守廷尉高柔等并表'勋父信有功于太祖'，求请勋罪。帝不许，遂诛勋。勋内行既修，廉而能施，死之日，家无余财。后二旬，文帝亦崩，莫不为勋叹恨。"曹丕此举之不得人心如此。

曹操生前，就嗣位"密访群司"，征求意见。南阳太守杨俊倾向于曹植。曹丕"常以恨之"。黄初三年（222），魏文帝曹丕借故"发怒收俊"。尚书仆射司马懿等为他说情也不行。杨俊"遂自杀，众冤痛之"（《三国志·魏书·杨俊传》）。敬侯荀彧长子荀恽与曹植交好，曹丕深恨之。孔桂近曹植而疏远曹丕（见曹操久不立太子，认为会是曹植），曹丕登基后，寻故（以私受西域贿赂为罪名）将他杀了。那些替曹植说好话的大臣，后来都遭到了曹丕的报复；贾诩、司马懿态度鲜明地支持曹丕继位，后来都得到重用。曹丕的用人不是唯才是举，而是任人唯亲。

曹洪家中富有，但很吝啬。曹丕做太子时，曾向曹洪借用一百匹绢，未获同意，曹丕因此而心怀忌恨，耿耿于怀。后来，曹丕做了皇帝（魏文帝），曹洪宾客犯法，曹丕便将曹洪逮捕入狱，判处死刑，大臣们都为曹洪求情，仍不赦免。卞太后气愤地责备文帝："当年在梁、沛之间大战的时候，假如没有曹洪，我们怎么会有今天！"又威胁郭皇后说："皇帝今天处死曹洪，我明天就要他废掉你这个皇后！"于是，郭皇后多次哭着为曹洪求情，曹洪这才免于一死，但终究被免去官职，削去爵位和封地。曹洪幸免一死，上表自我检讨说："性无检度知足之分，而有豺狼无厌之质"（《三国志·魏书·曹洪传》)把自己臭骂一顿。

> (夏侯)尚有爱妾嬖幸，宠夺嫡室；嫡室，曹氏女也，故文帝遣人绞杀之。尚悲感，发病恍惚，既葬埋妾，不胜思见，复出视之。文帝闻而恚之曰："杜袭之轻薄尚，良有以也。"然以旧臣，恩宠不衰。六年，尚疾笃，还京都，帝数临幸，执手涕泣。(《三国志·魏书·夏侯尚传》)

关羽水淹七军，于禁投降，庞德不屈而死。《三国志·魏书·于禁传》："太祖闻之，哀叹者久之，曰：'吾知禁三十年，何意临危处难，反不如庞德邪！'"。这里的感情和意思很复杂：失望、惋惜于禁的晚节不保，但还是有感情的。曹操是念旧的。东吴为了讨好曹魏，将于禁交给曹魏。于禁的头发胡须全都白了，面容憔悴，见到魏文帝曹丕，哭泣着叩首下拜。魏文帝以晋国荀林父、秦国孟明视的故事做比喻安慰他，任命他为安远将军，要他北到邺城去拜谒曹操的陵墓。魏文帝预先派人在陵园的屋子里画上关羽得胜、庞德发怒、于禁投降的壁画。于禁看到这些画，惭愧郁闷，患病而死。于禁在力竭无奈的情况下，投降了关羽。曹丕的处置，不是杀他，也不是骂他，而是安慰他，甚至用荀林父、孟明视的故事去麻痹他；然后让他去拜谒曹操的墓，借壁画去羞辱他，使于禁羞愧而死。可见曹丕为人的刁钻龌龊，处事的虚伪绝情，心胸的狭隘阴暗。

曹丕派人向太中大夫贾诩询问巩固自己地位的方法。贾诩说："愿将军您能发扬德性和气度，亲身去做寒士的事情，早晚孜孜不倦，不违背为子之道，这样就可以了。"贾诩摸透了曹操的脾气，所以为曹丕提供了装愚守拙、行事低调、以孝为主的策略。

曹丕的自固之术，与隋炀帝杨广没有多少区别。隋文帝太子杨勇性情宽厚，直率随意，没有矫情伪饰的行为。隋文帝本性崇尚节俭，杨勇曾经在华丽的蜀铠上再加装饰，文帝看到后很不高兴，他告诫杨勇说："自古以来帝王没有喜好奢侈而能长久的，你作为太子，应当以节俭为先，才能承继宗庙。我过去的衣服，都各留一件，时常观看以告诫自己。恐怕你已经以皇太子自居而忘却过去，因此我赐给你一把我旧时所佩带的刀，一盒你旧日为上士时常常吃的腌菜。要是你还能记得以前的事，就应该懂得我的苦心。"隋文帝奉行节俭的原则，并以此来要求自己的子女。但是，专制制度决定了他的后代不可能保持节俭的传统。太子杨勇之不知迎合父皇之意，如曹植之于其父曹操。

晋王杨广更加地矫情伪饰，他只和萧妃住在一起，对后宫其余嫔妃美人都不亲近，独孤皇后因此多次称赞杨广有德行。朝廷中执掌朝政的重臣，杨广都尽心竭力地与他们结交。文帝和独孤皇后每次派身边的人到杨广的住处，无论来人的高低贵贱，杨广必定和萧妃一起在门口迎接，为来人摆设盛宴，并厚赠礼品。于是来往的奴婢仆人没有不称颂杨广仁爱贤孝的。文帝与独孤皇后曾经驾临杨广的府第，杨广将他的美姬都藏到别的房间里，只留下年老貌丑之人身着没有文彩的衣服来侍候。屏帐都改用素色的幔帐，断绝琴瑟丝弦，不让拂去上面的灰尘。文帝看到这种情况，以为杨广不好声色，返回皇宫后，告诉侍臣这一情况。他感到非常高兴，侍臣们也都向文帝祝贺。从此，文帝喜爱杨广超出别的儿子。都说知子莫若父，可是，隋文帝却被杨广的矫情伪饰所蒙蔽。杨广的矫情伪饰，超过了曹丕，给人技高一筹的感觉。

曹丕器小量狭，突出表现在他对弟弟们的态度上。曹丕登基后，立即剥夺了二弟曹彰的兵权，又对三弟曹植百端限制打击。当时的诸侯王只有封国的空名而没有实力，各王国只有百余名老兵作为警卫，与都城隔绝千里，又不许诸侯王到京城朝见皇帝，朝廷在各诸侯王国设置防辅和监国等官员，监视诸侯王的行动；他们虽有王侯的名义，其实与平民没有什么两样。法令严峻，诸侯王的过错和恶行天天传到皇帝那里。陈寿感叹道："魏氏王公，既徒有国土之名，而无社稷之实，又禁防壅隔，同于囹圄；位号靡定，大小岁易；骨肉之恩乖，《常棣》之义废。为法之弊，一至于此乎！"（《三国志·魏书·武文世王公传》）《世说新语·尤悔》里有曹丕毒死任城王曹彰的故事："魏文帝忌弟任城王骁壮。因在卞太后阁共围棋，并啖枣，文帝以毒置诸枣蒂中。自选可食者而进，王弗悟，遂杂进之。既中毒，太后索水救之。帝预敕左右毁瓶罐，太后徒跣趋井，无以汲。须臾，遂卒。复欲害东阿（曹植），太后曰：'汝已杀我任城，不得复杀我东阿。'"《世说新语·文学》里曹植七步成诗，方幸免于难的故事，更是留下了"本是同根生，相煎何太急"的警句。

据《三国志·魏书》卷二十中载，中山恭王曹衮（杜夫人所生）谨慎好学，没有过失。王国的文学和防辅商量说："我们奉命监察北海王的举止，他有过失，我们要上报朝廷；有善行，我们也应该向朝廷汇报。"于是二人联名上表陈述曹衮的优点。曹衮知道后，非常惊恐，责备文学官说："重视道德修养，约束自己，这是常人的行为，而各位却将这些上报朝廷，恰恰是给我增加负担。如果有善行，不怕朝廷不知道，而诸位急于上报，是在给我帮倒忙。"

曹衮的策略，正是东汉光武帝侄孙北海王刘睦的故伎重演。据《后汉书》载，刘睦自幼喜爱读书，光武帝和明帝对他都很宠爱。刘睦曾派中大夫进京朝贺，召这位使者前来，对他说："假如皇帝问到我，你将用什么话来回答？"使者说："大王忠孝仁慈，尊敬贤才而乐与士子结交，我怎敢不据实回答！"刘睦说："唉！你这是害我啊！那是我年轻时的进取行为。你就说我自从袭爵以来，意志衰退而懒惰，以声色为娱乐，以犬马狩猎为爱好。你要这样说才是爱护我。"刘睦就是这样聪明多虑和畏惧谨慎。刘睦深知，皇帝猜忌而提防的是宗室中的人才。才能平凡，庸庸碌碌，沉醉于声色犬马的人，让皇帝放心。唯其如此，自古宗室中多韬晦之士。这和刘备之种菜是同样的策略。曹丕防弟兄如防贼，使他们一个个诚惶诚恐，动辄得咎，欲为平民而不可得。

创业之主，一般勤俭，其子孙逐渐奢侈，这是体制之弊。宋人洪迈指出："帝王创业垂统，规以节俭，贻训子孙，必其继世象贤，而后可以循其教，不然，正足取侮笑耳。宋孝武大治宫室，坏高祖所居阴室，于其处起玉烛殿，与群臣观之，床头有土障，上挂葛灯笼、麻蝇拂。侍中袁顗因盛称高祖俭素之德，上不答，独曰：'田舍翁得此，已为过矣！'唐高力士于太宗陵寝宫，见梳箱一、柞木梳一、黑角篦一、草根刷子一，叹曰：'先帝亲正皇极，以致升平，随身服用，唯留此物。将欲传示子孙，永存节俭。'具以奏闻。明皇诣陵，至寝宫，问所留示者何在？力士捧跪上，上跪奉，肃敬如不可胜，曰：'夜光之珍，垂棘之璧，将何以愈此？'即使史官书之典册。是时，明皇履位未久，厉精为治，故见太宗故物而惕然有感。及侈心一动，穷天下之力不足以副其求，尚何有于此哉？宋孝武不足责也，若齐高帝、周武帝、陈高祖、隋文帝，皆有俭德，而东昏、天元、叔宝、炀帝之淫侈，浮于桀、纣，又不可以语此云。"（《容斋续笔》卷十四"帝王训俭"）

　　陈寿如此评价曹丕："文帝天资文藻，下笔成章，博闻强识，才艺兼该。若加之旷大之度，励以公平之诚，迈志存道，克广德心，则古之贤主，何远之有哉！"（《三国志·魏书·文帝纪》）其中带刺的两句"若加之旷大之度，励以公平之诚"，便是史家的画龙点睛之笔。

# 附：三国人物关系图

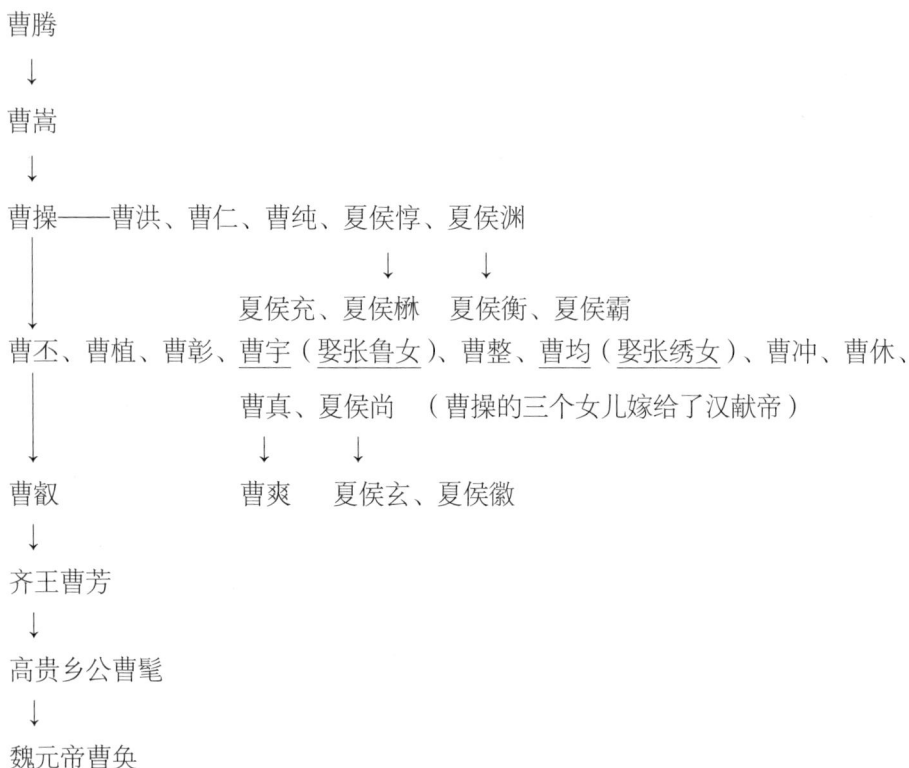

曹腾
↓
曹嵩
↓
曹操——曹洪、曹仁、曹纯、夏侯惇、夏侯渊
    ↓              ↓
            夏侯充、夏侯楙  夏侯衡、夏侯霸
曹丕、曹植、曹彰、曹宇（娶张鲁女）、曹整、曹均（娶张绣女）、曹冲、曹休、
            曹真、夏侯尚   （曹操的三个女儿嫁给了汉献帝）
↓              ↓
曹叡         曹爽  夏侯玄、夏侯徽
↓
齐王曹芳
↓
高贵乡公曹髦
↓
魏元帝曹奂

图 1　曹魏人物关系图

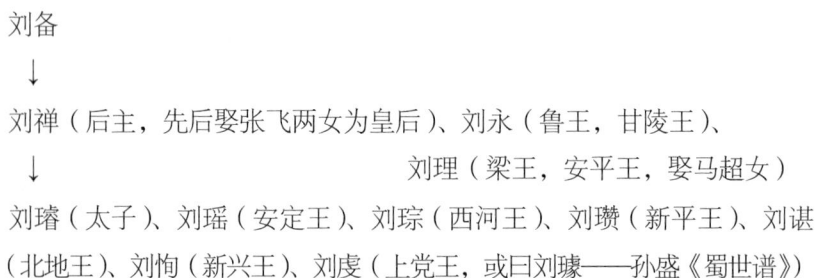

   刘备
    ↓
刘禅（后主，先后娶张飞两女为皇后）、刘永（鲁王，甘陵王）、
   ↓                    刘理（梁王，安平王，娶马超女）
刘璿（太子）、刘瑶（安定王）、刘琮（西河王）、刘瓒（新平王）、刘谌
（北地王）、刘恂（新兴王）、刘虔（上党王，或曰刘璩——孙盛《蜀世谱》）

图 2　蜀汉人物关系图

孙坚
↓
孙策、孙权、孙翊、孙匡
　　　　↓
　　　孙登（先太子）、孙虑、孙和（废太子）、孙霸（鲁王）、孙奋（齐王）、
　　　　　　　　　　　　　　　　　　　孙休（景帝）、孙亮（会稽王）
　　　　　　　　　　｜
　　　　　　　　　　↓
　　　　　　　　　孙皓（末帝）、孙德、
孙权女——鲁班（先后嫁周循、全琮）、鲁育（先后嫁朱据、刘纂）

孙静（孙坚弟）
↓
孙暠、孙瑜、孙皎、孙奂、孙谦
↓
孙绰、孙超、孙恭
↓　　　　　　↓
孙綝　　　　孙峻

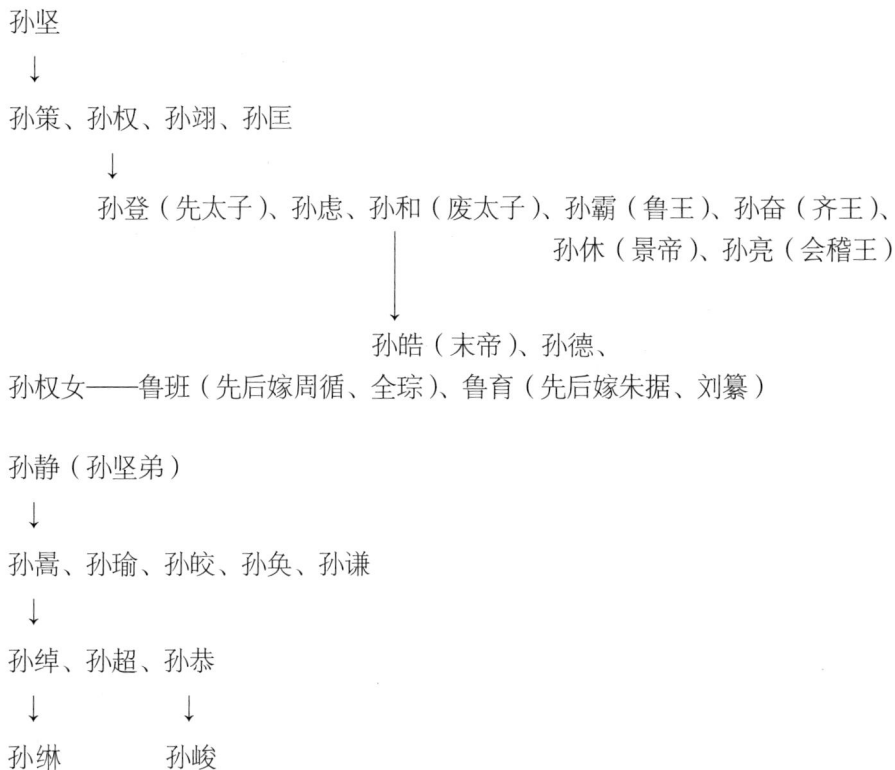

图 3　孙吴人物关系图